ロベルト・ザッペリ著
津山拓也訳

知られざるゲーテ

▼ローマでの謎の生活

Roberto Zapperi
DAS INKOGNITO
Goethes ganz andere Existenz in Rom

Japanese translation published by arrangement
with C. H. Beck Verlag, München
through The Sakai Agency, Tokyo

アンゲーリカ・カウフマン作『ヨーハン・ヴォルフガング・ゲーテ』，
油彩・カンヴァス，1787年

目次

第一章　逃　走

ゲーテはカールスバートからイタリアに向けて旅立った。一七八六年七月末にゲーテはこのボヘミアの湯治場を訪れ、ワイマール宮廷の友人たちと共に恒例の飲用療法を行っていた。九月三日の深夜三時、詩人は郵便馬車でカールスバートを去る。慎重にこれほど早い時刻を選んだのは、八月二八日に誕生日を一緒に祝ってくれたばかりの友人たちに引き留められるのを心配したからだった。すでにその頃、目的地は分からないものの、ゲーテが説明もせずに姿をくらますつもりではないかとの疑惑が生じていたのである。(1) もっとも、詳しいことは誰も知らなかったので、夜中の出発はすっかり逃走のような印象を与えてしまい、また実際にもそう理解されてきた。

前日の九月二日にゲーテは数通の手紙を書いたばかりだった。宛先は、六日前にカールスバートを出立したザクセン＝ワイマール公カール・アウグスト、すでに二週間前に帰路に就いたシャルロッテ・フォン・シュタイン夫人、そしてワイマールに留まった忠実な従者にして秘書のフィリップ・ザイデルである。さらにもう一通の手紙が、もうしばらくカールスバートに逗留する予定だったヨーハン・ゴットフリート・ヘルダーとその夫人カロリーネ宛てになっていた。ゲーテは夫妻に改まった態度で別れの挨拶を述べ、計画を明かさなかったカールスバートの他の友人たちに挨拶を伝えてくれるようにも頼んだ。ゲーテはこう書いている。《残った方々には、私の代わりによろしくとりなし、できればなにか筋の通った説明をして、内緒で旅立つことを許してもらって下さい》[2]。ヘルダー夫妻はゲーテと親密な間柄だったにもかかわらず、手紙の受取人の中では旅行の計画についてもっとも知らされていなかった。アウグスト公とシュタイン夫人は夫妻よりは知っていたが、おおまかながらも計画を知る唯一の人物はザイデルだった。

もっとも重要な手紙は、ゲーテが当時すでに一〇年以上仕えたカール・アウグスト公宛てのものだった。この長い年月の間に詩人は小国ワイマールの行政を次第に熟知するようになり、最高統治機関である枢密顧問会の一員として、鉱業、道路建設、戦争や財政に関する問題を担当するいくつもの委員会に所属していた[3]。その他にも携わることが山ほどあった。一七八二年七月一一日にヘルダーは、《北方の魔術師》ヨーハン・ゲオルク・ハーマン宛ての手紙で皮肉たっぷりにこう書いている。ゲーテは《娯楽監督官にして宮廷詩人であり、祝宴、宮廷オペラ、バレエ、舞踏会の曲、碑文、芸術作品などなどの作者》を一身でこなし、絵画アカデミーの学長としてこの冬は骨学についての講義を行い、《何にせよ自分が主役俳優でありダンサーであり……》[4]、要するにワイマール宮廷のなんでも屋だ、と。もはやゲーテがいなければ、ワイマールではなにごとも進まないかのように思えた。だが、そのような宮仕えを一〇年続けたあげく、詩人は力尽き果てたのだ。

二カ月ほど前からゲーテはカールスバート滞在後に休暇をとる意向を公爵にほのめかしていた。イエーナ発の七月二四日の手紙からは、公爵が寛大にも同意を与えたことがうかがえる（《殿下がそのうえ親切なお言葉で賜暇《しか》下さることに感謝致します》。ゲーテは改まった口調で、だがやや秘密めいて、ある種の欠陥を取り除く必要性を語った。その欠陥が詩人本人に関するものか、作品に関するものか、あまりはっきりとしない。彼はこう書いているからである。《あらゆる欠陥を正し、隙間をすべて埋めるために行くのです。世界の健全なる精神が私に力を与えんことを！》[5]。カールスバートからベルリンに赴くところだった公爵は、その前に大臣ゲーテともう一度会っている。この時に旅行の計画が再び話題に出たものの、何もかも漠然としたままだった。それはゲーテ本人が九月二日の手紙で認める通りだが、ついに出発前日になってこの問題をやや具体的に述べるに至る。

ゲーテはとりわけ政務が信頼できる人物に任せてあることを公爵に請合い、自分が不在でもなんら損害を被ることなく万事順調にはかどるであろうとの確信を述べている。《たとえ私が死んだとしても、なんら支障は生じないでしょう》。このように頓死の可能性を一見無邪気に指摘しつつ、もっとも微妙な点へ話題を転じる。それは旅行の期間のことで、ゲーテは《期間未定の休暇を》願い出た。彼はやや芝居めいてこう続ける。さまざまな事情から《世界でも自分がまったく知られていない場所に身を隠さざるをえないのです。私はただ独りで、別人を名のって出かけます。この目論見はいささか奇抜に思えるでしょうが、私は最上の結果を望んでおります》。ワイマールの人々が彼の帰還を毎週心待ちにするように、詩人の意図について沈黙を守ることも公爵に頼んでいる。そして締めくくりにこう約束する。《……信じて下さい。私の存在を完全なるものにしたいと願うのも、殿下との生活、殿下の公国での生活を従来にもまして享受したいと希望するためなのです》。今度ばかりはゲーテも、もう少し詳しい事情を、せめて休暇を願う具体的な理由を述べたほうが適切だと考えた。詩人はライプツィヒの出版業者ゲオルク・ヨーアヒム・ゲッシェンと全八巻の作品集を出版する契約をすでに結んでおり、最初の四巻は印刷準備がほぼ完全に整った。だが残りの四巻については、手紙によれば《閑暇と気分》が必要だった。《私はあまりにも気楽に考えていたので、粗末な仕事にしたくなければ何をすべきか、今になってようやく分かったのです》と弁明している。(6)

こうして行政の仕事と文学活動が二者択一であることが示される。それでも、詩人がどこまで事を運ぶつもりかは明らかでなかった。実際のところ、ゲーテはすでに前年から国事をないがしろにし始めており、枢密顧問会の会議にもほとんど欠席している。相変わらず政治の問題を気にかけてはいたものの、日ごとに熱意が薄れてきたのは明らかだった。経験を積んだ信頼できる役人たちに次第に代理をさせるようになっていたのである。(7) もっとも、九月二日の手紙でも、そうした仕事からきっぱり身を引くつもりだとはまだ書いていない。ゲーテの手紙を読んで、問題は作品集の出版に絡む特殊な事情だと理解した。ゲーテは文学と政治の仕事が水と油であると明確に語ってはいない。公爵はゲーテの言葉からは、数カ月して作品集出版の準備作業にけりがつけば、すべてが元の鞘に納まるだろうとも推測できたのだ。

六月二八日にゲーテはゲッシェンに対し、作品を印刷する順序の計画を提示した。その際に《もっと自由と閑暇をえて最後の勉励を》すでに完成した作品に注ぎ、未完の作品は《幸福な気分で》完成させるつもりだと書いている。最初の四巻の原稿は間もなく送ると約束したが、後半の四巻分については、《第六巻と第七巻に割り当てた作品は着手したばかりで、全部ではなくともある程度は完成させてお渡しできるように十分な余裕と安らぎ》をえる必要があった。《その場合、後半の四巻の構成は変更となるでしょう》。実を言えば、最後の四巻がどのような構成になるか、まだ見通しが立っていなかった。第六巻と第七巻に収録する予定の『エグモント』や『トルクァート・タッソー』はまだ初期の段階にあり、これから書き上げねばならない。手紙でぼかしてある第五巻は、歌劇『ヴィラ・ベラのクラウディーネ』のように、すでに完成はしたが全体的に改作するつもりの作品に当てられている。公爵に告げた通り、最初の四巻は印刷の準備がほぼ整っていたが、ゲーテはそこに戯曲『タウリスのイフィゲーニエ』も加えるつもりで、この作品はまだこれから韻文に書きなおさねばならない[8]。こうした作業はすべて長い時間をかけて集中して行う必要があり、ゲーテが公爵から報酬をえていた政治や行政に関わる仕事と両立させるのは難しかったのである。

しかし、ゲーテはこの俸給を諦めるわけにはいかなかった[9]。周知のように、詩人は分相応の生活様式に満足などせず、しばしば両親に財政面での援助を請わねばならないほどだった。著書はほんのわずかな収入しかもたらさない。それというのも、ドイツの出版事情では作者はおろか出版業者さえ売上げにふさわしい収入と版権を確保できない仕組みになっていたからである。ドイツは多数の主権国家に分裂しており、ある国で印刷された書物を出版業者や作者に権利金を払わずに他の国で再印刷しても問題は起こらなかった。『若きヴェルテルの悩み』は突出した成功をおさめ、ヨーロッパ最初のベストセラーの一冊と呼べる本だったが、ゲーテはほんの端金《はしたがね》しかえていない。海賊版（一七八七年にドイツ語版だけでも二〇種類が出まわっていた）は、作者が正式に認可した版を駆逐してしまったのだ。作者は収入のほんの一部で我慢するしかなく、良心の咎めを感じない他国の出版業者たちに本の売上げを着服された。作者の同意をえずに、作者も知らないうちに作品集が編纂、販売されることもあった。こうした類いの良識なき出版業者たちはかなり以前から暗躍しており、ゲーテがゲッシェンと共に最初の全集を自分の管理下で編纂するのを待ってはくれなかったのである[10]。

現状でゲーテは公爵から支払われる金を頼りにするしかなく、それどころか昇給すらもくろんでいた。こうした理由で、彼は前々から旅行を一種の有給休暇にしようと骨を折ったのだ。休暇が終われば、遅かれ早かれワイマールに帰るしかない。だから、万一帰国の意図に対する疑念が生じるのであれば、一掃しておかねばならない。とはいえ、宮廷での地位を確保する必要性と、詩人としての職業は矛盾した。将来は職務の合間をぬって詩作にいそしむような真似はもはや願い下げだった。

南国への逃走から四〇年以上を経た一八二九年二月一〇日、エッカーマンとの対話でゲーテは、イタリア旅行の真の理由についていくつか重大な告白をしている。エッカーマンはこう記す。《ワイマールでの最初の数年間について。詩的才能と現実の葛藤。宮廷での地位ならびに国家に仕える者の職務である種々様々な分野のために、この現実を受け入れざるをえなかったが、それなりの利点はあった。それゆえ、最初の一〇年間は意義ある詩作品を一つも生み出せなかった。断片を朗読したことはあった》。それから、これ以降しばしば繰り返される言葉が現れる。《詩的創造力を取り戻すためのイタリアへの逃走》。官僚の仕事と詩人の活動の対立がここで再び話題になるが、両者が相容れないものであることも今やはっきりと語られる。にもかかわらず、ゲーテは宮仕えがもたらすいくつかの利点についても黙ってはいない。問題なのは金や俸給よりも、《居所を変えなければ、同じ経験を繰り返す必要のないこと》だった[11]。つまり晩年になってゲーテは、自分のような大詩人でさえ文筆では生活できないとの苦い悟りに達したのだ。どこかの君主に雇われる必要があり、せっかく格好の君主を見つけたのだから、雇主を変えないほうを選んだのである。

出発直前の九月二日にヘルダーに宛てた手紙でも、ゲーテは根本的に同じことを忠告している。ヘルダーはハンブルクから招聘を受け、それを受諾したものか検討中だった。だがゲーテは、こう書いて熟慮を促す。《居所を変えねば、この一〇年間［筆者注――ゲーテ自身がワイマールで過ごしたのと同じ年数である］は無駄になりません。場所を変えるとなれば、新しい土地で最初からやり直しとなり、自分の勢力圏を作り上げるまで仕事と苦労を繰り返さねばなりません。誰でも同じですが貴兄にとっても不愉快なことがワイマールで数多くあることは、私も知っています。それでも貴兄はある地歩を占めているのであり、これは貴兄もご承知の通りです》。もっとも、それはそれとして生活条件を改善する試みはしてみるべきだと考えるゲーテは、こう勧めて手紙を締めくくる。《環境が大いに改善され、今よりも静かで自由となり、貴兄の心情にふさわしい生活が確実に期待できるのであれば、話は別ですが[12]》。

環境を変えるならば根本的な改善を図るよう努力すべしとの忠告は、彼自身にも当てはまった。もっともゲーテ本人はけっしてあからさまに認めはしなかったが。公爵への奉仕を続ける必要性には納得していたものの、その奉仕の条件を大幅に変更し、以前のようにほとんどの時間を文学活動に向けたいとの願いも同時に抱いていたのである。ゲッシェンの許で作品集を出版する計画は、宮仕えに沈黙を強いられた詩人としての立場について、苦渋に満ちた省察を重ねた結果だった。あまりに長い間絶たれた読者との接触を取り戻し、昔のように時間をかけて作品を書ける身分になりたかった[13]。そのためには、ここ数年あれほど熱心に果たしてきた政務を減らすだけでは十分でない。とはいえ役職から次第に身を引くことはけっして公認されないだろう。ゲーテが職務の状況を勝手に変更し、公爵がそれもやむなしと見て俸給を払い続ける確証もまったくなかった。さまざまな行政行為を詳細に見通した結果、ゲーテがイタリアに旅行さえすれば、確実にきっぱりと職務を離れられることが明らかになったのだ(14)。

公爵との関係をこのように根本的に変化させることが、イタリア旅行のもっとも重大な成果だった。だがもしかすると、そうなる成果をすでに見越して旅行を計画したのではないだろうか。休暇はあくまで結果としてゲーテがほのめかしたよりも長引いただけなのか、それとも、変化を起こそうという、口に出し難く成功の保証もない意図が旅行の陰に隠されていたのだろうか。この問に答えるには、イタリア旅行に関する現存の記録資料を、しかもそれは少なからずあるのだが、すべて援用しなければならない。そうしてこそ、ゲーテが旅行の期間と目的地をあれほど秘密にした理由を今まで以上に明らかにできるのだ。

カール・アウグスト公は旅行の期間も行先も知らなかった。その点ではフォン・シュタイン夫人も同じだった。ゲーテは夫人に出発日を知らせた時でさえ、目的地は洩らさなかったのである。この事実は意味深長だ。ワイマールで過ごす一〇年間にゲーテは夫人と親密な関係を結び、彼はそれを恋愛関係と位置づけたがったほどなのだから。詩人が数多くの詩を添えて夫人に宛てた一八〇〇通の手紙とメモは、まさにラブレターと呼べる。もちろんこれは実に風変わりな恋愛だった。夫人はゲーテより七歳年上で、公国の主馬頭ヨジーアス・フォン・シュタインと結婚し、七人の子供をもうけていた。姦通には常にしりごみしていた夫人の詩人に対する愛情が、一度たりとも性の領域に抵触したとは思えない。本書ではこの複雑な関係を詳しく定義する余地はないので、きわめて特異な面だけを強調しておこう。一七八一年七月八日の有名な手紙で、ゲーテ本人は二人の関係を一種の結婚と呼んでいる——彼が言わんとしたのは、もちろん独特な意味での結婚であり、だからこの手紙も夫のフォン・シュタインへの挨拶で締めくくられている[15]。ゲーテが社会的慣習としての結婚を嫌っていたのは周知の通りだが、結婚と二人の関係は実際にわずかな共通点しかなく、それも詩人が容認できるものだけだった。その中に、毎日親密なひとときを共に過ごす、ということがあった。そのおかげで、教養ある繊細な女性を相手とした、感情面でも知性面でもこれほど豊かな結びつきが安定したし、女性もまた恋人の情緒的な要求を十分に満たしてやれたのである[16]。おそらくゲーテの心に浮かんでいた手本は、友人ヘルダーとカロリーネ・フラックスラント夫妻だったろう。カロリーネもまたシャルロッテ・フォン・シュタインのように教養と思いやりをもった女性だった。しかしヘルダー夫人に比べ、フォン・シュタイン夫人には大きな長所があった。というのも後者は、出産を目的とする性生活のパートナーを夫に限定し、ゲーテには免除したからである。そのうえ、ヘルダーの妻と違いシャルロッテ・フォン・シュタインは宮廷に出入りする貴族階級の一員であり、これが過小評価できない第二の長所だった。ワイマールに来たばかりの頃、ゲーテはまるで気性の荒い熊、騒々しい野人のように振舞った。氏素性のおかげで夫人は、そのゲーテに廷臣らしい作法を慎重に、しかし確実に教え込む役目を任されたのだ[17]。公母アンナ・アマーリアのお相手役だったシャルロッテ・フォン・シュタインは影響力の強い人物であり、まもなくゲーテにとって宮廷との重要な仲介者となった。彼は他の廷臣より夫人を相手に自分自身について大いに語った。ゲーテと昵懇の仲となったカール・アウグスト公でさえ、個人的な話は夫人ほど聞かせてもらえなかったほどである。

それにもかかわらず、ゲーテは親友である夫人にも自分の不快感をめったに悟らせることなく、自制して曖昧にほのめかすに留めた。いささかなりとも夫人に気づいてほしかったとしても、ヒントはわずかしか与えず、それさえよく計算したうえで、いわば水が滴るように少しずつだった。友人ゲーテに悩みがあること、危機に陥っており、宮廷に対しても昔のような興味を示せないこと、それを夫人に分かってもらえばよい。本当の問題の在処は、公爵やワイマールの他の友人たちと同じく夫人にもはっきり知らせてはならなかった。六月二五日には夫人宛てにこう書いている。《『ヴェルテル』の校正中ですが、書き終えた後で作者が拳銃自殺しなかったのはまずかった、といつも思います[18]》。七月九日の長い手紙にはこうある。《今や私はまるで豪勢な果実のように熟れすぎ、救済されるのを待ちわびています。店はたたんでしまった。最初からやりなおすのでなければ、どこかに行ってしまわねばなりません》。しかし、どこへ行くのだろう。続けて、《今のように仕事漬けの毎日では、並外れたものは何も生み出せません》。最後に、《というのも、統治する君主でもないのに行政に携わる者は、俗物か道化か愚か者である、といつも思っているからです[19]》。夫人がカールスバートから領地のコッホベルクに帰る際、ゲーテはシュネーベルクまでお供をしたが、その後の八月二三日の手紙で驚くべき約束をしている。《それから私は自由な世界であなたと一緒に暮らすつもりです。幸福な孤独につつまれ、名前も地位も捨て、私たちを生んだ大地により親しむのです[20]》。だがその一月前の七月一二日には、すでに友人のフリードリヒ・ハインリヒ・ヤコービ宛てにこう書いていた。ヤコービは遠くイギリスに旅しており、内緒の知らせをワイマールの宮廷に広めたくとも無理だった。《君はイギリスでいろいろと楽しい思いをしていることだろう。君が帰って来る頃には、僕は世界の反対側に身を隠しているでしょう。僕から手紙が来て滞在地を知らせるまでは、手紙を出さないでくれたまえ》[21]。

ここから明らかなように、ゲーテはフォン・シュタイン夫人を信頼していなかった、少なくとも宮廷との関係については信頼していなかった。ゲーテが言ったこと、言わなかったことについても、彼に望ましい事柄だけが公爵の耳に届いた。すなわち、詩人が深刻な危機に見舞われていることであり、それは大きな心配の種となった。フランツ・ヘムステルヘイスが友人のアーデルハイト・アマーリエ・フォン・ガリツィン侯爵夫人に宛てた九月一日の手紙では、実際にその件が話題になっている。ヘムステルヘイスの言葉によれば、ワイマール公直々の《激しく高貴で悲痛なお言葉》でうかがったところ、ゲーテは《窮地に》立っていた。また公爵は当時熱心に言い寄っていたエミリー・ゴア宛ての手紙でもこの心配に触れている[22]。ゲーテは七月二四日にイェーナで公爵と話し合った後で、親愛なるロッテ（詩人はフォン・シュタイン夫人を親しげにこう呼んでいた）に旅に出る意向をようやく伝える。初めて旅が話題になったのは、八月三〇日の夫人宛ての手紙だった。《親愛なる夫人よ、いよいよおしまいです。九月三日の日曜にここを去るつもりでいます》。それまでの数日間に、ヘルダーの助けを借りて作品集の最初の四巻に目を通してしまいたい、と書いている。《……『イフィゲーニエ』にはずいぶんと手を加えました。書きなおすことになるでしょう[23]》。二度目のヒントは九月一日の手紙にある。《私の思惑通りになれば、九月末には私の描いたスケッチ数点が小さな巻物でお手元に届くでしょう。しかしそれは誰にも見せてはいけない。絵が届けば、私宛ての手紙をどこに送ればよいか分かります。お元気で！　……そして私が長い間外国に滞在するとは誰にも悟られないように》。それから追伸で、作品集を準備する仕事にもう一度触れる。今ではそれが旅行の主たる理由にされていた。今度の話はこうである。実は最初の四巻はまだ完全には準備が整っていない。『イフィゲーニエ』にさらに手を入れねばならないからで、旅行にはその原稿を持って行くだろう、と。[24] それに対して、すでに述べた前日の公爵宛ての手紙では、『イフィゲーニエ』も含むゲッシェン版全集の最初の四巻は準備が整った、と書いている。つまり、ゲーテはフォン・シュタイン夫人には内密の事情を知らせることで、夫人がこれまで通り宮廷への仲介役であると認めたつもりなのである。九月二日には最後の別れを告げる。《明日九月三日、日曜に私は当地を去ります。このことはまだ誰も知らないし、私がこれほど早く出立すると予想する者もいません。すぐに出発しなければ、時期があまりにも遅くなってしまいます……。私から郵便で小包や巻物が届いたら、他人の前では開かず、自分の部屋に閉じこもってください……》。そしてさらに追伸。《今は夜の一一時です。とうとう旅支度も整いましたが、そうではないとも言えます。本来はもう一週間当地でなすべき仕事があるのです。しかし私は出発するつもりです。あなたにも、もう一度さよなら《アデュー》を言いましょう！　愛しい人よ、お元気で。あなたのものなるゲーテ[25]》。

つまり、ゲーテは三通の手紙に分けてフォン・シュタイン夫人にいとまを告げたのである。最初は目的地を詳しく述べないまま、目前に迫ったカールスバートからの出発を簡潔に伝える。この時点では、寄り道をしてワイマールに帰るだけ、という含みもまだ残している。そして二通目では、月末に絵を郵便で送る約束をする。それは誰にも見せてはならないが、夫人はゲーテが辿り着いた土地のイメージがえられるだろうし、その後で手紙の宛先にする住所を夫人に告げるだろう、と。だが同時に、そこから彼の不在が長期になることを他人に推測されないよう注意してほしいとも夫人に頼む。旅行の目的地はいまだに明かさない。それどころか、どこへ旅するべきか、自分でもまだ決心がつかないと思わせたかったのかも知れない。そのうえ三通目の手紙では、目的地が遠く道のりが長いことをにおわせる。ゲーテは冬の到来を指摘し、それが出発を急ぐ理由だと述べているのである。このように相変わらず曖昧な情報であっても、沈黙は守らねばならない。そこで出発の告知は段階的に、次第に調子を上げながら行い、最後の最後になってようやく旅立ちの日を詳細に告げる。とはいえ、躊躇を見せつつ、事態を明らかにするというより謎を増やす知らせ方である。これほど技巧を凝らして練り上げた別れの告げ方は、まさに文学的な傑作といえよう。朗らかな興奮と強い感動という理念を伝えながら、自分の将来すべてをかけた大きな一歩を踏み出そうとする人間の姿を示さねばならなかった。その人間は同時に不安にも襲われている。出発を阻止される漠然とした危険に脅えているからで、だからこそ厳重に秘密を守るよう頼むのである。

フォン・シュタイン夫人が労をいとわずに、友人と交わした手紙を年頭の分から通して読み返せば、旅行の目的地についていくつかの暗示を見つけたに違いない。明らかにゲーテはすでに長い間、心中密かに検討していたのである。一月二六日の手紙を見ると、これまでもっと身を入れてイタリア語を勉強しなかったことを悔やんでいる(26)。五月二一日には、イェーナ大学でイタリア語を教えるヴァレンティの授業に出席したと書いて、この言葉への興味をもう一度表明している(27)。しかし、夫人には愛する詩人からの手紙を二度読む習慣はなかったようだ。おそらく夫人でさえ、毎日一本調子で繰り返される愛の告白はもはや耐え難かったのだろう。この年ゲーテが友人の作曲家フィリップ・クリストフ・カイザーに宛てた三月一日、(28)五月五日の二通の手紙からも、イタリア語に対する興味がうかがえる。それどころか五月五日の手紙では、イタリアへ旅行する願望を簡明に示しさえした。ゲーテはカイザーに宛ててこう書いている。《私が不幸なドイツ語と同じほどにイタリア語を自家薬籠中のものとしているのであれば、すぐにもあなたをアルプスの彼方への旅に招待するところです。きっと楽しい時を過ごせると思うのですが(29)》。

実際のところ、ゲーテはイタリア旅行を前々から密かに準備していたが、計画の実行に着手したのは夏の盛りを迎えてからだった。誰かに出発を防げられる恐れにどれほど根拠があったかは、ザイデル宛ての手紙から分かる。ゲーテはカールスバートに出発する直前の七月二三日に、信頼できる協力者であり、躍起になって隠している秘密を知る唯一の人物ザイデルに対し、最初の詳細な指示を書面ですでに与えていた。(30)詩人はとりわけ自分が任された行政に関わる仕事は支障なく処理しておくよう努力したものの、まさにこの方面から生じる障害をもっとも恐れていたのだ。そこでザイデルは、受け取った通信はすべて開封して手紙に目を通し、ゲーテの代理を務める役人たちに予期せぬ問題が生じた場合は、当該の手紙を選出するよう指示を受けた。それ以外の予期せぬ事態は、すべてフォン・シュタイン夫人に相談することになっていた。一方、ゲッシェンと契約した報酬の分割払い金が届いた場合、イェーナの商人ヨーハン・ヤーコプ・ハインリヒ・パウルゼンに送る手はずになっていた。彼がその金をゲーテに転送する役目だったのである。とりわけ最初の分割金である二〇〇ターラーは、すぐさまパウルゼンに渡さねばならなかった。その他にザイデルが金を必要とする場合は、宮廷財務長官に相談するよう指示した。ゲーテが作品集を出版する計画を立てたのは、旅行の資金源にする思惑もあったのだ。すでに一七八六年の初めに、ベルリンの出版業者ヨーハン・フリードリヒ・ゴットリープ・ウンゲルにその計画をもちかけてみたが、提案は拒否された。すでに久しく書籍市場に登場しなかった作家にしては、報酬の要求額が高すぎると思われたのである。この計画が挫折した後、友人でワイマールの工場主フリードリヒ・ユスティン・ベルトゥーフからゲッシェンに相談するよう助言を受け、今回は商談が成立した。(31)

八月一三日、ゲーテはカールスバートからザイデルに再度指示を与え、邪魔をされるかもしれないとの心配を今度は明言する。《計画の実行に差し障りとなる事態はまだ何も起こっていない。月末頃に旅路に就くつもりだ。一八日の金曜日にワイマールを立つ郵便馬車で最後の手紙と抜粋を送ること。それ以降は連絡があるまで、書類は集めるだけにして送らないように。ここを去る前に、やむをえず私に手紙を出す場合の宛名をいくつか書き送っておく(32)》。《計画》の意味は明白である。それは、冷静な計算のうえできわめて綿密に、目的達成に役立つあらゆる事前措置を講じて準備された旅行のことだった。

運命をはらんだ九月二日、この日ゲーテはカールスバートで友人たちとの通信に没頭したが、上述のように、ザイデル宛てに最後の指示を与える手紙を二通送っている。(33)そのうち一通では、ザイデル本人が行政の代理人たちを訪ね、ゲーテからの別れの挨拶を伝えると共に、まもなくワイマールへ帰ると請合うように頼んだ。九月末には最初の知らせを送るつもりだが、再び特定の住所で連絡が取れるようになるのはローマに到着してからである、とも書いている。ローマの名前が初めて登場するのは、ゲーテがカールスバートを出発する前日にザイデルに宛てた、この手紙なのである。詩人の信頼厚い秘書ザイデルは計画の詳細をかなり知らされていたが、その彼でさえそれまでは旅行の目的地をはっきりと知らなかったらしい。これほどの配慮には面食らってしまう。ゲーテが沈黙を守るよう重ねて書き添えているだけに、なおさらである。《緊急の場合以外は、私から手紙を受け取るまで、そこには手紙を送らないように。この手紙もしっかりと保管し、それ以外は誰に向かっても知らぬ存ぜぬで通すこと。私は誰にも一言も洩らしていない》。もう一通はゲッシェンと作品集の契約に関わるものだった。ゲッシェンから契約書が届くと、ゲーテはすぐに署名し、その一通を最初の四巻用の原稿を入れた封印小包四個と同じ郵便馬車でワイマールに送る。ザイデルはまず契約書をゲッシェンに渡し、原稿については、最初の報酬一〇〇ルイドールが到着した後で、即座に最初の小包二個を渡すこと。出版に関するそれ以外の問題はすべて、ゲーテの考えを了解し、何をすべきかよく承知しているヘルダーに相談すること。この二通の手紙はゲーテが同じ日に書いた別の手紙と語調の点で著しい対照を示す。友人宛ての手紙ではなにかに脅えた不安そうな様子を見せながら、秘書宛ての手紙では決然とした態度できっぱりと明瞭に指示を与えているのである。

ザイデルに予告したより二週間早い九月一八日、ゲーテはヴェローナから先の面々に再び手紙を書いたが、居場所を知らせたのはザイデルだけだった。手紙はすべてザイデル宛てに送られ、彼が受取人たちに渡す役目を負っていたが、ただし手紙の出所を告げてはならなかった。ゲーテはヘルダー夫妻に宛てて、自分は元気に過ごしているが、これ以上洩らさないために口をつぐまねばならない、と書いている。カール・アウグスト公宛ての手紙は、練り上げた調子の高い文章で書かれていた。《孤独な遠方の地よりご挨拶申し上げます！》と改まった書き出しで、すぐ後に続く好ましくない知らせを和らげようとする。《私の居場所については、ほんのもうしばらくの間ご猶予願います》。それからゲーテは、元気に暮らしていると書き、宮廷を去らざるをえなかった理由である重大な人生の危機がこの数年間に自分を襲ったことを、ヴェールで覆ったようにほのめかしながら続ける。《情緒と想像力において顕著な変化がすでに生じたという感じがいたします。すっかり成熟して準備万端整った人間となって、再びお目にかかれることを願っております》。それからカール・アウグスト公のベルリン訪問について尋ねた後で、わざと秘密めかして締めくくる。《他人の名を借りて、殿下に何事かお願い申し上げる事態が生じるやもしれません。私の筆蹟になる手紙がお手元に届きましたら、ご存知のない名前で署名されていても、そこに書かれた願いをお聞き届け下さるようお願い申し上げます》。公爵宛ての手紙に本名で署名させないほど強い未知の力とは何だろう。こう書くことでゲーテは、かつて二人ともフリーメーソンの会員であったことをほのめかし、イタリア諸国への旅で危険に晒されることを指摘したかったのかもしれない。当地ではフリーメーソンと、とりわけ光明会《イルミナティ》は厳しい取り締まりの対象だったのである。

ゲーテはワイマールの行政事務が普段通り進むようにも気を配った。同じ日に公国の役人クリスティアン・フォイクト宛てに長い手紙を書いている。フォイクトは詩人の代理で、とりわけ微妙で難しい仕事を担当していた。ゲーテは彼に、いつも通りの慎重な態度で仕事に没頭すること、不測の事態が新たに生じた場合の連絡先はしばらく待ってほしいこと、そして仕事は自分の判断で処理することを頼んでいる。そして彼にも、まもなくワイマールに帰ると約束した。

フォン・シュタイン夫人宛ての手紙では改まった調子を取り戻し、深く高貴な感情に溢れている。

《恋しい人に向けて、ほんの小さな紙片で生きている証しを送りましょう。しかし居場所はまだ教えられません。私は元気に過ごしており、私が楽しんでいる幸福をあなたと分かち合えたら、と願うばかりです。憧憬の念と共にしばしばそのような願いに襲われます》。ゲーテは《見たこと考えたことでとりわけ高貴なこと》を《ありのままに記した日記》を夫人のためにつけており、一〇月中頃までには届けたい、とも知らせる。《きっと満足されることでしょうし、私がしばしばお側にいた時よりも、こうして遠くにいる方が多くのものをえられると思います。スケッチも何点か添えるつもりです。後からもっと送ります。しかし、お手元に届いたものについては、誰にも話さないでください。あなただけに宛てたのですから……。お話したいことはたくさんありますが、秘密を明かさないために何も言えませんし、告白もしますまい……。旅は順調で、大きな利点を一度にもたらしてくれます。元気で過ごされますように。再びお目にかかり、話ができることを心から楽しみにしています。学生の言いぐさに、我が目で見られなければ、我が家に何の意味があろう、というのがあります。私ならもっと上手に言えます。あなたに話せなければ、自分があれこれ見物しても何の意味がありましょう》。その日記が本当にありのままを記したものか、大いに疑わしい。確かなのは、ゲーテがありのままと称していることだけである。ザイデル宛ての手紙では再びトーンダウンし、すっかり実用的で散文的な口調に戻る。《そちらに届けたものはヴェローナから送ったが、ここは今日立つ予定だ。万事思い通りに運んでおり、このまま旅が続けば、完全に目的を達成できるだろう……。同封の手紙では地名を挙げていないし、居所をほのめかすものは何もない。手紙を届ける際も、これまで通り何も洩らさぬこと。どうしても必要な時以外は、私宛ての転送は一切しないでほしい。私がローマに入る時に、北方からの知らせは何一つ期待したくないからだ。ローマからはすぐに手紙を出す。その時が頃合だ。この旅はまさに、熟したリンゴが枝から落ちるようなもので、もう半年早ければ旅に出ようなどとは思わなかったことだろう》。(34) 友人たちへの手紙とザイデル宛ての手紙の相違は明らかで、コメントはまったく不要である。

およそ一月後の一〇月一四日、ゲーテはさらに三つ目の手紙の束を郵便に出した。(35) フォイクト宛てがないのを除けば、受取人は先の手紙と同じである。当時ゲーテはすでにたっぷり二週間ヴェネツィアに滞在し、さらに南へ旅を続けるところだった。彼は宮廷への復帰を確保する複雑な戦略を組み立て、手紙の受取人一人一人にそこで果たす役割を振り当てていたらしい。シャルロッテ・フォン・シュタイン夫人への手紙はとりわけ日記に関係し、その日記の第一部は小包に収められて今しも夫人宛てに送られるところだった。夫人が手紙を受け取ってから二週間ほどして小包が届くだろう、とゲーテは書いている。(36) それと同時にザイデルには、フォン・シュタイン夫人宛ての小包を一番速い郵便馬車でワイマールの彼の許に送り、それからいろいろな品を詰めた箱も別便のもっと遅い馬車で送る、と知らせた。だがその後で考え直したらしく、フォン・シュタイン夫人宛ての小包も一緒に箱に入れた、と追記に書いた。この箱には、とりわけエジプト産の特選コーヒーが二五ポンド入っており、公妃ルイーゼと公母アンナ・アマーリア、ヘルダー夫妻に分けた後の残りはザイデルがもらうことになっていた。

ゲーテはシャルロッテ・フォン・シュタイン夫人宛ての手紙で、日記の私的な性質を強調し、夫人のためだけに記したのだが、それが唯一の目的ではない、と書いている。プライベートな記述を削除したうえで、ワイマールの友人たちにも読んでもらい、旅の目的地をこれほど長い間秘密にした友人たちに向けて第一印象を語る日々の報告にするつもりだったのである。そこでゲーテは夫人に、自分の手で文章を書き写し、二人の恋愛関係について何か評判を損ないそうな部分はすべて省くよう助言した。だが同時にふたたび制限を加える。《しかし、日記を朗読したり内容を話題にしたりはしないでください。さもないと、私が帰った時に話すことがなくなってしまいます。また、日記をもっているとは言わないように。私がどこにいるか、どのような暮しぶりか、誰にも知られたくないのです》。この頃になってもゲーテは、自分がローマに到着する前に日記の第一部がワイマールに届くことを恐れていたらしい。だからこそ、日記を日数のかかる箱詰めにして送ることにしたのだろう。最終目的地に着いた後で、初めて秘密を明かしてもよいし、また明かさねばならない、とゲーテ自身がザイデルに繰り返し書いている。ゲーテはボローニャでラファエロ作の有名な『聖女チェチーリア』を見るつもりだったが、その手前のチェントに滞在した一〇月一七日、相変わらずフォン・シュタイン夫人のために記していた日記にローマの名前が初めて現れる。ついに彼は、生涯抱き続けた、ローマを見る憧れについて語る。興奮して、まるで熱に浮かされたように、それでも何かに邪魔をされる暗い不安に相変わらず取りつかれたままで、こう書いている。《ローマの近くにいることで、どれほど心惹かれる思いでいるか、言葉では表せません。はやる気持ちに歯止めをかけねば、途中で何も見物せずに、まっしぐらに駆けて行きたいほどです。わずか二週間で三〇年来の願いが叶えられるのです！ところが、そんなことはありえないという気もいまだにします[37]》。これ以降ゲーテはしばしば、むしろそうするしかないように、ローマを話題にした。できるだけ早く目的地に着きたくてはやる気持ちで一杯だが、突発的な事態が生じることも依然として恐れていた。一〇月一八日にボローニャで書いた日記には、一一月一日の万聖節にあわせてローマに入りたい、とあった。しかしすでに一〇月二九日には、旅の苦労に疲れながらもこのうえない上機嫌で、ついにローマに到着した、と記している。[38]体調は良好であると請合い、カール・アウグスト公には《目的地と期間》を伏せていた。この時ゲーテは、公爵の前で自分の生涯の大部分について釈明をせねばならなかった。彼の《聖遷《ヘジラ》》、巡礼の旅の初日が、公爵の誕生日九月三日にあたることはいかにものことであり、何があっても公爵から自分を引き離すことはできないと確信させられた、と。実際にはこう書いている。《こうしたことすべてが、私のような迷信深い人間に不可思議極まる現象を見せるのです。神のお計らいに人が手を出すべきではありません》。手紙はこんな文章で結ばれている。《殿下は私の居場所をご存知であると人々が思うのも当然のことです》。この言葉の意味は明快である。ゲーテの忠誠心に対して不信の念を生じさせないため、公爵が詩人の居場所を知らないという疑念は誰にも抱かせてはならなかったのだ。大仰なトーンが、まったく実際的な心配から生じたことが分かる。ゲーテと公爵の重要な会合は九月二日の手紙でもほのめかされているが、史料にはこれ以外の記録は残っていない。しかし上述した八月二三日のフォン・シュタイン夫人宛ての手紙では、公爵の前で『イフィゲーニエ』を朗読したことを話題にしている。《昨夜は『イフィゲーニエ』を朗読し、好評を博しました。公爵も列席され、不思議な感動を受けたようです。今は韻文に書き換えてあるので、新たな喜びを覚えます。まだ手を加えるべき箇所があることもよく分かってきました[39]》。すなわちゲーテは、旅の間中取り組んでいたこの作品を、忠誠心の担保とも、将来の奉仕の前払いとも見なしたのである。実際に、一七八六年一二月一二日にローマから出した二通目の手紙では、それまで全体に手を加えたこの作品をいわば借りになっていた忠誠の証しとしてまもなく公爵に送ると告げている。この手紙でゲーテは生涯の転換点がすでに訪れたことをほのめかす。それはとりわけ、今やついに全身全霊をもって打ち込めるようになった詩人としての活動に関するものだった。《その他に『イフィゲーニエ』もすっかり書きなおしました。今は信頼できるスイス人が写しを取ってくれているので、クリスマス頃には発送できることと思います。この労作により、世間一般と殿下のためになにがしかの義務を果たしたことになればと願っております。これからは他の作品に、いよいよ『ファウスト』にも取りかからねばなりません。自作の断片を印刷しようともくろんでおりました時は、自分は死んだものと考えていました。着手した作品を完成させて生きている証しとできれば、どれほど喜ばしいことでしょう[40]》。一〇月一四日のヴェネツィア発の手紙では自分を《迷信深い人間》と呼んだが、一八二九年のエッカーマンとの会話でもこの表現を繰り返し使った。同年の二月一〇日にエッカーマンは要約してこう書いている。《誰かに気づかれれば到着できないという迷信。だからこそ深い秘密にしたのだ。ローマから公爵宛てに手紙を書いた[41]》。だがこれで何かの説明になるだろうか。その二年前の一八二七年五月三日にエッカーマンが書き留めた会話、つまりフランス語に訳されたゲーテの戯曲に対するジャン・ジャック・アンペールの評論が契機となった会話で、詩人は生涯におけるこの困難な時代について、はるかに現実に近い話し方をした。すなわちこの評論家が自分について書いたことは至極的を射たものだと述べている。《彼が見事に気づいた通りだ》と、ゲーテは当時の秘書エッカーマンに語る。《ワイマールで政務に就き宮廷生活を送った最初の一〇年間はほとんど何もしないに等しかった。絶望感からイタリアへと駆り立てられ、そして当地で創作意欲を新たにしてタッソーの物語に取りかかった。この適切な素材を扱いながら、ワイマールでの印象と思い出の中でまだ私にまとわりついていた辛い思い、煩わしい思いから解放された》[42]。後に分かるように、タッソーの名を挙げてフェラーラの宮廷とタッソーの難しい関係を言外に指摘したことは、二年後に口にする《迷信》と称するものより、ゲーテのおかれた状況を理解するのにはるかに役立つのである。

この物語のもつれた糸は今や解きほぐされた。ほどけた糸は一本一本見分けることも、より分けることもできる。そこで、ゲーテがイタリアへの《逃走》をあれほど深い秘密とした理由を、またこの旅からどのような成果を望んでいたのかを、ついに我々も説明できるようになった。ゲーテがめざした目標、明言せずに幾度もほのめかした目標は、国務から解放され、とりわけ詩人としての活動に再び没頭できることだった。しかし、公爵からもらう俸給は諦められない。この目標を達成できるものか、詩人はほとんど確信がなかった。それというのも、ザクセン゠ワイマール公カール・アウグストがゲーテをワイマールに招聘して一〇年間も宮廷に引きとめたのは、詩人としてではなく国務を任せるためだったからである。自分の立場を根底から覆すのは実に困難だった。公爵の心を動かすには、ゲーテほどの人間が努力、想像力、技術を総動員する必要があったのだ。公爵はそのような可能性など考えたことさえなかったのだから。一七八六年九月一八日のザイデルに宛てた手紙で、熟したリンゴがひとりでに枝から落ちるメタファーを使ったが、それはこの慎重な配慮を要する作戦の意味を実に巧みに言い換えたものだった。旅の目的地と期間を秘密にしたのは、計画を事前に頓挫させないために必要な予防措置だったのである。迅速な帰国が不可能なほど遠くに行ってしまうまで、公爵に帰国命令を下す気を起こさせてはならなかった。ローマに到着して初めて、居場所を明かすことができた。ワイマールの宮廷から遠く離れることで、帰国の条件を交渉できる優位な立場になれたのである。いずれにせよ、ヴェローナやヴェネツィアに比べると、ローマから呼び戻すほうが難しい。この距離こそ、旅の期間の前提条件である。公爵がゲーテの職務を免じざるをえず、それによって役職からの引退と、引退から生じる結果すべてが既成事実となるまで、比較的長い間ローマに留まる必要があった。公爵は長期の不在という確定済みの事実に直面するしかなく、しかもそれは有給休暇として正当化されている。小国の行政がゲーテ抜きでも機能することを、しかも彼の勤務を気軽に、そして永遠に諦められるほど見事に機能することを証明するための長い試験期間がこうして始まったのである。

一七八七年七月、ナポリからローマに戻る途中のゲーテに公爵からの短い書状が届けられた。この書状で公爵はゲーテを励まし、作品集を完成させるまでイタリアに留まることを許している。ゲーテは七月七日にローマから感激の返書を送り、旅の期間をもう少し伸ばしたいと願い出た。八月一一日にはついに、一七八八年の復活祭まで滞在する許可を求めた。願いは聞き届けられ、ローマ滞在はさらにほぼ一年延長されたのである。(43)

休暇を段階的に、次第に長びかせることで、ゲーテは望む通りの解決案を公爵に納得させられた。先のメタファーを使えば、この間にリンゴは熟し、ひとりでに枝から落ちたのである。詩人はほぼ二年後にこの成果を懐に納めてドイツへ帰る。カール・アウグスト公は詩人に事実上あらゆる国務を免じたが、それだけではなかった。一六〇〇ターラーから一八〇〇ターラーへの昇給さえ行われたのである。これはゲーテが旅から望みうる最高の成果だった。だが旅の成果はそればかりではなかった。

第二章　微行

ゲーテがカールスバートから逃走すると、とりわけそれが密かに行われただけに、後に残された友人たちの間である種の混乱が生じた。八月二八日の誕生祝いにも加わったプロイセン貴族のフォン・アセブルク夫人は、自分がカールスバートを発つ直前の九月八日にカール・アウグスト公宛ての手紙で、誰もが抱いていた不快感を冗談めかしながらも次のように表した。《枢密顧問官フォン・ゲーテ氏は脱走兵なのですから、軍法会議にかけて思いきり厳しい処罰を下したいものです》。《私たちにいとまを告げもせず、決心を他人に悟らせもせず》、こっそりと立ち去るとは、《なんてひどいことでしょう！　フランス流とでも言いたいところです。とんでもないことです、私たちプロイセン人ならば敵を策略にのせはしても、けっして友人相手に策略を用いたりはしません(1)》。冗談めいた調子ではあるが、困惑を隠しきれていないし、怒りも混じっている。当初は困惑していた親密な友人たちも、本気で心配するようになった。カロリーネ・ヘルダーは大変なゲーテ贔屓で、詩人の精神的な危機を耳にしていただけに彼の振舞いも許したのだが、秘密の逃走から数カ月後の一七八七年二月八日に、ワイマールからゲーテと共通の友人ヨーハン・ヴィルヘルム・ルートヴィヒ・グライムに宛てた手紙でこう述べている。《それでは、ゲーテが昨年の一〇月からローマにいることをご存知なかったのですね。あちらでとても幸せに暮らしています。彼の精神はワイマールに安息の地を見いだせず、信頼する友人たちにさえ何も告げないまま、こっそりと大急ぎで立ち去りました。ゲーテにはそうした休息がぜひ必要だったのです……》(2)。夫のヘルダーも、この奇妙な旅立ちがなかなか忘れられなかった。一年以上たった一七八七年一一月二九日になっても、同じく共通の友人であるヨーハン・フリードリヒ・ラクニッツに宛ててこう書いたほどである。《我らがゲーテはイタリアで上機嫌に過ごしている。カールスバートから逃げ出した時には、一言も告げず、私には紙切れを残しただけだった。ローマから便りをよこしたので、それは悪くなかったのだが(3)》。

実際ゲーテはようやく一一月一日になって、ローマ到着を友人たちに知らせた(4)。九月三日にカールスバートをこっそり立ち去ってから二カ月が過ぎていた。この間にゲーテの神秘的な失踪の知らせはドイツ中に広まったが、隠れ家を見つけることは誰にもできなかった。

出発前にゲーテはフォン・シュタイン夫人の末の息子フリッツをしばらくワイマールの自宅に引き取り、教育の面倒を見ていた。恋人である夫人のおかげで、自分の息子でもないフリッツに対して父親の義務を引き受けることができたのである(5)。九月二日にゲーテはカールスバートからこの教え子にも手紙を書き、旅に出ると伝えた。他の人々と同じく旅の目的地は洩らさなかったが、帰国の際には土産話をたくさん聞かせてやると約束している(6)。ザイデルは指示に従って若者に詳しい話はしなかったので、フリッツも育ての親に関する情報は手に入らなかった。そのため一〇月中頃、ゲーテの母親、通称アーヤ夫人に宛ててひどく興奮した手紙を書き、ぜひ詩人の滞在地を教えてほしいと嘆願した。

公爵でさえ詳しくはご存知ないが、ゲーテ氏はボヘミアにいると思う、と。アーヤ夫人は一七八六年一一月一七日に、この手紙の件を息子に知らせる。それは夫人がローマからの手紙を受け取った直後のことで、ゲーテは母親にも一一月四日になってから、数日前に永遠の都に到着したことを報告したのだ。(7)

公爵は当時まだベルリンに滞在中で、本当の旅の目的地がついに明かされた一一月三日のローマ発の手紙を受け取るのはもう少し後になってからだった。逃走した大臣はこう書いている。《ようやく口を開き、喜びをこめて殿下にご挨拶申し上げます。秘密をもったこと、当地までいわば潜伏旅行をしたことをお許し下さい。自分でさえ行先を口にする勇気はほとんどなく、道中も怯え続け、ポポロ門の下に立った時にようやくローマに着いたと確信できたのです》。こう威勢よく書き出したゲーテは、次に自分を旅へと駆り立てた人生の危機というお馴染みのテーマを繰り返す。《まさにここ数年来は一種の病にさえなっており、この地を眺め、ここに来ることでしか癒せなかったのです。今ならそれも告白できます。ついに私は一冊のラテン語の書物も、イタリア地方を描いた一枚のスケッチも目にすることができなくなりました。この国を見たいという願望が膨らみすぎたのです……》。それからワイマールは自分が不在でも滞りがないことを期待しつつ、詳細を定めない長めの休暇を請願し、そしてこう結んでいる。《……そこで、幸先よく着手したもの、今や天の同意もあってなされたと思われるものを首尾よく完遂させて下さるようお願いいたします》。(8) ちょうどこの頃カール・アウグスト公は政治問題で多忙を極め、すぐには返事を書けなかった。それでも一二月二日にはゲーテの旧友カール・ルートヴィヒ・クネーベル宛てに、ゲーテがローマにいると分かったと告げ、フォン・シュタイン夫人宛てにゲーテに関する手紙を出している。[9] ゲーテは恋人の夫人宛てにもローマから何通も手紙を出したが、返事はまだ一通も届かなかった。ようやく一二月九日になってザイデルの書状と共に、紙片に書いた手紙を受け取ったものの、そっけない内容に大いに落胆した。この件でゲーテは、気分を害された夫人にもっともな理由のあることが分からない振りをしてぐちをこぼしている《あなたのつれないお手紙に私の心がどれほど引き裂かれたか、言葉では表せません[10]》。実際シャルロッテ・フォン・シュタインは、詩人の突然の出立、旅の目的地をこれほど長い間隠していたこと、その他もろもろをまだ許す気になれなかった。へそを曲げたフォン・シュタイン夫人はゲーテの手紙に返事一つ出さなかったのである。夫人は一二月二日にカール・アウグスト公からゲーテに関する手紙を受け取ったことも知らせず、また一一月七日と二四日の手紙でゲーテから公妃への挨拶を言付かったが、これも果たしていなかった。[11] ゲーテは公爵からの返書も届かず、同意をほのめかす知らせさえ受け取れないので次第にいらだってきた。フォン・シュタイン夫人は依然として宮廷につながる重要なパイプ役だったが、夫人が沈黙したため、そちらの線も絶たれてしまった。ベルリンからローマへの郵便に相応の時間がかかることは承知していたものの、旅の目的地が遠方のためカール・アウグスト公の不興を買ったのではないかと恐れていたのである。そこで一二月一二日に、すでに述べたローマからの二通目の手紙で、もう一度心からの挨拶を送り、もうしばらくイタリアに滞在する許可を求めた。それと同時に同意の証しを求めている。《殿下の思い出と愛情の証しとなる品をぜひ頂戴したいと存じます。たった一人で世間へ投げ出された私は、置き忘れてきたものさえ手に入らないのであれば、世に出たての青二才よりも酷な目にあってしまいます[12]》。

幸運にも、事態はゲーテが心配していたほど悪くはなかった。一二月一四日に公爵はベルリンから母親のアンナ・アマーリエにこう書いている。《ゲーテの滞在地がついに分かりました。神々のご加護がありますように！　昨日手紙を書き、思うまま職務を休むように伝えました》[13]。つまり、ゲーテが求める天の寵愛は失われなかったのである。しかしローマでは、公爵の手紙をさらに数週間待たねばならず、詩人は日ごとに落ち着きを失っていった。一二月二九日にゲーテは、文通を再開したフォン・シュタイン夫人に宛てて、来春に帰国すると思ってもらってかまわない、と書いた。翌日に加えた追伸では、そのことを公爵にも伝えるよう頼んでいる。《私が帰路に就く計画については、殿下と、ごく身近な方々にだけ話して下さい。殿下によろしくお伝え下さい。私はまだ殿下のお手紙は一通もいただいておりません》[14]。一月初めに詩人はようやく安堵した。六日にはワイマールの友人たちに、公爵から《慈悲深く思いやり溢れる手紙》を頂戴し、《期限を定めずに職務から解放され、遠方の地にいることも許していただいた》と報告する。これを含めて公爵や友人たちがイタリアのゲーテに宛てた手紙は一通も現存しないため、返書から内容を再構成せねばならない。一月一三日にゲーテはカール・アウグスト公に手紙を書き、心からの感謝を表明した。《これほどご寛大に私の願いをお聞き届け下さったこと、お手を差し伸べていただき、私の逃走、不在、帰国をお許し頂いたことには感謝の言葉もございません》[15]。こうして計画の第一部——明らかにもっとも微妙で危険な部分——は成功裏に終わったと見なせる。残りの計画はこれから少しずつ実行する予定だった。

一七八七年一月、カール・アウグスト公はクネーベルをお供にマインツへ赴く。カール・テオドール・フォン・ダールベルクを司教補佐、つまり大司教の後継者候補に任命する件で、高齢の大司教フリードリヒ・カール・ヨーゼフ・フォン・エルタールと交渉するためだった。ダールベルクはエルフルトのマインツ選帝侯代理であり、公爵とは忠誠心で結びついていたので、カール・アウグスト公と諸侯同盟を結ぶプロイセンの支持も取りつけてあった。しかしウィーンにある神聖ローマ帝国の宮廷はダールベルクの立候補に強く反発する。プロイセンの影響力が強まることを恐れ、将来の皇帝選挙に及ぼす危険を懸念したのである。マインツ大司教はドイツ皇帝を選ぶ選帝侯の一人だった。[16] カール・アウグスト公がマインツに滞在したこと、そしてゲーテのローマ旅行が数カ月にわたり秘密にされていたこと、この二つの出来事にはなにか関係があるのでは、との疑念が生じた。一七八七年一月二七日、マインツ駐在の神聖ローマ帝国代理公使フェルディナント・フォン・トラウトマンスドルフ伯爵は、ウィーンの宰相ヴェンツェル・アントン・フォン・カウニッツ侯爵にこう伝えている。マインツ選帝侯の座を狙うプロイセンの計画に関してローマ教皇の支持をえるため、ゲーテが秘密の使命を帯びてローマへ派遣されたとの噂が広まっている、と。しかし、こうも付け加えた。この噂が生じたのは、《旅の秘密が至極厳重に守られたから》にすぎない。《ゲーテ夫人は夫がフランクフルトにいると思い込み手紙を出しましたが、その頃すでに公爵みずからが、フォン・ゲーテ氏宛てに届いた郵便物はすべてそのままローマへ転送すべしとの命令を下されていたのです》。トラウトマンスドルフの急送公文書を読んだカウニッツは不安を抱いた。そこで二月七日に返書を出し、エルフルトでさらに情報を収集するよう代理公使に依頼する。それと同時にローマの神聖ローマ帝国大使館にこの問題を委託しようとした。[17] すなわち、ゲーテはカール・アウグスト公の政治上の策謀に何の関わりもなかったにもかかわらず、いわくありげに旅立ったために外交上の危機を引き起こしかけたのである。さらにトラウトマンスドルフ伯爵は、一月にフォン・シュタイン夫人（先に伯爵は誤ってゲーテ夫人と呼んだ）がローマから届いた手紙をゲーテの母親アーヤ夫人に送ったことを聞き及び、そこから誤った結論を導き出した。そのうえ公爵本人がフランクフルトのアーヤ夫人を訪問していた。アーヤ夫人は一七八七年一月二九日にシャルロッテ・フォン・シュタイン宛ての手紙でこの件を報告し、あわせてローマからの手紙を送ってもらった礼を述べている。(18) 政治的な重要性は皆無のこうした些細な出来事すべてが膨れ上がって外交上の事件に発展したのだが、後にこの余波はさらにローマまで及ぶことになる。

ゲーテがあれほど長い間目的地を秘密にできた理由の一つには、用心のため偽名を用いたこともある。一七八六年九月二日のカール・アウグスト公宛ての手紙では偽名で旅に出る意図を告げたが、どのような名前かは公爵にも教えなかった。名前を教えられたのは秘書のザイデルだけで、それは八月二三日に指示を受けた際だった。この手紙でゲーテは、旅の費用に必要な金を銀行役になってくれるイェーナの商人パウルゼンに宛てて転送するようザイデルに依頼している。手紙によれば、その後パウルゼンが最初の二〇〇ターラーをヨーハン・フィリップ・メラー氏宛てに振替で送る手はずになっていた。(19) ゲーテが旅のために選んだ偽名はここで初めて登場する。ヨーハンは自分の、フィリップはザイデルのファースト・ネームである。(20) メラーはドイツ人の姓として至極ありふれているので、他人に気づかれないための良い隠れ蓑となった。このヨーハン・フィリップ・メラーが何者か、パウルゼンは知らなかったらしい。一〇月一四日にゲーテはザイデルを介して、メラーがヴェネツィアの銀行家レックとラムニットの許で振込まれた一六七リーヴルと一四スクードを換金した、とパウルゼンに伝えているのである。[21]これは取決めに従ってフランクフルトのベートマン銀行を経由してヴェネツィアに送られた金だった。しかしベートマン銀行の関係者にも、メラーという名の背後に誰が隠れているか知られてはならなかった。ゲーテはローマから母親に宛てた一七八六年一一月四日の手紙に銀行家宛ての手紙を同封し、出所を悟られないように転送してほしいと頼んだ。それというのも、《ベートマン銀行の人びとはそれと知らずに、別人を名のる私に信用貸しをしてくれているのです[22]》。アーヤ夫人は息子の願い通りに頼まれた仕事を果たし、そのことを一一月一七日の手紙で知らせた。[23]すなわち、メラー氏の正体を知っていた唯一の人物がザイデルで、この状態は長く続いた。

ゲーテが難を避けるため偽名を選んだのはけっして無駄ではなく、旅程の各地で大いに役立つことになる。とりわけ、詩人の名がイタリアよりはるかに知れ渡ったドイツにいる時、すでに効力を発揮した。ドイツの新聞には、ホテルや宿屋に宿泊した旅行者の氏名を身分にかかわらず公表する習慣があった。ゲーテがイタリア旅行の途中で南ドイツを通った時も、それに変わりはなかった。一七八六年九月一二日の『レーゲンスブルク日報』にはこうある。《九月四日郵便馬車にて到着、ライプツィヒ出身の旅行者メラー氏、白羊亭に宿泊》。九月一三日の『ミュンヒェン週刊新聞』も、《ライプツィヒの商人メラー氏がカウフィンガー小路、アルベルト氏経営のワイン酒場黒鷲亭》に投宿したと報じている。[24]ここには前年クネーベルも宿泊したことがあった。ゲーテはそれを知っていて、この宿を選んだのである。[25]ホテルに泊まった旅行者の名前を発表する新聞の慣行もゲーテは知っていた。たとえば一七八八年七月五日にゲーテはコンスタンツからヘルダーに宛てて、ヘルダーがダールベルクと共にローマへの旅に出たことを新聞で知った、と書いている。[26]ちなみに、このダールベルクは司教座聖堂参事会員ヨーハン・フリードリヒのことで、前述のエルフルト選帝侯代理カール・テオドールの弟である。

しかし、南ドイツに滞在したことから行先を推測されたくなかったので、さらに予防措置を講じねばならなかった。ゲーテを知る人がいるかもしれない土地はすべて避けるのが、当然の賢いやり方だろう。だがこの危険こそが、彼には心地よいスリルだったのだ。詩人がレーゲンスブルクである書店に入ったところ、たちまち見習い店員に気づかれてしまった。この店員は前年にワイマールの書籍販売業者の許で働いていたのである。しかし、詩人は厚顔にもゲーテであることを否定した。同市で詩人はヤーコプ・クリスティアン・シェファー牧師の博物標本館も訪れた。だが牧師はゲーテと個人的な面識はなかったので、メラーの名で来館記念帳に記入するだけで煩わしい思いをせずに済んだ。(27) ミュンヒェンではクネーベルと同じ旅館に泊まったが、本名を明かさないだけで十分だった。ここでは、かつてしばらく文通していた画家フランツ・コベルのアトリエも訪ねている。誰もゲーテの顔を知らなかったので、ゲーテは画家たちが仕事するのを見物して楽しんだ。その中には詩人が名前を知っている画家もいた。旅でのこうした最初の経験について、フォン・シュタイン夫人宛ての日記ではこうコメントしている。《ゲーテは大きな子供で、いつまでもそのままだろう、とヘルダーが言ったのは正しいようです。今は上機嫌で、子供っぽい性質を存分に発揮しています》(28)。これは実に重要な発言で、ヘルダーは友人がローマで暮らしていた環境を知った時にも繰り返すことになる。

お忍びの旅らしく、ライプツィヒ出身の商人メラーと称するのに説得力をもたせるためには、まずふさわしい身なりに配慮せねばならなかった。ゲーテは旅嚢と穴熊皮の鞄だけを持ってカールスバートを発ち、レーゲンスブルクではさらに《小さなトランク》を買った。衣装としては袖付きのベスト、フロックコート、外套、長靴を身に着けていた。ポケットに入る小型の拳銃も数丁持って行ったが、幸いにも使う機会はなかった[29]。言語の境界線を越え、イタリア語しか使われない地域に来たことをロヴェレートで確かめると、ついにイタリア語の知識も試す時が来た。結果は上々だったらしく、日記にこう記している。《愛する言葉が今や話す言葉となったのは実に嬉しいことだ》。翌朝トリエントでは、自分の服装が普通のイタリア人とまったく違うことに気づく。《誰も長靴を履かず、羅紗の上着も見かけない。私はまるで山から出てきたばかりの北国の熊のようだ。だが、少しずつ土地の衣装に着替えていくのを楽しむとしよう[30]》。そしてヴェローナで実際その通りにした。路上の人々が彼の長靴を不思議そうに眺めているのが分かったからである。長靴のせいで、外国の裕福な旅行者であると一目でばれたのだ。そこで長靴を脱ぎ、すっかりイタリア風に装うことに決めた。ゲーテは日記と同時に支出簿もつけていた。当初はドイツ語で記し、そしてオーストリアとの国境に近いヴェネツィア共和国の最初の土地マルチェージネからは、イタリア語で毎日の出費を記録した。今日でもゲーテ資料館に保管されているこの支出簿によれば、ヴェローナで布地、靴、バックル、靴下、シャツ、ヘアブラシを購入し、仕立屋にシルクのズボンと布地の《衣服《ヴェスティメント》》を作らせている。これはおそらく裾の付いた丈の長い上着だろう[31]。このようにイタリアの商人らしい身なりを整えてから理髪店を訪れると、ヴェローナ市最大のブラー広場の人ごみの中へ堂々と散歩に出かけた。九月一七日夜の日記にはこう記している。《今日はまったく気づかれることなく市内とブラー広場を歩き回った。地元の中産階級の男性がどのような服装をしているかを観察し、それとまったく同じ服装を準備させた。言葉で言い表せないほど楽しかった。今では身振りも真似てみる。たとえば、人々はみな歩く時に腕を振る。身分のある者は剣を帯びるので右腕だけを振り、左腕は動かさない習慣がついているが、それ以外の人々は両腕を振る、といった具合[32]》。

二度目に変装の楽しみを存分に味わったのは、ヴィチェンツァだった。ゲーテは市場をぶらつき、いろいろな人と話をし、イタリア人を観察し、また自分を同国人と思っているイタリア人からも観察された。《さらに亜麻織りの靴下を履き、いわば身分を少し下げた姿で市場の人々の間に立つ。あらゆる機会をとらえて話をしたり、ものを尋ねたり、イタリア人同士が話す際の身振りを見る。彼らの自然な態度、率直さ、善良な性質は、いくら誉めても誉めすぎではない》。二日後も詩人はまだヴィチェンツァにいて、同じことを楽しんでいる。詩人ゲーテ、またはワイマール公国の大臣と見破られる不安も感じずに、自分の本当の身分を偽り、商人と思わせている。《靴下で人々を惑わすのが今や楽しみとなった。靴下のおかげで、誰も私を紳士だとは思えないのだ。ちなみに、私は彼らには率直で礼儀正しく分別ある振舞いを見せ、正体がばれる恐れもなく、ただ自由に歩き回っている。いつまでこうしていられるだろう》。この点がワイマールとは雲泥の違いで、イタリア旅行の感動的な側面が新たに見えてきた。突然ゲーテは、まったく違う形の人付き合いを発見したのである。これならば、相手との隔たりをなくして他人の中に混じり込むことができ、普通は社会階級が妨げとなる、あの人間らしい関係を結べる。九月二五日晩の日記では、直接フォン・シュタイン夫人に向けてこう書いている。《私がこの僅かな期間にどれほど人間らしさを取り戻したか、言葉では表せないほどです。しかし、小さな独立国家に住む我々が、どれほどみじめで孤独な人間であるかも分かりました。というのも人々は、とりわけ私のような立場の者が話をできる者といえば、腹にいちもつある連中ばかりなのですから。これほど人付き合いの有難味を感じたことはありません……》[33]。微行はイタリアで実を結び始めたのである。

もちろんヴェネツィアにもドイツ人はいたが、レーゲンスブルクの突発事故以来、ゲーテは注意深く同国人を避けていた。この湾の都に滞在した二週間は、とりわけ身なりを整えることに時を費やす。二足目の靴、帽子、靴下を二足、ズボン下を二着買いこみ、洗濯女に下着を二度洗わせた。タバルロを一着買おうとしたこともあった。これはヴェネツィア市民が謝肉祭で着る袖なしで長筒形の外套である。しかし値が張りすぎたので、一五ソルドというささやかな金額で謝肉祭用のマスクを買い、当地の謝肉祭に誰もが着る仮面付きの黒マント《バウッタ》を一日借りて我慢した。こちらは五リラですんだ。しかし謝肉祭のために贅沢をして召使いを雇う。この男はヴェネツィアの事情に精通したドイツ人で、七〇リラとかなりの費用がかかったが、実に役立った[34]。これらの新しい衣装と、とりわけヴィチェンツァとヴェネツィアで購入したおびただしい数の本――その中にはヴィトルヴィウスやパラディオの大部の本もあった――のおかげで、荷物はかなり膨れ上がった。そこで、レーゲンスブルクで買った小さなトランクをヴィチェンツァで修理に出し、さらにヴェネツィアではもっと大きなトランクを手に入れる必要が生じた[35]。ゲーテは当地でも商人と称し、民衆に混じって土地者の身振りや振舞いを真似する楽しみを諦めはしなかった。《彼らには一つの共通点がある》と彼は記している。《それは彼らが、いつも溌剌として話すことに夢中な一つの民族に属しているからでもあるし、互いに所作を真似するためでもある。彼らにはお気に入りの身振りがいくつかあって、これは私も覚えようと思う。そもそも私はこれを真似する練習を積み、帰国の際には身振りを交えて皆に話をするつもりなのだ。言葉が変われば、身振りからもイタリア人らしさがずいぶんと失われてしまうことだろうが(36)》。

すでに一〇月一〇日の日記では、後の一一月三日にローマからカール・アウグスト公に宛てる最初の手紙の内容を先取りしている。すなわち、イタリアへの憧れが本当の病気になってしまったことである。《今なら言える、私の病と愚かな行為を白状できる。この数年間、ラテン語の書を読んだり、イタリアのイメージを新たにするものに触れるたび、必ず恐ろしい心痛に苦しめられた》。ついにイタリアを自分の目で見た今は、この病から癒されつつある。《というのは今でも、事物を初めて目にするのではなく、前にも見たような気が本当にするからだ。ヴェネツィアに来てまだ間もないのに、まるで当地で二〇年を過ごしたかと思われるほど、ヴェネツィアの生活は性に合っている(37)》。要するに治療は順調に進んでいたのである。しかしこの言葉を聞かせたい相手はフォン・シュタイン夫人ばかりではなかった。すでに述べたが、一〇月一四日にヴェネツィアを発つ際に夫人に書き送ったように、基本的にこの日記はワイマールの友人たちにも宛てたものであり、夫人が少し手を加えれば彼らに読ませてもよかった。日記の最後の部分は、一二月一二日にローマから送った(38)。これについては翌年一月六日に、日記をそのまま他の人々にも読ませてよいと夫人に伝え、当初の制限を撤回している。《私の日記が到着したら、あなたの好きにしてください。あなた宛ての私信で読むに値する手紙や箇所も同じです。誰に対してであれ、好きなように楽しませてあげてください。以前にそれを禁じたのは、まだ心が沈んでいた時期だったからで、二度とそうした気分にはならないでしょう(39)》。しかし、フォン・シュタイン夫人はこの許可を利用しなかったらしく、日記をゲーテの母親に送っただけだった。アーヤ夫人はあらゆる方面に息子の消息を求め、フォン・シュタイン夫人ばかりか、その息子のフリッツにも尋ねていた。アーヤ夫人はフォン・シュタイン母子より、まずローマからの手紙数通を、それから日記も受け取った。日記の第一部は一七八七年六月一日に丁寧なお礼の言葉を添えてフリッツ・フォン・シュタインに返送している。[40] フォン・シュタイン夫人はヘルダー夫妻ともローマからの手紙を交換したが[41]、夫人がヘルダー夫妻や他の友人たちに日記を読ませたことを示す資料は何もない。

夫人が日記を回し読みさせなかったわけはよく理解できる。日記を読めば、ゲーテがカールスバートに背を向けた途端、深刻な危機をたちまち克服したことが分かってしまうからである。詩人はワイマールから離れるとすぐに、生きる喜びを取り戻した。それを表すように、日記には《楽しみ》という言葉が繰り返し現れる。つまり病気の本当の原因はイタリアへの憧れではなく、公務、宮廷生活、礼儀作法、フォン・シュタイン夫人が教え込もうとした上流社会のルールなどにうんざりしたためだったのだ。日記はこうした教育の努力が失敗したことの記録である。熊はイタリアで自由を取り戻し、ようやく再び幸福になれた。その日記を回し読みさせれば、ゲーテが恋人から遠く離れて上機嫌でいること、生まれ変わり新たな生命をえたように感じるほど素晴らしい時を過ごしていると他人に知らせることになった。日記はしまっておく方が得策だったのだ。

数カ月後にはゲーテも、日記をワイマールに送ったのが重大な過ちだったと気づく。イタリアでの治療が順調に効果を発揮していることを日記で証明し、この吉報を伝えることで、遅かれ早かれ帰るつもりでいる宮廷世界とのパイプをつないでおくつもりだった。しかし、日記には宮廷世界に対する過激な批判が含まれている点を見過ごしてしまった。そこここでほのめかすように表現されただけだが、容易に聞き流せない批判である。これに気づいたゲーテは一七八七年一月一七日、ローマに到着して以降は日記を書いておらず、これからは手紙を日記の代わりとしたい、とフォン・シュタイン夫人に伝えた。《ローマに着くともはや何も書けなくなりました》と弁明している。《あまりにも大量の存在が迫って来て、人は自己を変化させねばなりません。以前抱いていた理念にはもはや拘泥できず、それでもどこが啓蒙されたか詳しくは言えないのです。私の手紙、読む価値のある紙片が一種の日記となるでしょう》[42]。それからというもの口調が変わり、一八七八年にイタリアから出した多数の手紙に《楽しみ》の言葉は二度と現れない。ローマに行ったのは、研究のため、古代・現代の記念物や芸術のコレクションを見学し、作品集の編集をするためである。研究旅行であり、物見遊山ではないのだ。このことをゲーテは一七八六年一二月一三日にヘルダー夫妻に宛ててはっきりと書いている。《当地で次第に死の跳躍《サルト・モルターレ》から回復し、楽しむよりもむしろ学んでいます。ローマは一つの世界であり、勝手を知るだけでも数年が必要です。見学して立ち去るだけの旅行者はなんと幸福なことでしょう》[43]。これ以降の往復書簡には控えめな態度がめだつようになる。文通の課題はなによりもワイマールへの橋渡しであり、一旦は逃げ出したものの、早晩帰らねばならない宮廷世界と仲直りすることが目的だったのである。

さまざまな偽装工作を行ってみても、ゲーテはローマで素晴らしい日々を過ごしていることを隠しきれなかったので、詩人の手紙を受け取った友人たちはそれに気づき、しきりと触れまわった。カロリーネ・ヘルダーが一七八七年二月四日にヨーハン・ゲオルク・ミュラー宛てに《私たちのゲーテがローマにいることはご存知でしょう。彼はあちらでとても幸福にしています……》と、また二月八日にグライム宛てに《彼はあちらでとても幸せに暮らしています》と書いたのはそうした意味である。[44]三月二日に公母アンナ・アマーリアはゲーテの手紙の抜粋を、フランクフルトにいる詩人の母親に送った。同じ日に公母付きの女官ルイーゼ・フォン・ゲヒハウゼンは共通の友人ヨーハン・ハインリヒ・メルクに宛てて、ゲーテからの手紙を読めば、ローマの生活を大いに楽しんでいることが分かる、と書いた（《彼の楽しみは日ごとに大きくなります》[45]）。アーヤ夫人は三月九日に公母に礼状を送り、息子が元気に暮らしていると知った喜びを述べた。[46]公爵自身もクネーベルに宛てて、ゲーテは申し分ない時を過ごしているが、はめを外さなければよいが、と書いている（《当人は至極楽しんでいるようだ。彼ほどの年齢になれば、分相応以上に楽しまぬよう自制できるだろう》[47]）。フォン・シュタイン夫人も今回はゲーテの頼みを聞き入れて、ローマから受け取った手紙をしばしばヘルダーに読ませた。一七八七年九月二〇日にはまとめて三通の手紙を送って読ませている。フォン・シュタイン夫人は、その頃ヘルダーの健康状態が思わしくないことを夫から聞いていたので、心配そうにこう付け加えた。《あなたがゲーテのように健康になりますように[48]》。

ゲーテを幸福にした本当の理由は何か、ワイマールでは誰も知らなかった。彼はついに宮廷生活の桎梏から解き放たれたのである。帰国後すぐに書き上げながらあえて印刷しなかった『ローマ悲歌』には、上流社会と窮屈な礼儀作法に向けた毒のある攻撃が含まれている。これはローマの社会を指すように見せかけながら、実際はワイマールの宮廷をあてこすった詩なのである。

誰でも好きな人を敬うがいい！　今や私はついに隠れおおせたのだから！
美しい貴婦人方よ、上流社会の紳士の皆様よ
伯父に従兄弟、伯母や親戚の老婆たちの消息を尋ね
窮屈な会話の後は、寂しいカード遊びをするがよい。
その他大小の集いの方々もおさらばだ、
しばしば私を絶望させかけた方々よ。(49)

詩人がローマで偽名生活を送った最大の理由は、ワイマールの宮廷で耐えがたい思いをさせられた社交生活の儀礼から逃れるためだったのだ。

ゲーテは一七八六年一〇月二九日の晩にローマに到着した。しかし、夢に見た都に入る際の詳細な状況については、生涯一度も語らなかった。ゲーテ自身から聞けるのは、北部からの旅行者がみなそうするように、ポポロ門を通ってローマに足を踏み入れたことだけである。しかし、彼の二日前に別のドイツ人がこの都に到着している。詩人のカール・フィリップ・モーリッツである。ゲーテはその後間もなく彼と知り合いになり、深い親交を結ぶ。ゲーテと違い、モーリッツはイタリア旅行に関する日記をすぐに公開したが（一七九二、九三年）、そこではローマ到着が実に詳しく描かれている。ポポロ門から長いコルソ大通りに沿ってフォロ・ロマーノまで下る。そこに建つ記念建造物《アントニヌス皇帝のバシリカ》の中に税関があるのだ。ここで旅嚢を検査されたが、モーリッツによれば《酒手を渡すとあっさり返してくれた。さもなくば、中に入っていた数冊の本のせいで、返してもらえる

のは数日後になったことだろう》。前年の二月二六日には、デンマークの古代研究家フリードリヒ・ミュンターがローマに到着した。彼は袖の下が必要なことをまったく知らず、不愉快な目に会っている。《トランクを、しかもきわめて厳しく調べられた。持っていた本が見つかり、半数が詳しく調べるために取り出された。手書きの原稿は逆にまったく手付かずだった》[50]。ゲーテはすでにヴェネツィアで、モーリッツと同じ手段で税関の問題を解決していた。あるイタリア人旅行者から自分の真似をするよう忠告されたからで、ゲーテによれば《ほどほどの酒手で》《税関の面倒》はすぐに終わった[51]。このエピソードは『イタリア紀行』では語られているが、フォン・シュタイン夫人宛ての日記にはない。このことから、ゲーテはカールスバートからローマへ旅する間にもう一冊の個人的な日記をつけていて、後にはそれも『イタリア紀行』に利用したようだ。一七八六年九月二八日にヴェネツィアに到着した際の支出簿には、最初に《すべてを目にするための酒代《マンチア・ペル・ヴェルデール・トゥット》》二二リラと記されている。少なからぬ額だが、これが税関で必要な金らしい。ローマに到着した一〇月二九日には、二四リラというさらに高い酒手を記している。その間に荷物が増えたことを考慮しても、ローマの税関吏はヴェネツィアよりさらに貪欲だったようだ。その他には、宿代として酒手に比べれば相応の二スクード三パオーリ、《広場の従僕《セルヴィトール・ディ・ピアッツァ》》に六リラ、と記している。これは一時雇いの従僕のことで、税関への出頭や宿屋探しなど、とりあえず必要な手続きに手を貸したらしい。ゲーテはこの従僕をすぐに画家ヨーハン・ハインリヒ・ヴィルヘルム・ティッシュバインの許にも送り、到着を知らせたに違いない[52]。ゲーテはティッシュバインに頼るつもりだったからである。彼はゲーテの熱心な推薦のおかげでザクセン＝ゴータ公エルンストから奨学金を賜り、三年前からローマに滞在していた。詩人は長い間この画家と文通をしていたが、対面の機会はなかった。後にティッシュバインは一八二一年五月一四日のゲーテに宛てた有名な手紙で、ローマで初めて会った時の様子をこう描いている。《サン・ピエトロ大聖堂へ続く通りの宿屋で、あなたに初めて会ったあの時ほど大きな喜びを感じたことはありません。あなたは緑の上着を着て暖炉のそばに座っていましたが、私のほうに来るとこう言いました。私がゲーテです、と[53]》。

ゲーテがその大熊亭に宿を取ったとする推察は実に納得のいくものだが[54]、それは一晩だけだった。ティッシュバインはゲーテが到着した日の晩に早速宿屋を訪れ、自分が下宿する住まいに宿を取るよう申し出た。ゲーテはすでに翌日にはそこへ移っている[55]。それはモスカテリ荘の二階にある大きめのアパートで、現在のコルソ大通り一八―二〇番地にあたり、ポポロ門からは数メートルしか離れていない。この住まいを借りていたのは、元御者のサンテ・セラフィノ・コリーナとその妻ピエラ・ジョヴァンナ・デ・ロッシだった。この老夫婦（夫七一歳、妻六五歳）は、食事付きで部屋を又貸しして生計を立てていた。ゲーテがローマに到着した頃、三人のドイツ人画家が部屋を借りていた。ティッシュバイン、それに彼より若いヨーハン・ゲオルク・シュッツとフリードリヒ・ブーリである。二人はそれぞれフランクフルトとハーナウの出身なので、ゲーテの同郷と言えた。ティッシュバインはコリーナ夫妻から三部屋を借りていた。大きな部屋を二つと来客用の小さな部屋で、後者をゲーテに譲ったのである[56]。

旅の途中、ゲーテはイタリアで幾度も国境を越えた。ヴェネツィア共和国から教皇領の北部領土、トスカナ大公国を経て再び教皇領に入りローマに達している。都市に入る際と同じように、これらの国境でも携帯している荷物の税金を納めねばならなかった。支出簿によれば四回支払ったが[57]、それ以上払った可能性もある。国境を越えるたびに、身分を証明するため旅券も提示せねばならなかった[58]。この旅券にはヨーハン・フィリップ・メラーという名が書かれていた公算が高い。ゲーテの遺品にそのような記録文書がないにしても、である。フォン・シュタイン夫人宛ての日記では、レーゲンスブルクでシェファー牧師の博物標本館を訪問したことに関連して、メラーの名前が一度だけ出てくる。ゲーテによれば、《メラーという偽名で》訪問を果たし、《これからもそう名のるつもり》だった[59]。それ以降メラーの名は、日記にもイタリアからドイツの友人たちに宛てた手紙にも二度と現れない。すでに見たように、ザイデルだけが例外だった。ゲーテは九月二日に秘書宛てにこう書いている。《あらゆる事態を考慮して、ローマに到着するまでは君にも宛名を教えられない。その後の宛名も、ヨゼフ・チオーヤ氏宛て、ローマ在ジャン・フィリップ・メラー氏に転送のこと、とする[60]》。

しかし、ローマのコリーナ家に宿を取るとすぐに、詩人は新たな指示を与えた。一七八六年一一月一日に《ワイマールの友人一同宛て》に最初の手紙を出している。ゲーテ本人がはっきり述べたように、友人一同とは公爵、公妃ルイーゼ、公母アンナ・アマーリア、ゴータ公アウグスト、シュタイン夫妻、ヘルダー夫妻、クネーベルだった。ゲーテはこの手紙にローマの住所を書いた紙片を添えた。ドイツから出す手紙の宛名だが、その際に守るべき手順も詳しく書いている。《私を愛し、遠方にいる私へご親切にも一言書き送って下さろうという方々にお願いします。私宛ての手紙は封印紙だけで封をしたうえで、さらに以下の宛名を書いた封筒を添えて下さい。ローマ、コルソ大通り、ロンダニーニ邸向い、ドイツ人画家ティッシュバイン氏気付》。一一月三日のカール・アウグスト公宛ての手紙にもこの写しを添えて、友人間に回すよう頼んだ。《時間がないため、また郵便集配日を逃さないために、同封の回状をしたためました。末尾に名を記した方々にも回して下さるようお願い致します》。ゲーテは一一月四日のザイデル宛て、一〇日のヘルダー夫妻宛て、そして一二月一四日のフォン・シュタイン夫人宛ての手紙でも同じ住所と指示を繰り返し、翌年になっても、さらに一月一三日のクリスティアン・ゴットロープ・ハイネ宛て、二月一〇日のメルク宛ての手紙で繰り返している。加えて、一二月九日にもザイデルに宛ててこう書いた。《当たり前のことだが、もうワイマールの親しい友人たちに私の住所を知らせてよいし、または彼らの手紙を君が私の許に送ってもよろしい》。そうした次第で、まもなく文通相手全員がローマの宛名を知るようになった。詩人のクリストフ・マルティン・ヴィーラントと音楽家のフィリップ・クリストフ・カイザーには、それぞれ一七八六年一一月一七日、二五日の手紙で、宛名は共通の友人に問い合わせるよう勧めている[61]。ゲーテの母親やクネーベルのように、ローマの住所が分からないといまだに嘆く者も若干いたが[62]、その悩みはすぐに解決した。

ゲーテはローマに到着すると、ドイツから振替で送られてくる金を受け取る手はずになっていたローマの銀行家が破産したことを確認した。一二月九日にはザイデルに宛てて、銀行の事務所を再三訪れたが、件の《捏造した住所》宛ての手紙は一通も届いていない、と書いている[63]。その一方でドイツの友人や文通相手たちは、メラーという偽名について何も知らなかった。フォン・シュタイン夫人とゲーテの母親は日記でその名を知っていても、ゲーテがローマでもそう名のっている確証はなかった。相変わらずザイデルだけが主人宛ての金をイェーナのパウルゼンに送り、フランクフルトのベートマ

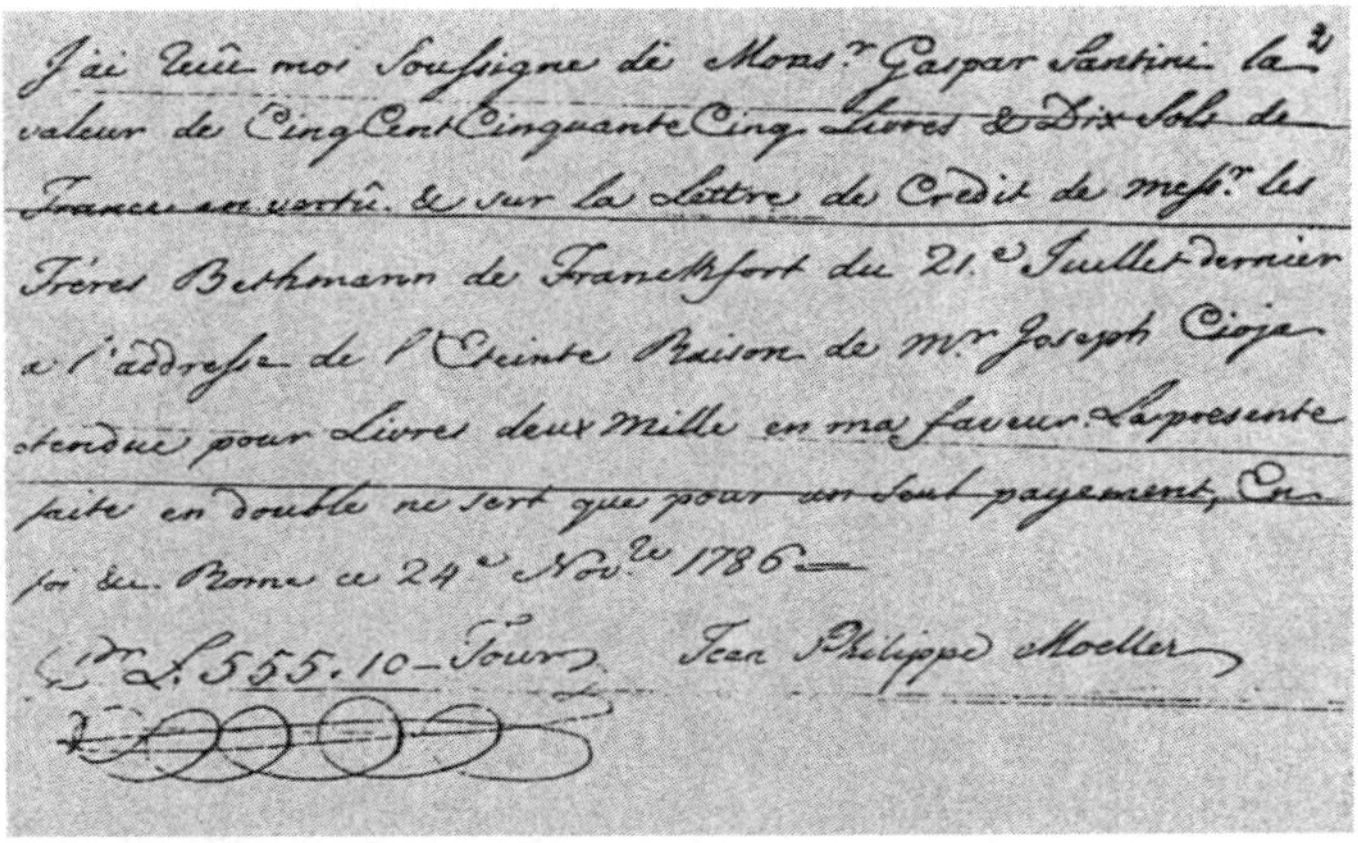
J'ai reçu moi Soussigné de Mons.r Gaspar Santini la
valeur de Cinq Cent Cinquante Cinq Livres & Dix Sols de
France en vertu & sur la Lettre de Credit de Mess.rs les
Frères Bethmann de Franckfort du 21.e Juillet dernier
a l'addresse de l'Estinte Raison de Mr Joseph Cioja
etendue pour Livres deux Mille en ma faveur. La presente
faite en double ne sert que pour un seul payement, En
foi &c. Rome ce 24.e Nov.bre 1786
P.r £ 555.10 Tour. Jean Philippe Moeller

図1　ゲーテがジャン・フィリップ・メラーの名で署名した1786年11月24日付の受領書

ン銀行を介してイタリアのメラー氏に振替えるよう依頼していたのである。一七八六年一〇月一四日から一七八七年六月九日までの間に作成された九通の受領書が現存していて、ゲーテがヴェネツィア、ローマ、ナポリでメラーの名で金を引き出した証拠となっている。そのうち七通はフランス語で書かれ、ジャン・フィリップ・メラー（Jean Philippe Moeller）とフランス語読みの名前でサインしてあり、二通だけがイタリア語でジョヴァンニ・フィリッポ・メラー（Giovanni Filippo Moeller）のサインがある（図1参照）[64]。

パウルゼンは一七八七年六月まで、これがゲーテの偽名であることを知らされなかった。そのことは三通の手紙が証明している。ゲーテはイタリアから出した手紙すべてのリストをみずから作成しており、その『イタリア書簡目録』によれば、一七八七年一月一三日付ザイデル宛ての手紙にパウルゼン宛ての書状を同封した。これは現存しない。パウルゼンは二月四日にゲーテ宛てに返事を出したが、その手紙にはワイマールの宛名もローマの宛名も書かれていない。ここから、パウルゼンはゲーテのローマでの住所を知らなかったので、ザイデルに手紙を送り転送してもらった、と推察できる。パウルゼンはゲーテに、依頼通りに二〇〇〇リーヴルをベートマン兄弟に送り、それを使ってローマのベローニ銀行にメラー氏のクレジットを設定するよう依頼した、と請合っている。この手紙には、パウルゼンがメラー氏の正体を知っていたと推測する根拠は何も見られない。(65) 二月二〇日にゲーテはザイデルに、《先の名で》さらに二〇〇〇リーヴルをローマに送るようパウルゼンに依頼してほしいと伝えた。ついに八月一八日のザイデル宛ての手紙で、ゲーテは初めてこう書いている。《六月始めにナポリのモイリコフレから二〇四ドゥカートと八三グランを受け取ったので、直接パウルゼンに手紙を書いた。その後まもなくベローニ銀行で二〇〇〇リーヴルを受け取る。これは君が振替で送らせた金だ。今度はさらに二〇〇〇リーヴルを以下の人物宛てに送ってほしい。

ローマ在、宮廷顧問官ライフェンシュタイン氏宛て、

枢密顧問官フォン・ゲーテへの支払いとして(66)》。

これによれば、ゲーテは六月上旬にナポリからパウルゼン宛てに手紙を書いた。それは現存しないが、いつも通りメラー宛てに振替で送られた金をナポリの銀行で受け取ったことを同書で通告し、件のメラーが自分であることをほのめかしたのは明らかである。この時からパウルゼンは、今までメラー宛てに振替えていた金が実はゲーテ宛てだったことを知った。六月九日にゲーテはローマのベローニ銀行でさらに二〇〇〇リーヴルを引き出し、受領書にメラーの名で最後のサインをしている。それに対

し、ドイツからゲーテに宛てた最後の三回分の振替送金は、すべてライフェンシュタインの名で引き出された（その分の受領書は、一七八七年一〇月九日付、一七八八年一月二二日と三月一八日のもの）。ライフェンシュタインはゲーテ宛ての金を銀行で現金化すると、《枢密顧問官ド・ゲーテ男爵代理》とフランス語でメモを記して受領のサインをしている。ヨーハン・フリードリヒ・ライフェンシュタインはゴータとロシアの宮廷顧問官で、非公式のローマ駐在ドイツ領事のような役割を買って出た人物であり、ゲーテのローマ滞在中もずっと守護神となった。そのうえ一七八八年三月一八日の最後の受領書でライフェンシュタインは、《ジャン・フィリップ・メラー氏の口座を引き継ぐため(67)》ベートマン兄弟が振替で送った金を枢密顧問官ゲーテの名で引き出し、受取にサインした、と記している。こうして最後の三回の振替と、メラーの名になっている以前の振替を帳簿の上で関連づけたのである。メラー宛てに振替で送られた金額は、いつも同じ人物、つまりゲーテが使用したことがこれで明らかになった。パウルゼンのゲーテに対する一七八九年の計算書抜粋では、一七八六年一〇月から一七八八年一二月までイタリアへの振替はすべて受取人を表示せずに記入されている。ここには、イタリアのゲーテがメラーの名で直接、あるいはライフェンシュタインを介して受け取った金額がすべて記されている(68)。上述の受領書は、ワイマールにあるゲーテの遺品に収まっている。同所に保管された受取の封筒がベートマンの宛名であることから推察するに、それらはフランクフルトのベートマンに送り返したオリジナルの受領書の控えに違いない。したがって、ローマの銀行にはメラーとゲーテが同一人物であるとは分からなかったのである。一七八七年六月までローマのゲーテは自分で金を受け取りメラーの名で受領のサインをしていた。それ以降はライフェンシュタインがその役目を引き受けた。

というのも、ドイツからの振替送金は今や彼宛てになっていたからである。このことから分かるように、ゲーテはローマ滞在の最後まで、少なくとも公的な場面ではメラーという偽名を使い続けた。一七八七年初頭、ゲーテは宿が所属するサンタ・マリア・デル・ポポロ教区を訪れ、ローマでは戸籍役場の職員を兼ねる主任司祭に身上書を口述筆記させた。名はフィリッポ・メラー、三二歳（六歳サバを読んでいる！）、職業は画家、と告げている。《魂の証明書》、つまり教区の住民登録簿には、モスカテリ荘の二階に他の人々と共に《ドイツ人フィリッポ・ミラー氏、三二歳》が居住、と記入された。

主任司祭は職業柄まったくの無教養ではなかったにもかかわらず、ドイツ人の名前が不得手で、ゲーテが口述した名前メラー（Möller）をミラー（Miller）に変えてしまった。同宿のドイツ人画家たちの名前も、教区の記録簿では形が変わっている。ティッシュバイン（Tischbein）はティスベン（Tisben）に、シュッツ（Schütz）はツィッチ（Zicci）に、ブーリ（Bury）はビル（Bir）に。[69]

すでに触れた一七八六年一二月一二日の手紙でゲーテはカール・アウグスト公に宛てて、偽名生活の長所を、とりわけローマの上流社会に関して述べた。《ところで、私があくまで微行を続けていることは、こちらで大いに役立っています。知人もできて、あちらこちらで偶然に顔を合わせれば誰とでも話はしますが、身分や名前を使って私に挨拶することは許さず、また誰も訪問しないし誰からも訪問を受けません。これほど厳格に微行を続けねば、表敬訪問をしたりされたりで時間を潰すはめになったことでしょう[70]》。その一年後、一七八七年一二月二一日のカール・アウグスト公宛ての手紙でも、こうした微行の利点を改めて強調しており、嫌悪していたカード遊びにも触れずにはいられなかった。《ちなみに、いわゆる上流社会があの手この手で押し寄せてくるのにも抵抗しています。互いに何もえるところのない人々との付き合いのためには、一時間たりとも無駄にするつもりはありません。名刺を交換したり、食卓やカード遊びのテーブルに着かせるための外国人ならいくらでもいるのですから(71)》。一七八八年から翌年にかけて公母アンナ・アマーリアがイタリアを旅行した際、お相手役のルイーゼ・フォン・ゲヒハウゼンがお供をした。彼女の話も、ローマで歓迎会の際にカード遊びが行われたことを裏付ける。そうした機会には公母と共にしばしばカード遊び用のテーブルに着いてホイストをした様子を、詩人のヴィーラント宛ての手紙で描いたのだ(72)。二人の貴婦人にとって、それは特別変わったことではなかった。それというのも、ワイマールでもカード遊びは宮廷でもっとも人気のある気晴らしの一つだったからである。もっとも、上述の公爵宛ての手紙でゲーテは、メラーの偽名で微行をしているとはどこでも洩らしていない。ローマから出した手紙でもこの名前にはまったく触れず、ザイデルでさえもはや目にしなくなった。

その一方で、一七八六年一二月九日にゲーテはザイデルに宛てて、ローマではすぐに正体を見破られたが、それにもかかわらず微行を続けるつもりだと書いている。《ローマに到着するや、私だと知られてしまった。それでも微行を通すつもりだし、見学に専念してそれ以外の話はすべて断っている。こうした奇妙な態度にも、みなすでに慣れてしまった。最初の嵐は過ぎ去り、私はかなり好きにやらせてもらっている》。そして数行後にはこうある。《ドイツ人はみな、私がここにいると自宅に書き送っている。だから君がこの手紙を受け取る頃にはもはや秘密ではないかもしれないが、それでも沈黙を守り、掛かりあいにならないように(73)》。ローマにいることはドイツ中に知れ渡ってもかまわないが、メラーの名で滞在していることはできれば黙っておきたかったのだ。ドイツの友人たちには二重の封筒でティッシュバイン宛てに手紙を送らせていたので、ある意味ではティッシュバインの名が二番目の偽名と見なせるからだった。必要とあれば住居と宛名を変えるだけで、または最悪の場合でも別の街に移りさえすれば、メラーの名でローマに来た時と同じく、見つからないよう再び姿を消すことができる。ティッシュバインの宛名を通信に使おうと決めた時、ゲーテはやっとローマに到着したばかりで、詩人がこれほど遠くの街にいると知ったカール・アウグスト公がどのような反応を示すものか分からなかった。すでに見たように、ゲーテは不安に苦しみながら二カ月も待たされた後で、一息つける手紙を公爵から受け取ったのである。メラーの名はある種の保証となった。計画が失敗し、希望よりも早くに公爵からワイマール帰国の命令が出されたとしても、別の口実を設けて再び姿をくらませることもできたのだ。

しかしカール・アウグスト公との関係は次第にゲーテの望み通りになってきた。一七八七年五月中旬にゲーテがシチリアから帰って来ると、公爵からの手紙が三通ナポリに届いていた。それを届けたのはジロラーモ・ルッケジーニ侯爵だった。侯爵はプロシアに仕えるイタリア人外交官であり、マインツの司教補佐の件でカール・テオドール・ダールベルクの立候補を強く主張するため、ローマに派遣されたのである。三月三〇日にシャルロッテの夫フォン・シュタイン男爵はワイマールからローマのルッケジーニ侯爵に手紙を書き、四月八日にゲーテ宛ての手紙を封筒に入れてマインツから送っていた。四月一八日と二五日にルッケジーニは直接カール・アウグスト公に宛てて、ゲーテがシチリアから帰って来たらナポリで手紙を受け取るよう手配するつもりだと書き、冗談めいてこう付け加えた。

《テオクリトスとアルキメデスの墓に花を捧げに行ったゲーテは、ナポリで殿下の手紙を見つけることでしょう[74]》。五月二七日から二九日にかけて、ゲーテはナポリで雇主の公爵に返書をしたためている。この長い手紙から察するに、公爵は同じ枢密顧問官のヨーハン・クリストフ・シュミットをゲーテの後継者として財政管理の任に命ずる意図をゲーテに知らせたようだ。これは重大な進展であり、詩人の主たる要求の一つが叶えられたことになる。つまり懸念していたワイマールの問題は望ましい方向に展開し、俸給を失う心配をする必要もなく、そのうえ他の政務からも解放される希望が出てきたのである。ゲーテはこうした事態の展開に大いに満足して、公爵にこう書いている。《私の職務に対する関係は、殿下と私の個人的な関係から生じたものです。今や少なからぬ年月を経たことでもあり、殿下との関係をこれまでの実務関係とは違うものにしていただきたいと存じます。殿下が必要とされるのなら、どこであれどのような方法であれ、私はあらゆる機会にお役に立つつもりです》。しかし数行後では、さらに詳しく述べる。《これほど偉大で美しい世界を目にした結論は、私が殿下と殿下の公国でしか生きてゆけない、ということです。雑事は生来不得手ですので、そうした仕事にあまり責められることなく殿下の許で暮らせるならば、殿下と多くの人々の喜びとなることができましょう……》。悩みの種が解決されてのぼせたのか、イタリア旅行が終了したと明言し、まもなく帰国すると約束までした。六月末にローマを去り、ドイツへの帰路につくつもりだと書いているのだ。その後さらに数週間フランクフルトの母親の許に留まってから、最終的にワイマールに帰る、と[75]。こうしたことすべてを理由となって、六月始めにナポリから直接パウルゼンに手紙を書き、メラー宛ての振替送金はいつも自分が引き出していたことを打ち明けたのである。自分の立場を変える願いを公爵が聞き入れてくれたのであれば、パウルゼンに対し秘密を守る必要はもうなかった。メラーの名はドイツでも詩人にとってもはや重要ではなくなったのである。

こうしたことから明らかなように、ゲーテの微行は当時の旅行者たちの場合とはまったく性質が違っていた。普通微行《インコグニート》（ドイツ語でInkognitoとは、ヨーアヒム・ハインリヒ・カンペの『ドイツ語辞典』の解説によれば、《別人の名前で行う旅》の意味）を使用するのは、高い地位の人物が礼法の厳しい規則から逃れたい時だった。ローマでは、皇帝ヨーゼフ二世やスウェーデン国王グスタフ三世のような王侯やその縁者が微行を行った。とはいえ、これらの人々がローマ教皇の宮廷からの歓待を受けなかったわけではないし――ほとんど常に教皇が個人的に歓迎した――、枢機卿やローマの貴族が敬意を表してセレモニーや歓迎会を催せば、出席することもあった[76]。

お忍びの旅が流行したとはいえ、教皇のセレモニーを受けずにすむことはなく、あったとしても僅かだった。ゲーテの友人だったゴータ公アウグストの旅行がよい例である。公は一七七七年から翌年までイタリアに滞在し、旅日記を残している。偽名でも旅行し、いくつか名を変えて最後にはベルリン出身の商人ハルトマンを名のった。しかしローマに到着するなり教皇ピウス六世の歓迎と祝福を受け、引き続き枢機卿や貴族にも表敬訪問を行い、ローマの社交生活に熱心に加わった[77]。公母アンナ・アマーリアはお忍びの旅行はせず、教皇、枢機卿、ローマ貴族の歓待を受けたが、ゴータ公もその場合とまったく同じに振舞ったのである。

サド侯爵も一七七五年にマザン伯爵を名のってイタリアに向け旅に出たが、彼の微行には特別な理由があった。侯爵と同郷であるフランソワ・ヨーアヒム・ド・ピエール・ド・ベルニス枢機卿は偉大なリベルタン〔訳注——自由思想家と放蕩者の両義がある〕との評判高く、サド侯爵は枢機卿への表敬訪問を諦めはしなかった。しかし、教皇の訪問やローマのサロンへの出入りは賢明にも断念した。それというのも、侯爵は厳しい事情からやむなく偽名を使っていたからである。フランスの法廷が侯爵の十八番である乱交（今回は年少の娘たちが相手だった）の廉で逮捕状を出しており、サド侯爵は官憲の手を逃れ逃亡中の身だったのだ。

第三章

発禁詩人

イタリアを訪れた頃のゲーテは、すでにドイツばかりかヨーロッパ全土に名を知られた詩人だった。彼の名声を築いたのは、『若きヴェルテルの悩み』と題するたった一冊の本である。この小さな本はあらゆる予想に反してめざましい成功をおさめたので、ゲーテの他の作品がかすんでしまったほどだった。一七七四年に出版された『ヴェルテル』は読者相手に大当たりを取ったばかりかとんでもないスキャンダルを引き起こし、秩序の番人たちが総動員されるはめになった。番人たちの見解によれば、この本は法律、道徳、家族制度、そして当然宗教に対しても攻撃をしかけたのであり、それは黙認できない事態だった。ドイツではこの作品をめぐって激しい議論が巻き起こり、擁護者たちは非難され、国家の敵とさえ呼ばれた。論争はすぐに文学の領域を離れ、政治と道徳の問題になる。時を移さずルター教会が異例のすばやさで介入してきた。一七七五年一月三〇日、『ヴェルテル』が出版されたライプツィヒでは大学神学部がこの本を弾劾し、書籍販売業者に対し罰金刑を課すと脅して販売を禁止した。一七七六年にはコペンハーゲン大学の神学部もデンマーク語訳の印刷を禁止した。ゲーテの生地であるフランクフルト市当局でさえ、確かに名高い作品だが明らかに不快であると見なして反対す

VERTER

PARTE PRIMA.

Sensibil alma, a cui pregiata, e cara
Fu sua memoria nell'obbrobrio involta,
Ei ti sogguarda dalla tomba; ascolta:
Mortal fa cor, e a non seguirmi impara.

VENEZIA, 1796.

PRESSO GIUSEPPE ROSA.

CON PERMISSIONE.

図2
ミケーレ・サローム訳のイタリア語版『ヴェルテル』第1巻（第2版）とびら

る立場を取った。すなわち当局は『ヴェルテル』の批判者に反駁する文書を市内の印刷所で印刷してはならない、と決定したのである。もっとも憤激して頑なに批判したのがハンブルクの牧師ヨーハン・メルヒオール・ゲーツェだった。彼は最初に問題の核心をはっきりと指摘した人物の一人で、当時もその後もすべての議論がその点を中心に展開することになる。すなわち、『ヴェルテル』は自殺の弁明書だと非難されたのである[1]。人間は誰しも自分自身の生の主人であるという主張に、宗派を問わずキリスト教会は大いにいらだった。

しかし、当時はすでに啓蒙主義の時代だった。神学者たちの判断はこの小説の成功になんらの影響も及ぼさず、その名はやがてドイツ語圏を越えて、フランスやイギリスでも知られるようになった。『ヴェルテル』は少し遅れてイタリアにも届く。パドヴァのユダヤ人医師ミケーレ・サロームはドイツ語と文学に造詣が深く、率先してこの本を翻訳した（図2参照）。一七八一年一〇月二日、サロームは『ヴェルテル』のイタリア語訳を終えたとゲーテに手紙で伝えると、翻訳の長めの抜粋を同封して、とりわけ訳するのに苦労した箇所をチェックしていただきたいと頼んでいる。ゲーテはその結果にあまり満足しなかったらしく、一七八二年二月二〇日にサローム宛ての手紙で、郵送してくれれば翻訳全体に目を通したいと提案した。(2) 作者と翻訳者の通信はその後も続いたはずだが、ゲーテの往復書簡集にそれ以上の記録はない。

もっとも、このパドヴァの医師が最初の翻訳者ではなかった。その少し前にミラノのガエタノ・グラッシが、ロンバルディア地方との国境から数マイルしか離れていない、スイス東部グラウビュンデンのポスキアーヴォで『ヴェルテル』のイタリア語訳をすでに出版していた。出版の日付はないが、長い献呈の辞は一七八二年二月二日付になっており、それからあまり時を経ずに出版されたと推測される。ガエタノ・グラッシについては、本人が別の翻訳書で自身について語っていることしか分からない。それによれば、元来はミラノの商人だったが、商会が破産した後に翻訳業を営むようになったらしい。(3)『ヴェルテル』翻訳の主導者は、グラウビュンデンのトーマス・フランツ・ド・バッスス男爵だった。男爵はバイエルンの光明会《イルミナティ》の有名な代表者で、(4) ポスキアーヴォに印刷所を設け、イタリアでフリーメーソンの宣伝活動を行った。(5) グラッシ訳には献辞の他に『ヴェルテル』を擁護する《弁明》が添えてあり、ドイツでこの本を自殺の弁明書と見なして攻撃した数多くの《迫害者たち》を話題にしている。バッスス男爵本人がこの《弁明》を書いたとは言わないが、内容を示唆したのは間違いないだろう。ここでは『ヴェルテル』の文学的価値についてまったく触れていない。作者にとっては自殺を認容できる行為として擁護することだけが問題であり、そこから明らかなように、男爵が主導者となった根本には政治的動機があったのだ[6]。バッスス男爵が経営する印刷所の発行物は北イタリアではよく知られていた。たとえば、少し前にヴェネツィアおよびトゥーリンでも、ポスキアーヴォの印刷機から生まれた出版物が多数押収されたほどである[7]。

だから『ヴェルテル』が似たような運命に見舞われても驚くには当たらない。だが今回介入したのは世俗の当局ではなく、ミラノの大司教ジュゼッペ・ポッツォベネリ枢機卿だった。卿は司教区の聖職者全員に、手に入る限りの本を没収するよう指示した。ゲーテはこうした措置について耳にしていたらしく、一八二九年四月三日にエッカーマンとの会話でこう述べている。《早速『ヴェルテル』のイタリア語訳がミラノで出版された。しかし、この版はすぐに一冊残らず姿を消してしまった。裏には司教がいて、教区の聖職者たちにその版をすべて買い占めさせたのだ。私は腹を立てはしなかったよ。『ヴェルテル』がカトリック教徒にとって悪書であることをすぐさま見抜いた慧眼の士がいることにむしろ喜んだくらいだ。即座にもっとも有効な手段を取って、極秘裏に悪書をこの世から抹殺した点は賞賛に値いするね[8]》。皮肉めいたコメントをするゲーテの奇妙な態度には、相応の理由があった。それは印刷物の監督権をめぐって国家権力と教会権力の間で激しい闘争が火を吹いていた頃で、当時その戦いはオーストリア支配下のミラノで進行中だった。ミラノ総督カール・ヨーゼフ・フォン・フィルミアン伯爵は皇帝ヨーゼフ二世の指令に忠実な闘士であり、検閲の問題についてはローマと宗教裁判所の介入を許さなかった。大司教ポッツォベネリは当然あらゆる手段を用いて抵抗し、一七八二年には解任をちらつかせて脅しさえする。(9)こうした緊張状態の中で、大司教は『ヴェルテル』について公然と要求を押し通すのではなく、迅速にして極秘に自分のもてる手段で行動を起こすほうを選んだのだ。大司教の部下たちは徹底的に使命を果たしたらしく、今日ではイタリアのどの図書館を探しても、グラッシ訳『ヴェルテル』は一冊も見つからない。

もっとも、ポスキアーヴォで印刷された『ヴェルテル』の一部はジョヴァンニ・リストーリの手に渡った。ボローニャで雑誌『百科全書紀要』を、モデナで新聞『ストリア・デラノ』を発行していた人物である。『百科全書紀要』誌を予約購読していたバッスス男爵本人から送られたものに違いない。一七八三年の同誌にリストーリは『ヴェルテル』の書評を書き――そして酷評した。リストーリは啓蒙主義者を自称し、本人もフリーメーソン会員と見なされたため、教会側の検閲当局からとりわけ厳しく監視されていたのだ。(10)だから『ヴェルテル』にチャンスはまったくなかった。いずれにせよリストーリは自殺の問題にはさりげなく触れるだけで、感傷主義が度を越していると非難して、この本を拒否する根拠にした。おそらくそれ以上のことはできなかっただろう。(11)

ルートは不明だが、サロームもグラッシ訳を一部入手している。間違いなく彼も、ミラノ大司教が極秘裏に講じた処置を聞き及んでいた。サロームもやはりフリーメーソン会員であり、会員間ではこの種のニュースは迅速に伝わるのだ。(12)おそらくミラノでの出来事が理由で、サロームは自分の翻訳を出版するのをしばらく控えたのだろう。時が経てば、この好ましからぬ物語が忘れられてしまうだろうと期待しながら。彼の『ヴェルテル』は一七八八年になってようやく出版された。これほど長い間躊躇したのには、別の政治的な原因もあったかもしれない。一七八五年にヴェネツィア共和国政府は、フリーメーソーンの支部《ロッジ》をすべて閉鎖する決定を下した(13)。そのため用心深い翻訳者は、出版許可の申請をはやまらないようにしたのだと思われる(14)。二巻本の上巻にサロームは、一七八一年一〇月のゲーテ宛て書簡と、一七八二年二月のゲーテからの返書を掲載したが、年代は削除してある。訳者は後書きで、次の点にも読者の注意を喚起する。以前にポスキアーヴォの印刷所からフランス語訳を底本とした『ヴェルテル』の翻訳が出版されたが、これはあまり成功をおさめず、フランス版の誤訳に加えイタリア語訳の間違いも見られる、と(15)。つまりサロームは十分な情報をえていたのだ。グラッシがフランス語訳を底本にしたことも確認されている。間違いなくサロームはゲーテとの文通も続けていたのであり、イタリア語訳の原稿をすべて送り、訂正を受けて送り返してもらったのは確かである。一七八一年一二月一三日のフォン・シュタイン夫人宛ての手紙でゲーテは、サロームがヴェルテルの恋人の名前シャルロッテを誤ってアンネッタと書いたことにかなり厳しい口調で言及した。印刷された決定稿では、実際に名前はイタリア風に正しくカルロッタと訳されている。サロームが掲載したゲーテの手紙ではこの名前の件に触れていないことから、他にも手紙があったと推測されるのだ(16)。『ヴェルテル』がミラノで押収されたことも、ゲーテはサロームを通じて知り、そのことで覚書きを記したらしい。その後一八二八年頃、『イタリア紀行』最終部の執筆準備をしていたゲーテは、関係書類の中にその覚書きを見つけたのだろう。

それに対して、ゲーテとグラッシの間になんらかの繋がりがあったことを示す証拠はない。だからミラノでの『ヴェルテル』没収の知らせがグラッシを経てワイマールに届いたことはとてもありそうにない。一八〇二年にグラッシという人物が、イタリアの詩人ウーゴ・フォスコロの手紙と、『ヴェルテル』から着想をえたフォスコロ作の小説『ジャコポ・オルティスの最後の手紙』をゲーテに届けたが、これは別人である。ミラノのガエタノ・グラッシではなく、トゥーリンの文士ジュゼッペ・グラッシなのだが、姓が同じために時折翻訳家と混同されている。(17) 文士の方は、二〇年前に同姓の男が翻訳した『ヴェルテル』の受難をほとんど知らなかっただろう。

一八世紀にはとりわけフリーメーソンのサークルが協力したおかげで、『ヴェルテル』はイタリアで成功をおさめた、と推論してよい。だがそれはイタリアばかりではなかった。バイエルン王国が光明会に対する弾圧政策の期間を延長する中、一七八六年一〇月にランツフートで同会のもっとも傑出した代表者フランツ・クサファー・フォン・ツヴァックの書類が押収された。一七八七年三月にバイエルン政府はこの記録書類を公開したが、その中には自殺に関する覚書きもあった。光明会の頭首アダム・ヴァイスハウプトはバイエルンから北ドイツへあたふたと逃げ出すと、当地から翌年五月に手紙を公開し、件の覚書きが実は『ヴェルテル』からの抜粋であることを明らかにした。それは作中の八月一二日の手紙からで、ロッテの婚約者アルベルトと主人公のヴェルテルが、自殺は許されるかをめぐり激しい議論を交わす場面だった。(18) つまり、作者が預かり知らぬうちに、小説はバイエルンのフリーメーソンのスキャンダルに巻き込まれていたのである。

ゲーテとフリーメーソンの関係についてはしっかりした記録が残っている。一七八〇年にゲーテはカール・アウグスト公と共にワイマールの支部《ロッジ》《アマーリア》に入会した。ここは規律の厳しい支部だったが、二年後に活動を停止した。次に公爵とゲーテは一七八二年二月に光明会に入会するが、すでに一七八五年には二人ともフリーメーソン会員としての活動をすっかり止めてしまった。二人が加入した理由——諸侯同盟ならびにプロシアとの関係の問題——がなくなってしまったからである。ゲーテはフリーメーソンとの関係にはむしろ乗り気でなく、同会の理念に共感した証拠もない。彼はフリーメーソン活動全体を目的のための手段としか見なさなかった。[19] それにもかかわらず、ドイツの支部が彼の文学的名声を利用し、政治的関心とは無縁の有名な作品を政策に悪用しても、それを妨げることはできなかった。

周知の通りサロームはドイツのフリーメーソン会員と密接に連絡を取っていたので、バイエルンの事件もすぐに知らされた。そこで、元凶である八月一二日の手紙をほぼ完全に削除して、翻訳した文章を修正できたのである。こうして一七八八年、サロームは支障なくヴェネツィア当局から印刷許可を手に入れた。つまり、イタリアで印刷された唯一の翻訳は、予防策として自己検閲を行っており、だから検閲官もまったく注意しなかったのである。同じく一七八八年には、ロンドンで三番目のイタリア語訳が出版された。翻訳者はコルラード・ルートガーと記してあるが、この人物については何も分かっていない。[20] しかしフリーメーソンとはまったく無関係だったようだ。というのも、厄介な八月一二日の手紙がそのまま訳されているからである。この翻訳もイタリアではほとんど読まれなかったらしく、書評も出なかったし、イタリアの図書館にも今日では一部も残っていない。作家アウレリオ・ベルトーラ・デ・ジョルジは一七八四年出版のドイツ文学概観でゲーテに数ページを割いたが、そこではとりわけ『ゲッツ・フォン・ベルリヒンゲン』を持ち上げ、『ヴェルテル』については題名も記さずに〈《かなり物議をかもした小説》〉ごく簡単に言及するにとどめた。[21] しかし彼はフリーメーソンだったので、『ヴェルテル』をよく知っているはずだった。[22] この黙殺は当時の事情を如実に表している。ヨーロッパ中で評判を呼んだこの小説について、イタリアの人々は否定的に話すか、あるいはまったく話題にしないかのどちらかだった。とはいえ、とりわけ文士の間ではまったく読まれなかったわけではない。検閲が厳しく目を光らせていたにもかかわらず、おびただしい数のフランス語版がイタリアのほぼ至る所に出回り、そのおかげですでに広く読まれていたのだ。ツヴァックの書類が発見されてバイエルンでスキャンダルを引き起こすのは、ゲーテのローマ到着よりもまだずっと先の話だった。しかし、ゲーテは一七八二年にミラノで『ヴェルテル』が押収されたことを当時すでに知っていたはずで、その小説と作者がローマ教皇庁の不興を買いかねないことははっきり意識していた。ゲーテは『ヴェルテル』の作者が注目の的になるような事態はなんとしてでも避けたかった。こうした側面から、微行と偽名メラーは新しい役割をもつようになる。もはやワイマールの宮廷ではなく、とりわけ教皇庁当局から身を隠すことが問題だった。ほんの数年前にミラノの大司教がカトリック教徒の読者にとって危険な本、いずれにせよ害を及ぼすと見なした本の作者がローマに滞在していることは、当局に知られないほうがよかったのだ。

過去にフリーメーソンの会員だったことも、少しばかり心配の種だったろう。教皇の回勅——一七三八年四月二八日にクレメンス一二世の発した《イン・エミネンティ》と一七五一年五月一八日にベネディクトゥス一四世の発した《プロヴィダス》——があらゆる形でのフリーメーソン支部への参加を厳格に禁じていた。[23] だから、厳しい禁止令にもかかわらずローマでも結成されていたフリーメーソンのサークルからは身を遠ざけておく用心が必要だった。光明会の傑出した代表者であるデンマークの古代研究家フリードリヒ・ミュンターはゲーテより一年前にローマに到着し、一七八五年春に支部を開いた。会員にイタリア人は一人もおらず、さまざまなドイツ人が参加している。その中に、ゲーテと同じ宿に住み、毎日親密に交際していた画家のティッシュバインもいた。しかし、二人の間でフリーメーソンのことは一度も話題にのぼらなかったらしい。ゲーテがローマの光明会支部と接触しなかったことは確実だと思われる。ミュンターは支部での会合の様子を毎回几帳面に日記に残したが、参加者の中にゲーテがいたとは一度も述べていないのである。ミュンターはワイマールにいた頃からゲーテと知り合いで、ローマでもティッシュバイン同席で幾度もゲーテに会った。しかし、フリーメーソンの問題について詩人と語ったとはどこにも書いていない。ミュンターは一七八六年一二月二三日にローマを去る。詳細に記された彼の日記には、そもそもゲーテがローマに光明会の支部があることを知っていたと示唆するものはまったく見つからない。

いずれにせよ、ゲーテがフリーメーソンの会合にまったく近づかなかったのは賢明だった。バイエルンでの光明会迫害はローマにも影響を及ぼしていたからである。一七八七年一二月五日、バイエルン選帝侯カール・テオドールの使者トマソ・アンティーチは、有名なフランスのフリーメーソン会員ルイ＝クロード・ド・サン・マルタンがローマに滞在中という情報を入手したとミュンヒェンに報じた。サン・マルタンは光明会員たちの危険なセクト、すなわち《君主が一丸となって国家より追放し、また芽のうちに摘み取らねばならないセクト》の頭目と見なされている、と。一二月二二日にフィエレッゲ男爵は、バイエルン政府が所有する光明会員の名簿を参照したがサン・マルタンは同会と無関係である、とミュンヒェンから返事を書いた。一七八八年一月五日にアンティーチがフィエレッゲに宛てた手紙から察するに、この名簿は教皇庁にも引き渡されたらしい。同書には、その間にサン・マルタンがナポリに旅立ったとも記されている。[24] 残念ながら、筆者はミュンヒェンの公文書館でもローマでもこの名簿を発見できなかった。だからゲーテの名もそこに載っていたかは分からないままである。警察の書類も収めたローマ総督公文書館は資料が不完全で、しかもいくつもの部署に分かれて保存されている。そうした理由で、教皇庁がゲーテを監視していたのか確認はできなかった。そうした事態が大いにありえたとしても、ゲーテに対する積極的な策は取られなかった。それに対し、ローマの神聖ローマ帝国大使館が密かに様子を探っていたのは確かである。

ミュンターが開設した光明会支部には、当初から神聖ローマ帝国大使館の秘書官でフランツ・エーバレという男が忍び込んでいた。[25] すでに見たように、トラウトマンスドルフがマインツから送った急送公文書を読んだ宰相カウニッツは警戒心を抱いた。そこでカウニッツはローマ駐在の神聖ローマ帝国大使フランツ・ヘルツァン枢機卿に対し、ゲーテから目を離さず、詩人の言動で耳に入ったものはすべて報告するよう依頼した。ヘルツァンはゲーテに関する情報を記した急送公文書を数通カウニッツ宛てに送ったが、一七八七年三月三日と二四日の最初の二通で、これらの情報を大使館のある秘書官から入手したと述べている。名前は挙げていないが、疑いなくエーバレのことである。エーバレは、ある居酒屋《オステリア》でゲーテと知り合って親しくなり、こうして直接本人から情報をえたとヘルツァンに語り、この話はさらにヘルツァンからカウニッツに伝わっている。しかしこれは明らかに嘘である。ゲーテが相手かまわず出会った者に秘密を打ち明けたなどとは思えないからだ。実はエーバレは、同じフリーメーソンの会員であることを利用して、ティッシュバインを通じて情報をえていた。それでもティッシュバインがどれほど協力したのか、あまりはっきりとは分からない。ヘルツァンを介してカウニッツに伝えられた情報のいくつかは明らかに誤りであり、それが単なる誤解なのか、それともティッシュバインが知っていることをすべて話さなかったのかは決め難い。

たとえば三月三日の急送公文書でヘルツァンは、ゲーテがローマで偽名を使って暮らし、ドイツから来る通信もその偽名宛てになっている、と書いた。後の情報は正しくない。つまりティッシュバインは、ゲーテが変名を使っていることは話しても、自分の名をドイツの友人たちに宛名として知らせたことはエーバレに話さなかったのだ。エーバレのほうでも、ヘルツァンの命令でスパイ活動をしているとは言わなかったに違いない。しかしエーバレが神聖ローマ帝国大使館の秘書官であることは、おそらくティッシュバインも知っていて、そのために用心して、ゲーテの雲隠れで自分が果たす役割を明かさなかったのだろう。それでもエーバレとティッシュバインが昵懇の仲だったことは疑いがなく、ティッシュバインがゲーテとナポリに旅行した際、エーバレはその関係を利用してゲーテの部屋に忍び込んだらしい。そこで彼はアーヤ夫人がフランクフルトから息子に宛てた手紙を発見して盗み出し、ヘルツァンはそれを三月二四日のカウニッツ宛て急送公文書に添えた。現在その手紙がウィーンの国立公文書館に保管されているのには、そうした理由がある。この急送公文書でヘルツァンは、ゲーテがワイマール公との通信には本名を使用し、公爵もまたゲーテ宛ての手紙にははっきり枢密顧問官宛てと記していることが分かったと報告した。エーバレはゲーテの母親が書いた手紙からこの情報をひねり出した公算が高い。というのも、ゲーテの部屋で公爵の手紙を見つけたのであれば、一緒に盗んでいたはずだからだ。こうしたわけで、エーバレのスパイ活動はめざましい成果をあげなかった。

とはいえ、ゲーテのローマ生活に関してある程度的を射た情報はえられたのである。ヘルツァンは従来知られていなかった別の情報源をもっており、後で見るようにこちらのほうはかなり興味深い[26]。フリーメーソンの会合を避けるのは難しくなくとも、ローマの文士たちをよけて通るのはゲーテにとって容易ではなかった。当時ローマで営まれていた文学活動におそらく興味がなかったとしても、である。ローマの文学サークルと最初に接触したのは、この都に到着してすぐのことだった。一七八七年一月四日にゲーテはフリッツ・フォン・シュタイン宛てにこう書いている。《話しておきたいことがまだある。今日アルカディア学会を訪問するなり、学会員にされてしまった……。身分を公表したくなかったので、この栄誉を断ろうとしたが無理だった。結構な作品の朗読も聞かされたうえに、会員の方々お気に入りの表現によれば、〈偉大なる〉あるいは〈壮大なる作品を評して〉メガリオの名を頂戴した。私のために朗読されたソネットの原稿が手に入ったら、君に送ろう[27]》。ゲーテはこの芸術学会の事情をよく承知していたので、会員にされたことに文学的な意義を認めるつもりはなかった。二日後にはワイマールの友人一同に宛ててこう書いている。《アルカディアの会員にされたことをフリッツに冗談めかして書いたのだが、そのこと自体が冗談の種になってしまった。というのも、この組織は哀れな代物に堕してしまったからだ[28]》。

一六九〇年に創立されたアルカディア学会は、長い間イタリアでもっとも重要な学会であり、一八世紀始めの文学では決定的な役割を果たした。当時ヨーロッパ全土に名を馳せたローマの詩人ピエトロ・メタスタージオもその理念に同調したほどである。しかし、すでに一七二〇年代に衰退が始まると歯止めがきかなかった。とうに時代遅れとなった底の浅い趣味を尊重するアルカディア学会の理念は、まったくの因習と社交的手段に堕してしまう。その後もイタリアの優れた文士たちは誰もがアルカディアの会員でありつづけたが、結局は文学の伝統における昔日の栄光を偲ぶ会にすぎず、その伝統ももはや新生はかなわなかった。この凋落の物語はヨーハン・ヤーコプ・フォルクマンの旅行案内で読むことができた。[29]ローマ滞在中のゲーテは、毎日のようにこの案内書を参考にしていたのである。[30]とりわけ、わずかなドゥカーテン金貨で入会証書が手に入ることも同書で知った——歴史ある立派な組織にとってはやや気まずい話だ。同じくアルカディア学会に分の悪い情報が別の旅行案内書にも記載されていた。それはヨーハン・ヴィルヘルム・フォン・アルヒェンホルツの筆になるもので、[31]ゲーテはドイツにいる頃からこの案内書を知っており、一七八六年一二月二日にヘルダー夫妻に宛てた手紙によれば、ローマに来てから購入した。[32]すなわち、学会に関してあらゆる誘惑を退ける理由が十分にあったのである。フリッツ宛ての手紙でほのめかしたように、微行への配慮も理由の一つだった。

ヘルツァン枢機卿は一八七八年三月二四日のカウニッツ宛て急送公文書で、ゲーテがアルカディアに入会できたのは、若いリヒテンシュタイン侯の尽力によると書いている。[33]しかし事実はもう少し複雑だった。名が挙がっているのは、一九歳になったばかりのヴェンツェル・フォン・リヒテンシュタイン侯である。侯はゲーテがカールスバートで付き合いのあったマリー・ヨゼフィーネ・ハルラッハ伯爵夫人の弟だった。オーストリア上級貴族のこの若者は聖職に就くことが決まっていて、そのため教育係の教区司祭カルロ・タッキと共にローマに留学させられていた。[34]すでに一七八六年一〇月にゲーテはローマでリヒテンシュタイン侯と知り合い、訪問をしたり夕食に招かれる仲になっていた。侯の紹介のおかげで、教会のめったに入れない建物にも立ち入りを許され、興味をそそる美術品を見物できたこともあった(35)。それに対し、ローマにいたドイツ人の研究で有名なフリードリヒ・ノアックは、ゲーテの交際相手はこの若い侯爵の従兄である、と確信している。それはフィリップ・フォン・リヒテンシュタインのことで、当時二五歳の士官だった彼も数週間ローマに滞在していた。しかし、神聖ローマ帝国大使の立場からヘルツァン枢機卿は侯爵の家系に属する若者を二人とも知っていたので、やや年上の従兄フィリップと区別するために、急送公文書で「若い侯爵と教育係タッキ」とはっきり述べたと推測される。一八二一年三月一四日のティッシュバインの手紙を見ても、ゲーテは軍人の従兄ではなく聖職者の卵と付き合っていたと思われる。同じ手紙でティッシュバインはゲーテに、ローマのリヒテンシュタイン家におびただしい数の聖職者が参加して開かれた愉快な夜会のことを思い出させている。《リヒテンシュタイン公子が自宅に大勢の聴罪司祭や聖職者を集めた晩にお邪魔したことを覚えていますか? この御仁たちが、ワインが頭にのぼった時にいろいろと口にしたことを?(36)》。僧侶階級の代表者たちがこれほど大勢集まる家といえば、聖職者の家以外にどこがあるだろう。しかし、サン・ステファーノ・デル・カッコ修道院に宿泊していた若いヴェンツェルが、従兄のフィリップと共にこの夜会を催した可能性も除外はできない。フィリップは近所のコルソ大通りにあるヴェテラ荘の三階を借り切って大勢の召使いを使っていたからだ。しかし、フィリップ・フォン・リヒテンシュタイン侯がアルカディア学会と何の関わりもなかったのは確かであり、その一方で若いヴェンツェルはすでに一年以上前に会員になっていたのである。

若い方のリヒテンシュタイン侯は、一七八五年五月五日に家庭教師と共にアルカディア学会の《牧人》に迎え入れられた。教区司祭カルロ・タッキは文士で、ヘルツァンの急送公文書によれば、ゲーテの『イフィゲーニエ』をイタリア語に翻訳する準備中と称していた。すでに述べた一七八七年一月六日にワイマールの友人一同に宛てた手紙で、ゲーテ本人がこの情報を裏付けているが、翻訳者の名前は挙げていない。タッキがアルカディアに入会した際の議事録では、《詩作品により文学の共和国で名を馳せた、コモならびにロヴェレート出身の都市貴族》とやや誇張した紹介をされている。タッキは疑いなくドイツ語ができたものの、難しい『イフィゲーニエ』の翻訳は果たせなかった。しかしソネットはありあまるほど書いており、それをアルカディア学会で多数朗読して大きな影響力をえていた。一七八六年一月一二日には、学会運営で《幹事》の補佐を務める一二名の《牧人》委員に選ばれ、そして一八七八年一月四日、すなわちゲーテがアルカディアに入会した時の集会でこの役職に就任している。(37)

ゲーテのアルカディア入会にタッキが手を貸したことは疑いないが、その際、地元の人間でタッキより学会内部に通じたローマの文士から支援を受けた可能性がある。また、入会の栄誉を受けるようゲーテに勧めた人物がタッキの他にもいて、少し用心すればアルカディア会員になっても偽名が守れることを納得させた公算も高い。一七八六年一一月七日にゲーテはワイマールの友人一同に宛てて、女流画家アンゲーリカ・カウフマンと知り合い、その後親交を深めた、と書いている。《アンゲーリカ・カウフマンのお宅に二度うかがった。彼女は人当たりがよく、誰もがそばにいたがる》と語り、(38)顧問官ライフェンシュタインとも知り合いになった、と付け加えている。ゲーテは支出簿の一七八六年一二月の経費欄に幾度か酒手と記入した。一九日はリヒテンシュタイン侯の召使いに、二三日はライフェンシュタインとアンゲーリカ・カウフマンの召使いに、三一日はデ・ロッシという人物の召使いに。[39] 酒手を振舞ったということは、当日に名前の挙げられた人々の自宅を訪問したという意味である。これらの日付から推察するに、ゲーテは一二月一九日にリヒテンシュタイン侯からアルカディア入会の話を持ちかけられ、二三日にライフェンシュタインとアンゲーリカにその件で相談し、この二人の勧めで三一日、つまり入会の四日前にデ・ロッシの許に赴いたのだろう。

ジョヴァンニ・ゲラルド・デ・ロッシは、ローマでとりわけ著名で影響力も大きな文士の一人だった。アンゲーリカ・カウフマンのサロンの常連で、彼女の死後に伝記を書いている。『美学新聞』紙の編集者として、市政の中心である元老院議員アボンディオ・レッツォニコと、教皇ピウス六世の国務長官である枢機卿イグナツィオ・ボンコンパーニ・ルドヴィージのお気に入りだった。[40] 一七七三年八月一八日、つまりタッキよりはるか以前にアルカディア学会の会員になっている。[41] 一七八五年から翌年にかけて、デ・ロッシは数多くの集会に出席し、優れた会員が物故した際の追悼の辞をはじめとしてさまざまな機会に重要な演説を行うなど、学会を代表する仕事を引き受けた。それに加えて、普段からあれやこれやの人物にソネットを捧げもした。[42] ゲーテはローマからの手紙でも『イタリア紀行』でもデ・ロッシに触れていないが、後者を準備する際の覚書きには彼の名が二度現れる。[43] 現存しないローマの日記で、この名に再会したに違いない。一七八八年にローマで出版されたデ・ロッシ作『ファヴォーレ』がゲーテの蔵書に収まっており、これは作者からの贈呈本かもしれない。[44] ゲーテはアンゲーリカ・カウフマンの家でデ・ロッシと知り合い、アルカディア学会に関するやや複雑な問題でデ・ロッシの支援をえるようアンゲーリカから助言を受けたのだろう。

実際に入会の手続きはやや煩雑だった。ゲーテは自分の考え通りに進めるため、タッキとデ・ロッシに《幹事》ジョアッキーノ・ピッツィへの仲介を依頼したと思われる。奇妙なことに、一七八七年一月四日の議事録には新入会の記録はなく、ゲーテの名も記されていない。だからフリードリヒ・ノアックもここでは見つけられなかったのである。[45] このドイツ人学者は、妙な欠落に関してあらゆる可能性を考えてみたが、実に簡単な真実には思い至らなかった。ゲーテの友人たちは、ゲーテがどれほど微行に気を配っているかよく知っていた。だからローマの週刊新聞『ディアリオ・オルディナリオ』紙がアルカディア学会の議事録をもとに、すべての集会に関して記事を掲載していることにも注意を促したに違いない。同紙は教皇庁の半公式の機関紙で、ローマではよく読まれていた。一七八六年一二月六日にデ・ロッシがソネットを朗読した集会についても、後には一七八八年一二月四日にザクセン＝ワイマール公母アンネ・アマーリアがアルカディア学会の《牧人》になった集会についても報じている。[46] だがゲーテの入会が『ディアリオ・オルディナリオ』紙で言及されれば、彼のローマ滞在は大反響を呼び、大事にしてきた微行が危険に曝されたことだろう。一七八七年一月一三日の同紙は、アルカディア学会の二つの集会について報じている。その一つは一七八六年一二月二八日に開かれた。その際はヴェローナの貴婦人、シルヴィア・クルトーニ・ヴェルツァとマリアンナ・マリオーニ・ストロッツィが入会した。もう一つが、われわれの興味がある一七八七年一月四日の集会である。新聞によれば、この集会で《幹事》ピッツィは新しい委員の任命を告知した。ゲーテについては一言もない。つまり、秘密を守りたい詩人の願いが叶えられたのである。

しかし、ゲーテがフリッツ・フォン・シュタインに語ったように、入会の儀式は普段通り厳粛に執り行われた。だがそれに関する記録は別にされたため公文書館で所在不明になり、ノアックの探索も徒労に終わったのである。記録はその七年後に発見され、学会の機関紙で公開されることになった(47)。数頁しかないこの小冊子には、ピッツィによる新しい《牧人》の紹介文と、ゲーテに発行された証書の草稿が載っている。この二つの記録を読むと驚かされる点がいくつかある。学会の伝統に従い、力をこめた仰々しい文体で書かれたピッツィの演説では、文学作品とゲーテのローマでの微行について、表面的な知識以上に露見しているからである。《本日の集会は、今日のドイツに芽生えた一流の天才たちの一人に栄誉を与えるものであります。同氏は己の卓越した家系、職務、美徳を思慮深い自制心より秘めておられますが、世界中の文壇において氏の名声を高めた学識溢れる業績が散文、韻文の形で世に広めた栄光は消えることがありません。したがってわれらが協会もかくのごとき尊重に値する人物の入会を諦めてはならないのです。同氏の美徳溢れる謙虚な態度を損なわずとも、会員の方々には『若きヴェルテルの悩み』の高名な作者と申せば事足りましょう。さらに同氏の哲学的断片、さまざまな戯曲やその他の文学作品はすでに元のドイツ語からいくつもの言語に訳されており、とりわけわれらが博識の同志ソアーヴェ神父がトスカーナ語に翻訳致しました。これらの作品は天才の良き趣味を称える永遠の記念碑となりましょう。作品からは、詩人がイギリスやフランスの悲劇作家を熱心に見習い、成功をおさめたことも明らかです。これほど傑出した天才には、会員名メガリオを捧げられる栄誉に値する十分な資格があります。この名は同氏の秀でた才能と作品を示唆するものであります》。

この仰々しい演説に耳を傾けていたゲーテは少々不機嫌になったことだろう。イタリアでまさに迫害を受けかねない原因となった呪われた作品『ヴェルテル』の名があからさまに口にされて身がすくんだに違いない。それでもピッツィに演説用の題材を準備した文士たちは、一身に尊敬を集める人物の名を翻訳者として盛り込むことで、ささやかな小説の悪評に予防線を張ろうと努力した。修道会司祭フランチェスコ・ソアーヴェはルガーノ出身の著名な文士で、聖職者の例に漏れずアルカディア学会の《牧人》だった[48]。イタリアではとりわけ『道徳小説集』の作者として知られていた。一七八二年に初版が出たこの本は版を重ね、カトリックの子弟を教育する基本的なテキストと見なされていた。後にゲーテとも交わりを結ぶアレッサンドロ・マンゾーニはイタリアの詩人の中でもっともカトリック色が強かったが、子供の頃にこの本で教育を受けている[49]。ソアーヴェ神父ほど敬虔な人物が、おそらく悪評高い『ヴェルテル』も含むゲーテの作品をイタリア語に翻訳したと指摘すれば、作者に有利な人物証明となった。外国語作品のイタリア語への翻訳事情は混乱しており、件の信仰心篤い神父がそもそもゲーテの作品を翻訳したことがあるのか、容易に断言できない[50]。回収されたグラッシ訳も、ローマで現物を見た者はいなかっただろう。しかし、ソアーヴェの名前がローマの文士たちにどれほど安堵感をもたらしたとしても、ゲーテは『ヴェルテル』の名を挙げてほしくはなかったのだ。演説はもはや手の施しようがなかったが、入会証書には注文を加える余裕がある。その草稿では、『ヴェルテル』などソアーヴェが翻訳したと称される作品がまたもや取り上げられていた。草稿と、実際ゲーテに手渡された証書（これは公開されている）を比べてみると、『ヴェルテル』と翻訳者に関する指摘がすべて削除されているのが分かる[51]。望ましくない事柄をすべて取り除くよう《幹事》ピッツィに頼んだのは、ゲーテ以外にはありえない。これははっきりしている。証書では、《ザクセン＝ワイマール公爵殿下の現枢密顧問官にして、ドイツで名を馳せた偉大な天才の一人、博識高名なるフォン・

ゲーテ氏》がアルカディア学会の《牧人》に参入した、となっている。ゲーテがローマでお忍びの旅をしていることにも触れているが、作品に関しては、世界中の文壇で彼の名を高めたと称する多数の散文、韻文の作品をおおまかに指摘するにとどまっている。

集会の議事録から削除されたとはいえ、会員名簿にはゲーテの名が、しかも牧人名順でも本名の姓順でも記載されている。記述はそれぞれこうである。《メガリオ・メルポメニオ、フォン・ゲーテ、ザクセン公国枢密顧問官、ドイツ人》、および《フォン・ゲーテ、ザクセン公爵殿下の枢密顧問官。メガリオ・メルポメニオ》[52]。一月六日の手紙でフリッツ・フォン・シュタインに約束したように、ゲーテは自分に捧げられたソネットを保管していた。集会では会員でヴェネツィアの即興詩人ジュゼッペ・フォルティスが朗読したものである[53]。同じく《ワイマール宮廷の枢密顧問官、あらゆる学問に精通し、優雅なる文体と才気溢れる思想で高名なる尊敬おくあたわざるフォン・ゲーテ氏の優秀な業績》に捧げられたフォルティス作のソネットを、ゲーテはさらに二篇保管している。三篇ともワイマールにあるゲーテ資料館の小さなノートに収まっているが、その中で唯一刊行されたテルツィーネ詩形の作品を読めば、二度とそのノートを手に取る気にはなるまい[54]。一七八八年一二月三日のゲーテ宛ての手紙によれば、ヘルダーがローマに来た時、このソネットの一編がアンゲーリカ・カウフマンのサロンで朗読された。翌日、公母アンナ・アマーリアがアルカディア学会に入会したが、ヘルダーにもこの栄誉を申し出ようとは誰も思いつかなかった。一二月六日にヘルダーは妻に宛てて、またもや難を逃れたが、《かの聖域には二度と足を踏み入れ》ないよう注意するつもりだ、と強がって書いている。しかしその数カ月後、高名な学者でもある枢機卿ステファノ・ボルジアから、ヴェレトリのフォスキア・アカデミーに推薦した旨を伝えられると、感激したヘルダーはすぐさま承諾した。彼はその証書を大切に保管し、一七八九年三月七日の妻宛ての手紙でこの栄誉を自慢している。もっともその時ヘルダーは、ヴェレトリの学会とアルカディア学会がヴェレトリとローマの距離ほどしか相違がないという事情は考慮しなかったのだが(55)。

『イタリア紀行』でゲーテは、アルカディア入会についてやや手を加えて記述した(56)。入会の理由となった杞憂はもはや欠片《かけら》もない。そのうえ、入会式を一年後の一七八八年一月に置き換え、さらにこの件で手を貸してくれた会員たちの名も挙げていない。『ヴェルテル』が原因である心配をうまく隠すため、式の間は枢機卿が隣に座ったとさえ述べている。だがこれは真実ではない。もし枢機卿が出席したのであれば、集会議事録でその件に言及しているはずだからである。ゲーテは証書の文面は正確に書き写したものの、集会の日付はアルカディア暦で記されているためはっきりとしない。またこの証書からは、公開された文章が生まれた背景を推察することもできない。

ゲーテのアルカディア入会に至る複雑な過程の本当の意味を正しく理解するため、そろそろ事情を総括すべき頃合だろう。文学作品のおかげで名が知られていたゲーテはローマ到着の数カ月後に、ドイツ人による最上流の社交サークルから、学会への入会を持ちかけられる。このこと自体はまったく慣例通りだった。ほどほどの功績がある外国人は、それがたとえ社会的に高い地位にあることにすぎないにしても、ほとんど誰もがアルカディアの会員に選ばれたからである。文筆家ともなれば、いわば自動的に入会させられた。アルカディア学会について耳にした考えられる限りの悪口雑言を日記に記したミュンターさえ(57)、この手続きからは逃れられなかった(58)。ゲーテは、アルヒェンホルツの案内書で《枢機卿、それどころか教皇さえアルカディア会の牧人であり、会規に則ってアルカディア名を授けられる》[59]という記事を読み、たとえ半日にせよ微行を放棄せねばならない不満を抑えたのだろう。この記事は事実に即していた。アルカディア学会は教皇庁の公の機関であり、教皇を《最上位の牧人》の座に頂き、会議には一人かそれ以上の枢機卿が出席することも珍しくなかった[60]。ゲーテのいた頃は、教皇庁の首相兼外相である国務長官枢機卿ボンコンパーニ・ルドヴィージ卿も学会員だった[61]。だからゲーテがアルカディアに入会すれば、格好の行状証明書を発行してもらったことになる。ワイマール公国の枢密顧問官であること、まして『ヴェルテル』の作者であることは教皇庁に知られたくなかった。そこで、ある程度のためらいはあったが、入会して少なくとも頼みの綱を作っておくほうが得策だと納得したのだろう。学会の書類は閲覧自由ではなかったが、機会があれば調べることもできた。その書類でワイマール公国の枢密顧問官という身分が証明されていれば、教皇庁当局との間に問題が生じた場合の保証になってくれるのである。

一七八七年三月三日のカウニッツ宛て急送公文書でヘルツァン枢機卿は、秘書の話によればゲーテが旅の記録を書く意図を抱いている、と記している。ゲーテはエーバレに日記を数カ所見せたが、そこでは宗教裁判所と教皇庁を辛辣に批判していた、と[62]。ゲーテが大切にしている日記をエーバレに読ませたとは考えられない。しかし、イタリア旅行に関するゲーテの手記の中に、ローマの政情に関する記録の大要があるのは事実である。それは三つの節にわたり（《政治国家、宗教、民族》）、さらに章分けされているが、はっきりと宗教裁判所を示唆する記事は何もない[63]。おそらくゲーテは結局実現しなかったこの計画をティッシュバインに話し、それがエーバレに伝わったのだろう。ローマからの手紙には、教皇庁に関するきわめて否定的な判断がしばしば書かれているが（たとえば一七八七年二月二〇日にはザイデルに宛てて《そもそも教皇庁こそ恐るべき官僚制度の雛型だ》[64]と書いた）、宗教裁判所は一度も話題になっていない。もちろん、ゲーテがその存在を知らなかったわけではなく、フォルクマンの案内書に掲載された記事も読んでいたに違いない。フォルクマンは禁書聖省に関して博識で詳細な記事を書いているのだ。これは宗教裁判所のもっとも重要な部署の一つで、書物の監視を任務とし、カトリック教徒の読者に害を及ぼすとの判断から読書を禁じた書物の目録を不定期に発表していた〔訳注──禁書聖省は一九一七年に廃止され、その任務は検邪聖省が引き継いだ〕。フォルクマンはこうコメントしている。《ローマでは詩神《ミューズ》がどれほど奴隷扱いをされているか、驚くばかりである[65]》。

一七八七年七月二二日の『ディアリオ・オルディナリオ』紙は、一七八六年までに出版された本を対象とする新しい禁書目録の発行を報じた。この長大な目録を一目見れば、聖省は文学作品に関してたいてい成り行きまかせで選んでいたことが分かる。例外はヴォルテールのように啓蒙主義のごく有名な代表者の著作だけで、イタリア語で出版されて初めて禁書になる場合もあった。イギリスの詩人ジョーゼフ・アディソンの喜劇『鼓手』がその例であり、『ヴェルテル』と同様にグラッシがフランス語版から重訳した作品だった[66]。しかし、場合によってはカトリック教徒の読者にはるかに重大な害を及ぼしかねない文学作品が他にいくらでもあるのに、それらは手付かずのままで、よりによってこの英国の喜劇が禁書に指定されたのはなぜだろう。それは、この作品をわざわざ禁書聖省に告発した者がいたからにすぎない。このことは、禁書聖省の文書保管所に残された膨大な数の記録文書で証明される。保管所に溢れている疑わしい書物の告発書は聖職者たちの手になるもので、彼らはカトリックのモラルに反すると称して、文学作品を含むあらゆる種類の大量の書物を禁書に指定するよう提案しているのだ。[67]『ヴェルテル』を告発する者がいなければ、聖省の善良な神父たちにそうした類いの小説を読む習慣は普段ないのだから、彼らでさえ本の存在にまったく気づかないのは確実である。当時の事情がよく分かるこんな話がある。当時ローマにアピアノ・ブオナフェーデという神父が住んでいた。[68]一八世紀に衰退したイタリアのベネディクト派修道会ケレスティノ会の修道士で、彼が著した自殺に関する学術論文は一七八六年まで幾度も再版された。神父は、モンテスキューが書簡体小説『ペルシア人の手紙』で自殺を擁護したと見なし、これに反論した。ところが同論文では『ヴェルテル』を引用していない。明らかに知らなかったのだ。しかも《恋愛を理由に自殺する輩の抱く途方もない誤った考え》をはっきりと警告しているのである。[69]ブオナフェーデはアルカディア会の著名な会員の一人だったが、[70]集会にはめったに出席しなかった。[71]だからゲーテが《牧人》に任命された際も、その場に居合わせなかったに違いない。バイエルンの光明会員が『ヴェルテル』の自殺に関する有名な手紙を自分たちの目的に利用したことについては、疑いなくピッツィもまったく知らなかった。

『ヴェルテル』はローマの文士たちの間でもよく知られており、数種類あったフランス語訳で読まれていた。後にゲーテは『イタリア紀行』の一七八八年二月一日の日付で、ローマでは『ヴェルテル』の翻訳に閉口させられた、と書いた。どの訳が一番良いか、しつこく尋ねられたのである。[72]顧問官ライフェンシュタインがゲーテに宛てた一七九〇年六月一一日の手紙を読むと、それがフランス語の翻訳のことで、ジョヴァンニ・ファントーニ伯爵が一番ご執心だったと分かる。[73]この有名な文士は一七八八年初頭にナポリからローマへ移り住み、[74]アンゲーリカ・カウフマンのサロンでゲーテと知り合った。ファントーニは『ヴェルテル』をフランス語から重訳したものをアンゲーリカ・カウフマンに献じたが、出版にはこぎつけられなかった。[75] すでにその数年前に、ローマ文壇の中心人物だったヴィンチェンツォ・モンティが『ヴェルテル』のフランス語訳を元にした創作を発表し成功をおさめていたのだ。これは自由詩で書かれた作品で一七八三年にシエーナで刊行されたが、いくつもの箇所を利用しているどころか、まるで小説のコピーだった。[76] それに満足しなかったモンティは、三年後に自殺の問題のみを中心に据えた『アリストデモ』という題名の悲劇を公開するに及ぶ。しかし、この微妙なテーマに取り組むには、多大の配慮が必要だった。物語の舞台は、スパルタと戦争中の古代ギリシアの都市メッセニアに移し替えられた。そこで主人公アリストデモは自害する。この都市の支配権を握るため、娘を神々への生贄に捧げたからである。作者は自殺を正当化しようのない狂気の沙汰として描き、アリストデモ本人も自分の行為を古代の神々の野蛮な習慣の責任に帰して自殺を弾劾する。[77] しかし、『ヴェルテル』が与えたモデルを歪め、むしろ茶化しているにもかかわらず、モンティはそもそも大胆にこれほど微妙なテーマを扱ったこと自体に身の危険を感じ、キリスト教への反逆と非難されないために強力な後ろ盾を求めた。モンティは教皇の甥ルイージ・ブラスキ・オネスティ公爵の秘書で、一七八六年にパルマで出版した悲劇の初版を、以下の言葉を添えて公爵夫人に献じた。《われらが主人たる教皇ピウス六世の姪御であられるコンスタンサ・ブラスキ＝オネスティ公爵夫人、旧姓ファルコニエリ、に捧ぐ》。[78] この教皇の姪――《ニポティーナ》――についてはゲーテもよく知っており、[79]『ローマ悲歌』で名を挙げさえしたが、その部分は公開しなかった。正体をごまかすため、ゲーテは彼女をボルゲーゼと呼んでいるが――リヴィア・ボルゲーゼ侯爵夫人は、ローマの社交界でニポティーナのライヴァルだった――、本名はファルコニエリだったのである。ゲーテが以下の詩を作った時、モンティの愛人でもあった彼女を思い浮かべていたのだ。

ここは天国ではないか？――美しきボルゲーゼよ
ニポティーナよ、お前は恋人にこれ以上何を与えようというのか？
華やかな食卓、仲間にコーラス、遊びにオペラに舞踏会
おかげで恋愛の神はしばしば絶好の機会を奪われてばかり。(80)

この献呈の辞を隠れ蓑にモンティは、自著を教皇に進呈するに及んだ。しかし教皇はあえて内容に関して意見を述べず、代わりに当代随一の印刷業者ジョヴァンニ・バッティスタ・ボドーニの手になる美しい印刷を誉めた。(81) こうした二重の背面援護を受けてモンティはついに、ローマの観客に立ち向かう決意を固めた。周知の通り、この都で悲劇が当たりを取ったためしはなかったのだ。一七八七年一月一六日の夜、『アリストデモ』はヴァレ劇場で初上演された。ジョヴァンニ・ゲラルド・デ・ロッシが、公爵夫人とモンティの情事に関する醜聞を広めてしまったため、モンティはひどく立腹していた。そこでデ・ロッシは『美学新聞』紙の一二月号で、いくらかでもその埋め合わせをしようとした。(82) 教養ある観客が舞台上の出来事に心構えをしておけるように、作品の類い稀なる美しさを褒め称え、悲劇の結末で待っている《おぞましい死という野蛮な行為》をしかるべく強調した。一七八七年一月二七日号では、戯曲がふさわしい成功をおさめたと述べ、作者が教皇の甥ブラスキ公爵の秘書である

ことをもう一度指摘した。『ディアリオ・オルディナリオ』紙は、ある程度の水準に達していればローマでの上演は普通すべて取り上げたにもかかわらず、この上演は告知しなかった。同紙が沈黙を守ったことは、キリスト教の総本山にある劇場で自殺という禁じられたテーマをあからさまに扱った作品に対する当局の不快感を表している。

喝采を送る観客の中にゲーテもいた。万一観客の反応が悪かった場合をひどく心配した作者が、精神的な支援を求めて招待していたのである。しかし、モンティは『ヴェルテル』の作者との関係について一言も洩らしたことはなく、どれほど親密な相手への手紙でも沈黙を守っている。ゲーテとかかわりがあったと知られることをそれほど恐れていたのだ。四〇年後に初めて、ミラノの友人パリーデ・ザヨッティとの会話で二人の交際を手短にほのめかしたほどだった。そこでは『アリストデモ』がローマで上演された際、有名なゲーテに会ったと認めている。それは、ゲーテが他の大勢の客と一緒にお祝いを述べに彼の家にやって来た時のことだった。二人の出会いをモンティはこう描く。《私は『ヴェルテル』を読んでいたので、賞賛の言葉を述べた。それを聞いて上機嫌になったゲーテは、彼のこの作品について語り合ったのは私が初めてだ、と言った。それ以降、私たちはリヒテンシュタイン侯のお宅で幾度も顔を合わせたものだ[83]》。

ゲーテがローマで記した日記は残っていないが、それを元にした『イタリア紀行』ではモンティとの交際をもっと詳しく描いた。おそらくこちらのほうが事実に近いだろう。同書の一七八六年一一月二三日の項には、この日リヒテンシュタイン侯爵邸でイタリアの詩人を紹介された、とある。その侯爵が同名の従兄弟のどちらか、詳しくは述べていないが、フィリップ侯には一度も言及しなかったので、この場合もヴェンツェル侯を指すと思われる。ゲーテは侯の教育係タッキを介してローマのイタリア人サークルと結びついていたのである。ある晩、ゲーテはリヒテンシュタイン邸で思いがけずモンティに出会った。モンティは『アリストデモ』を持参しており、『ヴェルテル』からインスピレーションを受けたと説明したうえで、ゲーテの前で朗読した。ゲーテは最初にこの悲劇の古典的な主題について腹立たしげにコメントを記している。《そのような次第で、私はスパルタの城壁に囲まれていても、あの不運な若者［筆者注――ヴェルテルを指す］の怒れる死霊から逃れられはしなかった》。さらに一月の報告では、ローマの文士間のもめごとに触れ、どちらの派閥もゲーテを自分の側に引き入れようと無駄な努力を重ねている、と述べている。(84) 詩人の念頭にあったのは、おそらくピッツィとデ・ロッシであろう。二人はモンティに対抗して密かに策を弄していたのだ。(85)

ローマに滞在した最初の数カ月間、ゲーテはこんな事態を恐れていた。カトリックのモラルを守ることに熱心などこかの文学通が『ヴェルテル』の件でゲーテを禁書聖省に密告する。本人は一度も白状していないものの、そうした不安があったことは明らかである。禁書目録に名が載せられるだけでも十分不愉快だが、ローマにいることを密告でもされれば聖省で裁判にかけられるだろうし、こちらの見込みのほうがさらに不愉快だった。とりわけ、裁判ともなれば、微行を断念して身分を明らかにし、教皇庁当局と接触してワイマール公国の枢密顧問官という身分にものを言わせるしかなくなるだろう。これははるかに憂慮すべき事態である。ゲーテが取った予防措置のおかげで、そうした危険からは守られた。しかし、ローマにいる彼の身に『ヴェルテル』が原因で災難が振りかかるかもしれず、そうした心配がつきまとっていて容易には忘れられなかった。だから決定稿には残さなかったものの、

『ローマ悲歌』の二行連詩にこう書いている。

ヴェルテルが私の弟で、私が撃ち殺したとしても
彼の悲しげな霊はこれほど復讐心に燃えて私を追い回しはしないだろう[86]。

一七八七年二月末にナポリを訪れたゲーテは、風向きがまったく違うことにすぐ気づく。ナポリ宮廷とローマ教会は当時きわめて緊張した状態にあった[87]。ブルボン朝政府の長だったドメニコ・カラッチョロ侯爵は、筋金入りの啓蒙主義信奉者だった[88]。侯爵はナポリ王国の大使として長年にわたりパリで活躍し、当地で啓蒙主義のきわめて有名な代表者たちと交際した。とりわけダランベールと親交を結び、侯爵が副王としてパレルモに赴任した後も、手紙のやりとりを続けていた。侯爵が取った最初の政治的措置の一つが、パレルモの宗教裁判所を撤廃することで、この報せをダランベールへの手紙で熱っぽく伝えている。これはゲーテのような発禁作家に安堵感を与えるには十二分だった。そこでゲーテはナポリでは微行をやめて、いくつものサロンを訪れ、《立法に関する著書で有名な[89]》啓蒙主義者ガエタノ・フィランジエリと知り合いになった。彼の著書は禁書目録にも記載されたほどである[90]。『ヴェルテル』の作者であることも、もはや隠さなかった[91]。パレルモの状況もナポリに似ていて、当地でゲーテはカラマニコ侯爵にしてやはり啓蒙主義者の副王フランチェスコ・ダクイーノから食事に招待された[92]。ゲーテは喜んで招待に応じ、副王の宮殿で思いがけずもマルタ騎士団の一員に出会った。この騎士はエルフルトにいたことがあり、『ヴェルテル』の有名な作者の消息を尋ねた。この時もゲ

ーテはためらうことなく、ローマであれほど困惑の種となった作品の作者であると明らかにしている[93]。両シチリア王国への旅も終わる頃、一七八七年五月二五日にゲーテはナポリからシャルロッテ・フォン・シュタインに宛てて、この旅では交際に値する多くの人々と出会った、と書いた。それと同じ意味で、五月二七日のカール・アウグスト公宛て書簡にはこう書いている。《幾人もの興味ある人々と知り合いになりました。彼らのためにも、もうしばらく当地に滞在したいと思います[94]》。数カ月にわたり偽名のメラーを放棄したゲーテは、七月初旬に再びローマに赴く。カラッチョロ侯爵に発行してもらった一〇日間の期限付き通過許可書を携え、そこには《ワイマールのヨーハン・フォン・ゲーテ氏、ドイツ人》と記されていた[95]。

ティッシュバインがラーヴァーターに宛てた一七八六年一二月九日の有名な手紙によれば、ローマに到着したゲーテは《寝泊りと、邪魔されずに仕事ができる小さな部屋、それにごく質素な食事》だけを世話してほしいと頼んだ。だからティッシュバインは面倒もなく、自分が間借りするコルソ大通りのコリーナ夫妻の下宿にゲーテを連れて行けたのである。自室の隣、普段は来客用の小部屋をゲーテに使わせた。《ゲーテは今その部屋で暮らし、朝は『イフィゲーニエ』を完成させようと取り組みます。そして九時になると当地の偉大な芸術作品を見学に外出するのです》(1)。一方、エーバレにはもっと細かな点まで話した。というのも、ヘルツァン枢機卿は一七八七年三月二四日のカウニッツ宛て急送公文書で、ゲーテが社交界に登場するのに必要な衣裳一式を持参しておらず、ローマで調達する意志もまったくないことから、誰とも交際するつもりがないらしい、と伝えているからである(2)。

衣裳の件はヘルダーの手紙で詳しい情報がえられる。ヘルダーがローマ滞在を始めた頃の一七八八年秋に、妻のカロリーネと交わした数通の手紙である。彼はローマに着くなり、ドイツから持参したものとは色も仕立てもまったく異なる衣裳が必要だと気づいた。この件でゲーテは正しい情報を伝えていなかったのだ。ヘルダーは一〇月一一日の妻宛ての手紙で、友人への怒りを爆発させた。《ゲーテはなんとでも言えたわけだ。ローマに関する彼の助言はどれも役に立たない……彼にまくしたてられ、黒い上着はいけないと警告されたので、私は持ってこなかった。ところが今こちらで一着仕立てねばならなくなった。というのも、刺繍入りの上着はあるが所詮燕尾服だし、黒のフロックコートでなくては社交界にお目見えできないからだ……その他にもゲーテはいろいろと話した。二年もローマに住んだ人間が他人にそんな助言をするとは、私はもう幾度もゲーテに腹を立てた》。その少し後でヘルダーは注文した衣裳について妻に語っている。《一枚仕立てのシルクで黒い上着が仕上った……こちらの流行に合わせた燕尾服も今作らせている。そうすれば私も次第にローマ市民になれるだろう》。仕立屋の仕事が済んで身支度が整いさえすれば、枢機卿とでもローマの最上流の貴族とでも頻繁に交際できる、とヘルダーは思っていた。それというのも、《何であれローマでは服装が重要事であり、ここは儀式と礼法における大学なのだ》と考えていたからである。一一月に初めて招待を受けると、二二日に上機嫌で妻にこう書いた。《今週、私はふたたび上流社会に顔を出した。それはベルニス邸で、元老院議員が不在の際は唯一の上流社会になる。木曜日はそこで食事をしたし、昨夜はコンサートと集会があった。今日はサンタクローチェ夫人の都合がよければ、表敬訪問するつもりでいる。昨夜夫人に引き合わされたのだ……(3)》。ド・ベルニス枢機卿は七〇人からなる枢機卿会で強大な影響力を持つ人物で、ローマ駐在のフランス大使でもあった。一方、ジュリアーナ・サンタクローチェ侯爵夫人（旧姓ファルコニエリ）はローマの最上流の貴族を代表しており、夫人のサロンはこの永遠の都でもっとも高貴なサロンだった。まさにこうした社会とのかかわりをゲーテは避けようとした

図3　ティッシュバイン作『カンパーニアのゲーテ』，油彩・カンヴァス，1787年

のである。しかしゲーテはヘルダーをよく知っていた。友人が大変な見栄っ張りであることも、めかし立ててもったいぶった態度でサロンを歩き回るのが大好きなことも承知していた。だからこそゲーテは何も教えず、ヘルダーがローマで至急新しい服を調達せざるをえないはめに陥らせたのだ。これはヘルダーが名声高い地位をえていたワイマール宮廷に対する、ささやかな嫌がらせの一つだった。

それに対して、ゲーテは冬をしのぐためにもっと暖かな衣裳を手に入れねばならなかったものの、ローマ滞在の最後の日まで実に簡素な服装に甘んじた。支出簿によれば、一七八六年一一月から翌年一月の間に仕立屋を五回訪れているが、どのような服を仕立てさせたかは記していない。ティッシュバイン作の大判の油絵『カンパーニアのゲーテ』（図3参照）に描かれた詩人が着ている有名な白いケープを作らせたのだけは確かである。一七八七年一月四日付でフリッツ・フォン・シュタインに書いたように、[4] ゲーテは屋外ばかりか部屋の中でもこのケープを着て寒さから身を守った。新しいズボン、そしておそらくそれに合わせた重い布地で上着も仕立てさせたことだろう。靴下、シルクのニーソックス、下着のシャツ、バックル、靴一足、財布の支出も記録している。その他に、ドイツから持参した有名な長靴の底を張り替えた。[5] これだけの慎ましい衣裳一式があれば、しっかりと防寒し、唯一受け入れた社交生活であるアンゲーリカ・カウフマンのサロンに出入りするには十分だった。ただしナポリでは気まぐれを起こしていくつかの重要なサロンを訪れたので、そのためにネクタイと手袋一組を買っている。[6] しかしローマでは最後まで上流社会を拒んだ。ただ一度の例外は、一七八八年二月に元老院議員アボンディオ・レッツォニコから夜会に招待された時で、これについては『イタリア紀行』でしか語らなかった。[7] 一七八八年一月二五日のカール・アウグスト公宛ての手紙では、ローマの社交界を次のような言葉で片付けて自分の振舞いを正当化している。《確かに私は世間からすっかり身を引いていましたが、こちらの社交界のことは十分に承知しています。社交界はどこも似たりよったりで、その上こちらでは実に気苦労が多いのです。それというのも、大都市ローマにいながら実際は田舎者じみた人ばかりだからです[8]》。

これほど大きなヘルダーとの相違はないだろう。すでに一七八七年一月一三日付でゲーテはヘルダー宛てにこう書いていた。《……私のように芸術家と共に暮らすのが、当地にふさわしい唯一のやり方です。これ以外の生活は他所と同じように虚しく、さらに空虚かもしれません。結局は何杯か啜ってみる程度にするつもりです[9]》。すでにこの頃の詩人は、アルカディア学会への加入やモンティとの交際のような苦い杯を断らずに飲み干していた。しかし、それ以降は誰もゲーテをかまわず、彼と接触しようと考える文士も一人もいなかった。学者、貴族、枢機卿たちはもはやゲーテに気をとめなかったのだ。学者のガエタノ・マリーニはヴュルテンベルク公カール・オイゲンの情報収集役を務めていたが、当時ローマからドイツに送ったおびただしい急送公文書では一度もゲーテに言及しなかった。しかも、ごくたわいもない文化的な催しが開かれたり、多少とも名の知られた外国の旅行者が永遠の都を訪れれば、細大洩らさず公爵に伝えたのである。たとえば一七八六年一一月四日と六日の急送公文書では、ミュンターのローマ滞在を詳しく報告し、また誰もが才能を認めるイタリアの詩人ジョヴァンニ・バッティスタ・カスティ師の到着も見逃さなかった。一七八七年七月二五日の急送公文書でマリーニが公爵に伝えたように、同師はオーストリアのヨーハン・フリース伯爵のお供でローマを訪れた(10)。ゲーテはナポリでフリース伯爵と知り合い、カスティの書いたオペラの台本を賞賛した。そこでこの機を逃さずカスティにまだ未公開の『恋愛小説集』から数篇を朗読させて耳を傾けている(11)。これはローマ生活での例外だったが、その価値はあった。カスティの『恋愛小説集』は、ゲーテがイタリアで知り賞賛した数少ない文学作品の一つであり、その後もゲーテの詩作品に刺激を与えたのである(12)。

ヘルダーはローマに到着するや、友人ゲーテが当地でえたと称する芸術体験に関して手にはいる限りの情報を求めた。まず彼は、ゲーテがコリーナ夫妻の間借人となっていたコルソ大通りの住居を訪れた。そこでゲーテがぜひ会うように熱心に推薦したブーリと知り合う。しかし、その部屋に越してくるように誘われると、司教座聖堂参事会員ダールベルクの宿舎から遠すぎることを理由に断った。

ヘルダーは随員の一人だったのである。衣裳の件での怒りの炎がまだおさまらなかった頃に記された最初のコメントは寡黙である。前述した一〇月一一日の妻宛ての手紙で、《ゲーテはここで青年芸術家のような暮らしをしていた》と軽蔑したように述べている。それから数週間の内にさらに情報が集まると、この判断はますます厳しくなっていった。一一月四日には妻宛てにこう書いた。《ゲーテはローマについてまるで子供のように話すが、実際に子供のような暮らしぶりだった。もっとも彼らしい、やり方でだが。だからこそ、この都をあれほど褒め称えるのだ。私はゲーテではないのだから、私の人生行路ではけっして彼の規準に従って行動できない。ゆえにローマでもそれはできない》。一一月八日には、ゲーテがローマで共に暮らした芸術家たちも拒否している。《ゲーテの仲間たちとも、そもそもほとんど無縁だ。若い画家たちで、結局私とはあまり接点がなく、まして数年間一緒に生活するなど考えられない……みな気の良い連中だが、私の仲間とはあまりにもかけ離れているのだ[13]》。

ヘルダーが拒絶したのは、当然すぎる態度だった。ゲーテを長年知るヘルダーは、妻宛ての手紙で自分と友人の深い相違を描いた時もすぐさま要点をついていた。ヘルダー自身はローマにいても、ワイマールの社会で学者ならびに高位聖職者としての地位を保証する正しい振舞いや規準を代表していた。ゲーテはその反対、つまり規準の逸脱、因習の否定、詩人と詩人が住む社会を対立させる意見の相違を代表していた。断っておくが、もちろんこの意見の相違に政治的な性質はなかった。この点に関してさまざまな意味で数多くの誤解が生じており、いまだ完全には払拭されていない。作家はいわば職業柄、意見の相違を抱く義務があるものだが、しかしゲーテほどその限界と機能を意識して明確に表明した例は、ヨーロッパの文学史でもほんの数えるほどしかない。一八世紀、とりわけフランス革命前夜に啓蒙主義の代表者たちが文学の目的と政治の目的をどれほど混同していたかを考えれば、ゲーテの場合はなおさら注目すべき価値がある。自分の意見を表現するために子供の役割に滑り込んだのは、いかにもゲーテらしい手段である。子供とは、組織化された社会の閾に立ったままで抵抗し、社会のあらゆる規則に適う振舞いを身につけて仲間入りをしようなどとは考えないものだ。子供のとっぴで独創的な抵抗は、両親や教育者をいらだたせ、怒らせる。ヘルダーは友人の子供っぽい性質を非難していたほどなので、ゲーテには自分流のイタリア生活をヘルダーに是認させるのが難しいと分かっていただろう。しかしゲーテはそんなことを気にかけず、上述のようにフォン・シュタイン夫人宛ての日記にこう書いた。《ヘルダーは、私が大きな子供で、いつまでも変わりない、と言いましたが、これはおそらくその通りでしょう。今や罰されることもなく私の子供らしい性質を存分に発揮できるので、とても幸せです》。ゲーテはイタリアで子供に戻り、なによりもまた遊びたかったのだ。子供時代の主な特徴は遊ぶことなのだから。ゲーテはローマで遊びとしての生活を送ろうとした、と言ってもよいだろう。しかし、遊びには危険が付き物で、危機的な状態に陥ることも幾度かあった。

ローマ滞在の最初の四カ月、つまり一一月からナポリに発つまで、ゲーテはティッシュバインと密接な共同生活を送った。この頃ドイツの友人たちに宛てた手紙では、彼を幾度も《案内人《チチェローネ》》と呼んでいる。ティッシュバインは経験を積んだ知的なガイドで、ローマで見られる古代や現代の記念物、公私にわたる芸術コレクション、宗教劇や世俗の演劇に精通していた。ゲーテは彼と一緒に、たとえばローマの教会を訪れ、サン・ピエトロ大聖堂では教皇が教会の儀式を執り行うのを見学したこともあった。豚の公開屠殺に居合わせてその場景から恐ろしい印象を受けた時も、ティッシュバインが側にいた。どちらの光景も、一七八七年一月四日にフリッツ・フォン・シュタイン宛ての手紙で描写している。[14] ゲーテはこの最初の四カ月間にとても熱心に、いわば強行軍で市内観光を行ったが、これについては、多過ぎるとは言わないまでも、すでに十分語られている。だから本書では屋上屋を架すような真似はやめよう。むしろ、つい最近実に喜ばしい方法で試みられたように[15]、ゲーテの教養に対するこの観光の意義に限定したほうがよいだろう。観光の影響は適切な程度まで絞り込まねばならない——しかも、それはむしろささやかなものだった。ゲーテ研究に多くの災いをもたらした、古典古代の影響に関するきりのないお喋りには、そろそろけりをつけるべきである。

ティッシュバインは、ゲーテにとって貴重で信頼できるローマのガイドとなったばかりではなく、それ以上の存在だった。それがよく分かっているゲーテは感謝していた。二人の共同生活が終わる直前に、クネーベルに宛てた一七八七年二月一九日の手紙で、ローマ滞在の最初の数カ月の総括を述べている。ゲーテはその期間を有効に過ごせたことに満足し、ローマでの状況を《とても幸福で願った通りである》と書いた。[16] ティッシュバインが果たした二重の役割は、彼がローマで描いたゲーテの肖像画にも表れている。油絵の大作『カンパニアのゲーテ』には、古代世界の首都を訪れ名所を見学した偉大な詩人として、また、ドイツ人の友人たちが《そうした茶番劇の主役に外国人の新教徒を選び出すこと》[17]（これは一七八七年一月六日にワイマールの友人たちに宛てた言葉）の無意味さを分からずに、カピトルの丘で桂冠詩人に担ぎ上げようとした、かの優れた人物として描かれている。この計画をティッシュバインはラーヴァーター宛てにまったく違う調子で描いているが、それでもゲーテの拒否が《実際にカピトルの丘で桂冠詩人にされた場合と変わらぬ名誉をもたらすに違いない[18]》ことは認めるしかなかった。同じほど有名な別の二枚の絵、水彩画『コルソ大通りのローマの宿で窓辺に立つゲーテ』（図4参照）と、素描『椅子にもたれて読書するゲーテ』（図5参照）に描かれた詩人は、油絵とは違って、家庭的な暮らしですっかりくつろいだ様子を同居人たちに見せている。水彩画では、スリッパ履きでシャツとヴェストだけを着て、長い髪を辮髪にした姿で、自室の窓により掛かり、絵を見る者に背中を向けて立っている。扉の窓を一つ開き、コルソ大通りにつながるフォンタネルラ小路を見下ろしているのである。路上をよく見ようと大きく身を乗り出し、窓枠で身体を支えている。素描

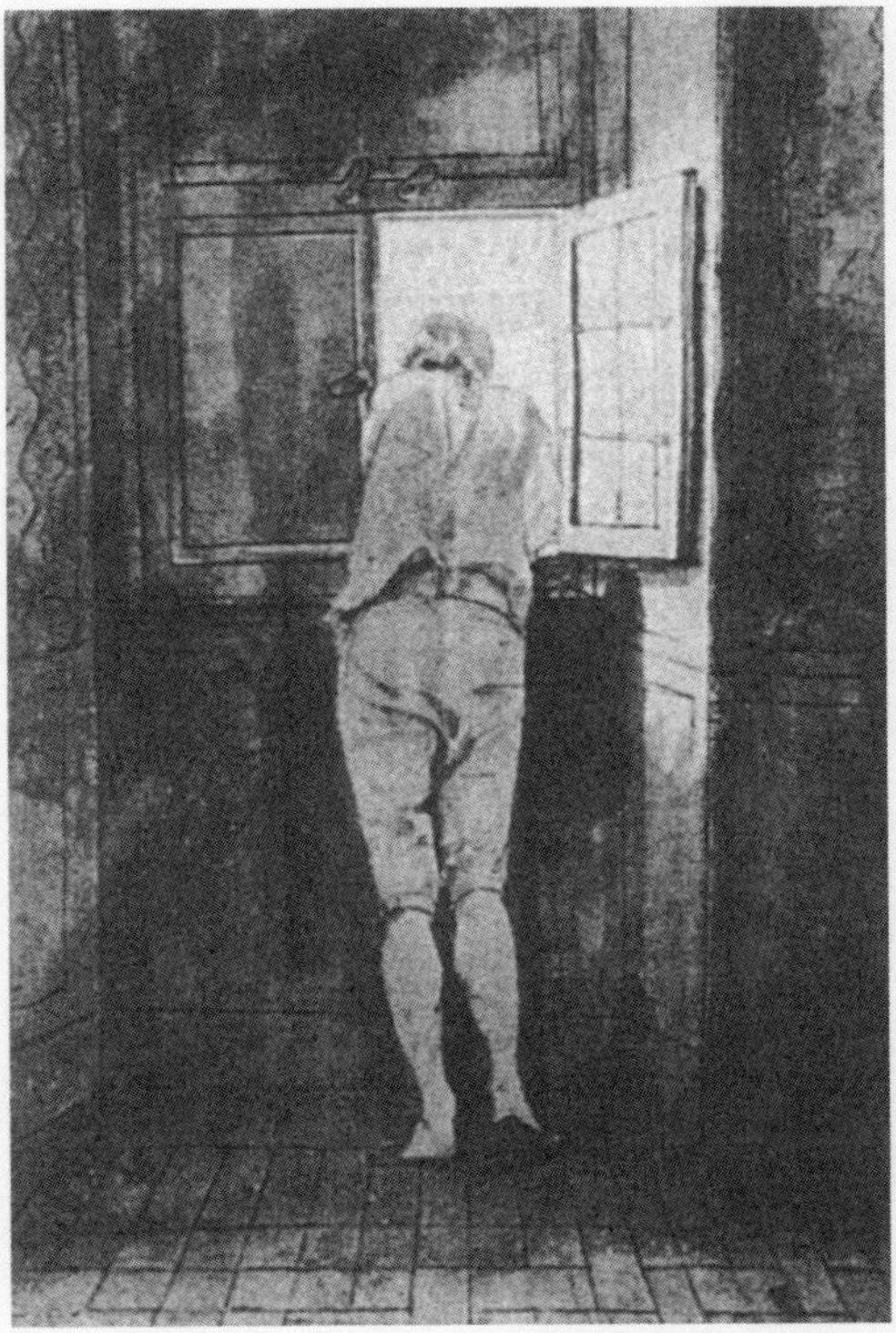
図4　ティッシュバイン作『コルソ大通りのローマの宿で窓辺に立つゲーテ』，1787年

のほうでも気楽な服装で本を読みながら椅子を揺らしている。[19]

ローマでの最初の数カ月間、ティッシュバインはいつもゲーテと行動を共にする遊び仲間でもあった。ティッシュバインが描いた数多くの素描は、彼がゲーテのローマ滞在を記念に残すための注意深く忠実な記録者だった証しである。その中でもとりわけ一枚の絵が、この重要な局面をすっかりそのまま描き出している。それは、ソファの上でだらしなく寝そべる二人の男性を描いた素描である（図6参照）。[20] ソファの左側の男性は靴下を履き（リボンのついた派手な靴が前景に見える）、まるでとんぼ

図5　ティッシュバイン作『椅子にもたれて読書するゲーテ』，手漉き紙に鵞ペンで描かれた褐色の素描，1786/87年

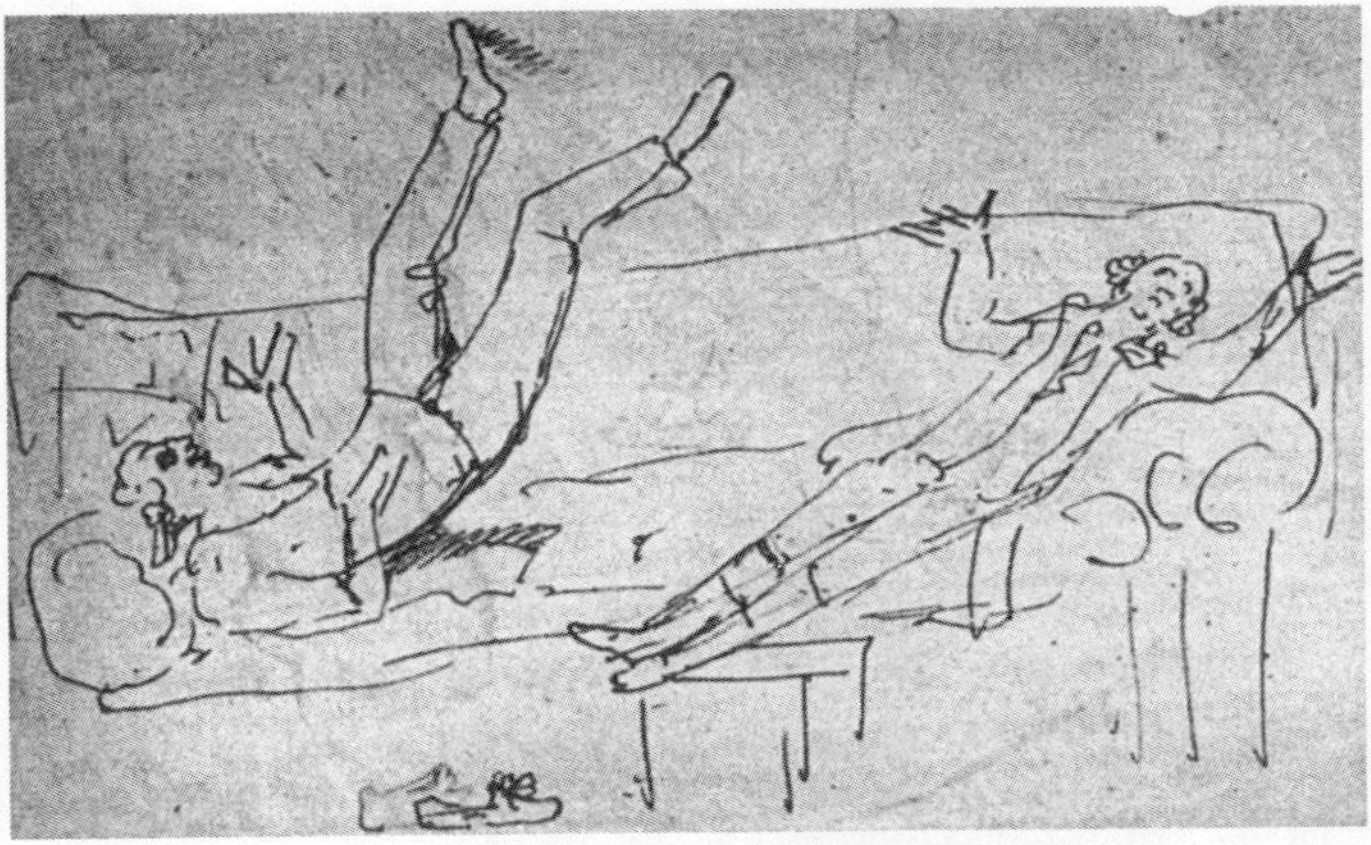

図6　ティッシュバイン作『椅子の上の二人の男』，1786/87年頃

返りをするように両足を上に伸ばしている。手の動きもそれに合っている。右側の男性はまだ長靴を履いている。両足は床机に乗せ、両腕を高く上げている。明らかにこの二人は、無邪気に遊んでいる瞬間のゲーテとティッシュバインと見なしてよいだろう。こうした絵の資料を見ると、文書の資料を思い出す。それは一八二一年五月一四日のティッシュバインの手紙で、当時ローマで行っていた別の遊びが話題になっている。画家はゲーテにこう書いた。《われわれが通りすがりの人の肩から外套を剝ぎ取る練習をしたことは、あなただって今でも覚えておられるでしょう[21]》。三八歳にもなるワイマールの枢密顧問官がまるで気の触れた学生のように通りを駆け抜け、通行人の肩からマントを《剝ぎ取る》。ゲーテを厳粛に桂冠詩人に列しようとしたドイツ人たちが、詩人のこんな姿を目の当たりにすれば、わが目を疑ったことだろう！

　大胆に素直に楽しんだささやかな機会が重なるごとに、二人の親密度は増した。たとえばゲーテはワイマールの友人たちに宛てた手紙で、サン・ピエトロ寺院の広場を散歩し、最後には《巨大なオベリスクの、二人が十分隠れるほど大きな影の中で》近くで買ったブドウをたいらげた時の話をしている。[22] 支出簿にはブドウを買ったことが幾度か記されているが、それより多かったのがチョコレートの記録で、これは熱いものや冷たいものがあった。一七八七年七月二一日にナポリのティッシュバインはゲーテに、散歩しながらチョコレートを飲む二人の古い習慣を自分がいなくとも続けるよう促している。《この暑さの中で体調はいかがですか。朝はホット・チョコレートではなく冷やしたものを飲みなさい。冷たいものは、サン・カルロ教会近くの氷屋で毎朝作らせればよいでしょう》[23]。こうした美しい思い出が数多くあり、ゲーテは一八一四年五月三〇日にフォン・ミュラー宰相にこう告白したほどだった。《私は一〇カ月の間、学究的で自由な第二の人生をローマで送ったのです》[24]。この頃の主な楽しみには居酒屋《オステリア》の訪問も含まれていた。支出簿によれば実に足繁く通ったようである。

当時ローマの居酒屋《オステリア》は、地元の民衆にとって欠かせない溜まり場だった。この階層の人々が楽しく集うのに、もっとも好まれた場所だったのである。ローマ総督の法廷の裁判記録に残された調査報告によれば、ローマの民衆はかなり多くの時間を居酒屋で過ごす習慣があった。こうしたワイン専門の小さな酒場で友人たちが集まり、人とのつながりが生まれ、娼婦に会い、殴り合いが起こり、ナイフの刃が輝き、そしてそんな殴り合いの後には床に死体が転がっていることも稀ではなかった。賭け事をしたり、音楽に合わせて踊ったりもした。ポポロ広場で逮捕されたある男性は、一七八七年二月二二日に、門の前の居酒屋で酒を回し飲みした後、《ボッチャ、モーラ、トランプ》で賭けをした、と供述した。その前日には別の証人がある裁判で、バルベリーニ広場の居酒屋で誰かが《カラスチオーネ》（民族的な撥弦楽器）を演奏し、それに刺激されて何人かの客が踊った、と証言している。ゲーテが到着する数カ月前の一七八六年五月に行われた裁判によれば、店をまわりながら歌や演奏をする組織的なグループがあったと分かる。記録によると、そこには《閨秀詩人のように》歌う女性がいたり、盲人が歌ったり、そして足の不自由な男性がラウテで伴奏することもあった[25]。ゲーテはローマの居酒屋を訪れたことは文章に残さなかったが、イタリア旅行に関する覚書きに見られるイタリア民衆のテキスト、金言、歌、ことわざなどを集められたのは主として居酒屋のおかげである、と想定してよいだろう。それどころか書き留められた四行詩の一つでは、居酒屋での生活がほのめかしてあると思って間違いない。それはこんなテキストである。

大いに飲んで楽しく踊ったその挙句
　子供を押しつけられて
　　さよならされるとしたら
　　　みんなここから逃げ出すよ

それに《キリストが子羊なりし頃、そを喰い殺さざる狼に災いあれ》というかなり冒瀆的で儀式めいた呪文や、《うひゃあ、ひょっとするとあんたは托鉢僧の子供かい》といった明らかに反教会的な言葉は、ローマの居酒屋以外のどこで耳にできるだろう。次の表現もサロンで耳にする機会はまずなかっただろう。《醜聞を恐るるなかれ。ここに集うは娼婦ばかり[26]》。

ティッシュバインの回想記によれば、彼はモデルになる女性を見つけるつもりでよく居酒屋で張っていたらしい[27]。ゲーテが集めたティッシュバインの素描の第四部は《共同生活》と銘打たれ、その八番目に《トラステヴェレの怒れる男》と題するペン画がある（図7参照[28]）。そこには帽子とケープをつけた男性が簡潔なタッチで描かれており、不精ヒゲの生えた顔は誇り高いが陰鬱でもある。背筋を伸ばし、握り締めた両手の拳を頭上高く振り上げて、相手を威嚇する怒りの表情を浮かべている。居酒屋から出てきたばかりらしい。トラステヴェレはローマでもっとも古く、一番の人口密集区であり、一八世紀にその住民は古代ローマ人の本物の末裔と見なされていた。ミラノの作家アレッサンドロ・ヴェルリはローマで数年を過ごした後の一七七九年七月二一日に、経済学者の兄ピエトロに宛てて、

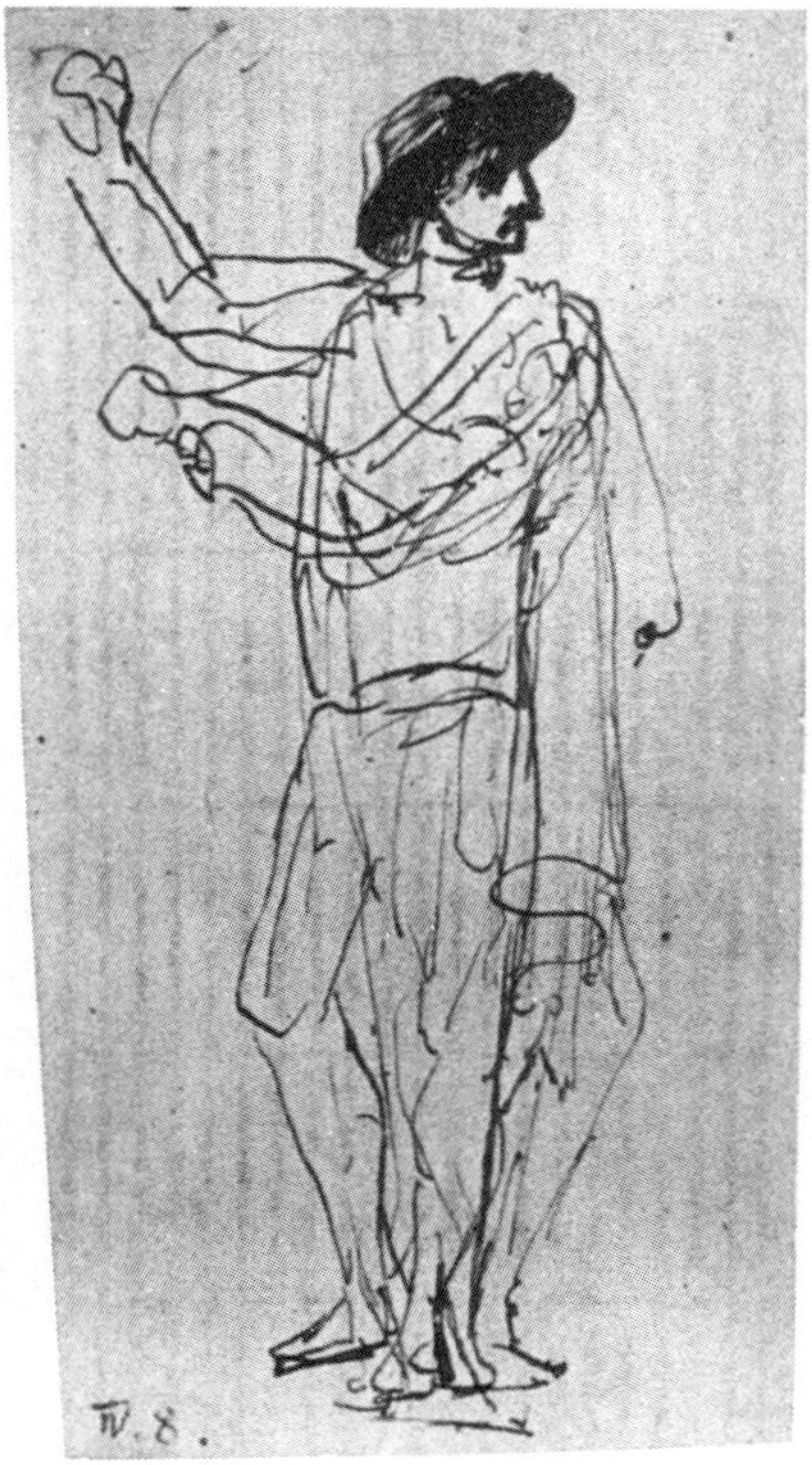

図7　ティッシュバイン作『トラステヴェレの怒れる男』，鵞ペンによる素描

自分もまったく同意見だと書いている。トラステヴェレに住む民衆の男性は《復讐を好む激しい傾向》があり、人当たりよく見せることを重視せず、《他人に恐れられることのみを求めた》、と。[29]アルヒェンホルツはこのテーマにまるごと一頁を割いたし、ローマに関してゲーテの《聖書》であるフォルクスマンの旅行案内もこの問題に少し触れている。[30]確かにゲーテはことさらトラステヴェレの住民を話題にはしなかったが、古代ローマ人が民衆の中に生き続けているという一般的な意見に与していた。ヘルダー夫妻に宛てた一七八六年一一月一〇日の手紙でもその見解を表明した。《二千年以上も齢を重ね、時代の変遷と共に根底からさまざまな変化を経ていながら、それでも土地も山も変わりなく、それどころか列柱も城壁も昔のまま、そして民衆の中には古代の性格の痕跡がうかがえる、このような存在を目の当たりにすれば、運命の大いなる決断の場に同席しているような気になります》。[31]ティッシュバインの素描は、ゲーテと共にトラステヴェレの酒屋で過ごした愉快なひとときへのコメントなのだろう。

ゲーテがとりわけ楽しんだのは、微行用の偽名を使った遊びだった。振替送金用に告げた公式の名前は、ヨーハン・フィリップ・メラーだった。一方、ヘルツァン枢機卿は一七八七年三月三日のカウニッツ宛て急送公文書に、秘書の話によればゲーテはめだたないようにミュラーと名のっている、と書いた。[32]この情報はエーバレがティッシュバインから手に入れたに違いない。スイスの銅版画家ヨーハン・ハインリヒ・リップスもローマに着いて間もない一七八六年一一月二四日にラーヴァーターに宛てて、ティッシュバインによれば、ゲーテはしばらくの間《ミュラーの名で》ローマに滞在するつもりだ、と書いている。モーリッツも一七八七年一月二〇日に友人の教育思想家ヨーアヒム・ハインリヒ・カンペに同じ知らせを伝えた。[33] メラー（Möller）とミュラー（Müller）は一字違いにすぎないとしても、結局はまったく異なる姓である。ゲーテはティッシュバインとモーリッツに、ローマではお忍びの生活をしたいと願っており、そうした理由で偽名を使っている、と語ったに違いない。しかし、メラーと言ったのか、それともミュラーなのか。友人が二人とも同じ名前で呼んでいることから、ゲーテはミュラーと言ったと思われる。その根拠はすでに「微行」の章で説明した。ゲーテはメラーの名を秘密にしておきたかったので、ドイツに伝わるのだけは阻止したかったのである。もちろん、友人たちにどれが《本当の》偽名なのかはっきり分からないままにしておく、もつれ遊びもゲーテは楽しんでいた。

すでに述べたように、ゲーテは一七八七年初頭にサンタ・マリア・デル・ポポロ教会の主任司祭を訪れ、フィリップ・メラーと名乗った。司祭はドイツ語がまったくできなかったので、その結果住民登録簿にはフィリッポ・ミラーと誤記された。こうして偽名の数は増えて、メラー、ミュラー、ミラーの三つになった。自分に何の責任もないだけに、メラーがミラーに変わってゲーテは面白がったことだろう。ゲーテはティッシュバインと共にこの件でどれほど心から笑ったか知れない。そこでゲーテはもう一つ別の悪戯を思いつき、名前がもう一つ増えることになった。

一七八七年二月二一日、ナポリに発つ前日にゲーテはティッシュバインと一緒に教皇座近くの両シチリア王国大使館を訪ねた。国境を越えるのに必要な通行許可書をもらうためである。二人は大使館の秘書に、モスクワ出身の《トイチュベイン（Toichbein）》および《ミレロフ（Milleroff）》と名のった。有効期間一二日のこの通行許可書（図8参照）はゲーテの遺品中にあり、先の名前が二つとも記

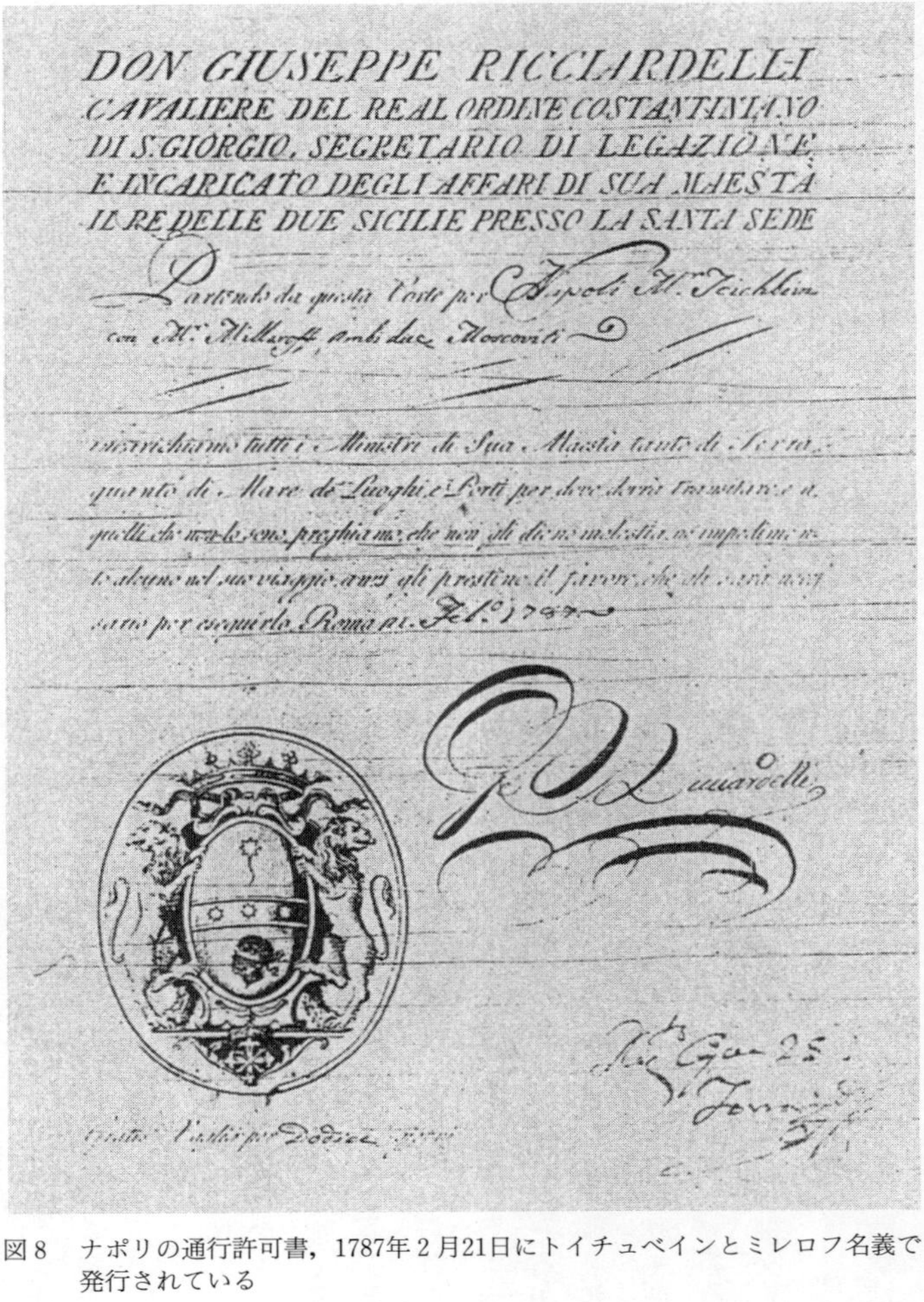

DON GIUSEPPE RICCIARDELLI
CAVALIERE DEL REAL ORDINE COSTANTINIANO
DI S. GIORGIO, SEGRETARIO DI LEGAZIONE
E INCARICATO DEGLI AFFARI DI SUA MAESTÀ
IL RE DELLE DUE SICILIE PRESSO LA SANTA SEDE

図 8　ナポリの通行許可書，1787年 2 月21日にトイチュベインとミレロフ名義で発行されている

されている。[34]この奇妙なアイデアが、偽名については真の芸術家で、いつでも喜んで名前遊びをしたゲーテのものであることは疑いない。同行者の名前もトイチュベインと変えたことで、エキゾチックな響きになった。だがそれと同時に、正体が露見する可能性も防げた。というのも、ティッシュバインの名がイタリア風に訛ったディスベンやティスベンをトイチュベインから連想するのは容易でなかったからだ。それに対してミレロフは新創作だった。メラーからミラーに変じた名前に、いかにもロシア風の語尾《オフ》を付けてロシア名にしたのである。こうしてロシア人に化けたゲーテとティッシュバインは、ナポリの素朴な役人にはドイツ人とロシア人を区別できないだろうと強く確信していた。ナポリに着くまで、この茶番に大笑いしたことだろう。メラー、ミュラー、ミラー、ミレロフと偽名が増えてきた。だがまだ十分ではない。ゲーテは何もせずに五番目の名前を授けられた。彼がローマで接触していた民衆の間での通り名である。

　ゲーテのイタリア関連の書類には支出簿の他にも、ローマでの経費に関する記録があるが、それを詳しく調べようとする者は今日までいなかった。後代の伝記作家がそのようなものに興味をもつなど、詩人は考えもしなかっただろう。ゲーテがあくまで隠し通すつもりだったローマでの私生活を解明するには、あまり役立たないとも思ったのだろう。それは、家主夫婦が作った勘定書きである。一七八七年六月にゲーテがナポリから帰って来た後、サンテ・コリーナは食費と住居費の詳細なリストを毎月定期的に作成し、それを下宿人に提示して支払いを求めた。その勘定書きでゲーテはいつも《騎士殿《シニョール・カヴァリエーレ》》と呼ばれている。一八世紀のイタリアで騎士の称号は、実際の騎士階級ばかりか、貴族の階級制度では比較的地位の低い、封土をもたない下級貴族にも与えられた。コリーナはゲーテを騎士扱いすることで、画家にすぎない他の下宿人と区別しようと思ったらしい。リストで画家たちの名は、イタリア語化したファースト・ネームの前に誰でも文句は言わない敬称《シニョール》を付けて書かれている（《シニョール・ジョルジオ》に《シニョール・フェデリーチョ》）。

サンテ・コリーナはゲーテが不在の間に、このとりわけ上品な下宿人が故郷のドイツでは金と影響力を存分に振るう貴族だと知った、と推測してよいだろう。しかしゲーテは地位の違いを重んじるそぶりは少しも見せなかった。そのためコリーナはシュッツやブーリ相手の場合とまったく同じように、勘定書きに間違えてゲーテをファースト・ネームで二度書いたほどである（結局それも本名ではなかったが）。年老いた御者らしくたどたどしい大きな文字で、一七八七年六月の勘定書きには《シニョール・フェリッポ（Felippo）》、一七八八年一月には《シニョール・フェリポ（Felipo）》と書いている。これは、ナポリに発つ以前コリーナがゲーテに話しかける時に用い、また詩人がコリーナ家の新しい下宿人として教区名簿に記入されていた名前だった。すなわちフィリッポ・ミラーである。しかし一七八八年一月になるとコリーナはこの下宿人についてすでにもっと詳しい情報をえており、画家の仮面を被っているのは、当初そう思わせていたよりもはるかに社会的地位の高い人物であるとはっきり分かっていた。故郷では重要人物にして《男爵》である誰か、なのだ。一七八七年一一月九日にサンテの息子フィリッポがゲーテに出した領収書には、この称号とゲーテの本名が書かれている。(35) 領収のサインを書いた三〇スクーディの金額は、サンテの息子がドイツに旅行する費用に当てられた。彼はワイマール公母アンナ・アマーリアをドイツに迎えに行き、ローマまでお供をすることになっていた。すなわち遅くともこの時点でコリーナ家の人々は、この下宿人が偽名を使ってローマで暮らしており、その秘密を洩らしてはならないと知っていたのである。だが《シニョール・フィリッポ》はとても愛想の良い紳士であり、コリーナ家の素朴な率直ぶりを誉め、もったいぶった態度も見せなかった。逆にティッシュバインはコリーナ一家ばかりか、画家仲間のシュッツとブーリにも尊大に振舞い、この二人とは意識的に距離をおいていた。勘定書きや《魂の証明書》には《シニョール・ディスペン》《ディスベン》《シニョール・ティスベン》と記されている。[36] 彼はファースト・ネームで呼ばれるのを好まなかったようだ。

しかし、ゲーテを知る隣人や庶民にとって、詩人はその後も《シニョール・フィリッポ》であり続けた。ゲーテが一七八九年に公刊し、後に『イタリア紀行』に組み入れた「ローマの謝肉祭」の一カ所からもそれは分かる。謝肉祭の時期、夜になると人々が火をつけた小さな蠟燭をもって歩き回る習慣を描いた箇所である。蠟燭を持った人々は、いかにもローマらしい呪いの言葉を口にすることになっていた。《蠟燭の燃えさしをもっていない奴は殺されてしまえ！　こう言いながら、相手の蠟燭を吹き消そうとするのだ》。この叫びは本来の暴力的な意味を失い、《合言葉、歓声となり、あらゆる冗談、からかい、挨拶へのお返しの言葉》になっている、とも説明される。《そこで、〈女好きの坊さんは殺されてしまえ！〉という嘲弄の言葉が聞こえる。（……）または通りがかりの友人に〈フィリッポさん、殺されてしまえ！〉と呼びかける者もいる》。[37] ここでふたたびフィリッポという名前になっているのだ。謝肉祭の夜の催しの際に、ゲーテは近所の住民からこの名で呼びかけられたと思われる。詩人は近づきになった庶民には男女共にこの名前で知られていたのである。

知人をファースト・ネームだけで呼び、必要とあれば《シニョール》を前に付ける習慣はローマで広く普及していた。『イタリア紀行』の一七八六年一一月八日付で述べているように、ゲーテはこれにすぐに気づいた[38]。支出簿を見ると、彼はこの習慣にすぐに慣れたことが分かる。一七八六年一一月にはまだ《コリーナへの》支払いと記しているが、それ以降はただ《サンティ》としか呼ばなかった。家主の妻も、支出簿ではファースト・ネームのピエラしか出てこない。ゲーテは彼女に気前よく毎月一スクードのチップを与えていた。一七八七年一月三〇日の支出簿で、ただ一度だけ、別のイタリア人女性の名前が現れる。マリウッチャという名で、ゲーテは一スクード二パオリというささやかな金額を支払っている[39]。マリウッチャはコリーナの下宿人のために、おそらく縫いものなどの軽い仕事を時折引き受けたのだろう。ティッシュバインもナポリから出した前述の一七八七年七月二一日の手紙で、彼女の名を一度だけ出している。そこでは彼らしく形式ばって《シニョーラ・マウリーチェ》と呼びながらも、ゲーテから《あの太っちょの娘さん》によろしく伝えてほしいと、あまりお世辞にならない特徴を述べて先の立派な呼び名をすぐに相殺した[40]。しかし支出簿では、下層階級のイタリア人だけがファースト・ネームで記され、一方ドイツ人は常に姓で書かれている。その中でもアンゲーリカ・カウフマンだけは例外だった。ゲーテはこの閨秀画家とかなり親しかったので、それを理由にファースト・ネームで呼んでいたようである。

コリーナの勘定書きは一つの疑問を投げかける。ゲーテが全員の勘定を払ったのか、それとも各々自分の分を払ったのか。勘定書きを調べた結果、食費ばかりでなく画家たちが住む部屋の家賃もすべてゲーテが払っていたと判明した。そこで、かつてゲーテがローマでの《ヴィルヘルムめいた振舞い《ヴィルヘルミアーデ》》と呼んだものの実態が浮かび上がってくる。詩人はこの新造語で一七八五年に中断した小説『ヴィルヘルム・マイスターの演劇的使命』を指していた。その原稿は数少ない親しい友人たちしか読んでいなかった。小説の中で、情にもろい主人公のヴィルヘルム・マイスターは、いつも資金難を抱えている劇団を援助するために財産の大部分を使ってしまうのである。一七八八年一月二五日にゲーテはカール・アウグスト公に宛てた手紙で、ローマでの出費に関する概観をこう述べている。《私のような生活の仕方ならば、もっと安価に済んだはずでしょう。ただ私の存在が結局のところ、まさにヴィルヘルムめいた振舞いになってしまったのです。もっとも、そのおかげで根本的に最終目的を達成できたので十分満足しております。しかるべき気前良さを見せて、私の微行そのものを他人にも尊重させようと考え、そして、何名かの芸術家と共に暮らすことで、一度に教師と友人と従者をえたのです。万事好都合に進展し、私は大いに満足しております(41)》。

『イタリア紀行』を読めば分かるように、ライフェンシュタインは理由は口にしないものの、偽名でお忍び生活を送るゲーテの《奇妙な思いつき》がそもそも気に入らなかった。自分が引き立てている詩人が青年画家のようにローマをうろつき回るのがおそらく気に障ったのだろう。《そこで侯はさっそく私を男爵にしました。今の私はロンダニーニ邸向いの男爵です(42)》と、ゲーテは付け加えた。一七八六年一一月八日付で挿入した手紙でこう語っているのだが、ローマから出された手紙の目録には同日のものは記載されていない(43)。

ゲーテに初めて男爵の称号が添えられたのは、一七八七年一一月九日のフィリッポ・コリーナの領収書である。それ以降は他の領収書にもほんの数回見られるが、被保護者のためにしばしば事務処理をしていたライフェンシュタインがこの形式を定めたと思われる(44)。これで『イタリア紀行』でのゲーテの記述が裏付けられる。実際に、リッジ、コリーナ、幾人かの職人などイタリア人とほんの事務的なやりとりをする場合でさえ、ライフェンシュタインはゲーテの名に《男爵》の称号を添えたようである。《ロンダニーニ邸向いの男爵》という仰々しい称号は、その他の有名な記録には残されていない。後に『イタリア紀行』に書いたのとは逆に、とりわけ微行を考慮すれば、ローマのゲーテはこの称号を不似合いと考えていたに違いない。しかし気を悪くしたにせよそうでないにせよ、ゲーテはライフェンシュタインの勝手を容認し、必要とあればこの《男爵》を渾名と見なして他の偽名に加えたのである。

男爵の称号が引き起こした不快感の名残が、『ファウスト』の「魔女の厨」と題された場面に見られる。後にエッカーマンとリーマーに語ったように、ゲーテはこの場面を一七八八年初頭にローマで書いた。メフィストフェレスが上品な服装をしていたために、魔女は彼が誰だかすぐには分からない。メフィストフェレスは変装したことは認めるが、外見にふさわしい口を利くように命ずる（二五一〇—二五一四行）。

男爵さまと呼んでもらおうか
おれも世の騎士なみの騎士なのだ
おれの高貴な血筋を疑いはしまいな
見ろ、これがおれの紋章だ
（猥褻な仕草をする）

悪魔は自分が騎士だとうそぶく。これはサンテ・コリーナがゲーテを呼んでいた称号であり、この場面では《男爵》の称号と共に《猥褻な仕草》で茶化されているのだ。

名前で遊ぶならば、偽名からすぐに渾名や愛称に行き着く。ゲーテはこのアイデアを、友人モーリッツが著した言語の起源と機能に関する考察から思いついた。友人の考察については、『イタリア紀行』の「語源学者としてのモーリッツ」と題した節で述べている。そこにはこうある。《彼は悟性と感覚のアルファベットを発明した（……）。このアルファベットにより言語を判断すれば、あらゆる民族が内面の感覚に従って自己を表現しようと試みたことが分かる。しかしどの民族も恣意と偶然のせいで正しい道から逸れてしまった。そこで、もっとも的確に表現された言葉を数々の言語の中に捜してみると、あちらこちらの言語に見つかる。そこでわれわれは、その言葉がぴったりだと思えるまで手を加えたり、新たに造ったりするのである》。このことは人名にも応用できた。ゲーテは続けてこう書いている。《本気で遊ぼうと思えば、人名さえ作り出し、あれやこれやの人々がその名前にふさわしいかを調べる（……）要するに、これはこの世でもっとも機知に富む遊びである（……）》(45)。ゲーテのローマ関係の書類には、この楽しい《言語学的な》試みの例証が残っている。それはドイツ人の名前とイタリア語の単語を結びつける試みで、その単語が外見や肉体的、社会的、精神的特徴に関連して人物を定義するようになっている。これが《虚名《ウンナーメン》》と題されたリスト（左表参照）で、ほとんどドイツ人名ばかりが全部で二六名分書かれ、名前の持主はイタリア語で記された特性を元に渾名を付けられている。その中から二一人の名前を書き抜いた。どれも当時ローマに滞在していた人物の名である。リストの最後に《聖家族》のタイトルでまとめられた六名のうち五名はイニシャルしか記

ヒルト	文学者	ナール	稲妻，頭から閃く
モーリッツ	哲学者		
シュッツ	伯爵		
ブーリ	羊飼いの若者		
ティスベ	鼻まがり		
	フレマッチョ		
グルント	可愛い子		
ミュンター	数学者		
	半狂人		
ハノーヴァー			
パーペ	小公子		
		醜い	
マイヤー	粗野で真面目な哲学者		
ツェラ	粗野で美男の		
	哲学者		
バッハ	スカッペリアート		
リップス			
ムラー	ドイツの騎士		
ヴォルフ	小音楽家	切り取られ過ぎ	
レーベルク	しかめっ面		
シュミット	パン屋	外見	
カールマン	ダチョウ		
マイヤー	稲妻もてるユピテル		
ベッカー	カシオット・フィグール		

聖家族

R.	万能の父なる神
P. H	救世主たる神の子
	その会食のゆえに
G. H	聖霊なる神
A.	聖母
Z.	聖ヨハネ
ルビー	ロバ

されていないが、これから見るように簡単に探り当てられる。ローマ滞在中のゲーテがこれらの人々ほぼ全員と交際があったことは証明済みである。(46)

このリストは幾度も刊行されながら、満足できる調査結果はほとんど出なかった。それというのも、ドイツ人の姓とそれに対応するイタリア語の《虚名》の結びつきは複雑で、容易には解き明かせないからだ。この遊びは緻密で、名の挙がっている人物に関する知識が前提なのに、大抵われわれはそれを知らない。だからここではいくつかの例に限定して話をしよう。ティッシュバインはもっとも難しい例の一つである。彼はリストでは、《ティスベ》、つまりイタリア語風に変形された名前で記されている。《ティスベ》は、前述のようにサンタ・マリア・デル・ポポロ教区の《魂の証明書》に記入された名前《ティスベン》を指すのである。

だがゲーテはこの《ティスベン》から、オヴィディウスが『変身物語』(第四巻、五五―一六六行)で語っているピュラモスとその恋人ティスベの話も想起したに違いない。シェイクスピアの『真夏の夜の夢』では、芝居好きの職人たちが幕間狂言として演じる物語である。そこでリストの《ティスベ》には、画家ティッシュバインの文学的野心もほのめかされているのだろう。彼はローマにいたゲーテに『牧歌』と題する作品の共同制作を提案した。画家の考えによれば、これは詩と絵画が一体となって効果を発揮する作品だった。(47)《ティスベ》、つまりティッシュバインはイタリア語で二つの特性が示されている。最初の《鼻まがり》は、ティッシュバインの鼻が少し歪んでいたことにちなむらしく、これは彼の自画像でも確認できる。もう一つの《フレマッチョ(Flemmaccio)》はイタリア語の《粘液質(flemmatico)》を勝手に作り変えた語で、彼がやや感じやすい気質だったことを表している。

接尾辞《-accio》はイタリア語で単語に悪い意味を加えるので、この呼び名はさらにネガティヴな意味を含むようになる。モーリッツの言語理論を証明するために、《フレマッチョ》という語が造られたのは疑いない。

ゲーテとモーリッツのやり方を示すもっと分かりやすい例が、ミュンターの場合であり、リストではイタリア語で《数学者》と《半狂人》と性格づけられている。この場合は一七八七年一月二五―二七日のヘルダー宛ての手紙が解明に役立つだろう。[48] そこでゲーテは来る三月にミュンターがワイマールを訪れると告げ、この学者の奇妙な性格についてヘルダーに警告している。《私には立派な振舞いをみせますが、それ以外では少し妙なところのある人物です》。その手紙ではミュンターが《リンネ式の》規準を古代貨幣の分類に応用した論文にヘルダーの注意を促しており、ゲーテはこれを数学と結びつけたのだろう。ミュンターは自然科学の規準を古代研究にも応用できると信じたらしい。こうしたことからイタリア語の渾名《数学者》の説明がつくし、その上（まさにそれだからこそというべきか）彼は半分狂っていたのである。他の人物の場合、イタリア語の《虚名》は肉体上の欠陥を表す。《ナール》、つまり画家のヨーハン・アウグスト・ナールは《稲妻》と呼ばれ、《頭からひらめく》と説明が付いている。彼はチック症だったらしい。ナールよりゲーテと親しかった画家のヨーハン・ハインリヒ・シュミットは、[49] 表にあるようにその《外見》から、《パン職人》と呼ばれからかわれている。《ヴォルフ》、つまり画家のベンヤミン・ヴォルフは《Musichino》の渾名を与えられ、これは文字通り訳せば《小音楽家》である。しかしその真意はすぐに明かされる。横に《切り取られすぎ》と書いてあるからだ。ヴォルフは去勢歌手《カストラート》を思わせる甲高い声をしていたらしい。ゲーテとモーリッツの共通の友人だったフリードリヒ・レーベルクは《Nasuriccio》のニックネームを授かった。これも《nasuto（大きな鼻をした）》と《riccio（皺）》を組み合わせた新造語で、《しかめっ面》が一番適切な訳だろうか。レーベルクは気難しい人物だったようだ。

これらの人々に対し、《聖家族》のタイトルでまとめられた六人の《虚名》は、配慮を見せねばならない親密な友人たちのものである。だから名前の頭文字しか挙げられていないのだが、誰を指すかはすでに以前から分かっている。[50] R、《万能の父なる神》はライフェンシュタインで、ローマで絶大な影響力を振るったことからそう呼ばれている。P・Hに隠れているのはフィリップ・ハッケルトであり、《救世主たる神の子、その会食のゆえに》と記されている。ハッケルトはナポリ王の禄を食んでいたが、太っ腹にも友人たちに食事を振舞っていたので、それを冗談めいて、やや貶すようにほのめかしているのである。[51] G・Hとはフィリップの兄弟ゲオルク・ハッケルトだが、彼が《聖霊なる神》と呼ばれる理由は不明である。その後にA、アンゲーリカ・カウフマンとZ、その夫のアントーニオ・ツッキが続き、それぞれ《聖母》《聖ヨハネ》と記されている。この譬えは、二人の結婚が性的なものでなかったことをほのめかすつもりなのだろう。リストの末尾は《ルビー》、つまりイギリス人画家のジョン・ジェームズ・ルビーである。[52] 彼は評判がひどく悪かったので、あっさりと《ロバ(Sommaro)》呼ばわりされてからかわれている（mが重なるのはローマ方言）。ゲーテがティッシュバイン相手に興じていたものに比べると、これがはるかに緻密で頭を使う遊びであることは間違いない。当然ながら遊び仲間の人格と精神的水準に基づく結果である。こちらは、言語に関する豊かな発想を証明する、軽妙でいて辛辣な知的遊戯となっているのだ。

ティッシュバインとの親密な共同生活は四カ月しか続かなかった。ゲーテはナポリで、この画家が自分が思っていたような人物ではなく、自分が示した信頼に値しないと気づいた。ナポリで二人の間に何があったのか、はっきりとは分からない。ゲーテは詳細についていつも口を閉ざした。ティッシュバインが寄せられた期待に応えず、ヴァルデック侯クリスティアン・アウグストのようなパトロンに誘われると、物質的に大きな利益が約束されたので唯々として従ったことだけは確かである。それを理由にティッシュバインはゲーテから離れ、シチリア旅行への同行も拒んだ。その件でゲーテは大変なショックを受けたものの、画家を咎めはしなかった。だがこれ以降、ドイツの友人たちに宛てた手紙にティッシュバインの名は二度と現れない(53)。六月初めにローマに帰った時、コルソー大通りの部屋で画家に再会する。しかしたった一月後にティッシュバインはふたたびナポリに発ち、そのまま長年滞在した。ゲーテは二度と彼に会わなかった。かなり後の一七八九年三月二日のヘルダー宛ての手紙で初めて、かつての友についてかなり厳しい言葉を並べている。《ティッシュバインは優れた資質がありながらも、奇妙な動物、いわば小心者です。イタリア人から不実、二枚舌の技《わざ》を学んでからというもの、怠け者で信頼できない人物となりました……。洗練されていると自負していますが、実はいろいろと計画は立てるものの、実行に移す力量もなければ努力も払わないのです。人心を惑わせるのが関の山です。了見が狭いだけで、策謀をめぐらす能力があると信じているものの(54)》。しかもゲーテは、ティッシュバインがローマで神聖ローマ帝国大使館の秘書官エーバレと共にスパイ行為を働いたとも知らずに、これだけのことを書いたのである。

ティッシュバインがローマから退場した後、まだ一緒に住んでいた二人の画家の片方と十分に友情を結べることにゲーテは気づいた。それはまだ二四歳にもならない青年フリードリヒ・ブーリだった。しかしゲーテが新しい友人についてドイツに報告するのは、まだ数カ月先になる。二人の友情は、ティッシュバインの場合とかなり違った。ブーリはゲーテ自身よりはるかに若かったからだ。この若い画家はまるで子供のように世間知らずではにかみやだっただけに、大きな年の差が重要な意味をもった。ブーリを見ていると、ゲーテはもう一人の若い友人を思い出した。ワイマールの自宅に引き取ったシャルロッテの息子、フリッツ・フォン・シュタインである。ゲーテはローマからフリッツにしばしば手紙を書き、一七八七年一二月二九日の手紙で初めてブーリにも触れている。詩人はこう語った。《こちらの家にもフリッツがもう一人います。とても器用で善良な若い画家で、私は一緒にいろいろと素描をしたり、計画を立てたりしています(55)》。

ミニョン、男名前の小さな娘、見知らぬ土地イタリアへの憧れと過ぎ去った子供時代への憧れが分かちがたく結びついた詩的創作人物。それが新しい姿となって現れたのである。ゲーテが《子供のように》ローマで過ごしていた生活に新たな転機が訪れる。大きな子供はその間に少しだけ成長し、ワイマールでフリッツ相手に引き受けた役割をふたたび受け入れられるようになった。大切なのは、いまだにゲーテの力の源である子供時代との接触を活性化させておくことだった。一七八八年二月一六日にドイツのフリッツに宛てて書いた不思議な長い手紙は、自分が子供だった頃の思い出がどれほどこの新しい友人に反映されているかを示している。《この二人目のフリッツは君より一〇歳年上だ》とゲーテはシュタインの息子に書いている。《それでいて分別のある子供っぽい人物でもある。いつか会う機会があれば、君も仲良くなれるだろう。私も彼にとても好かれている。彼は冬、氷など北国を思わせるものすべてに対して驚くほど嫌悪感を抱くので（とても若い頃にローマに来たからだ）、夕べの祈り「双子はそばにいる」を彼の境遇に合わせて変えてしまった。夜になって彼がテーブルについたまま眠り始めると、こんなふうに歌う。

これからお祈りをします
巨人の女はお産をします
狼たちが這い出て来ます。
巨人は氷と霧と雪の中に横たわり
手に入りさえすれば、喜んで
団栗コーヒーに人参コーヒーを飲むでしょう！
ほら、ネズミが走ってる！
子供はお床に入りなさい
そして灯りを消しなさい。

この夕べの祈りをいつか君に合わせた替歌にできたら、楽しいことだろう。ヘルダーの子供たちとゲヒハウゼン嬢に読んであげてください》[56]。ヘルダーの子供たちなら、きっとこの子供向けの詩に大喜びしたことだろう。しかし父親のほうは、こんな子守唄を二四歳の若者に歌ってやる思いつきを馬鹿げていると思ったに違いない。そのくせヘルダーは民謡収集と研究の草分けの一人だったのだが。しかし、後にヘルダーがローマでブーリと知り合いになった時、どのような反応を示したか、われわれのすでに知る通りである。

ブーリとの友情が契機となって、ゲーテは別種の楽しみに集中することになった。一七八七年七月一五日に友人の音楽家カイザー宛てに、劇場を訪れドメニコ・チマローザ作のオペラ・ブッファを大いに楽しんだ、と伝えている。《このコミカルなオペラを観ていると、君のことを考える機会がしばしばあった。劇場内の猛暑にもかかわらず、チマローザはわれわれを楽しませ魅了した[57]》。これはゲーテの手紙で、チマローザのオペラ『困った興行師』を示唆する唯一の箇所である。別の文献から分かるように、この作品は一七八七年七月にヴァレ劇場で上演された[58]。ゲーテは幾度もこのオペラを観に出かけ、『イタリア紀行』でも七月三一日の（『イタリア書簡目録』には載っていないので）フィクションと思われる手紙で取り上げた[59]。そこにはこう書いている。《夜はコミック・オペラを見に行った。詩新作の間奏曲『困った興行師』は傑作で、劇場の中がどれほど暑くても何度も見たくなるほどだ。詩人が自作を朗読すると、興行師とプリマ・ドンナが褒め称える一方で、作曲家とセコンダ・ドンナがこき下ろし、結局はみなが喧嘩を始める、この場面の五重唱はとてもうまくできている。女装したカストラートたちの演技は日毎に上手になり、人気も高まるばかりだ。夏場だけ結成された小劇団にしては実に見事である。とても自然に、上質のフモールをもって演じている。この連中は哀れにもひどい暑さを我慢している[60]》。このオペラ鑑賞にはモーリッツもお供し、同じく大いに感激した。彼のおかげでもっと詳細を知ることができる。モーリッツは二人の歌手についても記しており、主にこの二人の働きでオペラは観客の絶大な人気をえていた。それは道化役のテノール歌手ジョアッキーノ・カリバルディ（またはガリバルディ）とソプラノを歌うカストラートのドメニコ・グイッツァ、通称カポラリニである。当時四四歳だったカリバルディ（一七四三年生まれ）[61]についてモーリッツはこう記している。《老グオキーノは年を取っても相変わらず観客のお気に入りである。彼の声と仕草には好感を抱かせるところがあり、性格には自然な滑稽さがあるが、これは稀有なことだ。舞台に姿を見せるだけの時でも、単にその場に立ってさりげなく表情を変えて見せるだけで笑いを引き出す。こうして彼を見慣れてしまうと、この劇に不可欠の人物となってしまうに違いない》。一七六九年生まれのカポラリニは当時一八歳になったばかりだったが[62]、外見はもっと若く見えたらしい。モーリッツは彼をこう描写している。《およそ一六歳の少年が、今やローマの観客のお気に入りである。お世辞にも可愛らしいとは言えないし、声も飛び抜けて素晴らしいわけではない。しかし途方もなく素朴な性格と、無類の演技が万人の心を摑み、この少年を愛さずにはいられなくなるのだ[63]》。

ゲーテが『イタリア紀行』に書いた通り[64]、ブーリはどちらの歌手とも親しくなり、二人を説得してゲーテの部屋でコンサートを開かせた。二人はそのためにヴァレ劇場の楽団も連れてきた。ワイマール公に仕える楽長ヨーハン・フリードリヒ・クランツがちょうど休暇でローマを訪れていたので、この機会にミニ・コンサートの演奏をすることになった。音楽会にはアンゲーリカ・カウフマンとその夫、それに夫妻の友人が何名か招かれた。コンサートは大成功を収め、愉快な夕べとなった。けっして劇場に行かないアンゲーリカに一度でよいから良質の音楽を聞かせようと、彼女に敬意を表してこのコンサートを催した、とゲーテは述べている。この思いつきは、予想もしなかった別の効果を及ぼした。七月の暑い夕べに窓を開け放して催されたコンサートは、辺り一帯の注目を集めてしまったのである。好奇心に駆られた人々が窓の下に集まり、ローマの観客お気に入りの歌手二人の聞き慣れた声に耳を傾け、喝采した。隣人であれ通りがかりであれ誰もが、あれほど慎ましい部屋でこれほどのコンサートを開いているのは一体誰だろうと尋ねあった。こうした類いのコンサートは大袈裟に《合唱協会《アッカデミエ・デル・カント》》と呼ばれ、ローマでは、マルコ・アントニオ・ボルゲーゼ侯、ベルニス枢機卿、マルタ大使、レッツォニコ元老院議員のようなローマの名家の長や、公の地位にある人物が最高級の宮殿や別荘で催すのが普通だったからである。[65]ゲーテはこの人だかりについて軽い皮肉をこめてコメントしている。《すると、ロンダニーニ邸向いの、上品ながらも静かなわれわれの住まいは、途端にコルソー大通り一帯の注目を集めてしまった。裕福な貴族が移り住んだに違いない、と噂する者もいたが、知っている人物の中に該当者を見つけることも、推測することもできなかった[66]》。しかし、画家の修業にローマにやって来たドイツ人のシニョール・フィリッポが主催者だなどと、思いつく者がいただろうか。こうしてコンサートは見事にローマ市民を煙に巻いたのである。

ゲーテはオペラ『困った興行師』がいたく気に入り、台本を購入してドイツに持ち帰ったほどだった。ワイマールの舞台監督になった際、翻訳した台本に手を加え、ドイツ語タイトル『劇場の冒険』としてこのオペラを一七九一年以降幾度か上演している。[67]ヴァレ劇場の公演では俳優としても歌手としても輝くばかりの業績で際立ったジョアッキーノとドメニコのうち、とりわけカストラートのドメニコ・カポラリニはゲーテの想像力に深い跡を残した。後にブーリは、ワイマールに帰ったゲーテへの手紙でも幾度もドメニコに言及している。その際ブーリはドメニコをルガンティーノと呼んでいるが、[68]この歌手がローマでそうした別名を使った証拠はない。おそらくゲーテとブーリがドメニコにこの名を与えたのだろう。その理由を解明するのは、容易ではない。ルガンティーノとはローマの大衆的な人物で、まず即興喜劇に、それから作家の手になる喜劇の台本に登場し、典型的なローマ市民を体現した。プルチネルラがナポリ人を表すのと同じである。このマスクの起源と、一八世紀イタリアの劇場に登場した次第はあまり知られていない。おそらくルガンティーノはまずもっぱら人形芝居用の人物で、それから子供向けの芝居にも登場したらしい。彼はローマの警官のカリカチュアであり、典型的な制服を着ていた。筋が大まかな喜劇の登場人物であり、大言壮語を吐きながら、おどされた途端に臆病に逃げ出しては人々の笑いを誘う役回りだった。[69]ローマでは謝肉祭の期間しか、劇場での上演は許されなかった。しかしモーリッツによれば、[70]興行師たちは、当時の呼び名に従えばこれらのコミック・オペラや《間奏曲》を子供向けの芝居に組み込んで、この禁止令をすり抜けた。子供向けの劇ならば、謝肉祭以外でも上演できたのだ。ブーリが一七八九年六月一三日に公母アンナ・アマーリアに宛てた手紙で触れているのも、おそらくそうした《子供向け喜劇》だろう。公母もローマ訪問中に、ジョアッキーノとドメニコの芸に大いに感嘆したのである。同じ手紙でブーリは公母に《人形《バンボーラ》》というタイトルの《オペラ》について語り、分かりやすいように、ドメニコとジョアッキーノが演じた役柄を描いた二枚の素描を添えている。ドメニコは人形をあやす少女、ジョアッキーノは領主の男爵である。[71]タイトルが示すように、これは子供向けの芝居だった。したがって、ゲーテがローマ滞在中にこうした子供向けの劇を見て、そこでドメニコが大法螺吹きで弱虫の警官を演じていたため、それ以来ブーリと話す時にはドメニコをルガンティーノと呼んだ可能性は大いにある。記録によれば、ドメニコ＝ルガンティーノは、ソプラノからアルトに至る広い声域の持ち主だった。そのおかげで、一八番だった女道化役の他に男性のパートも受け持つことができた。たとえば一七八九年の冬には、ミラノでカッザニーガ作のオペラ『石の招客』の騎士長の役で歌っている。すなわちドメニコは比較的低い音域が歌えた、つまりルガンティーノの役も十分に演じられたのである。

一七八七年の秋、ドメニコは他に二作のコミック・オペラに歌手として登場し、どちらでも女性役を演じている。ルイージ・カルーゾー作『当惑した毒舌家』とヴィンチェンツォ・ファブリツィ作『旅人の不運な恋』である。(72) ゲーテは明らかにどちらのオペラも見ている。というのもゲーテはそれらの台本を購入してワイマールに持ち帰ったからで、今日でも図書館に残っている。(73)『イタリア紀行』には九月一二日の手紙が収められており（おそらくこれは、『イタリア書簡目録』によれば九月一五日にヘルダー夫妻に宛てて送った、散逸した手紙と同じものだろう）、(74) そこであるオペラ・ブッファの上演についてかなり好意的に記している。しかしオペラの題名や歌手の名前は挙げていない。手紙にはこうある。《ヴァレの劇場では、二作のオペレッタが惨めな失敗に終わったが、今では実に優雅なオペレッタがかかっている。連中は大いに楽しみながら上演し、すべてが見事に調和している》。(75) ゲーテがチマローザの『困った興行師』に大いに魅了されたこと、それと同時にローマで上演されたオペラをしばしば手紙で手厳しくこき下ろしたこと（一七八七年一二月にも批判したばかりである）、(76) これらを考え合わせれば、この《優雅なオペレッタ》とは、ドメニコ・カポラリニが一七八七年九月に出演した二つのオペラのどちらかに違いない。

いずれにせよ、若きカストラートの芸に対するゲーテの感嘆の念に変わりはなく、自作全集の第五巻用にローマで準備していたテキストの一つにもそれは表れている。それは若き日の作品、一七七五年に書かれた歌劇『ヴィラ・ベラのクラウディーネ』であり、一七八七年晩夏に改作を始めた。九月に詩人はカイザーに宛てて、できるだけ早急に昔のテキストを送ってほしいと頼んでいる。どうやらローマに持っていくのを忘れたらしい。一〇月二七日には出版業者ゲッシェンに、同作の新しい版をまもなく送ると告げている。ゲーテは一一月、一二月とこの新しい版に熱心に取り組んでいた。一七八八年一月一九日にはフォン・シュタイン夫人に最初の二幕を書き上げたと伝え、二月九日にはゲッシェンに第三幕も完成したと書いている。[77] この数カ月間に集中的に仕事をしたゲーテは、若き日のドイツ風歌劇をほぼ全面的に改め、イタリア風オペラの台本に仕上げてしまった。[78] とりわけ主役のカルロス・フォン・カステルヴェッキオは急激な変化を遂げた。初版での別名は《クルガンティーノ》だったが、新しい版では《ルガンティーノ》に変わっている。つまり、ゲーテは、ブーリと共にカストラートのドメニコ・カポラリニに付けた渾名を主役に与えたのである。もっとも、ローマ喜劇でのルガンティーノのマスクと、カルロス・フォン・カステルヴェッキオには何の共通点もない。カルロスは新しい版でも《放浪者》の一団を率いる。それでもルガンティーノの名前は、ドメニコがローマの舞台で芸術性豊かに演じたオペラ・ブッファの登場人物を指し示す。確かにドメニコは舞台で女役を演じ、一方新版『ヴィラ・ベラのクラウディーネ』のルガンティーノは男である。しかし、モーリッツが述べたこの若きカストラートの特徴と同じく《無邪気》で、恋に落ちた感傷的な男なのだ。モーリッツがこう書いた時は、ドメニコの素晴らしい表現力が念頭にあったに違いない。《若いカストラートたちがどれほど巧みに女役を演じて観客の目を欺くか言葉では言い表せない。彼らは男らしさをかなぐり捨てて、すっかり女性になりきって見せる[79]》。

ゲーテはその逆を行った。カストラートに女物の服を脱がせて、ふたたびズボンをはかせたのである。それと同じように、ローマの謝肉祭で大いに楽しんだ変装遊びを手本にして、女性が誘惑する手管を男性の策に置き換えた。イタリアから帰った直後の詩人は、《トイッチェ・メルクール》誌の一七八八年一一月号に論文『ローマの劇場で男性が演ずる女役について』を発表した。そこではローマ市民が変装に見いだすまったく独自の楽しみを賞賛し、そこから子供の頃の遊びを思い出している。《そもそも近頃のローマ市民には、仮装行列の際に男女の衣裳を交換するという特別な傾向が見られる。謝肉祭では多くの若者が極貧階級の女性のような身なりで練り歩き、ご満悦の様子である。御者や召使いは女装するとしばしばとても礼儀正しくなり、それが育ちの良い若者であれば、優美で魅力的な服装をする。それに対し女性たちは、中流階級ならプルチネルラに、上流階級なら士官に、見事に美しく扮装する。われわれは誰しも子供の頃に一度はこうした冗談を楽しんだものだが、ローマでは誰もがその若い頃の愚行を続けて楽しむのである。男も女も外見を変えることを楽しみ、テイレシアス〔訳注――ギリシャ神話の人物で、山中で交尾する蛇を打ち女になり、九年後に交尾する蛇をふたたび見て男に戻った〕の特権をできる限り奪おうと試みるのは奇妙なことだ[80]》。ゲーテの台本では、ルガンティーノは男らしさを取り戻すと、新しい衣裳にふさわしい言葉を話す。ドメニコがローマの舞台で見せた女性らしい優美な仕草は、ここでは男性らしいエネルギーと情熱に変じている。しかし、誘惑の力はトーンが変わっただけで、本質的には同じなのである。

第五章

酒場の娘

一八二七年九月、ヨーハン・カール・ヴィルヘルム・ツァーンと名のる見知らぬ青年画家がワイマールを訪れた。彼はローマ帰りを強調して、初めてゲーテとの面会を許される。(1) ゲーテは幾晩かをこの青年と歓談して過ごし、ローマで暮らした遠い日々の思い出に耽った。ツァーンはこの時の会話を書き記している。《もちろん私は時間を有効に利用したよ》とゲーテは言った。《表敬訪問などで時間を無駄に費やすことなく、ローマの町と民衆を熱心に研究した。『ローマ悲歌』に歌った通りさ……》。それから詩人は第二歌を朗唱したという。本書でもすでに紹介済みの、ゲーテが嫌った上流社会の儀礼に関する詩である。(2) それからローマでの恋愛が話題になった。《というのも》とゲーテは続ける。《恋愛のおかげでようやく私はローマを理解できたからだ》。それを説明するため、第一歌の有名な最後の詩行を朗唱した。

おおローマよ、なるほどお前は一つの世界だが、しかし愛なくしては
世界は世界でなく、ローマもローマではないだろう。(3)

記憶の流れをたどるゲーテは、ついにローマの居酒屋《オステリア》に行き着く。ツァーンの記録によれば、その時の会話はこのような次第だった。《君は〈オステリア・アッラ・カンパーナ〉を知っているかね》とゲーテはさらに尋ねた。《ワイン酒場の金鐘亭ですね？ もちろんです。僕たちドイツ人の芸術家は、昨年あの店であなたの誕生日を祝ったばかりです》《あそこのファレルノ・ワインは今でも上等かね？》《極上です》《それで、食事は何を出している？》《ええと、ストゥファート、つまり肉の蒸し煮《シチュー》ですね、それにマカロニ、あとフリッティと呼ばれているフライ料理ですね》《私がいた頃とまったく同じだな！》と言ってゲーテは愉快そうににっこりとした。《私はいつもこの居酒屋で世間の人々と交際していた。ここであるローマの女性に出会い、彼女のおかげで『悲歌』の着想が湧いたんだ。彼女は伯父さんに付き添われて店を訪れた。その善良な男の目の前で、私たちは逢引の時刻を決めたものさ。こぼれたワインに指を浸して、机の上に時間を書くんだ。あなたも覚えているだろう》。それを証明するため、老詩人は第一五歌（九―一二行）を朗唱した。

こちらにテーブルがあり、ドイツ人たちが打ち解けて囲んでいた
あちらではあの娘が母親の隣に席を占め
ベンチを幾度かずらして優しい仕草で
私に横顔と、うなじがすっかり見えるように座った。
ローマの婦人の常にならい、娘は大声で話しながら酒を勧めた
私の方を振り向きつつ酌をするとグラスからこぼれて

ワインはテーブルの上を流れた、すると彼女は愛らしい指で
木板の上に液体で輪を描いた。
私の名前と彼女の名前を絡み合わせ、私がそのかわいい指を
むさぼるように見つめるのも、彼女は気づいていた。
最後に娘はすばやくローマ数字のVを記し
その前に短い縦線を引いた。私がそれを目にするや
次々と輪を描き、文字と記号を消してしまった
けれど素晴らしいIVの文字は私の眼に刻まれた。(4)

ゲーテが悲歌を直前に読み返したのは明らかだろう。そうでもなければ、これほど細部まで思い出すのは難しい。悲歌で実話として描かれたエピソードは四〇年前の話である。あまりにも長い時が過ぎ去り、《金鐘亭（正しくはオステリア・デッラ・カンパーナ）》をありありと思い浮かべることはできなかっただろう。そのうえ、悲歌に店の名前はまったく登場しない。

ゲーテが滞在した頃、ローマには同名の居酒屋が数軒あった。(5) しかしツァーンが述べたのはその中の特定の一軒で、彼の話では一年前にドイツ人の芸術家たちがゲーテの誕生日を祝った居酒屋である。一八二〇年に詩人ヴィルヘルム・ミュラーがこの店について文章を書き、所在地も記している。《ドイツ人画家たちの伝統にその居酒屋の名は残っている。ゲーテが『ローマ悲歌』の第一五歌に描いた優美な冒険を繰り広げた居酒屋である。この店は「金色の鐘」を屋号とし、ヘブライ人のゲットーか

ら遠くない、マルチェッロ劇場広場にある》[6]。この伝統はその後も長く続いた。一八六六年にはバイエルン国王ルートヴィヒ一世の希望により、店に銘板が取りつけられた。ゲーテの『ローマ悲歌』に歌われたアバンチュールの舞台とされている場所を記念するためである[7]。ゲーテの秘書がミュラーの著書から先の箇所を書き抜き、それは今日でも『ローマ悲歌』の手書き原稿と共にゲーテの遺品の中にある[8]。つまりゲーテはこの件《くだり》を知っていたので、ツァーンとの会話で《金鐘亭》の名を持ち出せたのである。

一八世紀にローマ総督が出した市内の居酒屋の営業を規制する布告には、マルチェッロ劇場近くにあったこの居酒屋の名は一度も挙がっていない。おそらくあまり重要でない小さな店だったのだろう。しかし店が実在したことは疑いがない。一七八八年二月一五日に開かれた非公開裁判での警官の証言で言及されているからだ[9]。モーリッツも旅行記でマルチェッロ劇場の居酒屋について述べた。ある時彼はドイツ人の友人数名と共に偶然その店に入ったのだが（友人の中にはゲーテもいたかも知れない）、屋号は記していない[10]。しかしながら、私生活の細かな点を世間から隠すのにあれほど熱心だったゲーテが、恋人と逢引した正確な場所をツァーン相手に軽々と口にしたなどとは、とてもありそうに思えない。むしろ同郷人を誤った方向に導くため、ツァーンの思い込みを裏付けてやったのだろう。それというのも、すでにローマのドイツ人たちは、『ローマ悲歌』に歌われたファウスティーネの探索を始めていたからである。彼らは高名なドイツの詩人との恋愛関係について、多少はきわどい内輪話をその女性から根掘り葉掘り聞き出そうと思っていた。恋の舞台から人目を逸らす最善の方法は、《金鐘亭》のような取るに足らない居酒屋を前面に押し出すことだったのだ。

そのうえ第一五歌では、一八世紀のローマでまったくありそうにない場面を捏造している。ここである芸術家の手紙を取り上げよう。書き手の名は不明だし日付もないが、一七八七年一月末から二月初めの間に書かれたに違いない[11]。そこでは、ゲーテ、ティッシュバイン、アンゲーリカ・カウフマンと一緒にローマの料理店を兼ねた質素な宿屋で食事を取った時のことが語られている。この無名氏は不注意でワインをテーブルクロスにこぼしてしまった。《するとゲーテに冗談めいて耳をつねられ、大きな子供扱いされた》。すなわちこの証言によれば、ローマの居酒屋はどれほど質素な店であれ、普通はテーブルクロスが敷いてあったのだ。だがこうしたクロスはワインを吸ってしまうので、悲歌の娘のようにワインに指を浸して文字や記号を書くのは至難の技だったろう。

恋人同士がこぼれたワインを使って意思を伝えるのは、実はラテン文学で好まれた常套手段であり、それをゲーテは『ローマ悲歌』でふたたび取り上げたのである。このような古典文学からの借用は――オヴィディウス、プロペルティウス、ティブルスが主な出典だった――、すでに批評家が強調しており、引用関係も詳細に証明されている[12]。ゲーテはローマの民衆が古典古代の風習を現代まで受け継ぐものと確信し、その裏付けを執拗に捜していた。とはいえ、ゲーテがある時ローマの居酒屋《オステリア》（詩人はラテン語をドイツ語化して《ポピーネ》と呼んでいる）で、恋人同士の洗練された儀式を目にする機会に恵まれた可能性はまずない。当時ローマの庶民の娘はたいてい文字が読めず、イタリア語さえ書けなかった。ましてワインを使って指でローマ数字を記すことなど無理である。それでもゲーテはファウスティーネにその能力があったことにしているが、実情を知らなかったわけではあるまい。ゲーテにとっては、古代の風習の連続性を示すことが肝要だったのだ。ラテン詩人たちが頻繁に言及したことから推測するに、ローマ時代には実際に流行した手段に違いない。したがって、悲歌でありありと描かれた居酒屋の場面はゲーテの文学的虚構だったのだ。詩人はこの場景を古典文学から借用したが、現実と見まがうほどの見事な装飾を施した。だから、ゲーテがツァーンのような初対面の客に《金鐘亭》のメルヘンを持ち出し、第一五歌に描かれた場面が実際の出来事にもとづいているとほのめかして冗談を楽しんだとしても、驚くには当たらないのだ。

ローマのドイツ人が特に足しげく通った居酒屋は三軒あったが、どの店もスペイン広場近くのコンドッティ通りにあり、マルチェッロ劇場からは遠かった。[13] このうちドイツ人の芸術家たちにとりわけ人気があったのが、旅館が隣接したヴィンツェンツ・レースラーの居酒屋だった。ここはフリートラント出身のボヘミア人コック、フランツ・レースラーが開いた店で、フランツの死後の一七六五年九月八日に、六年前からコック助手の筆頭として働いていた弟ヴィンツェンツが引き継いだのである。[14] ローマ市民の間では、その後も長い間、創業者の名前で知られ、レースラー＝フランツの居酒屋とかフランツの店と呼ばれていた。[15] それに対し、ドイツ人たちは当時の主人ヴィンツェンツ、またはイタリア風にヴィンチェンツォと呼んだ。たとえばミュンターは日記に、《ドイツ人の居酒屋ヴィンチェンツォに》行った、などと記している。[16] 同じくモーリッツも『イタリア旅行記』によれば、ローマに到着するとすぐに《旅の途中で幾度も誉め言葉を耳にしていたので、ドイツ人の主人がいるコンドッティ通りのヴィンチェンツォの店に》赴き、そこに宿を取った。もっとも、最初の夜は騒音で眠れなかった。というのも、《私の部屋のすぐ隣が食堂で、そこに大勢のドイツ人芸術家たちが集まっていたからだ。彼らはいつまでも上機嫌で喧しくなるばかり、眠気などとはまだまだ無縁のようだった[17]》。

ローマに住むドイツ人芸術家が時折レースラーの居酒屋に集まる習慣があったことは、ミュンターも日記で述べており、一七八六年九月一五日にはこう記している。《夜……ドイツ人の芸術家たちが歓談するヴィンチェンツォの店にて》[18]。そうした常連客のことは、資産目録にも跡を留めている。一七九三年一一月九日にヴィンツェンツ・レースラーが亡くなり、その直後の一一月二八日に未亡人の依頼で公証人が作成した目録である[19]。遺産の中には、額縁のない作品も含めて、聖母や理想の女性を描いた絵が数点あるのが目につく。おそらくこれらの絵画は金に困った画家が飲食代を現物で清算したものなのだろう。レースラーの店の常連にはティッシュバインもいたと思われる。ここにゲーテを連れてきたのも彼かもしれない。

支出簿から明らかなように、ゲーテは一七八七年一月にこの居酒屋を熱心に訪れた。一月一七日には、《ヴィチェンティに昼食《プランチ》代》として八パオリ、と記している。さらに一月二八日には《昼食《プランチ》》代として、二スクーディ五パオリの勘定さえ主人に支払った。それ以前にゲーテが名を記していない別の居酒屋で昼食や夕食代に支払った金額と比較すれば、二八日の支払いはかなり高額である。普段は四—八パオリほどだったが、ゲーテは一度だけ《仲間たちとの《コッラ・ソシエタ》》食事代として、一スクーディ二パオリ五バヨッキを払っている[20]。それはコリーナ家に間借りする三人の画家と、さらにモーリッツのような親しいドイツ人たち数名のことだろう。したがってゲーテは一月にはヴィンチェンツォの店で何度も食事をしたのだ（昼食を表す単語が他の店では単数形だったのと違い、《pranzi》と複数形になっている）。おそらく食事の際にはティッシュバインも居合わせただろう。ヴィンツェンツ・レースラーの店にこれほど熱心に通ったのは、けっして偶然ではなかったようだ。

一七八七年二月三日のカール・アウグスト公宛ての手紙でゲーテはこう書いている。《興味ある男性は何人も知り合いましたが、女性はアンゲーリカ（カウフマン）の他は一人だけです。いずこも同じですが、当地でも女性とただちに関係を結ぶわけにはまいりません。画家のモデルになる娘たち、むしろ若い女性たちと申しましょうか、彼女らはとても可愛らしく、他人から見つめられたり楽しませてもらうのが好きなのです。このような次第で実に愉快に楽しめるはずでしたが、フランスの影響はこの楽園にも不安をもたらしました。そうした女性の一人の肖像画を持ち帰ります。これほど愛くるしいものはないでしょう》[21]。ゲーテの念頭にあったのがどのような関係か、容易に推測できる。それは金や贈物を代価とする、ありふれた性的な関係であり、詩人はドイツで公爵と連れ立ってしばしば経験済みだった。過去にこの種の体験を共にしていなければ、自分の君主を相手にこの種の話題をこれほど親しげに書いたりはしないだろう。

当時の同世代の男性たちの例に漏れず、ゲーテも時折娼婦の許を訪れたことは疑いの余地がない。オーストリア系のアメリカ人心理分析学者カール・R・アイスラーは、ゲーテがローマで初めて性的体験をもったと主張するが、それにはまったく根拠がない[22]。『フォン・シュタイン夫人宛ての日記』に一七八六年一〇月一日にリアルト橋で娼婦に声をかけられたと記しても、それに応じたことなどもちろん書くはずがない[23]。しかし、支出簿の内訳欄には《女《ドンネ》》の文字が幾度か表れる。同じ内訳で、パドゥアで九月二六日に二リラ、ヴェネツィアで九月二八日に一リラ、一〇月一四日に二リラを払っている。ゲーテは金を支払った相手の職業を、それが女性であっても、いつも支出欄に記した。だから洗濯物を出した《洗濯女》への支払いも数回記されている。たとえば、ヴェローナで九月一五日に二リラ、一七日に一リラ、ヴィチェンツァで九月二〇日に六ソルディ、ヴェネツィアで九月二九日に三リラ、といった具合である。(24) したがって、職業の記載がない女性は娼婦しかありえない。《女の許へ赴く《アンダーレ・ア・ドンナ》》という表現は、当時も現代も《売春婦を訪ねる》の意味である。値段が安いのは驚くには当たらない。とりわけヴェネツィアではこの種の商品が供給過剰の状態で、相場の低下はやむをえなかった。いずれにせよ、ゲーテがこうした件での文書を何も残さなかったのが事実であっても、そうした状況が生涯に一度もなかったという結論にはけっしてならない。

しかし先ほどのモデルに話を戻し、さらに情報を集めてみよう。当時ローマには非常に大勢の外国人芸術家が暮らし、作品のモデルを探していた。この問題をどのように解決したかを語ってくれる芸術家が何人かいる。たとえばプロシアの画家ヨーハン・ゴットリープ・プールマンは一七七四年から一七八七年までこの永遠の都に長期留学をしており、両親に宛てた手紙でモデルの件を幾度も話題にした。ローマでモデルを見つけるのは難しく、しかも裸になってもらうのはさらに困難だった。多額の報酬を要求されたからだ。しかしプールマンは屈しなかった。一度は《一五歳の若い美女》を説得し、ヴィーナスとレダのモデルになってもらったことさえあった。(25) それがどのようなタイプの少女で、どうやって見つけたかは残念ながら語っていない。この点については、画家クリスティアン・フォン・マンリヒの回想録がある程度の手がかりを与えてくれる。彼によれば、いつも雇っていたモデルが酢商人と結婚したがっていた。そのためには嫁入り道具として家具を数点揃えねばならない。しかし持っている金ではベッドを買うこともできず、そこで画家に援助を頼んだ。モデル代を先払いしてもらい、結婚後もモデルを続けて返済すればよいのだが、その約束はできなかった。娘が言うには、そんなことは夫が許さないからである。そこから推測するに、娘がモデルをしたのは裸体画だろう。普通は貧困にあえぐ最下層の女性だけがやむをえずモデルを引き受けたのである。マンリヒはまた、この種のモデルはまったくの偶然にしか見つからないことが多いことも証言している。彼の話によると、ある時「牝牛の原野《カンポ・ヴァッチーノ》」（当時略奪により荒廃したフォロ・ロマーノ一帯の別名）で庶民階級のとても美しい娘に出会った。娘はローマの習慣通り、母親に付き添われていた。マンリヒは報酬を払うので肖像画を描かせてほしいと申し出て、本人の承諾もえられた。しかしその前に娘の母親と長いこと交渉せねばならなかった。母親は聴罪司祭の助言を求めたがり、いずれにせよモデルになる際は同席したいと言い出したからである。[26]

カール・アウグスト公に先の手紙を書いた頃のゲーテは、ティッシュバインのサークルとばかり付き合っていたので、上述のモデルともそこで知り合ったのかも知れない。もっともティッシュバイン本人は、遺稿のどの手紙でもモデルについて一度も言及しなかった。自伝のローマ滞在（一七八四年－一七八七年）に関する件では、路上で見かけたり、偶然に知り合った女性の顔、目つき、瞳など身体で目を引いた部分について時折語る程度である。彼はそうしたディテールを記憶にとどめておき、絵に描き写したという。[27] ティッシュバインは観相学者ラーヴァーターと個人的に親しく、その理論に大いに感嘆して信念をもって実践していた。そこで、偶然に出会ったあらゆる人物からインスピレーションを求めたのである。だから、普段はモデルなどやらない娘たちにも依頼をすることが時折あったかもしれない。《画家の許にやってくる》モデルたちに関するゲーテの口ぶりからも、そう推測できる。

サン・ロレンツォ・イン・ルチーナ教区の住民登録簿《魂の証明書》によれば、一七八七年居酒屋の主人ヴィンツェンツ・レースラーは八人家族だった。レースラー本人と、バイエルン州のカウフボイレン出身の妻テレーザ・クロンターラーの他に六人の子供の名が挙げてある。未婚の娘が二人、コスタンツァとマリーア・エリザベッタ、その弟になる四人の息子たち、ジュゼッペ、アレッサンドロ、グレゴリオ、コスタンティーノである。さらに店の従業員として、ウェイターのフランチェスコ・ラノッキア、コック見習のジュゼッペ・アントニオ・ジンナージ、そして二三歳のメイド、アンナ・マリーア・フォルカーがいた。[28]同教区の受洗者名簿によれば、長女は一七六五年一〇月一五日にマリーア・コスタンツァ・テレーザの名で、次女は一七七三年五月一二日にマリーア・エリザベッタ・ゲルトルーデの名で洗礼を受けている。[29]公の書類とこれから取り上げる私的な書類では、長女はいつもコスタンツァ、次女はマリーア・エリザベッタの名で登場する。したがって一七八七年初めには、長女はすでに二一歳、次女はもうすぐ一四歳だった。客が店にとりわけ殺到する時刻には、母親、コック見習とメイドが台所で主人の手伝いをし、娘たちは一人しかいないウェイターに手を貸した、と推測して差し支えないだろう。

ティッシュバインの自伝によれば、ある時よくローマの居酒屋をうろつき回っていた物乞の独特な容貌が彼の目にとまった。幾度か詳細に観察した後で、三パオリの報酬でモデルになってくれるよう頼んだ。これが路上でスカウトされたモデルの相場だった。ティッシュバインはその物乞を二度自宅に招き、鉛筆で肖像画を描き始めたが完成には至らなかった。それ以上モデルになるのを断られてしまったのだ。[30]もっとも、ティッシュバインは女性相手となると度を越した恥じらいを見せるので、少

図9
ティッシュバイン作『少女の頭部』，三色のチョークによる素描

女の場合もこのようにしてモデルに誘ったのか、彼の自伝では分からない。しかし、いつも彼が自分で絵のモデルを調達したとは限らない。実際のところ、ティッシュバインが女性の肖像を描いた素描は数枚しか残っておらず、しかもローマ滞在中に描いたとされるものは三枚だけである。その三枚の中の一枚、『横顔のない少女の肖像』はオルデンブルクの郷土博物館に遺稿として保管されている(31)。他の二枚は、ティッシュバインの描いた多数の素描と共にワイマールに保管されたゲーテの遺稿に含まれている。これは詩人が収集し、みずからサイズ別に整理したものである。おそらくオルデンブルクの絵はゲーテとまったく無関係だろうが、

図10
ティッシュバイン作『ある子供の頭部』，黒とカラーのチョークによる素描

ワイマールに保存された二枚の素描は疑いなくゲーテのローマ生活に関わりがある。

サイズが一番大きい作品のファイルには、ゲーテがローマ滞在以来所有していたさまざまな素描が収められている。上述の女性画二枚もその中にあり、サイズからも画法からも互いに密接な関係にある。どちらも三色のチョークを使った素描なのである。五二×三九センチの赤みをおびた紙には『少女の頭部』（図9参照）が、五二×四五センチの灰色の紙には『ある子供の頭部』（図10参照）が描かれている。前者の下部には《dal vero（写生）》、後者には《Ragazzina dal vero（少女の写生）》とメモが記されている。(32) これらは素描を描いた時に書き込まれたらしく、そこから、ゲーテとティッシュバインはモデルの少女たちを個人的に知っていたと推測できる。しかし、この二人の臨時雇いのモデルは誰だったのか？　一七八七年二月三日にカール・アウグスト公に宛てた手紙で、ゲーテはあるモデルの肖像を話題にしており、ワイマールに持ち帰るつもりだが、《これほど愛くるしいものはない》と言いきっている。確かに、年長の娘の肖像を描いた素描からは、華奢で優美な顔立ちの可愛らしい女性が私たちを見つめている。これが手紙で言及されたモデルである可能性は十分にある。

ゲーテが一七八七年一月にヴィンツェンツ・レースラーの居酒屋に足しげく通い、公爵宛ての手紙によれば二月三日にモデル――ゲーテがほのめかしたようにプロではない――の肖像画がすでに完成していたのであれば、このモデルはコスタンツァ・レースラーだったに違いないとの結論が当然出てくる。ことの成り行きはこうだったかも知れない。ヴィンツェンツの居酒屋を訪れたゲーテはテーブルで給仕する二人の娘に目をとめ、その優雅な様子に魅了されると、モデルになってもらえないかとティッシュバインを介して尋ねた。姉だけではなく妹も誘われた。というのも、ローマの習慣では両親が二〇歳の娘に一人での外出を許すことなどまずなかったからだ。しかし、まだ子供とはいえ妹が付き添うのならば、十分に例外が認められた。しかし、妹のマリーア・エリザベッタの肖像画も描こうと決心したのには別の理由があっただろう。ゲーテはこの年頃の少女にとりわけ魅力を感じていた。彼の詩的想像力から生まれた最高の人物の一人であるミニョンのことを考えてほしい。彼女一人でも、ゲーテが幼い頃に根ざしたイタリアに対する情熱的な愛情を代表するには十分だったのである。

ゲーテが少女に抱いた興味は、すでに述べた無名の芸術家の手紙でも証明できる。一七八七年一月末から二月初めの間に書かれ、ゲーテやアンゲーリカ・カウフマンと共にローマの居酒屋で食事をしたことを伝える手紙である。それによれば、食事が済むとゲーテは一同の許を離れた。そのすぐ後で居酒屋の裏手で彼の姿が見つかった時には、幼い少女と遊んでおり、詩人はその子供をミニョンと呼んでいた。[33] 無名氏はどの居酒屋が舞台なのか明かしてはくれないが、コンドッティ通りにあるドイツ人が通いつけた例の三軒の居酒屋のどれかに違いない。その三軒は互いに近い距離にあったので、ゲーテと遊んでいた少女がマリーア・エリザベッタ・レースラーだった可能性も十分にある。ゲーテは『イタリア紀行』執筆当時の協力者だったリーマー相手に、《ローマでイタリア人の少女から聞かされた》諺の話をして、《それを少女の金言と呼んでいる》。この時ゲーテの念頭にあったのは、疑いなく先の少女だった。《人は死ぬもの、グラスだって割れるもの！(Periamo noi, periano anche i bicchieri !)》。[34]『イタリア紀行』の最終部を執筆するために準備された覚書きにも、同じ箴言が見つかるが、表現がやや異なり、あまり標準語らしくはなく、しかも二通りある。そこにはこうある。《Moriremo noi, hannno ancora a morir i bicchieri》《moriremo noi, hanno da morir anche i bicchieri》。[35] おそらくゲーテはこちらの表現をローマで耳にして、自分用の日記に書き留めたのだろう。ことに最後の表現には、ローマ方言特有のトーンがある。それに対し、リーマーが伝えるバージョンの動詞《perire（死ぬ）》は文学的なので、ゲーテが諺集の本で調べなおしてから、上品な表現のほうを選んだと推測できる。両親がドイツ人だったとはいえ、ローマで生まれ育ったレースラー姉妹は普段ローマ方言のイタリア語で話したに違いない。だが諺の原型が何であるにせよ、ここでとりわけ興味をそそるのは「グラス」であり、われわれはレースラーの居酒屋に舞い戻ることになる。この店では、胴のふくらんだカラフと呼ばれるガラスの瓶からグラスにワインを注ぎ、ヴィンツェンツの娘マリーア・エリザベッタもテーブルで給仕した。グラスが割れるたびに、きっとあの諺が唱えられたのだ。マリーア・エリザベッタはその言葉を幾度も耳にしたに違いなく、ゲーテの目の前でグラスが割れた時に自分で口にしたこともあっただろう。おそらく少女はめりはりの利いたませた口ぶりで諺を唱え、詩人は真摯な格言とあどけない年頃の少女とのギャップに驚いたのである。ティッシュバインの描いた肖像画を見ても、自分は何でも知っていると思う者に特有の、相手を上目遣いで見つめる眼差しとある種のいたずらっぽい顔つきにいやでも気づかされる。

だがここで、姉のコスタンツァとゲーテがどのような関係だったかを解明したいと思う。『イタリア紀行』の執筆がすべて終わると、ゲーテはローマ滞在に関する記録をほとんど焼き捨ててしまった。火刑を逃れた書類の中に、女性からのイタリア語の手紙が二通ある。今日までゲーテ研究家はそのどちらにも気をとめはしなかった。[36] 一通目の手紙（図11参照）はこのような内容である。

親愛なるお友達！

昨夜、粋な扇をいただいたのですが、ある方に取り上げられてしまいました。すぐに新しいものを私のために見つけていただけませんでしょうか。世の中にはいくらでも扇があるし、もっと綺麗な扇だってあることをその人に見せてやりたいのです。向こう見ずなお願いをお許し下さい。

あなたのコスタンツァ・レレイール

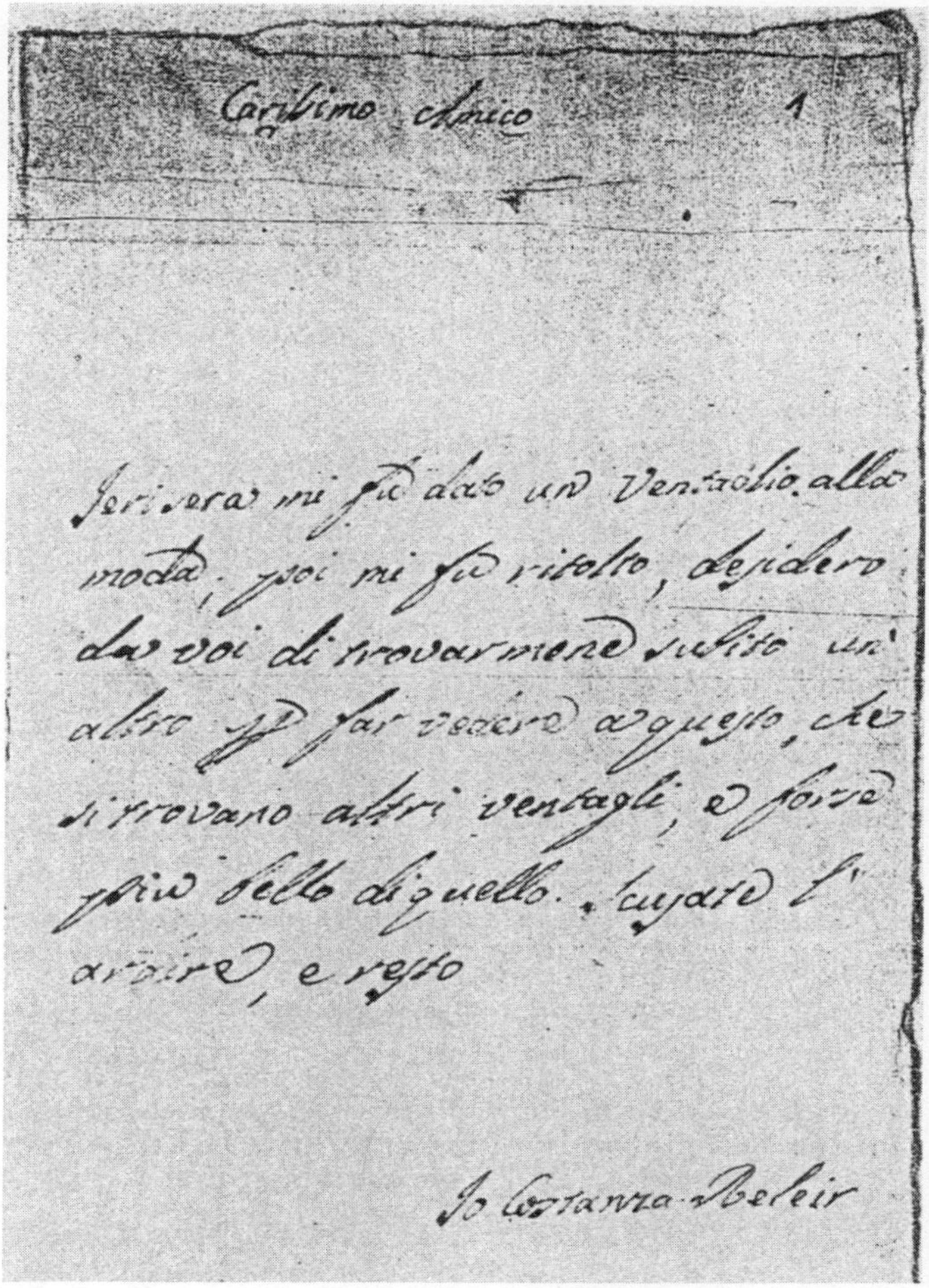
Carissimo Amico 1

Iersera mi fu dato un Ventaglio alla
moda, poi mi fu ritolto, desidero
da voi di trovarmene subito un
altro per far vedere a questo, che
si trovano altri ventagli, e forse
più bello di quello. Scusate l'
ardire, e resto

Io Costanza Releir

図11 「コスタンツァ・レレイール（レースラー）」の手紙

手紙には日付も宛名もない。受取人の氏名はたぶん封筒に書いてあったのだろうが、それは現存しない。文章は上手なイタリア語で書かれ、筆跡も整っている。句読点の打ち方も正しく、略語さえ見られる。pに横線が引いてあるのは、perの省略記号である。ゲーテ本人が幾度も断言しているように、ローマで接触した唯一の世界は下層社会だったが、この手紙を庶民階級の娘が書いたとは考えられない。専門家が見れば、この確かな筆跡が代書人の手になることはすぐに分かる。[37] 差出人の少女は文字が書けず、プロの代書人に手紙を依頼したのだろう。[38] しかしわれわれがすでに他の機会に目にした困難に、この代書人も直面した。外国人の名前を正しく綴れなかったのである。今度も問題になるのはドイツ人の名前であり、ローマでそれを正しく書ける者は一人もいなかった。たとえば公証人や主任司祭は教養があったにもかかわらず、レースラー家にかかわる記録書類は、どの公文書館に残されたものであれ名前のRoeslerをDesler、Resler、Rojler、Risler、Relserなどと必ず誤記している。一七八七年のコスタンツァ・レースラーに関する公証人文書では、公証人は娘の姓をResler、Desler、Deslerinと三回とも異なる綴りで書いた。一箇所だけ書類の《Deslerin》が線で消され、別人の手でRoeslerと修正されている。[39] これはおそらくコスタンツァの父親ヴィンツェンツ・レースラーによる修正だろう。少なくとも父親は自分の名前を正しく綴れたのだから。それに対し、例の短い手紙を請け負った代書人は、確実に公証人や主任司祭ほど教養がなく、11図の右下に見られるように《Releir》と書いている。しかし読み書きのできないコスタンツァは（さもなくば代書人に依頼する必要はなかっただろう）、その誤りに気づきもしなければ正すこともできなかったのである。

受取人については疑問の余地がない。この手紙はゲーテ宛てである。それ以外に手紙を一生取っておく理由があるだろうか。受取人の名がなく、差出人の女性の名が間違っていることが、後世の伝記作家が抱く好奇心に対するよい防御となった。手紙を出した女性の正しい名前を割り出すため、伝記作家たちは骨身を削る努力もせねばならなかった。このことは筆者も身をもって体験した。それに加えて、この短信の内容は、ゲーテと、彼が言い寄っていたらしい娘との関係について、これまでに分かっている事実すべてと合致する。手紙は一月中旬から二月上旬の間、二人の関係が終わりかけた頃に書かれた、と推測できる。ティッシュバイン描く肖像画ではわれわれに無垢な表情を見せるものの、コスタンツァは自分の魅力を十分に意識した、とてもコケティッシュな娘だったに違いない。そして、父親の店で働くうちにできた大勢の崇拝者たちを前に、その魅力にものを言わせる術に長けていたことだろう。彼女があれほど欲しがった扇だが、ゲーテは結局贈らなかったらしい。彼の支出簿には、そうした品への支出は記されていない。二月一五日、つまりナポリに発つちょうど一週間前には、指輪代として一スクード七〇バヨッキの支出が記され（一スクードは一〇〇バヨッキだった）、二月二〇日には指輪数個に一四スクーディ、腕輪数個に五スクーディ五〇バヨッキとなっている。[40] いささか値の張る後者の装飾品はワイマールの貴婦人方向けだが、一スクード七〇バヨッキで購入した指輪がコスタンツァへの贈物だったと思われる。その指輪でゲーテは、徒労に終わった彼女への求愛にけりをつけるつもりだったのである。

　大いに想像をたくましくしたゲーテは、娘には自分とさらに親密になる意志があると思い込み、公爵宛ての手紙でも現実をすべて語りはしなかった。性病に罹る恐れを挙げているが、それはこうした情事に関して公爵もよく承知している論拠だからであり、単なる口実にすぎない。ヴェネツィアとパドヴァで売春婦の許を訪れた人間にとって、この種の恐怖はそれほど重要ではなかっただろう。しかし、ヴィンツェンツ・レースラーのように名の知れた酒屋の主人の娘が父親の客とベッドを共にすることはまずなかった。例の手紙からもうかがえるコスタンツァのやや厚かましいコケットリーは偽りなのである。きわどい事態に至れば、彼女は身を引いたことだろう。ゲーテが目的を果たせなかったのである。ことは、二月三日のカール・アウグスト公宛ての手紙からも読み取れる。その前日の二月二日に、謝肉祭が終わるとすぐにナポリに発つ意図をフォン・シュタイン夫人に告げたのは偶然でないと思われる。ナポリ旅行の計画についてはすでに一月一七日に書いたが、日程は述べなかった。コスタンツァとの恋愛遊戯が上々の成果をあげていれば、このような好機はそう簡単にめぐってこないのだから、旅行を延期したことだろう。二人の関係が望ましい方向に進んでいれば、いくらでも日延べできる旅行を理由に中断するのは無念の極みである。すでに二月二日に旅に出る決意を固め、翌日の公爵宛ての手紙ではやや曖昧なところはあるが、決意を裏付け（《とりわけ、しばらく離れてみれば、新鮮な気持ちで周囲を見られるものです》）、そして同日のヘルダー夫妻宛ての手紙では断言する口調で知らせている。これ以上ローマにいても何の成果も望めないのだから、ナポリ旅行の障害はもはや何もなかったのである。(41)

　事実は数カ月後にようやく明るみに出た。ゲーテが一七八七年一二月二九日にカール・アウグスト公宛ての手紙で、ローマの恋愛風俗についていわば総括をして見せた際である。そのきっかけはカール・アウグスト公のオランダ訪問である。ゲーテは公爵が恋の冒険でいつも通りの成果をおさめることを願い、それにくらべてローマはこの方面ではあまり見こみがない、と意気阻喪して加えている。

事情を説明するため、冗談めいて《同国の統計学的知識への寄稿》と題する詳細な報告を添えた。そこでは、まず《いずこも変わらず信用ならぬ》娼婦たちに触れ、次に《未婚の娘たち《ツィテレン》》が話題になる。ゲーテによれば、ローマの未婚女性は《他のどの土地よりも貞潔であり、けっして男に手を触れさせず、男が世辞を言えばこう返します。〈で、どんなお約束をして下さるのかしら〉。するとその娘と結婚するか、誰かと結婚させる以外に手はなく、こうして娘に夫ができれば、それでおしまいになります》。(42) こうした独身女性《ツィテレン》については、ミュンターも似たような報告をしている。一七八六年一月に、ローマで長年暮らす画家のフリードリヒ・ミュラーから聞いた話の記録である。ある時ミュラーは路上でとても可愛らしい娘に出会い、かなり声高に賞賛の言葉を口にせずにはいられなかった。画家が《おお、なんて美しいお嬢さんだ!》というと、その娘は小生意気に《私と結婚して下さるの?》と答えたのである。(43) この場合の娘の返事は、厚かましいお愛想に対する非難にすぎなかったが、その表現はしっかりした礼法を示している。それによれば、男性が名誉ある少女に言い寄ってよいのは、結婚する意志がある場合だけだった。

公文書館の文献が証明するように、当時のローマ事情は実際にゲーテやミュンターの描く通りだった。とりわけある司法事件はコスタンツァの物語とよく似ているので、ここで手短に述べておきたい。一七八七年一月、マッダレーナ広場に面した居酒屋の主人ミケランジェロ・タンベージが、店の常連客で教皇軍の将校カミーロ・カエタニを告訴した。娘のクレメンティーナに言い寄りながらも、結婚の意志があるかと慣例通り問われて否と答えたためである。だが、それればかりではなかった。娘がこれ以上将校に会うことを禁じられると、将校は罵詈雑言と威しの言葉を浴びせたのである。逮捕された将校は、両親も認めるクレメンティーナの《女っぽい誘惑》に惑わされたと弁明した。しかし自分が《張りめぐらされた結婚の網》に引っかからなかったので、両親は娘に自分との交際を一切絶つよう命じたうえ、自分の鼻先で家の窓を閉じるような真似さえしたのだ、と。こうした事態に直面した父親は、娘をできるだけ早く結婚させようと骨を折った。強情な将校が娘の評判を傷つけたからである。この事件はローマ総督の法廷で裁かれ、枢機卿ボンコンパーニ・ルドヴィージが審理について報告した。卿の報告を読めば、この事件の全体像が摑める。(44)

コスタンツァ・レースラーも、そうした花嫁候補の一人であり、ゲーテが二月三日の手紙で述べているように、求愛にはかなりの時間を要した。だが彼女は、父親の経済的状態が順調なおかげで好条件の結婚が期待できたのだから、恋愛遊戯でチャンスをふいにしないよう用心もしていた。こうした理由もあって、娘はゲーテに扇をプレゼントしてほしいと頼んだのだ。扇を贈るのは、女性に好意を示すための当時もっとも人気のある手段だった。一八世紀の有名な劇作家カルロ・ゴルドーニは、『扇』というタイトルの喜劇をまるまるこの習慣に捧げている。(45)この作品から分かるように、当時の扇は愛情の証しという象徴的な性格があり、結婚指輪と同等だったのである。ゴルドーニの喜劇では、扇が次々と一二人の男の手に渡り、持主はそのたびにある娘に求婚する。ゲーテはゴルドーニ作の喜劇を数多く知っていたが、まさにこの作品の台本を読むか上演を見たということは証明できない。(46)それでもコスタンツァの短い手紙が示す意味がゲーテにはよく分かっていた。ある求愛者が身を引いたので、自分に執心していたゲーテのために場所が空いたと伝えているのである。しかし周知のようにそうした話に耳を貸さないゲーテは、コスタンツァの狙いに気づくと姿をくらましてしまった。

もちろんコスタンツァの両親は、結婚適齢期の娘から目を離さなかったし、同じ年頃の娘ならローマではそれが普通だった。店の客と日頃から接触していれば、男はアプローチがしやすく、恋の戯れを助長することも親にはよく分かっている。活発に振舞う娘を目のあたりにして危険を感じた両親は、できるだけ早いうちに娘を安全な境遇に置く、つまり結婚させるのが得策だと考えた。ヴィンツェンツ・レースラーならば、身の回りですぐに婿を見つけるのも難しくなかった。すでに一八七八年の夏には、アルバノ生まれのウェイターで四〇歳になるアントニオ・ジェンティーレに娘を嫁がせている。八月七日にサン・ロレンツォ・イン・ルチーナ教区主任司祭が最初の婚姻予告を行い、一九日に公証人カッポーニにより夫婦財産契約が結ばれた。持参金は三〇〇スクーディで、半額は現金で支払われ、残りは嫁入り支度の品々——下着類、衣服、銀食器、装飾品、金、その他の家具調度——で代えられた。結婚式は八月二〇日に挙げられ、その後若い夫婦はコンドッティ通りと平行するボルゴニョーナ通りの住まいに引っ越した。一七八八年に長女が生まれると、次々と五人の子供が生まれ、一七九九年の家族構成証書が作られた時には五人の子供が生きていた。[47] 立て続けの出産と、世話をせねばならない子供がこれほどいては、男たちに言い寄られていた結婚前の色恋沙汰に思いを馳せる余裕はほとんどなかったに違いない。家族の義務を背負ったコスタンツァは、数年前にあれほど熱心にご機嫌伺いをしていたドイツ人画家フィリッポ氏のことも、もはや忘れてしまったことだろう。

ゲーテはティッシュバインの素描をワイマールに保管し、一八二一年に分類を始めてカタログを作った。その目録で《共同生活》と題された第四部の一一番目に、『ロンダニーニ邸向いの住まい』というタイトルの素描がある（図12参照）。[48] 絵の題材に関して実に当たり障りのないこのタイトルから

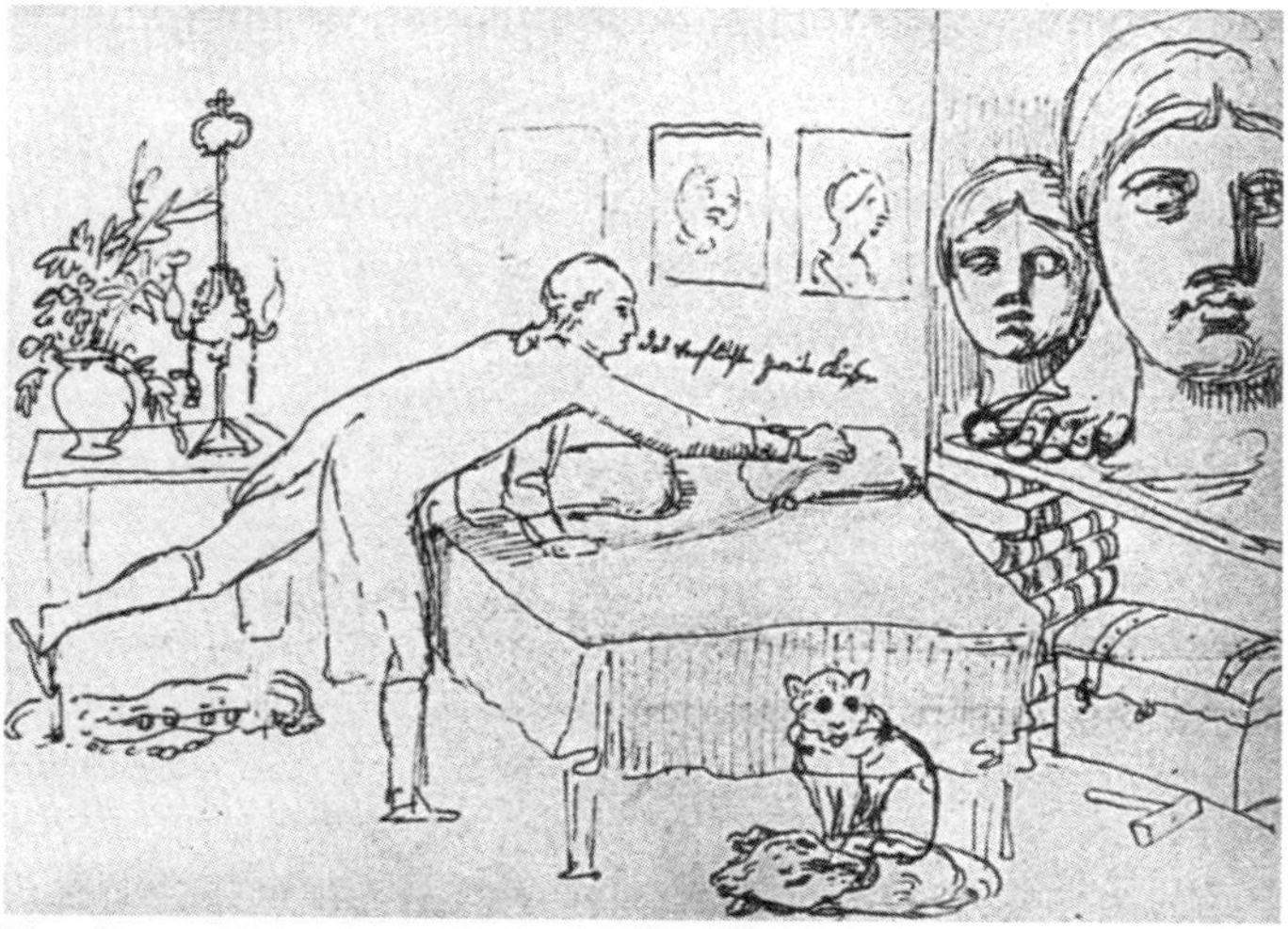

図12　ティッシュバイン作『忌々しい二つ目の枕』（コルソ大通りの下宿でのゲーテ），灰色がかった紙に鵞ペンで描かれた褐色の素描，1786/87年

分かるのは、ロンダニーニ邸向いにあったゲーテの住まいを描いた素描ということだけである。実際に、ゲーテが第一次ローマ滞在（一七八六年一一月から一七八七年二月まで）の最初の四カ月を過ごした部屋が描いてある。ナポリとシチリアから帰った後もこの部屋に住んだが、それは一七八七年の六月六日から七月二日のおよそ一カ月だけだった。ティッシュバインが最終的にナポリに移住して、アパートで一番大きな自分の部屋をゲーテに譲ったからである。一八二一年四月二一日の手紙でゲーテはティッシュバインに、ローマでの共同生活にかかわる素描をふたたび手にしたと告げ、その内容を手短に述べている。《いつかワイマールを訪問してくれれば、私があなたのペン画をすべて保存し、ローマでの冗談もすべて大切にしまっているのを見て喜んでいただけるでしょう。あの忌々しい二

つ目の枕や、ミネルヴァ神殿での豚の屠殺の他にも、あの頃われわれが友人として楽しんだ愛すべき懐かしい場面がいくつもあります。振りかえって見れば、その後の対照的な出来事のために一層愉快に思えるでしょう》[49]。この説明から、カタログで『ロンダニーニ邸向いの住まい』と題された素描の描かれた日付と、絵を理解するための重要な拠り所がいくつかえられる。ゲーテの言葉はこの素描に、重要な意味をもつ新しいタイトルを与えた。今や主題は《枕》、しかも《忌々しい》枕なのである。これが二人の関係にまだひびが入らなかった頃のローマでの共同生活に関係する素描であることは、ゲーテも証言している。幾度も公開され、話題にされ、調査された素描だが、ティッシュバインが仕掛けた冗談、あれほどの年月を経ても笑うことのできる冗談とゲーテが言った理由はうまく解明できなかった。

そこに描かれた部屋には、脚の高いダブルベッドがあり、枕が二つ並んでいる。ベッドの頭側は壁に押しつけられており、壁には三枚の紙が貼られている。左側は白紙で、中央の紙に男性の頭部が見え、二つ目の枕の真上にある右側の紙には女性の胸部が描かれている。この二枚の絵は、ベッドが夫婦用であり、右側が女性の寝る場所であることを示すようだ。ベッドの左側にはテーブルがあり、花瓶と火を灯した石油ランプが載っている。テーブルの前には小さな絨毯、あるいはベッドサイドマットが敷いてある。ベッドの手前では、当家の飼い猫が狼の毛皮の上に鎮座している。ベッドの右側には間に合わせの棚があって、絵に見える側は大型の本を積み重ねて支えてある。棚の前には地質学で使うハンマーがころがっている。重ねた本の一冊は背表紙に《Win》と書いてあるので、これはおそらくカルロ・フェアがイタリア語に翻訳したヴィンケルマン著の二巻本『芸術史』のつもりだろう。

一七八六年一二月二日の手紙によれば、ゲーテはこの本をローマで買い求めた。[51] ヴィンケルマンの上には、背表紙に《TL》の文字が書かれた別の本がある。こちらはティートゥス・リヴィウス著の『ローマ史』を表すと思われる。支出簿によれば、ゲーテは一七八七年一月一七日に二パオーリ五バヨッキで購入した。[52] 積み重ねた本の横には大きな旅行用トランクが置いてあり、これがヴェネツィアで買い足した例のトランクらしい。棚の上には石膏像が三体並ぶ。ルドヴィージ荘のユーノ女神の頭部彫刻が大小一つずつ、[53] その間に巨大な足がある。そして身を屈めて左手をベッドにつき、二つ目の枕をどけようと手を伸ばしているのがゲーテである。彼はイタリアで流行だった幅広の裾がついた長いコートを着ているが、足にはティッシュバインの他の素描に描かれているものと同じ室内履きを履いている。彼は外出から帰って来たばかりらしく、帽子と靴は急いで脱いだが上着はそのままで部屋の中に飛び込み、二つ目の枕をどけようとしている。彼の憤りと、その結果である荒々しい身振りは、右手が作る大雑把に描かれた弓形の動線でさらに強調される。口からは言葉が漏れている。そこには《忌々しい二つ目の枕め》と描かれてあり、これがこの素描の本当のタイトルなのである。

この素描はいつ描かれたのか。一番早い時期を示すのは、一七八七年一月一七日にゲーテが手に入れたリヴィウスの著作であり、最終期限はゲーテがナポリに出発した二月二二日である。二人の友人が仲違いをしたのはナポリだったので、ローマに帰って来た後の六月はもはや冗談を言い合える時期ではなかった。したがって、ティッシュバインは一七八七年一月一七日から二月二二日の間にこの素描を描いたに違いなく、つまりゲーテがコスタンツァに言い寄っていた時期にまさしく一致する。居酒屋の娘との恋物語が残念な結果に終わったことを考慮すると、この素描は、娘に拒絶されて夢と消えた愛の一夜を解説しているらしい。ゲーテは逢引に備えて部屋に花を飾り、ランプに灯を点していたが、娘に振られてしまうと、その痛手に怒り狂いながら自室に走り帰ったかのように見える。もっとも、一八二一年四月のティッシュバイン宛ての手紙でゲーテは、当時ローマで一緒にしでかした悪ふざけの一つであるかのように、鷹揚にこの素描に言及している。しかし、この場合はまったく悪趣味の不快な冗談だったと言い添えておかねばならない。ティッシュバインは女性を前にすると気後ればかりする内気な男性で、生涯に渡りほとんど完全に女性を遠ざけていた。賞賛とともに羨望の的でもあったゲーテが、自分もよく知る娘からこっぴどく振られたのを見た画家は溜飲が下がる思いをしたに違いない。そうした気分で、個々のディテールに至るまで悪意の染み込んだような素描を描いたのだ。だが彼は狡猾にも、ゲーテのローマ滞在を描く他の素描の特徴でもある、とっさの冗談といった雰囲気を盛り込むことも忘れなかった。こうして体裁を繕ったのである。素描の背後に隠された物語を知る者だけが、そこに潜む嫉妬の念を感じ取ることができた。そしてそれはゲーテ本人しかいなかったのである。ゲーテもあらゆるルサンチマンを克服した年齢に達して初めて、体裁を繕う心構えができた。根底にある画家の妬みには誰も気づくまいと思った詩人は、友人たちにもこの素描を回覧させるまでになった。フォン・ミュラー宰相は一八二三年一〇月七日にゲーテ邸で過ごした夕べについて述べている。なりゆきでゲーテは自分やティッシュバインが描いたローマの素描を披露することになった。その中にはあの『忌々しい二つ目の枕』もあったが、詩人はずるくもカタログで付けたタイトルで紹介した。ミュラー宰相はこう記している。《ゲーテのローマでの部屋。女神ユーノの胸像。ラインハルトはゲーテに、〈これほど多くのことをなされたとは信じられないほどです。あ

図13　ティッシュバイン作『光と影の不思議な偶然（長い影）』，水彩

なたは実は一人ではなく一二人もいらっしゃるのではないですか〉と言った[54]》。カール・フリードリヒ・ラインハルトのコメントは、素描が証明するように、ゲーテがローマで多彩な体験をしたことに関するものである。その素描の中でもとりわけゲーテの体面を損なう絵の特殊な内容には誰も好奇心を抱かず、そもそもそれがどのような場面を描いた素描か尋ねる者もなかった。同時代人さえ真の内容がはっきり分からなかったのだから、後代の人間にそれ以上のことが分かるはずもない。

すでに述べたように、ゲーテはティッシュバインの素描コレクションの第四部を《共同生活》と題したが、その中に『光と影の不思議な偶然』というタイトルの水彩画がある（図13参照）。これもローマで共同生活を送っていた頃に関するものに違いない。カタログでは先の『忌々しい二つ目の枕』が一一番に挙げられ、この絵は九番と記されているからである。第四部には一七八六年から翌年にかけて描かれた素描のみが収めてあり、そのどれもがかつての友人たちがローマで過ごした日常生活を題材にしている。この水彩画に描かれているのは、直線で区切られたほとんど何もない部屋である。部屋の中の僅かな家具と人物は簡潔な線で描かれ、大まかに色が塗られている。奥に椅子が四脚あり、テーブルにはクロスが掛けられ食器が並んでいることから、ここがダイニングだと分かる。部屋に窓はなく、後ろの壁には石造りの枠がついたドアがあるが閉じられている。光源は右手の壁にある暖炉で盛大に燃えあがる炎だけである。炎は強力な光を放ち、実際よりも巨大な影を作り出している。暖炉の前に立つ男性の姿が投げかける影である。屋内であり、しかもすでに長い間部屋にいるにもかかわらず、その男性は帽子をかぶったままだ。裾の長い青のフロックコートを着て、明るい色のズボンと暗い色の靴下を履いた男は、身体を暖めようと暖炉に背を向けて立っている。左足を気取った感じでやや前に出し、体重は右足にかけている。曲げた左腕は背中に回しているが、人物は横から描かれているので右腕は見えない。ところが奇妙なことに、天井に映る影には右腕が見えている。

影がこれほど長く不自然なのは、何か象徴的な意味があると考えざるをえない。それどころか、実は影が二つある。暖炉の前にいる人物の姿が二つに増えているのだ。影の一つは床を這って左手の壁を登り、天井一杯に広がっている。二つ目の壁は暖炉のある壁をつたわりやはり天井に届くので、炎の前の男性がかぶる特徴のある帽子の影が天井で向かい合うことになる。この二つの影は、後の壁に並ぶ家具に対していわば枠組みをなす。左から順に見ていくと、まず椅子が二脚あり、小さな赤い点が塗られているのでクッション付きの椅子だと分かる。次に扉、三脚目の椅子があるが、これには布らしきものがぞんざいに掛けてある。おそらく暖炉の前の男性が着ていた外套だろう。そしてクロスの掛かったテーブルがあり、その上にはナプキン、皿、カラフ、ワインが半分注がれたグラスが並んでいる。一番右側には四脚目の椅子が、たった今脇へ押しやられたように置かれている。一人ぽっちの客は食事を中断して立ちあがると暖炉の前に立った、といったところだろう。異常に長い影が特徴づけるように形式的な面が強調されているため、この水彩画を見る者は一目で引き付けられてしまい、ゲーテのコレクションで付けられたタイトルがおのずと浮かんでくるのである。

もっとも、形式美がどれほど優れていても、この絵に再構成できる内容がないわけではない。まずこの部屋と暖炉から始めよう。ゲーテは一七八七年二月二日のフォン・シュタイン夫人宛ての手紙でこうした暖炉に言及した。寒さが厳しく、暖房のない自室では手紙を書くのがとても無理だと嘆いた後で、こう書いている。《控えの間の暖炉のそばに移りました。ここなら暖かいので、新たな紙片を書き始めようという気持ちになれます[55]》。この控えの間にはどうやら窓がないらしく、ゲーテが述べるように暖炉があった。家主のコリーナ一家はこの部屋を下宿人の食堂としても使ったかもしれない——その頃下宿人は水彩画の椅子と同じ数の四人いた（ゲーテ、ティッシュバイン、シュッツ、ブーリ）。したがってこの水彩画は、ユーリウス・フォーゲルもすでに推測したように[56]、ゲーテとティッシュバインが住んでいたコルソ大通りの下宿の控えの間を描いたものである可能性が高い。しかし、暖炉の前の男性は誰だろう、そして燃え盛る炎しか明かりのない暗い部屋で、こんな姿勢で立っている理由は何だろう。

光と影の戯れについての考察に関連して、ティッシュバインは自著『ロバ物語』である友人の精神状態を述べたが、それはこの水彩画に描かれた場景にも反映されているように思える。これは一読の価値がある。《自然界における光の現象は多くの人々の精神に健全な考察や美しい着想をもたらす傾向がある。それと同じように、光の反対物である影もまた、われわれに有益な効果を及ぼし、悲しみに満ちた魂に朗らかな考えを浮かばせることも珍しくない。かつて私の友人がひどく不機嫌だと語った時、私はその瞬間をこの影の絵に描いてみた。その人物は異郷に暮らし、心から共鳴できそうな友人が見つけられずにいた。そのことを深く感じるにつれて、自分がますますつまらないものに思えて、頭の中で作り上げた自分の無能ぶりへの確信が強まると共に不機嫌もつのってきた。ある夜更けに友人は、大きな炎がゆらゆら燃える暖炉の脇に立ちながら、うつむいたままで、自分がどれほど無価値な存在であるか絶望して考え込んでいた。ようやく目を上げると、暖炉の炎に照らされた天井で長い影が動いているのが見えた。友人はこの現象に不審の念を抱いた。何の影だか分からなかったのだ。影を目でたどるうちに、影の末端に原因を見つけた。影は自分の足元から始まり、床をつたわり壁を登って天井一杯に広がっていた。友人はこれが自分の影であることにやっと気づいた。光線は友人の屈折した魂を元気づけられなかったが、この瞬間に影がそれを果たした。これほど大きな影を作れるのだから、自分はたいしたものに違いない、と考えたのだ(57)》。

『ロバ物語』の編集者は、ティッシュバインがこのテキストで触れているのは先に筆者が紹介した水彩画ではなく、同じ構図をもっと簡素に描いた別の絵だと考えた。その絵では周囲の様子が先の水彩画ほど詳細には描かれていない。ヴァリエーションの絵は、ほとんど小道具がなくからっぽの小さな部屋で、絵が何枚か壁に貼ってあるだけである。シャツの上にヴェストを着ただけの男性が、長靴は履いているが帽子はかぶらずに、火の燃える暖炉に背を向けて立っている。男性は胸の前で腕を組み、うつむいた頭を右手で支えている。足元から伸びた影は元の水彩画と同じ道をたどるが、天井では人の姿にならずに簡単な線で終わっている。(58) ティッシュバインは周囲の様子を曖昧にし、そうして暖炉の前の男性も誰だか分からなくするために、このヴァリエーションを描いたとさえ思える。ティッシュバインはこの二枚目の絵を、今日まで公開されていない未完の作品『シビュラの書』に入れた。これはおびただしい絵に解説用のテキストを添えた一巻本であり、オルデンブルクの郷土博物館にティッシュバインの遺稿として保管されている。(59) 先の水彩画とそのヴァリエーションは普通一八〇五年頃の作と推定されているが、それには根拠がない。この年代が出てきたのは、ティッシュバインが一八〇五年にワイマール公母アンナ・アマーリアに自作の素描を収めた一巻本を進呈したからである。しかし、この時の本が『シビュラの書』だとする拠り所は何もない。

『ロバ物語』は大作として構想された自伝小説で、最近になってようやく初公刊された。ティッシュバインはナポリに滞在した一七八九年から一七九九年の間に、すでにこの計画に着手していた。原稿とそれに付属する絵の資料を調査した結果、ティッシュバインがその一一年間とそれ以前に描いた一群の水彩画や覚書きが小説の中核をなすことが判明した。(60) さらに、テキストの数カ所と何枚かの絵がローマでの生活とティッシュバインの有名な絵『カンパーニアのゲーテ』(図3参照) にかかわることも判明した。ティッシュバインは長年この小説に取り組み、女流作家ヘンリエッテ・ヘルメスの助けを借りて、一八一二年にようやく完成させた。しかしこの決定稿では、最後に選んだタイトルに合わせて、ロバのいる場景を描く一二枚の《イメージ》が採用されただけだった。本来小説用に考えていたその他のイラストや数カ所のテキストはすべて削除されてしまったのである。これらの取り除かれた絵とテキストの一部は、『シビュラの書』や『我が生涯の物語』など他の作品に使用された。

長編小説のために準備したその他の素描や水彩画は分散し、今日ではあちらこちらのコレクションに収まっている。絵は『ロバ物語』から削除されたが、それに付属するテキストは残されたケースもいくつかあり、われわれが興味をもっている水彩画の場合もそれに当たる。現在では『長い影』というタイトルで知られるこの水彩画をティッシュバインはゲーテに贈ったが、それがいつのことかはもはや特定できない。

一八二一年一二月二〇日の手紙でゲーテは、自分が多数所有するティッシュバインの素描をサイズ別に三つの紙挟みに分類した、と画家に告げた。ローマのカンパーニアを背景にした自分の肖像画は結局入手できなかったが、コレクションを完璧にするためにその素描が欲しいとゲーテは頼んだ。『イタリア紀行』の最終部に使うため、ローマ滞在を描いた他の絵もしばらくの間貸してほしいと頼んでいる。ゲーテは実際にはこう書いている。《言ってくれればすぐに送り返すので、他にも何枚かの絵を貸してほしい。そうすれば、過ぎ去った時をある程度完全に見渡せるようになり、二度目のローマ滞在のことを考える際に、われわれ二人にとって昔の日々の心地よい記念碑となるだろう》[61]。ティッシュバインは翌年一八二二年一月七日に返事を書き、自分がローマで描いた素描を詩人がそれほど多数保存していたことに大喜びしている。希望された素描を何枚か、とりわけ肖像画の素描をすでに送ったことも同じ手紙で伝えた[62]。当時作成されたゲーテ・コレクションのカタログでは、この素描は《共同生活》と題された第四部の冒頭を飾っている。この機会にティッシュバインは例の水彩画もゲーテに贈ったのかもしれない。『光と影の不思議な偶然』というタイトルで同じ第四部の九番としてカタログに載っているのだから。

図14
ティッシュバイン作
『ゲーテとローマでの
家主コリーナ一家』，
鵞ペンによる素描

それはどうあれ、他の誰でもないゲーテにかかわるものだからこそ、ティッシュバインがこの水彩画を描いたことに疑いはない。そう結論を出すには他にも状況証拠がある。椅子の上に投げかけられた外套と特徴のある帽子は、素描『ゲーテと家主一家』（図14参照）に再度登場する(63)。ここでティッシュバインは、ゲーテがコリーナ家の三人——父親、母親、息子——と話す様子を描いている。この素描でも石造りの枠がついたドアらしきものが描かれ、ゲーテの前の机と扉の位置関係も水彩画と同じである。ここでも外套は椅子に掛けられ、つばが広い背高の帽子は、暖炉の前に一人立つ男性がかぶるものに似ている。だから、あの男性はゲーテでしかありえないのだ。先に『ロバ物語』から引用した箇所が水彩画に対するコメントなのは明白である。ゲーテが暖炉の前の男性であり、異郷に暮らし、《心からの友人》が見つからずに《ひどく不機嫌》になった瞬間の友人なのである。この瞬間とは、ゲーテがコスタンツァに振られた一七八七年二月に当たる。この水彩画は素描『忌々しい二つ目の枕』とセットになって、ティッシュバインがゲーテの失恋に対するコメントを絵で表現した作品なのである。しかし水彩画の方では、友人が炎と影の力を借りて絶望感を克服する様子を描くことで、ルームメイトは同情心と連帯感を表明している。

影と影が及ぼす効果というテーマは、夜の散歩から着想をえたものらしい。ゲーテは上述の一七八七年二月二日付フォン・シュタイン夫人宛ての手紙でこの散歩に言及した。控えの間で暖炉の脇に座って書き上げた手紙である。そこにはこうある。《満月の光を浴びてローマを散策することの素晴らしさは、自分の目で見ずには分からないでしょう。あらゆるディテールは膨大な量の光と影に飲みこまれてしまい、至極大きな漠然としたイメージしか眼に映りません。三日前から明るく晴れわたった夜が続き、私たちは大いに堪能しました。とりわけ美しい光景を見せてくれたのが円形競技場《コリセオ》でした。ここは夜になると閉じられ、中の小さな聖堂に世捨て人が一人住んでおり、物乞たちが朽ち果てた丸天井の跡をねぐらにしています。彼らが火を焚いたらしく、その煙がかすかな風の流れにのってまず闘技場へと漂って行き、廃墟の下部を包むと、その上の巨大な壁がくっきり見えました。私たちは格子戸の側に立ってこの現象を眺めました。明るい月が空高くにかかっていました。煙は次第に丸天井や廃墟の壁を抜けて行き、月明かりに照らされて霧のようでした。これは素晴らしい眺めでした[64]》。「私たち」ということは、ゲーテの散歩にお供をした友人が少なくとも一人いたと推測できる。そしてその友人とは、当時ゲーテがごく打ち解けて数カ月の共同生活を送った親友ティッシュバインしかありえない。『ロバ物語』や水彩画に見られる、光と影に関するティッシュバインの深遠な考察が彼一人の精神から生まれたとは考えにくい。そこからは天才ゲーテの声が聞こえる。ティッシュバインがこの水彩画をゲーテにプレゼントしたのも、控え目な感謝の身振りにすぎなかったのである。したがって、水彩画と『ロバ物語』の解説は、ローマで共同生活をしていた時代を示している。夜に円形競技場を訪れたティッシュバインは、ゲーテがフォン・シュタイン夫人宛ての手紙で描写した光と炎、煙と影の作り出す非現実的な遊びを、室内に置き換えて描こうと思いついたのだろう。

第六章

美しきミラノ娘

一七八七年二月二一日、ナポリに発つ前日にゲーテはフォン・シュタイン夫人宛てにずいぶんと奇妙な手紙を書いた。目前に迫った旅行の準備に少し触れた後で、突如情熱的になり、激しい言葉で改めて夫人への愛を誓ったのである。今でも夫人と親密に結びついている気がすると書き、一度も夫人を我が物にできなかったことを嘆いている。《全身全霊をあげてあなたを愛しています。しばしば思い出に心裂かれる思いになり、恐ろしいほどです。ああ、愛しいロッテ、昔も今も私がどれほど自分自身を押さえこんでいるか、あなたにはお分かりにならないでしょう。あなたを自分のものにできないとの思いは、どれほどこねくりまわしてみても、結局はわが身を傷つけやつれ果てさせます。あなたへの愛情にどのような体裁を取り繕ってみても同じです——長い間心に秘めていたことをふたたび持ち出して、申し訳ありません。近頃のかつてなく孤独な日々に感じたこと、考えたことをあなたに伝えられればよいのですが。ごきげんよう。今日の私は取り乱し疲れ果てています(1)》。

ゲーテはこの手紙がローマから送られるのは三月三日以降になるだろう、とも付け加えた。その三月三日にワイマールではフォン・シュタイン夫人がクネーベル宛てにこう書いている。イタリアから数通の手紙を受け取り、前日にも一通届いた。その手紙を読めば、友人がローマでどれほど幸福に過ごしているかが分かる、と。《昨日ゲーテから短い手紙をいただきました。そこから察するに、あの方はとても幸福なようです。時が経つにつれて、私たちを懐かしく思う気持ちが薄まり、もう帰って来るつもりなどなくなるのでは、と心配しています》。ゲーテが書くように昔の情熱が蘇ることなど、夫人はほとんど期待していなかったので、例の手紙を受け取ってもそこに何の意味も認めなかった。二月二一日と二六日にも、今度はナポリからゲーテの手紙を受け取った、とクネーベルに伝えた。二月二一日の情熱的な手紙に一言も触れないまま、友人はイタリアで幸福に暮らしている、と繰り返している。これ以降の手紙からも分かるように、夫人はずっとそう確信していた。九月一〇日、一〇月九日になっても、相変わらず《彼はとても幸福です》と書いている。(2) だが、それは夫人の思い違いだったのだ。

ゲーテがコスタンツァから蒙った打撃はひどく、心の傷はそうやすやすとは治りそうになかった。そこで、コスタンツァとの仲がどうにもならなかったことへの腹立たしい気持ちをフォン・シュタイン夫人にぶつけたのではないか、という疑念がおのずと浮かんでくる。夢に見た都ローマが自分を撥ねつけようとしている、これは耐えがたい事態だ。ところがゲーテには特効薬があった。フォン・シュタイン夫人ではない。ワイマールは遠すぎて、傷の面倒を見られなかったのだから。二月二一日の驚くべき手紙を書く二日前に、ゲーテは夫人に別の手紙を出した。そこでは、完成したばかりの改訂版『イフィゲーニエ』をアンゲーリカ・カウフマンの前で朗読した、と述べている。《昨日それをアンゲーリカに読み聞かせました。彼女がこの詩を気に入ってくれて、とても嬉しく思いました。彼女は素晴らしく、繊細で、賢く善良な女性で、ここローマでえた最高の知り合いです》[3]。こうした鞍替えの可能性をゲーテはすでに二月三日のカール・アウグスト公宛ての手紙でほのめかしていた。《アンゲーリカの他には》絵のモデルしか興味ある女性はいない、と書いている。つまり、コスタンツァを除けばアンゲーリカしかいなかったのである。

スイス人の画家アンゲーリカ・カウフマンはゲーテより八歳年上で、ヴェネツィア人画家で六〇代のアントニオ・ツッキと結婚し、すでに長年ローマに住んでいた。先に述べたように、ゲーテはローマに到着するとすぐに彼女と知り合いになり、一七八六年一一月七日の手紙では、《実に好感のもてる》女性と呼んでいる。この女流画家と、その《年老いたイタリア人の夫》の愛すべき人柄については、それ以降の手紙で幾度も話題になった[4]。彫刻家アレクサンダー・トリッペルは、一七八六年一二月九日に今でも名前の分からない友人に宛てて、ゲーテはすっかりライフェンシュタインとアンゲーリカ・カウフマンの監視下にあり、二人の同意なくしては表敬訪問もできない、と書いた[5]。トリッペルはミュンターが創設した光明会の一員だったとはいえ[6]、事情には疎かったのである。

実際は、一七八七年二月になってようやくゲーテはアンゲーリカ・カウフマンに熱烈な興味を抱き始めた。『イタリア書簡目録』によれば、ゲーテはナポリからアンゲーリカに宛てて三月に一通、五月に一通、計二通の手紙を出したが、彼女宛ての手紙がほとんどそうなったように、どちらも失われてしまった[7]。六月のローマ帰還後、彼女との仲はますます親密になった。アンゲーリカは『イフィゲーニエ』の挿絵を描き始める。これを原画としてリップスが銅版画を作り、ゲッシェンが印刷中だった作品集の第五巻に使ったのである[8]。他に社交的な接触をもたなかった詩人にとって、彼女は貴重な支えであり、本書でも見てきた通り、ローマの文士たちとの架け橋だった。この女流画家の愛らしさ、活発な精神、芸術家としての声望のおかげで、ゲーテはきわめて心地よくアンゲーリカのサロンを訪れることができた。ゲーテがゲッシェンに依頼して彼女に送らせた書物のタイトルを見れば（一七八七年一〇月二七日の出版業者宛ての手紙はこの用件だった）、彼女に文学的な教養もあったと分かる。これは『イフィゲーニエ』の挿絵のお礼だったが、ゲーテと深い友情を結んでいた彼女であれば、現金での報酬は受け取らなかったに違いない(9)。

一七八七年の夏に二人の関係はますます親密になった。このことは、アンゲーリカの筆になるゲーテの肖像画（本書の巻頭に掲載した図を参照(10)）、そしてゲーテがアンゲーリカのためにコルソ大通りの宿で催したコンサートが証明する通りである。この肖像画とコンサートについて、ゲーテは『イタリア紀行』でしか語らなかった。七月の報告で述べたコンサートはすでに第四章で取り上げたので、ここでは女流画家に敬意を表して催されたことを思い出すだけにしておこう。一方、肖像画は六月二七日の『通信』で話題にしており、かなり否定的に述べている。《アンゲーリカも私を描いているが、これはものにならないだろう。似てもいないし、完成しそうにもないので、彼女は実に機嫌が悪い。好男子ではあるが、私の面影はまったくない(11)》。『イタリア書簡目録』には、六月二三日付でフォン・シュタイン夫人宛てとヘルダー宛ての手紙が記されているが(12)、ゲーテは『イタリア紀行』を書き終えると破棄してしまったらしく、どちらも現存しない。だが、その理由は何だろう。二通の手紙には肖像画に関する記述があったが、今となってはもはや受け入れがたい内容になった、というのが唯一納得できる説明である。ゲーテはヘルダー宛ての手紙で、絵が似ていないことを話題にしたらしい。だがそれが要点ではなかった。

ヘルダーはローマ旅行の際にアンゲーリカ・カウフマン宅でその絵を見て、一七八九年二月二七日の妻カロリーネ宛ての手紙で、似ているかどうかをふたたび話題にした。しかし、ヘルダーは実に啓発的な観察もいくつか付け加えている。《彼女はゲーテのイメージをかなり優しく、実物よりも優しくとらえている。そこで世間の誰もが似ていないと声高に言うのだが、実際に絵には似ていない点がある。心優しい彼女は、自分が描いた通りのイメージで彼を見たのだ》[13]。絵の中のゲーテにはよく似た特徴が多少はあるものの、ヘルダーの知っている、しかも女流画家自身よりはるかによく知っているゲーテではなかった。そこに描かれたゲーテは、自分と親しくエネルギッシュで決然とした成熟した男性ではなく、見捨てられて途方にくれ、慰めを求めている若者だったのである。おそらくゲーテもとりわけ自分がそう見られていることが気にくわなかったのかもしれない。アンゲーリカ・カウフマンは、ヘルダーが妻宛ての手紙で的確に描いた通りの性格で、多分その点でやや行きすぎたのだろう。《彼女にはそうしかできない。そもそも天使のような優しい女性、むしろ乙女なのだ。残念ながら、実際まだ乙女なのかもしれない》。それでも現実との関連が、つまり詩人が当時体験していた不幸な瞬間と関係がある可能性も排除できない。おそらくゲーテが例の二通の手紙を破棄してしまったのは、そこに当時の感情が幾分かでもにじみ出ていたからであり、長い年月を経た今となっては耐えがたく思えたのかもしれない。上述した二通の手紙を書く直前の六月八日、つまりナポリから帰って数日後にフォン・シュタイン夫人に宛てた手紙から、当時の心理状態が少しうかがえる。《それはそうと、私は幸福な人々と知り合いになりました。彼らは全一であるからこそ幸福なのです。どれほど取るに足らない人間であれ、全一でさえあれば幸福であり、それなりのやり方で完全になれます。今や私もそうなりたいと思いますし、そうならねばならないのです……》[14]。イタリア滞在は別の面でゲーテを有頂天にさせたものの、こうした完璧な状態と幸福はまだ十分には実現していないとする告白はきわめて重大である。

もっともアンゲーリカは、こうしたゲーテ自身の全一性やゲーテが長年求め努力してきた《まったく別の存在》を実現する手助けにはほとんどならなかった。それはゲーテも当初から意識していたが、アンゲーリカを訪れるたびにますます明確になってきた。ワイマールで一〇年以上もの間フォン・シュタイン夫人と結んだ関係と似た状況をふたたび作って埋め合わせをしても、ほとんど意味がなかった。そんな真似をしても、心の奥底ですっかりけりをつけた過去に逃げ込むことにしかならない。ローマでは、進歩を、新たな経験を果たさねばならない。そうした努力に対し現状がことごとく逆らっても、である。詩人はローマ生活のもっとも困難な瞬間にだけ、アンゲーリカに慰めを求めたのであり、それ以上ではなかった。すでに久しく、ゲーテは日曜ごとにアンゲーリカを訪れていた。一八一七年二月一〇日の手紙でもティッシュバインは、ライフェンシュタインも同席したある日曜日のことをゲーテに思い出させている[15]。一七八七年一二月二一日にクネーベルに述べたように、ゲーテは火曜日にもアンゲーリカを訪れることがあった[16]。ワイマールに帰ったゲーテにアンゲーリカが書き送った手紙では、詩人の日曜ごとの訪問を幾度も物悲しげに思い出している[17]。ローマ滞在の最後まで、日曜日はアンゲーリカのために空けていた。ゲーテが二人の仲を単なる友情の埒内にとどめようと努力したことに疑いはなく、枠を越えようとする感情はこの友情が締め出したのである。

一七八七年の夏、ゲーテは次第にあらゆるものから身を引き始め、劇場を例外としてイタリアでは周囲との接触を一切避けるようになった。こうした隔離の過程には挫折という性質がつきまとう。そうした事態は自分からは告白しにくく、当時の手紙からも読み取るのは難しい。ぞんざいに書きつけたいくつかのコメントだけがその証拠である。たとえば六月三〇日にヘルダー家の子供たちとシュタイン夫人の息子フリッツに宛てた手紙には《私は一人ぼっちでごく静かに暮らしている》とあった。夏も終わろうとする頃にようやく、ゲーテはクネーベルに現況を告白しないではいられなくなった。八月一八日の手紙にはこうある。《私は芸術や自然とますます親密に、しかしイタリアの民とはますます疎遠になっている。そうでなくともすでに孤立した人間であり、ここの民族とは何の共通点もない。それでも、もし友人を何人かこちらに連れて来られさえすれば、当地で芸術家として暮らしてみようと思うのだが……》。だが、それではまだ十分でなかった。

伝記作家にとって幸運なことに、老ゲーテもイタリアからカール・アウグスト公に宛てた手紙は意のままに処分できなかったので、それが自分の評判を落とすと見なした内容を含む手紙であっても、他の手紙と違い火にくべることはできなかった。このように比較的率直に書いたのは、この通信だけである。九月二八日の手紙では公爵を相手に心情を簡潔に述べている。《相変わらずひっそりと暮らしており、それどころか（誉むべきか咎むべきか分かりませんが）女性ともまったく無縁です。ただ一人アンゲーリカとだけは交際しています。彼女は健全な感情の持主ならば尊敬する価値のある女性ですから》[18]。ゲーテの性格を考えれば、これ以上はっきりした告白はない。とはいえ、以前のパドヴァやヴェネツィアと同じくローマでも、ゲーテが金で買える愛を拒んだという結論にはならない。ローマ時代の支出簿にはそうした行為を暗示する記入が何もないにしてもである。もっともその支出簿も一七八七年二月で記録は終わっている。その一方で、明らかに『ローマ悲歌』(第一八歌と第二二歌)では性病に感染する危険をほのめかしていることは、娼婦を訪れたとする推測を支持する。[19] ゲーテがローマで禁欲生活を守り、妖しげな評判の女性たちとまったく無縁であったなら、そのような心配を口にすることもなかっただろう。当時その種の接触を避けていると公爵に伝えたのは、いつもそうだったわけではない、という意味に違いないだろう。アンゲーリカはゲーテや後にはヘルダーの見解によれば性領域とまったく無縁な女性で、そんなアンゲーリカを性の領域に属する女性と対置させたのはいかにもゲーテらしい。彼女との間には純粋に感情的な関係しかありえず、この関係は高邁な理念の中を舞台とし、《健全な感情の持主》なら誰でも歓迎する性質のものだった。だがゲーテがローマにやって来たのも、――一方では娼婦との性生活、他方では社交界の貴婦人向けの美しい感情という――感情世界の分裂がもはや耐えがたくなったからだったのだ。

カール・アウグスト公への手紙はフラスカティから出した。アルバノ山地に位置するこの都市は、昔からローマ市民に人気のあった夏の避暑地である。フラスカティからは、ワイマール枢密院の同僚クリスティアン・フリードリヒ・シュナウスにも一〇月一日付で手紙を出した。そこでとりわけ話題にしているのは、この避暑期を目前にしたローマ市民たちの熱狂ぶりである。《ついに避暑の季節が訪れ、行き先に当てさえあれば猫も杓子もローマを離れている。娘、女、書物、絵画、あらゆる種類の家財道具が今や値下がりしている。誰もかも金が必要だからだ。愉快に暮らして遊び歩き、それが済むと謝肉祭までふたたび家に引きこもるのだ》。フラスカティに別荘をもつ顧問官ライフェンシュタインは、客として一週間共に過ごすようにゲーテを招待した。この件をゲーテは一〇月三日のクネーベル宛ての手紙で語り、顧問官の手厚いもてなしに感謝の意を表している。《今日で一週間、旧知の芸術の友ライフェンシュタイン氏のお供で当地にいることになる。氏は博覧強記、世話好き、快活、善良な社交家だ[20]》。ゲーテはフラスカティからそのまま近くのカステル・ガンドルフォに赴いた。この町もやはり有名な保養地である。ここには三週間滞在し、ローマに帰ってすぐの一〇月二三日にカール・アウグスト公宛てにいささか簡潔な報告をしている。《たった今カステル・ガンドルフォから帰りました。およそ三週間、良き仲間に恵まれて美しい季節を楽しんでまいりました》。手紙の最後では、そこで知り合いができたものの、結局あまり愉快な連中ではなかった、とやはり簡潔にコメントしている。《この避暑期に一度に大勢の人々と出会い知り合いになりましたが、一人一人が相手ならば、私は訪問などしないでしょう。自分とまったく共通点のない国民を次第に落ち着いて眺められるようになったことは、収穫と見なせましょう[21]》。しかし、共通点が皆無だとゲーテが言うイタリア人とはどのような人々だったのだろう。この時期に書かれた現存する手紙では彼らについて何も分からないし、カステル・ガンドルフォの別荘の持主も不明のままである。

何カ月も後にドイツへの帰路につく頃になって初めてゲーテは、一七八八年六月五日のヘルダー宛ての手紙で少しだけ秘密を明かしている。友人がローマへの途上にあると知ったゲーテは、ローマで訪問すべき人物に関して忠告と推薦を与えようとした。もっとも重要な人物は当然アンゲーリカであり、それから古美術商人アロイス・ルートヴィヒ・ヒルトと忠実なブーリが続く。だが最後に、前年の秋にカステル・ガンドルフォに滞在したことと、客として過ごした別荘について少しだけ触れている。《貴兄がカステル・ガンドルフォにいらっしゃるのならば、松の木についてお尋ねになってください。ジェンキンス氏のお宅や小劇場から遠くないところに生えています。貴兄を懐かしく思う時には、いつもこの松を眺めていたものです[22]》。そこで問題の別荘は、イギリスの美術商で銀行家のトーマス・ジェンキンスのものだった、と結論づけてよいだろう。同氏は長年ローマに居を構え、ヨーロッパ中からローマになだれ込んでくる大勢の外国人の間ではつとに有名だった。松の木については何も分からない。しかし、別の松の木のことを思い出しておこう。ゲーテはローマの住まいであるコルソ大通りの家の庭に松の種を蒔き、それを出発の直前にシスティア通りにあるアンゲーリカ・カウフマンの家の庭に植え替え、ローマ滞在の目に見える記念としたのである[23]。アンゲーリカはこの松の面倒を見て、順調に育っている旨を遠くドイツにいる友人に幾度も伝えた[24]。ローマの典型的な木である松は、ゲーテにとって象徴的価値があった。永遠の都への愛情の証しであると同時に、ゲーテを忍ぶよすがをこの地に残したのである。それに対し、ヘルダー宛ての手紙で述べた松の木は、避暑の間に遠方の友人がそばにいてくれればと心から願ったことに関係があるようだ。多分ゲーテはカステル・ガンドルフォから出した手紙でヘルダーにこの願いを伝えたのであり、松の木に触れた一七八八年六月五日の書簡はこれと関係があった。ジェンキンスの別荘に出入りするイタリア人たちに対してゲーテは疎外感を抱き、旧友がそばにいてくれればと心から祈った、まさにそう思われる。ゲーテがカステル・ガンドルフォ滞在を包みこんだ濃い霧は、当然われわれの好奇心を刺激することになった。

『イタリア書簡目録』の一七八七年一〇月の欄には、カステル・ガンドルフォから三通の手紙を出したと記されている。ヘルダー宛てが六日と一二日、フォン・シュタイン夫人宛てが一二日である。

ローマからヘルダーに宛てた一〇月二七日の二通の手紙と同じく、ゲーテは『イタリア紀行』執筆に利用したこれら三通の手紙のオリジナルを処分してしまった。すなわち、詩人がカステル・ガンドルフォでの生活を語った手紙は全部で五通になる。(25)ゲーテは当地の滞在について、自分が伝えたいことしか読者に伝えなかった。しかしわれわれは、『イタリア紀行』で読めるこれらの手紙を取り巻く状況を考えてみよう。『紀行』にも五通の手紙が載っている。最初の手紙は、一〇月五日アルバノにて、とある。アルバノはカステル・ガンドルフォのすぐ近くにある小さな町である。これは『書簡目録』で一〇月六日の欄に記入されたヘルダー宛ての手紙かもしれない。二通目の日付は一〇月八日だが、《実は一二日》と書き添えてある。これは『書簡目録』で一〇月一二日のフォン・シュタイン夫人宛てとされた手紙だろう。三通目には受取人も日時も地名も記していない。おそらくローマから帰国後にヘルダーに書いた手紙の一通だろう。カステル・ガンドルフォと地名の記された四通目は一〇月一二日付でヘルダー宛てになっている。ローマから出した五通目も宛名はヘルダーであり、一〇月二七日の日付がある。

『イタリア紀行』の順序で二通目に当たる手紙(一〇月八日付)からは、何人かの交際相手がいたことが分かる。カステル・ガンドルフォのジェンキンスの別荘に招かれたり、頻繁に訪問していた人々である。しかし名前が挙げられているのは、当地方に別荘を持ち、いつも一緒だったアンゲーリカ・カウフマン、有名な画家アントン・ラファエル・メングスの義兄弟でやはり画家のアントン・マロンとその家族だけである。それ以外には《活発な少女たち数名》《数名のご婦人たち》とごく大まかに述べただけで、さらに《交際は愉快で、笑いが絶えない》とある。それに対し、一〇月二三日の公爵宛ての手紙にあったような批判は、四通目の手紙に見られる。《多分もう二週間カステロに滞在して、温泉場のような生活を送るでしょう。朝は絵を描き、それからは人がぞろぞろとやって来ます。一同が揃った時に会うのは結構ですが、個別に会うとしたらひどく煩わしいでしょう。アンゲーリカも当地に滞在しており、いろいろと清書の手伝いをしてくれます》。ところが五通目の手紙では、カステル・ガンドルフォのイタリア人たちから受けた不愉快な印象は一掃されている。ゲーテは友人に、最高の精神状態でローマに帰りすっかり上機嫌に戻った、と伝えた。《私はふたたびこの魔力圏に到着しました。するとすぐにまた魅惑されたようになり、満足し、静かに仕事を続け、自分以外のものをすべて忘れています。そして友人たちの面影が穏やかに優しく私を訪れます》。

ひどく退屈な連中を相手にした不機嫌はついに消えてしまった。あの《まったく異質な人々》から離れてドイツ人の友人たちのサークルにもどったゲーテは、くつろいだ気分を取り戻した。さまざまな修正や削除があったことは推測できるものの、『イタリア紀行』に掲載された手紙からも、カステル・ガンドルフォで出会ったイタリア人たちへの強い嫌悪感が読み取れる。イタリア人を唯一詳しく取り上げたのは、日付も宛名もない三番目の手紙である。話題になっているのは若い娘だが、その娘こそ詩人がイタリア人に嫌悪感を抱いた本当の理由だと示すものは、この手紙には何もない。そこにはこう書いてある。《ミラノのある女性が一週間滞在しており、私の興味を引いた。彼女は自然な態度、常識、立派な礼儀をそなえ、ローマの女性たちよりも際立っていた。アンゲーリカは相変わらずものわかりがよく、善良、世話好きで愛想がよかった[26]》。

《一〇月の報告》はこの若い娘との関係に割いている。しかしこの報告からも、カステル・ガンドルフォで実際に何が起こったのか、あまり明確には分からない。この報告は文学的な色合いが濃いので、テキストを基に事実を再構成しようとしても、成果はあまり期待できない。そこでわれわれは最初に、この娘の生涯に関して歴史的文献から分かるデータをすべて揃えてみよう。若いミラノ女性とは誰だったのか。身元を明らかにするには、ゲーテ本人が重要なヒントを与えてくれる。というのも、初めて彼女を話題にした手紙でアンゲーリカ・カウフマンと関係づけたからである。アンゲーリカはワイマールに帰ったゲーテに何通もの手紙を書いたが、その中の二通で、彼女らしく昔を懐かしむように、一七八七年一〇月にカステル・ガンドルフォで一緒に過ごした日々を思い出させている。一七八八年一一月一日の二通目の手紙では、ゲーテが避暑地で知り合ったイタリア人の何人かにも触れた。まず話題にしたのがシモネッティ伯爵という人物で、ゲーテのカステル・ガンドルフォ滞在を耐えがたくした退屈な連中の一人に違いない。それから、しかも相変わらずカステル・ガンドルフォとの関連で、ゲーテもよく知っていたらしい若い女性の運命を語っている。《今年はカステロには一度も参りませんでした。マッダレーナ・リッジ嬢が今ではヴォルパート姓を名のっていることはあなたもすでにご存知でしょう。彼女が私たちと一緒に磁器工場を訪れた遠乗りがきっかけです。若いヴォルパート氏は妻となる人を探しており、幸運にも彼女の気に入られたのです。二人は出会うなり恋に落ちました。マッダレーナ嬢も今度は条件になんの異存もなく、二週間ですべてがまとまり、今では幸福な夫婦となりました。いつまでもそうあってほしいと思います。二人とも善良な方ですから》[27]。

ローマからの通信にはリッジの名が幾度も登場する。ゲーテはローマでカルロ・アンブロジオ・リッジという人物と知り合い、その後も連絡を取っていた。ライフェンシュタインが彼をゲーテに紹介した手紙では、ジェンキンスの銀行の《店員》となっている。ゲーテは獅子を彫った宝石を含むいくつかの品物を買った時、この銀行に一四スクーディ二〇バヨッキの借金をした。ライフェンシュタインの手紙は二月二一日付だが、年号はない。しかし、これは容易に補える。ゲーテはローマ時代の支出簿で一七八七年二月二〇日の欄に、前述の獅子を彫った宝石購入のために借りたのと同じ金額を記入したからである。[28] ライフェンシュタインは、リッジが金を受け取りにゲーテを訪れるよう、モーリッツを介して薦めた、と書いている。つまり、ゲーテはリッジを個人的に知っていたのである。その後もゲーテはジェンキンス銀行との取引ではリッジを仲介とし、[29] ローマで購入した高価なものを含む品々をいくつかの小包に分けてドイツに送る際にも運送代理人に使った。[30] こうした運送に関してリッジは一七八九年一月二〇日にゲーテに手紙を書き、それをゲーテは当時ローマから届いた他の手紙と同じく書類の中に保管していた。[31] その手紙でリッジは、一七八八年七月にヴォルパート氏と結婚した妹への結婚祝いの礼を述べ、最初の子供を妊娠中の妹からの感謝の言葉も付け加えている。

すなわち、カステル・ガンドルフォにあるイギリス人美術商の別荘でゲーテが知り合った美しきミラノ娘とはマッダレーナ・リッジだったのである。多分、ジェンキンス銀行の仕事をしていた兄と共に招待されたのだろう。もっとも、ライフェンシュタインが二月二一日のゲーテ宛て書簡で述べたのとは違い、兄は《店員》ではなかった。一七九七年五月一二日のローマ発書簡で、カール・ルートヴィヒ・フェルノーはリッジを《ジェンキンス銀行の代理人》と呼んでおり、[32] そしてサン・ロレンツォ・イン・ルチーナ教区の住民名簿にも、この職名で妹と共に記載されている。住居はリペッタ港の一軒家となっている。《代理人》とは、会社や個人の依頼を受けて全権委任者となったり、財産管理も請け負うビジネスマンを指した。

ミラノ生まれのカルロ・アンブロジオ・リッジはすでに長い間ローマで暮らし、当地での活動は一七八三年以降の記録がある。同年三月六日にアントーニオ・デル・プラート某の財産管理人に指名されたのである。その少し前の二月一七日に、ノヴァーラ司教区のプレミア・ヴァッレ・ダンティゴニア地区にある不動産を六五〇スクーディで購入している。これには地所、ブドウ山、畑地、家畜小屋、農家が含まれていた。[34] 彼は裕福なビジネスマンで、他人の代理ばかりでなく自分でも商売を行い、両替商や運搬代理業の仕事もした。一八〇八年に他界する頃にはスクローファ通りで銀行を経営しており、かなりの財産を築いていた。もっとも、晩年は長患いで商売に専念できなかったので負債もかなりあった。フランス語ができたばかりでなく英語にも通じていたことは、遺品のおびただしい英語の書物や辞書が証明する通りである。[35] 英語に堪能なのを買われて、友人のアンゲーリカ・カウフマンから遺言執行人に指名されている。[36]

彼の妹マッダレーナは一七六五年一一月二九日に生まれた。幼い頃両親に死なれ（父親だけはフランチェスコという名前が分かっている）、孤児となった少女は姉エリザベッタの許で暮らした。この姉は一七七七年に堅信礼の代母をつとめている。一七八六年にローマに移住して兄と暮らした。兄の堅固な経済的地位を頼りに当地でよい結婚相手を見つけるつもりだったに違いない。一七八七年八月二四日に受洗証明書と独身証明書が、その翌日には堅信証明書がミラノ大司教区から発行されたことから、この時点ですでに花婿が見つかっていたと推測できる。[37] つまり一七八七年一〇月にゲーテがカステル・ガンドルフォでマッダレーナを知った時、持参金に関する契約はまだ結ばれていなかったとはいえ、彼女は結婚間近の身だったのである。ところが、持参金に関する交渉は成立しかけたものの破談となってしまい、結婚式もお流れとなった。これまでのあらゆる調査にもかかわらず、花婿の名前や社会的地位は分からない。アンゲーリカ・カウフマンが一七八八年一一月一日にゲーテに宛てた手紙によれば、結婚の計画はマッダレーナの反抗にあって頓挫したらしい。

しかしカルロ・アンブロジオ・リッジは諦めなかった。条件のよい、できれば先の男性よりさらに好条件の結婚相手を妹のために探しつづけ、そしてアンゲーリカ・カウフマンのサークルで見つけたのである。この女流画家は、当時リッジが正規の代理人を務めるジェンキンスと親しかった。新しい花婿は、アンゲーリカの夫アントニオ・ツッキの親友の息子だった。その親友とは銅版画家ジョヴァンニ・ヴォルパートで、ツッキと同じヴェネツィア出身である。息子ジュゼッペは一七六五年一月二六日生まれで、一七八六年に父親がローマに磁器工場を建ててやった。(38) 夫婦財産契約は一七八八年六月二〇日に結ばれた。そこでマッダレーナは、大枚一五〇〇スクーディという持参金に加えて、贅沢な嫁入り道具を保証されている。(39) その後新郎新婦は、ミラノとローマの司教代理司祭に対し、結婚に必要な書類を請求した。一七八八年六月二一日にジュゼッペ・ヴォルパートの堅信証明書が発行され、同月二五日に花嫁が住むサン・ロレンツォ・イン・ルチーナ教区の主任司祭が、婚姻予告後に障害となる訴えがなかったことを証明した。それから新郎新婦は、三回目の婚姻予告を免除してもらう申請を出し、この規定免除は七月一日に与えられた。三日後にリッジは、持参金として同意した金額をジョヴァンニ・ヴォルパートに譲渡した。(40) 七月六日に結婚許可書が出ると、翌日にはもう結婚式の運びとなった。(41) その後九月一一日に関係者全員がふたたび公証人の許に集い、ヴォルパート親子は持参金ならびに嫁入り道具を受け取ったことを宣言し、リッジに領収書を渡した。それと同時に、持参金を保持し、できる限り資産価値を高める義務を負った。その保証として、親子は自分たちの財産に抵当権を設定し、持参金への義務が果たされなかった場合は、即刻親子の財産で損害を補償できる全権をマッダレーナに与えた。[42] 同年夏にジョヴァンニ・ヴォルパートは娘のアンジェラをジョヴァンニ・サントーリ某と結婚させている。夫婦財産契約は九月一二日に先と同じ公証人の立会いで結ばれた。[43] しかし花婿が設定した担保は、ジュゼッペ・ヴォルパートが署名させられたものよりはるかに低い金額だった。マッダレーナ・リッジはこの点ではまったく譲歩しなかったようだ。

ヴォルパートとの合意は六月最後の週に迅速に執り行われた。一七八八年四月二九日にカルロ・アンブロジオ・リッジは、一七八三年三月六日付で公証人ヴィンチェンツォ・カッポーニ立会いのもとで起草した遺言書を破棄した。[44] だから、この時点で結婚に関する交渉はかなり進展していたと推測される。リッジは妹に高額の持参金をもたせる予定なので、古い遺言書は無用になったと思ったに違いない。この状況ならマッダレーナを相続人から外してもかまわなかった。早くも四月中に結婚に関する交渉は始まっていたが、親切なアンゲーリカとその夫の仲介により、まずは花嫁の兄と花婿の父親の間で内々の話し合いが重ねられたに違いない。さしあたり当人たちは蚊帳の外におかれていた。結婚契約書に証人の署名をした人々の名前からも、これがお膳立てされた結婚だったことがうかがえる。花嫁側がアントニオ・ツッキ、花婿側がジョヴァンニ・ヴォルパートの共同経営者で義理の息子に当たる銅版画家ラファエロ・モルゲンとなっているのだ。[45]

ヴォルパートの工場へ遠乗りに出かけたのが結婚のきっかけで、この時若い二人は知り合い、突然恋愛の神アモルの矢に射抜かれたかのように恋に落ちた、とアンゲーリカはゲーテに伝えた。だが、彼女はすべて真実を語ったわけではなかった。リッジとヴォルパートがこの結婚の経済的な局面について意見の一致をみて、マッダレーナの同意もえた後で初めて、遠乗りが計画された公算が高い。この際に愛情はまったく関与してはならなかった。アンゲーリカが愛情について語ったとすれば、それはこの商談で自分の果たした役割を隠すためにすぎなかっただろう。アンゲーリカはローマ滞在中にゲーテをよく知るようになり、最初から愛情を度外視した、この種の実用目的の結婚をゲーテが心底嫌っていることをよく承知していたのである。

実際にマッダレーナ・リッジの結婚はことさらゲーテの見解を裏付けるようなものだったらしい。この結婚で愛情がどのような位置にあるか、一番よく分かっていたのはマッダレーナの夫だった。一八〇三年一一月二日の遺言状でジュゼッペ・ヴォルパートは、一五年も連れ添ってきた妻への好意を語りはしたが、妻もまた自分に愛情を寄せてくれたとは言っていないようである。ヴォルパートは、自分の死後にマッダレーナが再婚した場合は相続人から除外するが、《自分が妻に寄せた、そして死ぬまで寄せるであろう夫婦の愛情の証しとして》千スクーディを遺贈する、と遺言状で定めた。一八〇三年一一月二三日付で発行された財産目録を見れば、かなりの財産と共に、父親から受け継いだ多数の美術品があったことが分かる。(46) マッダレーナ・リッジは夫との間に九人の子供をもうけ、夫の遺言状にあるように、《配慮、尊敬の念、非のうちどころのない振舞い》を示した。しかし遺贈者は愛情については語らなかった。

マッダレーナが好意を示したのは、姑のアンナ・メネゲッティだった。姑は一八〇四年四月一三日の遺言状で《親愛なる義理の娘》に装飾品二点を遺している。遺言状によれば、そうすることで《彼女への高い評価と愛情》を表し、同時に義理の娘がいつも自分にみせてくれた《愛情溢れる世話と敬意に対し》感謝の念を示したかったのである。[47] ここでも姑の愛情に応えるのは嫁の敬意のみである。愛情という言葉はマッダレーナ・リッジには似合わなかったようだ。

ジュゼッペ・ヴォルパートが一八〇三年一一月一二日に死去すると、マッダレーナは即座に行動を起こした。まず教皇に請願書を提出し、再婚により遺産相続人から除外されるという遺言状の項目を無効にするよう求めた。一八〇四年四月三〇日にこの許可が与えられると、すぐに新しい結婚生活に入ることに同意した。すでに六月五日には、死んだ夫に雇われていたフランチェスコ・フィヌッチと結婚している。商売を続行し、マッダレーナと子供たちの利益を守るには、この新しい夫は誰よりもうってつけだったのである。[48] マッダレーナはフィヌッチとの間にさらに二人の子供をもうけたが、二番目の夫を最初の夫より愛していたかは分からない。いずれにせよ遺言状では、自分の死に際して《熱烈に愛した夫》に《銀製の聖水盤二つと額縁付の自分の肖像画》[49]を遺贈する、と記している。マッダレーナは一八二五年七月二四日にローマのクワトロ・フォンターネ通りにある自宅で六〇歳で没した。[50]

遺言状で言及された画（図15参照）は、一八二五年八月一〇日の遺産目録にも記載されており、これはアンゲーリカ・カウフマンが一七九五年に描いた肖像画である。[51] 当時マッダレーナは三〇歳で、何人か子供を産んだにもかかわらず、絵ではあふれんばかりの美しさを見せている。しかし、肖像画の柔和な表情を見ていると、アンゲーリカの性分から考えて、少しばかり美化したのではないかとい

図15
アンゲーリカ・カウフマン作『マッダレーナ・リッジの肖像』，油彩・カンヴァス

う疑念がわいてくる。ゲーテの肖像画に対するヘルダーの判断はこの絵にも当てはまる。ここでマッダレーナ・リッジは、おそらく本人よりはるかにか弱いイメージで描かれているのかもしれない。

アンゲーリカ・カウフマンの絵を誤って解釈した結果、今日でも女優説がたびたび主張されるが、ゲーテが一八七八年にカステル・ガンドルフォでマッダレーナを知った時、彼女は女優ではなかった(52)。結婚適齢期の娘にすぎず、経済的、社会的要求を満たしてくれる男性の出現を待ちかねていたのである。アンゲーリカは、交渉で決まった条件にマッダレーナが同意しなかったので最初の婚約が破棄された、と書いたが、これが事実に即していることは疑いない。だがそこから、彼女があまり好感のもてる性格ではなかったことも明らかになる。マッダレーナ・リッジは結婚の経済的側面に強い興味を抱いていたので、伝統的には父親か父親代理の特権である結婚の交渉にわがままに口を挟み、過剰な要求を持ち出して破談にしてしまったのである。しかし、異議を唱えた裏には、カステル・ガンドルフォで言い寄ってきた外国人に対する秘められた愛情があったとは考えられないだろうか。というのも、美しく優美なマッダレーナにゲーテが魅惑されたことには疑いがないからであり、『イタリア紀行』中の本人が検閲した手紙からもそれはうかがえる。マッダレーナは、ワイマールのゲーテから贈られた結婚のお祝いを生涯大切にしていた。それは彼女の死後作成された遺産目録にも記載された《ドイツ製の小さなテーブルクロス》に違いない(53)。しかしマッダレーナは、それがドイツの有名な詩人から贈られた品であることも十分承知していた。大いに自尊心をくすぐられた彼女は、大事に保存しておこうと決めたのだ。もっとも、資料から見えてくるマッダレーナの全体像を考えれば、彼女の感情生活においてゲーテが大いなる例外であったとは考えにくい。

しかし、たとえマッダレーナが本気でゲーテに恋をしたとしても、最終目的として結婚を見据えていたであろう。これはゲーテにとってぞっとするような展望であり、それももっともだった。詩人の心情を理解するには、結婚契約書を見るだけでよい。そこで主役となる真のカップルは新郎新婦ではなく、カルロ・アンブロジオ・リッジとジョヴァンニ・ヴォルパート、つまり花嫁の兄と花婿の父なのである。花嫁の兄が花婿の父に持参金として同意した金額を渡し、花婿の父はその受取を書き、花婿と共同で請求された保証金を請け負う。契約の締結において新郎新婦は脇役でしかなく、兄と父親が到達した同意次第だった。教会での結婚式が一カ月早められ、契約書で予定されていた三カ月でなく二カ月後に執り行われたことからも、婚姻関係を締結する際に財産面がどれほど優先されるかが分かる。新郎新婦が婚姻告知を三度行う義務を免除してほしいと請求した理由は、花婿ジュゼッペ・ヴォルパートが商用で早急にローマを離れねばならないからだった。しかし、多分これは口実にすぎないだろう。マッダレーナが最初の婚約でしたように、新郎新婦のどちらかの側が取引を後悔して結婚を破棄する危険を避けるために事を急いだ、と推測される。持参金は七月四日、つまり結婚式の三日前、義務免除が許された三日後にジョヴァンニ・ヴォルパートに譲渡された。

カステル・ガンドルフォのマッダレーナ・リッジは、ゲーテの結婚嫌いについて当然何も知るはずがなかった。しかし、このドイツ人の客について見聞きしたことから、彼の求愛の目的に幻想を抱くことはまずなかった。マッダレーナは兄と共にジェンキンスの別荘に招かれ、兄は自分が幾度も仕事をした銀行の顧客を妹に紹介したことは疑いない。カルロ・アンブロジオ・リッジは、この顧客がワイマール公国の枢密顧問官フォン・ゲーテ氏だと知っていた。しかもリッジがそれを知ったのは、すでに見たように、ゲーテがジェンキンス銀行と連絡を取る際にすぐに身分を明らかにしたためである。経済的、社会的保証を求めるのに夢中で猜疑心の強いマッダレーナが、これほど高い地位の人物が自分のような小市民の娘との結婚を一瞬たりとも考えるなど、期待するはずがなかった。彼女の視野は結婚の域を越えることなく、そのことはゲーテにも多分すぐにほのめかしたことだろう。少し親しくなった後で求愛をやめさせるには、それで十分だったのである。

ゲーテが後にワイマールから贈った結婚式のお祝いから、彼はマッダレーナに単なる好意を越えた感情を抱いていたと推測される。それだけに、結婚にしか興味がないとほのめかされたゲーテは強い嫌悪を覚えたに違いない。カステル・ガンドルフォ滞在が彼に残した極度のいらだちは、そうした態度への嫌悪感から説明できる。その苦い思いを、素晴らしい土地に住みながら愛情をまったく考慮しないイタリア人全体に転嫁したのも無理はない。その頃ドイツの友人たちに書き送った手紙にも、深い絶望感が影を落としている。手紙からは、強い疎外感と孤独感、それどころかワイマールへの望郷めいたものさえうかがえる。

二ヵ月後の一二月二九日にゲーテは、上述のカール・アウグスト公宛ての手紙、冗談めいた《同国の統計学的知識への寄稿》を添えたあの手紙を書いた。すでに見たように、ローマの恋愛作法に関する記述は容赦がない。結婚適齢期の若い娘には恋をする能力がまったくない、と述べている。《心に関してですが、当地の恋愛官房の用語にそうした言葉はまったく見当たりません》とコメントしている。実際にゲーテの表現した通りだった。《私は小さな愛らしい神に世界の悪しき片隅へと追放されたのです》。悲しい結論として、ローマには《悪しき条件》しかなく、《つまみ食いできる》のは《公娼のような信頼ならぬ》女性たちばかりである。(54) こうした説明からは、カステル・ガンドルフォで美しきミラノ娘から蒙った苦い体験のこだまを聞き取らずにはいられない。

四〇年後にゲーテが第二次ローマ滞在を扱う『イタリア紀行』第三部を書いた時、マッダレーナ・リッジへの思い出がふたたび蘇ってきた。当時の日記の書きこみや手紙、さらに『紀行』で引用したアンゲーリカ・カウフマンの手紙も読み返し、大いに思うところがあったに違いない。アンゲーリカは愛情について語っていた。そして、娘が好条件の生活保証に強い興味があったとあけすけに書きながらも、彼女の人を愛する能力も否定はしなかった。アンゲーリカが書いた通り、確かにマッダレーナは条件のよい結婚相手を探していたが、だからといって最初からあらゆる愛情を締め出しはしなかったのだ。ジュゼッペ・ヴォルパートのような好感のもてる若者が彼女の前に現れれば、突然恋に落ちることもあるだろうし、そのうえ確固たる経済的基盤もあるのだから、彼の愛情に応えたのである。おそらくゲーテは、アンゲーリカ・カウフマンの手紙から立ち現れるマッダレーナ・リッジ像から、『イタリア紀行』の《一〇月の報告》にぴったりの悲恋物語を書く最初の着想をえたのであろう。ゲーテの筆になるこの物語をもう一度見てみよう。

物語の舞台は、カステル・ガンドルフォの広大な別荘である。持主、つまりトーマス・ジェンキンスはここで大勢の客と共に避暑期を過ごす習慣で、ゲーテも招待を受けていたが、客の全員が招待主と同じ社会的地位にあるわけではなかった。ゲーテはこの別荘で、母親に付き添われた《ローマのとても美しい女性》に会って驚く。彼女はローマのコルソ大通りで近所に住んでいたのである。昼間の熱気も消えた晩になると母娘は戸口に腰掛けて涼を楽しみ、ゲーテも通りがかりに挨拶をしたことが幾度かあった。その夏にゲーテが自宅でコンサートを開いて以来、二人は彼の挨拶にとりわけ愛想よく応えるようになった。というのも、華やかな夜会の結果、この異国人がふんだんに金を使うことができ、したがってローマに大勢滞在していた裕福な《貴族》の一人に違いない、と二人は確信したからである。しかしローマでは、ゲーテはこの二人とはいつも距離をおいていた。彼の説明によれば、あまり親しくなると多くの時間を割かれ、研究に差し障りが出るからだった。

だがカステル・ガンドルフォの開放的な休暇の雰囲気はそうした懸念を追い払い、もはやゲーテは躊躇せずにご近所の女性たちとお喋りを始め、まるで旧知の間柄のように振舞った。二人のローマ女性は彼にミラノ出身の若く優雅な女性も紹介した。彼女は兄、つまり《ジェンキンス氏の店員で、その腕前と誠実さゆえに店主の寵愛をえている若者》と一緒に別荘に滞在していた。先のローマ娘はこのミラノ娘の友人であり、そのおかげで母娘はカステル・ガンドルフォに滞在している、とゲーテは解釈する。ジェンキンスはまず自分の店員とその妹を別荘に招待し、それから妹がローマの女友達とその母親をカステル・ガンドルフォに連れて来た、といったところだ。ゲーテは二人の可愛い娘たちに魅了された。読者が二人の美しさを理解しやすいように、肉体と精神の優れた点を詳細に描写する。

客で溢れた別荘では、招待主のジェンキンスがローマ人のように気前よく客をもてなし、食事と食事の間はピクニックや散歩、あらゆる類いの気晴らしやパーティ・ゲームで楽しませた。優美な二人の美女に夢中になったゲーテはこうした催しにも積極的に参加し、二人と一緒に富籤ゲームで遊ぶことさえ厭わない。この時、詩人は最初ローマ娘と、それからミラノ娘と資金のチームを組んだ。ところが、パートナーを変えたことがローマ娘の母親の不興を買う。母親は軽はずみな異国人に対し、ローマの礼法では、同時に二人の女性に公然と言い寄ることは許されない、と指摘した。最初に言い寄られた女性が不当な目に会わされたことになるからである。娘に裕福な紳士が見つかることを望み、求愛者が娘の友達に鞍替えするのを妨げようと気を配る母親が苛立って非難の言葉をかけたのだ。ゲーテはローマの習慣に無知だったと謝罪するが、読者に対しては、母親が結婚のもくろみをほぼあからさまにしたのでひどく不安になった、とほのめかす。

実際にゲーテは二人を典型的な花婿募集中の娘として描いた。すぐに結婚へと至らない恋愛関係を彼女たちと結ぶことなど考えられない。ゲーテは《魅惑的な特徴》に危険を嗅ぎつけていたが、ミラノ娘は彼の心に大きな突破口を開いてしまった。親密度を増すきっかけは教育だった。彼女は英語がまったくできないとゲーテに訴える。その抗議によれば、英語の知識を誤った目的――たとえば恋文を書くなど――に使う恐れがあるので、女性はしかるべき教育を受けさせてもらえなかった。早速ゲーテはテーブルに置いてあった英字新聞を使って、英語の授業をしてあげようと申し出た。要するに互いへの好意から、牧歌的な恋愛詩が生まれるのである。だがそれもすぐに興醒めとなった。ローマ娘の母親の仕業で、ミラノ娘が婚約中の身であり、夫婦財産契約の交渉もすでにかなり進展していることをゲーテは《まったく偶然に》耳にする。女性の嫁入り道具は、別荘に滞在する婦人方がおしゃべりする絶好の種だった。こうしたことがあって、ゲーテは求愛を諦め、言い寄るのに有効だった英語の授業も止めてしまった。彼は他人がそばにいる時だけ女性と会うように計らい、親しくなるきっかけをまったくなくしてしまう。ゲーテは自分の行為を正当化するため、このようにして《ヴェルテルの運命》から逃れようとした、と述べる。不幸な青年の運命はここローマまで詩人を追ってきたのである。

これほど美しい物語を、ここで終わりにするのはもったいない。続きを語らねばならない。それは一七八七年一二月、一七八八年二月と四月の報告で語られる。ゲーテはローマに戻ると、以前通りに仕事を再開した。ようやく一二月になって、あの美しいミラノ娘の噂をふたたび耳にした。彼女の婚約者が婚約を解消し、結婚の計画はすべてご破算になってしまったらしい。娘は大変なショックを受けて重い病気になってしまった。病人を心配するゲーテは毎日容態を問い合わせ、治ったことを聞いてやっと安心する。その後、翌年二月の謝肉祭で二人は再会した。彼女はその間に友人となったアンゲーリカ・カウフマンの馬車に同乗しており、出会った機会に、病気の時に気にとめてくれたことに対して心のこもった言葉で礼を述べた。最後に出会うのは、ゲーテがローマを発つ直前、リペッタ港にある彼女の住まいにお別れの訪問をした時である。娘が今ではアンゲーリカ・カウフマンのサロンに出入りし、そこで知り合った青年が真面目に結婚を考えて求愛していることをゲーテは知っていたが、優しく別れを告げるつもりだった。つまり状況は物語の冒頭と同じになったのである。美しいミラノ娘には結婚を望む崇拝者がいて、詩人は二人を邪魔する第三者役を演じている。二人が結婚できるには、詩人が身を引かなければならない。だが、《不思議にも偶然がきっかけで内面の衝動に強いられ、このうえなく無邪気で優しい相愛の念を最後の時になって簡潔に告白した》おかげで、今回の別れは復活したヴェルテルにも甘美なものとなった(55)。

つまり老詩人は、カステル・ガンドルフォで出会った娘から、さらに昔に遡る女性像を、若き日に出会ったシャルロッテ・ブフを思い出し、それと共に彼女への不幸な愛から生じた小説を思い出したのである。一人の少女がよそ者への好意と、婚約者に与えた約束の言葉との間を揺れ動く三角関係の図式に、ゲーテは相変わらず魅了されていた。そこで『ヴェルテル』から借りた図式を『イタリア紀行』に取り入れ、それを模範としてカステル・ガンドルフォでの体験を作り上げたのだ。ホルスト・リュディガーは美しきミラノ娘の物語を、『イタリア紀行』に組み込まれた短編小説《ノヴェレ》と読んだが、これには同意せざるをえない(56)。この短編のおかげで、ゲーテは第二次ローマ滞在の報告をまったく自伝風で美しい恋愛物語で締めくくることができたのである。『イタリア紀行』第三部の編集がすでにかなり進んでいた一八二九年二月二四日、ゲーテは完成した原稿を協力者のフリードリヒ・ヴィルヘルム・リーマーに目を通してもらうためにいくつか送ったが、その中に美しきミラノ娘の物語もあった。これについてゲーテはこう書いている。《親愛なる友よ、都合の良い時に同封の原稿に目を通し、気づいた点を書き留めておいてくれれば、次回の会合がずいぶんと有意義になるだろう。その時に可愛らしい恋愛物語を、私からの挨拶を添えて奥方にも読み聞かせてもらえまいか。そうすれば奥方も心地よい一時が過ごせることだろう》(57)。リーマー夫人が読んでも差し支えないほど《可愛らしい》、つまり礼儀正しい物語を、作者本人が最高の推薦文を添えて贈ったのである。もちろんマッダレーナ・リッジとは清らかな仲だった。そこでゲーテは、すでに『ヴェルテル』であれほどの大成功をおさめた、やむをえず恋を諦める不幸な恋人という役柄をこの物語でもう一度演じて見せられたのだ。リーマー宛ての手紙が示すように、この物語をまとまった作品として構想したことを考えれば、ゲーテが文学ジャンルとしての短編小説を形式面でも忠実に守ったことは一層納得できる。『第二次ローマ滞在』編集の際に原稿は別々の時期に書かれ、そこからも見て取れるように、この物語は後からそれぞれの月間報告に分散したのである(58)。

明らかにローマの体験を下敷きにした美しきミラノ娘の《短編小説》が創作であること自体は、それほど驚くに当たらない。なにしろ詩人の想像力には際限がなかったのだから。一八二八年五月二一日にゲーテ本人がツェルターに宛てて《第二次ローマ滞在のメルヘンの口述を始めた》と書いたのも、いかにも詩人らしい(59)。もちろんこれは、自伝的作品と称する『イタリア紀行』でゲーテが語るつもりだった内容を解明するのに実に役立つ発言である。しかし、美しきミラノ娘の物語には、実生活から取った一連のディテールが含まれていることも目につく。それを物語中のあちらこちらに散りばめ、実話らしく思わせるのに役立てたのだ。たとえばゲーテは、カステル・ガンドルフォの別荘がかつて《イエズズ会教団管長の住まい》だったと明確に述べることを重視している。これは事実に即していた。この別荘はイエズズ会が解散した後の一七七三年に没収され、それを教皇庁がローマの菓子製造業者ロレンツォ・マルセリに売却し、同人がジェンキンスに貸し出した建物だったからである[60]。美しきミラノ娘の嫁入り道具に関するローマのご婦人方のお喋りも、ゲーテはこの別荘で聞いたことにした。それは実際にマッダレーナが自慢できる嫁入り道具だった。道具一式に関して作成された長い目録が示すように、値の張る衣類が多数含まれていたのだ[61]。当時の記録文書とも一致するディテールは、他にもいくらでも挙げられる。しかし本書では、これだけを断言するにとどめておこう。トーマス・マンが『ヴェルテル』での現実と虚構の見事な織り合わせについて語ったことは、美しきミラノ娘の物語にも当てはまる。ここでもゲーテは、《かの危険な芸術を用いて現実と創作を混ぜ合わせること》に成功したのだ。《その芸術とは、現実に詩的な姿を与え、創作に現実の刻印を押すことで、両者の相違が実際に取り払われ、均等化されたように見せる術を心得た芸術なのである[62]》。

第七章

ファウスティーネの謎

『詩と真実　わが生涯より』と題した自伝的大作の導入部で、ゲーテはこう書いている。ある友人から、読者が作品を理解する手助けとなるように自分の生涯を語ってほしいと頼まれた、と。この虚構の友人の希望によれば、そのためには詩人に影響を与えたり作品の素材となった《生活状況と心情》《具体的な作品名》、そして詩人が規準とした《理論的原則》を明らかにする必要があった(1)。われわれは最初の点だけで我慢しておこう。つまり《生活状況と心情》である。この友人は作品への理解をさらに深めたいと願っているが、その作者はなによりも詩人だった。そして、詩とは恋愛を土壌とした時に一番よく育つものだと昔から相場が決まっている。だから読者がとりわけ興味をもつのは、詩人が愛し、そして詩、小説などの作品を生む霊感を与えた少女たち、女性たちとの関係に違いなかった。ゲーテは想像上の友人の願いを喜んで叶えてやり、自伝の中で若き日々の女性関係をすべてディテールたっぷりに語った。ところが『詩と真実』に描かれた生涯は、残りの長い期間を過ごすことになるワイマールの宮廷へカール・アウグスト公に招聘された瞬間で終わっている。だからシャルロッテ・フォン・シュタインへの愛情には触れていないが、これについては二人の関係が続いた間にゲーテが恋する女性に書いたほぼ二千通に及ぶ手紙が証言してくれる。それらの手紙がいつの日か公刊されることを確信していたゲーテは、宗教心にも似た慎重な態度で保管したのである。その他にも『詩と真実』で述べられた恋愛に関する多数の手紙が保存されており、われわれは十分な情報を与えられているわけだが、これはまったくゲーテのもくろみ通りだった。

『イタリア紀行』もゲーテは自伝的な作品と考えた。だがこちらの場合は、『詩と真実』の前書きで表明した原則には固執しなかった。『ローマ悲歌』で歌われるファウスティーネに関する情報は、『イタリア紀行』の中にはまったくない。悲歌のファウスティーネは幼子を抱えたローマの若い未亡人として描かれ、自分の母親とぶどう園で働く伯父と共に暮らしている。詩人とこの女性の情熱的な情事が『ローマ悲歌』の題材なのである。

ゲーテの書簡集から明らかなように、『ローマ悲歌』は一七八八年秋に書き始められ、一七九〇年春に完成した。しかし作品の成立にまつわるおびただしい手紙でも、ローマからドイツに送られた手紙でも、詩人に着想を与えた女性はまったく言及されていない。(2) これから見るように、それにはもっともな理由があった。ゲーテは悲歌の執筆中も友人たちに原稿を読んでもらったが、最後に手を加えていた頃の一七九一年一月一日に、ヘルダーから公開を思い止まるよう忠告を受けたとクネーベルに伝えている。《そこで悲歌とエピグラムの小詩篇は小さく畳んでしまいこんだ。私も悲歌の方は出版を楽しみにしていたのだが。ヘルダーが反対したので、言われるがままに従ったのだ(3)》。悲歌のエロティックな内容は確実にスキャンダルを引き起こしたことだろう。だからゲーテは、反対にもかかわらず公刊する決心を固めるのにさらに数年を要したのである。

一七九四年九月、ゲーテは新しい友人フリードリヒ・シラーにこの悲歌を読み聞かせた。この数年来、これまでヘルダーがゲーテに対して占めていた地位はシラーに移っていたのである。九月一四日から二〇日にかけて、シラーは妻のシャルロッテにこの朗読について伝えている。《数日前、一一時半にゲーテを訪ねた私は、そのまま夜中の一一時まで一緒に過ごした。彼は自作の悲歌を読んでくれた。確かに際物であまり上品とは言えないが、これまでの作品で最上の部類に入るものだ(4)》。白熱した論議の末に、この悲歌はシラーが編集する雑誌『ホーレン』への掲載が決まる。だがこの作品を最終的な形に仕上げるまでには、さらに紆余曲折があった。シラーはこの悲歌にとりわけ優れた文学的価値があると確信しており、公開する決心を固めていた。その一方で、エロティックで大胆なテキストが引き起こすに違いないスキャンダルを恐れてもいた。そこでシラーは、ゲーテと時間をかけて話し合い、両者の要求をなんとか融和させようとする。シラーの提案は、検閲を受けるか、あるいは彼の挙げる具体的な点についてゲーテ自身が修正を行うかの二者択一だった。結局ゲーテは二つの悲歌を撤回した(本来の順番で言えば第二歌と第一六歌に当たる(5))。それというのも、シラーの修正案は受け入れ難かったからである。一七九五年五月一二日に詩人がワイマールからイェーナに宛てた手紙には、そんな意味があった。《第二歌と第一六歌を削除する以外には、悲歌にはあまり手をつけられないだろう。差し障りのある箇所になにかもっと通りのよいものを補わなければ、いかにも短縮した様子がめだってしまうからだ。とはいえ、補足するのもあまりにぎこちないと思う》。シラーは五月一五日に遺憾の意を伝えている。《もちろん第二歌をまるごとなくしてしまうのは、実に残念です。不完全なことが明らかでも、読者は何の不都合も感じまいと思っていました。読者はすぐそこに気づき、公表を控えた箇所があるのだろうと推量するからです。ちなみに、雑誌には慎みが求められるのですから、こうした犠牲も仕方がないことでしょう。貴方が別個に悲歌を集めておけば、数年後には今回削除された歌すべてを復活できるのですから[6]》。性病というとりわけ微妙なテーマに捧げた第一六歌は、シラーはまったく話題にしていない（削除された二つの悲歌は一九一四年に初公刊され、一世紀以上たってようやく日の目を見ることになった）。原稿はさらに何回もワイマールとイェーナを往復し、ついに二人の意見が一致した決定稿が完成した[8]。

悲歌を掲載した『ホーレン』誌は一七九五年七月初めに出版された。同月二〇日にシラーはゲーテに宛てて、今のところどこからもクレームは来ていない、と書きながらも慎重にこう付け加えている。《もっとも、心配の種である裁判所方面はまだ何も言ってこないのですが[9]》。これは必ずしも真実ではなかった。カール・アウグスト公は『ホーレン』を受け取った直後の七月九日に、シラーにすでに異議を申し立てていたのである。《『ホーレン』誌を贈っていただき、感謝している。『悲歌』は作者本人が朗読してくれたり、内容を話してくれたので、とりわけ気に入った。それでも、公にする前にもうしばらく寝かせておくべきではなかったかと思う。印刷する前に幾人かの友人の手に渡っていれば、あからさまに表現された大胆すぎる考えのいくつかは暗示のみにとどめ、他の箇所はもっと巧みな言い回しで伝えたり、あるいはまったく伏せてしまうなどするよう、作者に進言できたことだろう》。ヘルダーの反応はもっと激しかった。これについては、ワイマールのギムナジウム校長カール・アウグスト・ベッティガーが友人フリードリヒ・シュルツに七月二七日の手紙で伝えている。《『ホーレン』六号に掲載されたゲーテの『悲歌』は、われらが文壇における奇妙極まりない作物の一つだ。そこでは天才詩人の熱情が燃えあがり、その点でわれらが文学界に並ぶ者はいない。しかし名誉あるご婦人方は誰もが、娼家を彷彿とさせる露骨な内容に憤慨している。ヘルダーはうまいことを言った。ゲーテは厚顔無恥にお墨付きを与えたようなものだ、とね。今後『ホーレン（女神たち）』は『フーレン（娼婦たち）』と名を変えねばならないだろう》。

悲歌の着想を与えたローマの娘とは誰だろう？ 当然のことながら、このこともすぐに人々の興味の的となった。ベルリンでは、シラーなら知らされているだろうと推測した。ヴィルヘルム・フォン・フンボルトが七月から八月にかけてこんな手紙を書いたのである。《その他に（……）今度はある女性の意見では（……）貴方になら、ゲーテはあの悲歌を、つまり、「かくて野蛮人はローマ女の胸と体を征服するのだ！」という詩行を書くきっかけになった出来事を事細かに語ったのではないかというのです[(10)]》。おそらくそうしたことはまずなかっただろう。だがいずれにせよ、このスキャンダルは大きくなり、次第にドイツの文学サークル全体へと広まっていった。シラーは友人らしい優しい気持ちで、このことをできるだけゲーテに隠そうとした。しかしゲーテが自作への反響を知らないままでいることなどありえなかった。『ローマ悲歌』への反響は世紀が変わっても止むことなく、ゲーテが死ぬまでつきまとったのである。一八二九年、ゲーテはローマからバイエルン国王ルートヴィヒ一世の手紙を受け取る。王はローマでの恋愛体験について詳しい話を聞きたがった。ゲーテは四月八日にエッカーマンとの対話で、少し腹を立てた様子で王の願いに関してコメントした。バイエルン国王についてはこう述べている。《王はことのほか『悲歌』がお気にめしたようだ。王がこちらにいた時も、事実はどうだったか教えてほしいと、私をさんざん悩ませたものだ。なぜなら、詩の中ではとても優美に歌われているので、実際に何かがあったように思えるからだ。しかし、詩人というものがたいてい僅かな機会を捕らえて良質のものを生み出す、ということを人々はめったに考えてくれないからね(11)》。晩年のゲーテは、ローマでの体験が悲歌の誕生にとってもつ意味を軽視する傾向があり、話題にされることをあまり好まなかったのだ。

ゲーテがこの秘密を慎重に守ったために、ファウスティーネが歴史的に存在したことまで疑問視されるに至った。つい最近も、『ローマ悲歌』はまったく普遍的な愛の讃歌と見なすべきであり、特定の女性とは無関係であるという意見が主張された(12)。それに対してイギリスのある学者は、まだ未完だが記念碑的なゲーテ伝でローマの恋人が実在した説を支持している(13)。それによれば、ゲーテは一七八八年の謝肉祭でファウスティーナという名の二四歳になる若い未亡人と知り合った。彼女には三歳の子供があり、居酒屋を営む父親の家に同居していた。この学者はさまざまな出版物を根拠にこの見解を抱くに至ったのだが、しかしそれらはすべてたった一つの研究に由来する。それはローマのジャーナリストであるアントニオ・ヴァレリがカルレッタの偽名で発表した研究書である(14)。ヴァレリは一八九九年にローマの教会戸籍簿からいくつかの抜粋を公刊した。そこで明らかになったのが、ファウスティーナ・ディ・ジョヴァンニという女性の存在である。彼女は一七八四年三月にドメニコ・アントニーニ某と結婚したが、この男性は八月には亡くなってしまった。ヴァレリは短絡的にもファーストネームだけを根拠に、このローマのファウスティーナを『ローマ悲歌』のファウスティーネと同一人物だと見なしたのである。ところが公文書館の記録を検証してみた結果、ヴァレリが文献を偽造していたことが判明した。彼が引用した当該教区の一七八四年の物故者台帳によれば、死んだのはファウスティーナの夫ではなく、ファウスティーナ本人だったのである。[15] つまり恋人とされた女性は、ゲーテがローマにやってくる二年以上前にすでに死んでいたのだ。そのため、『ローマ悲歌』に歌われた女性の実在説に対する疑念はいまだなくならない。その名前だけでも調査する価値はある。名前にどのような意味があるのか、すでに幾度も議論の対象になってきた。しかし、いままで納得のいく結論には至らなかったのである。

初めてファウスティーナの名前に出会うのは、『フォン・シュタイン夫人宛ての旅日記』である。一七八六年一〇月四日の日付で、ゲーテはヴェネツィアでファルゼッティのコレクションを見学したと記した。そこで詩人はローマにある「アントニヌスとファウスティーナの神殿」の壁面を飾る帯状《フリ》装飾《ーズ》と蛇腹《コルニス》の一部の石膏型に感嘆した。ゲーテはそのスケッチをワイマールに送ると約束し、実行した。[16] 後にローマでフォロ・ロマーノにある実物を見た時は、ティッシュバインに神殿の列柱をスケッチさせている。[17] ゲーテは『ローマ悲歌』の第一五歌[18]でローマ皇帝列伝『ヒストリア・アウグスタ』の巻頭を飾るハドリアヌス皇帝の伝記から逸話を引用している。同書の三番目でアントニヌス・ピウス皇帝の生涯が描かれ、その第三節に妃ファウスティーナも登場してその《度を越えた放埒ぶり》が語られる。つまりファウスティーナという名前は一種のプログラムであり、古代ローマの女性が、それどころか国家の最高権威たる皇帝の妃でさえ結婚生活をものともせずに楽しんだ性の自由を的確に表しているのだ。このようにして古代ローマの女性と現代ローマの女性を、放埒ぶりを通じて結びつけたのである。『ローマ悲歌』はすべて、古代と現代のローマがこの点で連続性が見られることを想起させる。すでに見たように、第一の悲歌から両者の密接な関係が、廃墟ばかりか、とりわけ恋愛がもたらす関係が喚起されている。(19)

第二次ヴェネツィア滞在中の一七九〇年四月三日、ゲーテはカール・アウグスト公宛てとヘルダー宛てに二通の手紙を書き、そこで『ローマ悲歌』を書き上げたと報告している。(20) その翌日、ゲーテの従僕パウル・ゲッツェはファルゼッティ・コレクションを訪問したことを日記に記し、一方ゲーテ本人はある覚書きで、ヴェネツィアで興味を引いた事物に関して《ファルゼッティ邸の石膏型》(21)を挙げている。したがって、ゲーテはヴェネツィアで再度このコレクションを訪れた際にアントニヌスとファウスティーナの神殿の石膏を見て、皇妃ファウスティーナの名前と生涯を思い出したに違いない。実際は、悲歌に一回だけ――つまり第一八悲歌に――登場するファウスティーネの名は、詩をすべて書き終えた後で、つまりこの第二次ヴェネツィア滞在の後で初めて付け加えられたのである。『ローマ悲歌』の完全なテキストが書かれた手書きの原稿が二部現存しており、その片方に彼女の名が初めて現れる。一七九一年一月一日にゲーテは友人のクネーベルに宛てて、その手稿に目を通したところだ、と書いている。手稿を一目見れば分かるように、ここでは《私の少女》という語句が消されてファウスティーネの名前に置きかえられているのだ。(22) この発見は、ゲーテが『ヴェネツィアのエピグラム』でローマの恋人の名を挙げた状況とも一致する。詩人はエピグラムの第四番で恋人に思いを馳せ、いなくなってしまったことを嘆く。

国土はやはり美しい、ああ、しかしファウスティーネにはもう会えないここはもはや、私が心に痛みを抱いて去ったイタリアではない[23]。

『ヴェネツィアのエピグラム』が一七九〇年にヴェネツィアで生まれ、そして当地でファルゼッティ・コレクションの石膏型を見たゲーテがローマの恋人を思い出したことを考えれば、十分に熟慮を重ねて『ローマ悲歌』がすべて完成した後になって初めて、ファウスティーネの名前を付け加えようと決心したという結論になるだろう。偶然ではなく、象徴的な意味内容が理由でその名に言及した、と推測してよい。

ファウスティーネとは、ゲーテがローマに滞在していた頃に人気の女性名だったことも心得ておかねばならない。ゲーテの下宿も属していたサンタ・マリア・デル・ポポロ教区の《魂の証明書》には、当時同名の女性が七名記載されている——詩人の宿の隣近所には七人のファウスティーネが住んでいたのだ[24]。自室の窓辺にたたずんだり、昼食を取りに下宿に戻るたびに、幾度《ファウスティーネ》の名が呼ばれるのを耳にしたことだろう。この名は繰り返し彼の耳に響き、心に刻まれたに違いない。しかし、ゲーテがローマで愛し、『ローマ悲歌』に歌った女性が実際にもファウスティーナという名前だったとする根拠は何もないのである。逆に、その可能性を否定する理由のほうがいくつかある。この名に結びつく恋愛関係が生じたのは、『ローマ悲歌』が印刷された一七九五年から見ればほんの七年前のことだった。ローマのドイツ人たちが、名前を手がかりに詩人の恋人を探し出そうとする恐れがあり、それどころか見つけてしまうかもしれなかった。もしそうなれば、とんでもないゴシップとなってドイツ全土に広がり、ワイマールもその波にのまれてしまうことだろう。したがって、この名前は実在の女性を特定する手がかりとしては役に立たないのだ。そこで本書では、『ローマ悲歌』で歌われた女性が実在した状況証拠を別の手段によって探すことにしよう。

カール・アウグスト公が一七八八年一月一〇日にマインツから送った手紙に対し、ゲーテは二月一六日に返書を書いた。そこでゲーテは雇主に、一月末からローマの女性と付き合い始めたと語っている。《殿下のお手紙は人を納得させずにはおかないので、よほどの朴念仁でもなければ、庭園の甘い華に誘われてしまうでしょう。殿下の立派なお考えが一月二二日に直接ローマまで及んだようです。というのも、今や幾度か心地よい散歩を楽しんだとお伝えできるからです。そうした適度な運動が気分を爽やかにし、肉体が心地よいバランスを取り戻すことは確かであり、長年の経験を積まれた博士であられる殿下の仰せ通りです。私もこれまでに一度ならずそうした経験を積んでまいりましたが、逆に大通りから節制と安全の狭い路地に踏みこもうとする時には不快な思いをしたものです[25]》。使われている専門用語はとても婉曲だが、言葉の意味ははっきりしている。すでに証明済みのように、《散歩》や《庭園》はありふれた性の暗喩である[26]。つまり、性的関係が重要な役割を果たす恋愛の話と結論づけてよいだろう。しかし、この恋人は娼婦ではなかった。それというのもゲーテは、ローマでこれまで守ってきた禁欲生活を放棄はしたが、性病に罹る危険は犯していない、と書いているからである。こうした状況があったからこそ、第一八悲歌でもファウスティーネの名を公言できた。病気に関して彼女は安全だったのだから。

一人寝の夜はまったく忌々しい。

だがひどく厭わしいのは、愛の小道で
出会うやも知れぬ蛇、快楽のバラの下に潜む毒。
身をゆだねる喜びのもっとも美しい瞬間に
お前の垂れた頭に、囁きながら不安が近づく。
だからこそファウスティーネは私を幸福にしてくれる
喜んで臥所を共にし、誠実な男には誠実で答えてくれるから。(27)

ゲーテが手紙でこうした長所を述べたのは偶然ではなかった。公爵はマインツから、オランダでうつされた性病が完治したところだと伝えてきたのである。公爵の手紙は現存しないが、その内容は他の証言でも裏付けられるし、(28)ゲーテの返書からも容易に推察できる。しかし、ゲーテがローマの愛人の誠意を賞賛したのは、公爵がオランダで被った不運のせいばかりではない。オランダの有名な解剖学者ペトルス・カンパーの息子アードリアン・ギレス・カンパーの例に見られるように、ローマでも娼婦から性病をうつされることはよくあったのだ。一七八七年一二月二九日の手紙でゲーテは公爵に、カンパーの息子がローマに到着したと伝えた。(29)その後、彼はある社交の席で父親の学説をドイツ人の友人たちに披露する機会をえた。ゲーテはエピグラムで、この若いオランダ人が永遠の都で淋病に罹り、水銀治療を受けるはめになった次第を冗談めかして思い出している。この作品は一七九〇年にヴェネツィアで書かれたらしいが、エロティックな内容のために詩人の死後に発表された。

カンパーの息子はローマで父親の学説を
われわれに講義してくれた。自然が動物をいかに創り
腹部に頸部、脚部に尻尾がある理由、ない理由を
概念と同じく父親譲りの片言のドイツ語で。
そして最後にこう言った。〈四足動物はこれで終わり。
みなさん、最後に残るのは〈性交《フェーゲルン》〉だけです！〉
哀れなカンパーよ、君は言葉の誤りを身をもって償った
一週間後には床に臥して水銀を飲まされていたのだから。[30]
〔訳注―― die Vögeln（鳥類）を das Vöglen と言ったので「性交」の意味になる〕

一七八八年三月一七日の公爵宛ての手紙で、ゲーテはこの情事をもう一度ほのめかしている。《今週は大騒ぎのうちに過ぎていくでしょう。流れに乗るしかありません。祝日の三日目には出発の準備を本格的に始めます。ナポリからの到着を待っている品がまだいくつかあり、自分と他人のために片付けねばならないこともたくさんあります。また、今年になって結び始め、マインツより殿下の手紙を頂いてからある程度確実にしっかりと結んできたさまざまな糸を解かねばなりません。こうしたことすべてを考慮すれば、四月末には確実にフィレンツェに行けることと思います[31]》。公爵がマインツから出した手紙に言及することで、ゲーテが情事の始まりを告げた返書を思い出させようとしたことは明らかである。

当時のゲーテは恋愛問題については公爵だけを信頼して打ち明けたが、その公爵宛ての手紙でも、ローマの女性との恋愛を示すのはこの二通だけである。それも符丁を用いてほのめかしにとどめたうえに、女性の名前も挙げていない。一七八八年七月末、イタリア旅行に出発するところだったヘルダーは、ゲーテに旅日記の写しがほしいと頼んだ。ゲーテは、日誌は燃やしてしまうつもりだからと言ってこの頼みを断った。実際にはこう書いている。《旅日記の写しを手元から離すつもりは毛頭ありません。これは火にくべてしまうつもりでした。どんな事態になるかは十分に分かっています。こうしたものは次から次へと他人の目に触れたり、もう一度書き写されたりして、最後にはこの恥部《プデンダ》がどこかで印刷されたものを見て不愉快になるのです。というのも、この日誌は根本的にとても馬鹿げていて、今となっては臭うばかりだからです。ヴェローナ以外ではお役に立たないでしょう。帰路の際には忌まわしく思われるようになり、私もこれが旅をしているかと思うと不安になります。日誌をお貸ししたくないのは、吝嗇ではなく文字通りの恥じらいゆえなのです(32)》。恥部《プデンダ》とは身体の部分を指すのに使われた言葉で、ゲーテがヘルダー宛ての手紙でこの語を使っているのは偶然ではないだろう。一八二九年、『イタリア紀行』が完成した後とはいえ、実際にゲーテは旅行中の個人的な覚書きやさまざまな手紙をすべて焼き捨ててしまった。このように書類を薪の山にしてしまうのは珍しいことではなく、ゲーテは私生活に関する他の証拠も焼き捨てていた。ドイツでは性に関する事柄をタブー視する傾向がいまだに強く、ゲーテは厳しく自己管理をせねばならなかった。しかし『ローマ悲歌』ではポエジーが復讐を果たした。詩作品ならば性について語ることができたからだ。もっとも、その代償は高くついたのだが。

それに対し『悲歌』の着想を与えた生活環境の証拠には、ゲーテが無害と見なしたものもいくつかあった。ローマに関する書類では、たとえば家主サンテ・コリーナが毎月請求した食費の勘定書きのように火刑を免れたものもある。そのおかげで、われわれはこれまでにもゲーテのローマ生活を垣間見て成果をあげることができた。秘密を守ろうとしたゲーテの骨折りにもかかわらず、これらの勘定書きを詳細に調査すれば、カール・アウグスト公宛ての手紙に暗示されていたローマの女性との情事を示す状況証拠をいくつか発見できるのである。コリーナの勘定書きには、下宿人が取った食事がすべて月日順に記録されており、しばしば個々の料理の代金も示されている。コリーナは月間のリストの最初に、常宿としている下宿人の名前と、下宿人に客があった場合はその名前も記した。また朝食、昼食、夕食は分けて記載していた。

　これらの資料を見ると、コリーナの下宿人たちが頻繁に友人知人を食事に招いたことは明らかである。一七八七年七月にティッシュバインがナポリに移住した後、宿を取っていたのはゲーテ、シュッツ、ブーリだけだった。時折そこに食事仲間が加われば、コリーナは食事にきた人物を《客》あるいは《もう一人》と記し、そうでなければ普段の三人を四人分の食事と簡単に書いた。ゲーテの不在時にシュッツとブーリが三度招待したある客だけ、名前が記載されている。それはスイス人の銅版画家リップスだった。コリーナは彼の名を七月一八日には正確に綴り、八月三日には誤って《シニョール・シプリス》とし、二月二〇日には《スイス人《スグイッツェーロ》》とのみ記している。(33)

　一七八七年一〇月三〇日より、コリーナの下宿人はふたたび四人となる。新しく加わったのは音楽家カイザーで、ゲーテが下宿その他の面倒をみる約束でローマに招いたのである。(34) コリーナのリストでは、一一月の間はずっと《外国人《フォレスティエリ》》とのみ記されている。ようやく一二月になって、コリーナは彼にも名前を与える決心をしたが、奇妙なことに本名ではなかった。カイザーのファーストネームはフィリップ・クリストフだったが、リストでは《シニョール・アレッサンドロ》または《レサンドロ》となっている。(35) 混乱を招かないため、ゲーテの主張でカイザーが名を変えたらしい。なにしろゲーテ自身がフィリップのイタリア語形であるフィリッポの偽名を使い、大家の家族にも隣近所でもその名で通っていたのだ。カイザーはもう一つの名前クリストフの代わりに新しい名を使い、こうして彼もお忍びの旅を楽しむことになった。音楽家は同教区の《魂の証明書》にも登録せず、彼の代わりに一七八八年になってもティッシュバインの名が記載されていた。一七八八年にはゲーテが同年二月に雇い入れた従僕だけが登録され、しかも《カルロ・ピーク、フィリッポ・ミラー氏の従僕》となっている。(36) この従僕を含めてコリーナの下宿人はこれで五人になったが、四人目はティッシュバインではなくカイザーだった。ゲーテはドイツとの通信に相変わらずティッシュバインの名が必要だったので、カイザーの転入届は出させなかったのである。コリーナがゲーテの従僕の宿代その他の費用は別個に算出していたことを付け加えておこう。(37)

コリーナの勘定書きを全部まとめて見てみると、ゲーテはほとんど宿で夕食を取らなかったことが分かる。朝食と昼食は至極規則正しく宿で取るが、逆に夕方はめったに宿にいなかった。夜毎街を歩き回り、居酒屋で食事するほうを好んだらしい。一八二七年にゲーテが画家ツァーンに向かい、ローマの《安居酒屋》は全部知っていると豪語したのは伊達ではなかったようだ。(38) 同じフランクフルト出身の旧友カイザーが彼の詩篇と戯曲に曲をつけるためローマに来た時は例外で、一〇月三〇、三一日、そして一一月に入ってからもさらに九度(一四日、一六日から二二日、三〇日)宿で食事を取っている。[39]しかしそれは打ち合わせを兼ねた食事だったらしく、献立はきわめて質素だった。コリーナ家では昼食が正餐であり、野菜スープの後に肉料理(牛に子牛、稀に豚肉)が少なくとも二皿出て、付け合わせには季節の野菜が添えられた。ウズラ、鶏、ヒバリ、ツグミなどのまさに珍味が食卓に並ぶことも珍しくなかった。逆に夕食は普通サラダを添えたカタクチイワシやチーズだった。料理に合わせて白や赤のワインを詰めた籐巻ガラス瓶がテーブルに欠けることはなく、果物も豊富にあった。カイザーの到着以後、コリーナはずっと同じ表現を使うようになる。下宿人全員が食卓に揃った時は、昼食や夕食は《四人全員》と記した。客が一人来れば、その数字を四から五に増やすだけだった。

一七八七年一二月、食事の単調なリズムは新しい出来事に乱される。下宿人でない五人目の人物が頻繁に食事に加わるようになったのだ。最初にテーブルに姿を現したのは、一二月一〇日の昼と夜だった。一七日は夕食のみ、クリスマスの二五日には昼食に、二七日、二八日、大晦日の晩の三一日にはふたたび夕食に加わる。明けて一七八八年一月になると、同席の回数はさらに増える。昼食を共にしたのは一度だけだったが(一月二二日)、夕食は一月七日から二八日の間に九回取り、しかもそのたびにゲーテも同席した。一月七日と一五日には六人目の人物が夕食に加わっている。この二人の客は一緒に招待されていることから、親類とは言わずとも友人同士だったに違いない。ホスト、つまりゲーテはこの招待をとても重視していたようだ。というのも、普段より栄養たっぷりの料理をコリーナに注文しているからである。いつものカタクチイワシやチーズではなく、今や焼きソーセージや豚のカツレツが夕食のテーブルに並んだ。チーズが出されても、コリーナがことさら記録したように、大いに珍重され、したがって値もはるローマ産のペコリーノ・チーズだった。客がない時はすぐさまもとの質素な食事に戻り、またもやカタクチイワシ、チーズ、サラダだけとなる。二月になり、事態はもう一度変わった。客が招待されたのは昼一回と夜一回、それきりである。どちらもゲーテが同席したが、しかし今では彼も以前の習慣を取り戻し、夕食は外で済ますようになった。この月は二度しか宿にいない。コリーナは三月の勘定書きには食事を取った人数を記しておらず、四月はほとんどいつも三人だけだった。この月、ゲーテは宿で夕食を三度しか取っておらず、そのうち一回は客がいたが、この客はいつものカタクチイワシとサラダで我慢せねばならなかった。ゲーテが特に気を使う必要のない相手だったらしい(40)。

ゲーテがこれほど大事にしていた客と、その客に二回付き添った人物は、ソーセージやカツレツなどいつも豚肉しか食膳に供されておらず、時折昼食にお目見えした選りすぐりの珍味は一度も出されなかった。この点に注目しよう。豚肉は下宿の常客の昼食にも時折出たが、ローマの比較的貧しい人々は、牛肉は言うに及ばず、そもそも肉料理を毎日食べる余裕がなかったので、豚肉は贅沢品と見なされていた。このことからゲーテの客は庶民階級であり、少なくともコリーナの下宿人たちよりは階級が低かったと推測される。ゲーテはファウスティーネについて悲歌でこう書いている（一七九五年版の第二悲歌）。

嬉しいことに、男はローマ人のように金を惜しみはしない。
今や上等の料理が食卓に並び、着物や

オペラに行く馬車にも事欠きはしない。
母親と娘は北国からの客に感謝し
かくて野蛮人はローマ女の胸と体を征服するのだ！[41]

したがってゲーテが愛したローマの娘は貧しく、詩人が用意させたご馳走をありがたく思い、またこうした心遣いのありがたみが身にしみる母親がいたことになる。『ローマ悲歌』のファウスティーネを取り巻く一群の親戚（母親、死んだ夫、子供と伯父の名が挙がる）の中で、現実にはっきり対応しているのは母親だけらしい。裕福な恋人を探すよう娘をけしかける母親、こうした母娘の組み合わせは、確かに一八世紀文学の約束事ではあったが、当時のローマの下層階級ではよく見られた状況を反映しているのも明らかである。外国から来たおびただしい観察者の証言もあるし[42]、公文書館に残る同時代の文献も、こうした現実を解き明かす。『イタリア紀行』最終部に挿入された美しきミラノ娘の物語では、ゲーテ自身がそうした母娘のペアを描き出している[43]。詩人がカステル・ガンドルフォのジェンキンスの別荘で会ったと称する《とても可愛いお隣さん》が、悲歌で歌われた恋人を示す隠れたヒントだと考えたがる学者は一人ではすまないが、それにはこんな理由があるのだ[44]。

一七八八年二月一六日のカール・アウグスト公宛て書簡と、コリーナの勘定書きを結ぶ線には大いに興味を掻き立てられる。ゲーテは公爵に、娘との最初の逢引は一月二二日だったと告げた。その前に求愛期間があったに違いなく、これはコリーナが記録した一二月と一月の招待とぴったり一致する可能性がある。普段から夕食時に外出していたゲーテが、この頃は頻繁に宿で夕食を取っていた事実から、招待された客が大切な存在だったと結論づけられよう。一月二二日以降、この客は二度来ただけで、それからぱったり姿を見せなくなる。だが、客と共にゲーテも姿を消す。どこか他所でこの客と共に夕食を取るほうがよかったらしい。つまり、二人の関係が固まると、もはや恋人を自宅に招待しなくなったのだ。もうその必要がないというばかりでなく、慎重を期するという理由もあっただろう。二度食事に加わったもう一人の人物は娘の母親かもしれない。こうした愛の駆け引きの際には、ローマの母親は全力で娘を援助したからである。

ゲーテがカール・アウグスト公に宛てた一七八七年一二月二九日の手紙にはすでに触れたが、ここでもう一度その内容に立ち返ってみよう。これは公爵に心からの要求をほのめかしたローマからの手紙で現存する唯一のものである。一七八八年二月一六日の手紙との相違は明らかだ。二月の手紙でゲーテは、定期的な性行為が肉体と精神の健康に与える好ましい影響にしか興味がない。まるで一八世紀の典型的な衛生学者の意見かと思われるほどである。しかし、距離を置いた冷淡な口調に騙されてはいけない。周知のように公爵は恋愛の性的局面にしか興味がなく、そうした話にしか耳を貸さなかった。それに対して一二月二九日の手紙でゲーテは実に重要な告白を漏らしている。《心に関してですが、当地の恋愛官房の用語にそうした言葉はまったく見当たりません》(45)。こうした言葉から聞こえてくるのは、コスタンツァ・レースラーとマッダレーナ・リッジにまつわる不運への遺憾の念ばかりではない。一二月二九日のゲーテはふたたび恋をしようとしていたところで、ローマでは成就しがたい心の要求への心配は、その少し前から求愛中の娘に関連するとしか考えられない。今回は順調に事が運んでいた。こうした結論に至る根拠は何か、これからお見せしよう。

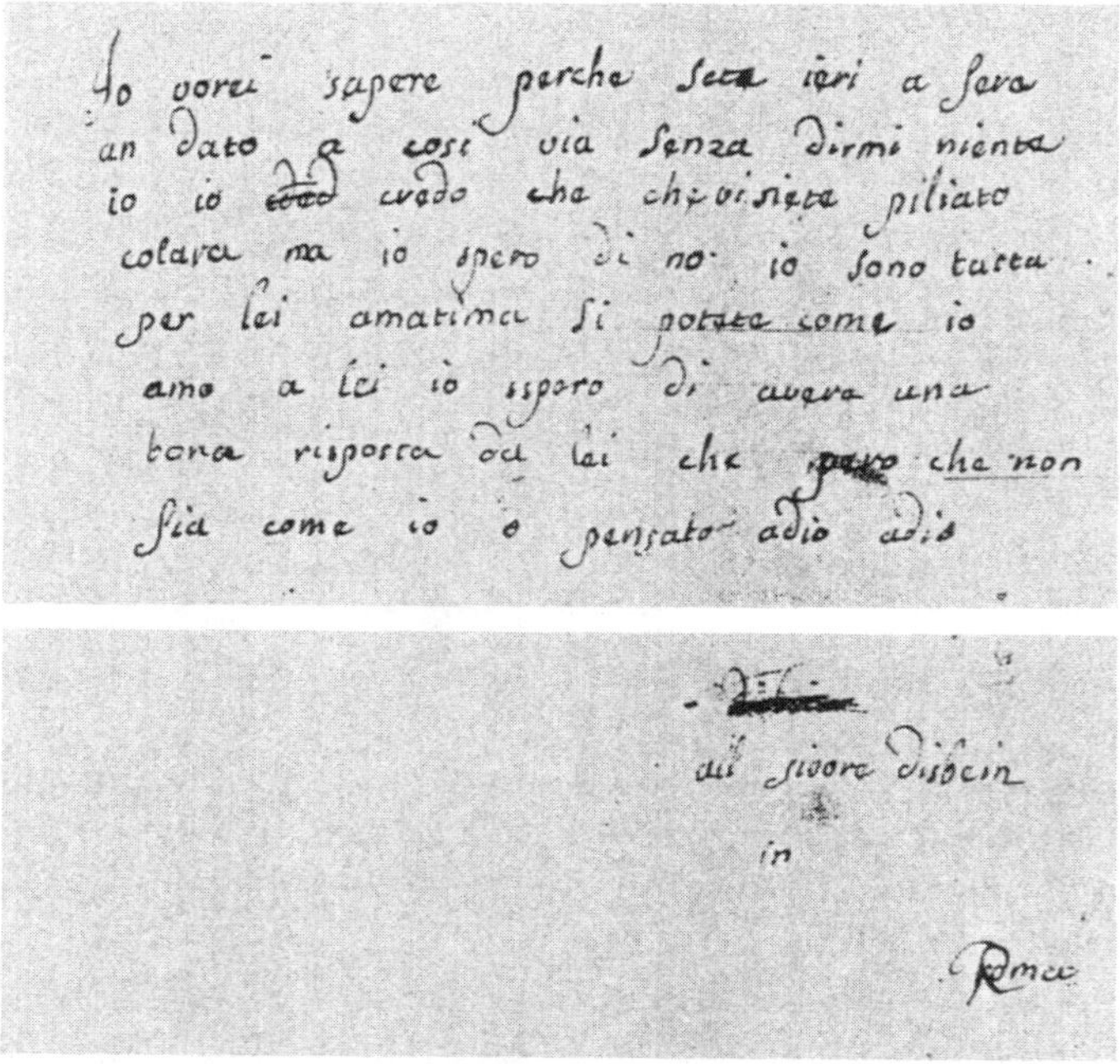
Io vorei sapere perche sete ieri a sera
an dato a cosi via senza dirmi nienta
io io credo che chevi siete piliato
colara ma io spero di no io sono tutta
per lei amatima si potete come io
amo a lei io ispero di avera una
bona risporta da lei che che non
sia come io o pensato adio adio

al siore disbein
in
Roma

図16　無名の女性からのイタリア語の手紙（ゲーテの遺稿より），表側と裏側

イタリア滞在に関するゲーテの遺稿に現存する記録は数少ないが、その中にイタリア語で書かれた手紙が二通ある。[46] コスタンツァ・レースラーが代筆させた手紙はすでに調べた。二通目もやはり女性の書いた手紙で、日付も署名もない（図16参照）。原文は以下の通りである。

Io vorei sapere perche
sete ieri a sera an dato a
cosi via senza dirmi
niente io io credo che vi
siete piliato colara ma io
spero di no io sono tutta
per lei amatima si potete
come io amo a lei io

sspero di avere una bona risposta da lei che spero che non sia come io o pensato adio adio

文面から分かるように、差出人の女性はあまり満足に文章が書けなかった。綴りは間違いだらけだし、句読点は一切なく、書き手は文法のごく初歩さえ知らなかったらしい。線を引いて語を消したり、分綴を間違ったり、同じ語を繰り返しているので、さらにイメージは悪くなる。とはいえ、この女性は書くことはできたのである。彼女が書き方の知識に乏しいことに関して、一八世紀のローマで行われた学校教育というテーマを取り上げてみよう。ローマには教皇庁が設けた民衆向けの公立学校があり、男子と女子に分かれていた。男の子は読み書き計算と文法の授業を受けたが、それに対し女の子は主に鉤針編み、編物、縫い物を習った。読み方も少しだけ教わったが、書き方は一番後回しだった(47)。ゲーテは『イタリア紀行』で、とりわけラブレターを書くなどの悪用を恐れて女の子には書き方を教えない、と述べたが(48)、つまりあの美しきミラノ娘の嘆きは歴史的状況を如実に反映していたのである。ゲーテはこのたどたどしい手紙を受け取り、その現実に接した。手紙を読めば、この女性がほんの基礎的な授業しか受けておらず、文章を書くとなると大変な苦労をしたことが分かる。この短い手紙を意訳してみよう。

昨夜あんたが私になにも言わずに帰ってしまった理由をうかがいたいものです。私のことで怒っているのかと思ったけど、そうでなければいいと思います。私はまるごとあなたのものです。できるものなら、私があなたを愛しているほど、私を愛してみてください。よいお返事がいただけるよう願っています。私が思っていたようなお返事でなければよいと思います。さようなら、さようなら。

読めば分かるようにこれはラブレターであり、心からの真摯な感情が語りかけている。金で買える愛とはまったく無縁である。文面は第六悲歌に描かれた状況を思い出させるが、(49) むしろ悲歌の方が手紙を元に発展したものだろう。しばしばゲーテの作品から透けて見えるように、悲歌は現実を背景としながらも、技巧を凝らしてさらに豊かに姿を変えて描き出したのである。

手紙と同じく悲歌の娘も一人称で語りながら、嫉妬深い恋人の心を鎮め、自分の愛情を断言する。

なんて恐ろしい人！　そんな言葉で私を悲しませるなんて。
あんたの国では恋する男はそんなに辛辣で冷酷な口をきくのかしら。

しかし文学作品と伝記的資料の間には大きな隔たりがある。悲歌に描かれた状況はドラマティックにしつらえられ、地名や人名を述べることで歴史的な枠組の中に嵌めこまれている。悲歌は恋人から厳しい非難を受けた娘の嘆きで始まる。新しい服を見て裕福な恋人ができたと邪推した近所のお喋り女の言うことを、恋人が真に受けたと嘆く。それに対し件の手紙の書き手は、嫉妬の怒りにかられて帰ってしまった恋人を失うのではないかと心配な様子である。彼女にはいつものように親しげに恋人に語りかける勇気がなく、前半の親密な口調と後半の丁寧な口調の間をおずおずと揺れている。そのため恋する二人の間に社会的な障壁が作られてしまった。悲歌ではまったく様子が違う。娘は率直に相手を非難する口調で語り、断固として恋人の疑念をすべて撥ね返し、恋人にはいつも通り親しげに《あんた《ドゥー》》と呼んでいる。この《あんた》は社会的な相違を打ち消し、愛情から生まれた親密な関係で二人を結びつける。恋人はあんただけ、と断言した娘は、昔恋人が冗談に聖職者の扮装をして月明かりの中を訪れてきた時のことを思い出させる。彼女の恋人が偉い僧侶だというのなら、《そう、その坊さんはあんたよ》と付け加える。実は高位の聖職者が二人、しばらく前から彼女に執拗に言い寄っていた、と告白する。しかし、恋人は心配する必要がない。なぜなら

　私の抱擁を楽しんだ坊さんは一人だっていないんだから。

娘は自分を誘惑しようとしている二人の聖職者の名前も明かしてしまう。その名はファルコニエリとアルバーニだった。これはゲーテが創作した名ではない。おそらく当時出回った落書《らくしょ》（パスクイナータ）で見つけたのだろう。それはアレッシオ・ファルコニエリ猊下[50]とジョヴァンフランチェスコ・アルバーニ枢機卿[51]を稀代の猟色家として非難した文書である。落書とは、たいてい韻文で書かれる匿名の諷刺文で、ローマの上流社会の特に著名な代表者を弾劾した。イタリア語《パスクイナータ》の名は、こうした諷刺詩をいわゆるパスクイーノの立像に張り付けた習慣に由来する。それは欠損箇所の多い古代の大理石群像で、今日でもナヴォーナ広場の近くのブラスキ宮に立っている。ゲーテはそうした落書の存在を知っており、ローマ滞在中に定期的に読んでいたらしい[52]。それ以外にもファルコニ

エリとアルバーニの名前は、ゲーテがワイマールに持ち帰り保管していた一七八七年度の教皇庁年鑑で当たってみることもできた[53]。アルバーニの放埒ぶりの噂は、一七七五年にローマに滞在したサド侯爵の耳にも届いたらしく、一七九五年に出版された『ジュリエット物語、あるいは悪徳の栄え』で彼を七〇人からなる枢機卿会の中でも最大の放蕩者として描いた[54]。ゲーテの作品には、アルバーニが明らかに同時代人だと分かるディテールが織り込まれている。悲歌によれば、アルバーニは娘をオスティアの四つの泉へと招いた。これらの地名は実際にアルバーニと関係があった。アルバーニはオスティア区を掌る司教枢機卿〔訳注――六名いてローマの七司教区を掌る。オスティア司教区は最長老が兼任した〕であり、史料が証明する通り、当地の司教館へ頻繁に赴いたからである[55]。また四つの泉、つまりクイリナーレ宮の《クワトロ・フォンターネ》の近くには、アルバーニのローマでの宮殿があった。だが悲歌の娘が誇らしげに自慢するように、貧しいにもかかわらず、二人の高位聖職者の申し出を毅然として撥ねつけたのである。

あたしは赤靴下も菫色の靴下も昔から大嫌いだった。

（説明のために付け加えれば、枢機卿は赤い靴下を、高位聖職者は菫色の靴下を履く習慣があった）。恋人は娘と手を切ろうと思っているから、嫉妬に駆られた振りをしているにすぎない、だけど自分は一度だって恋人を裏切ったことはない、と娘は言う。

行っちまいな！　あんたに女から愛される価値はないよ！
私たちは子供を胸の下に宿すように、誠実な心だってもっているのに。

これらの詩行には、書き手の女性が心からの誠実な愛情を恋人に断言する例のラブレターの響きが残っている。悲歌の恋人は嫉妬心を後悔し、疑ったことを恥じる。悲歌を締めくくる炎という壮大なイメージを用いることで、詩人は実に印象深い方法で情熱の移り変わりをありありと描き出す。

水がざっとかかり、残り火を覆うと
火はほんの一瞬陰鬱に燃え、蒸気があがる。
しかし火は素早く清められ、気鬱な蒸気を追い払い
さらに力強い新たな炎となり輝き立つのだ。

誤解されては困るが、手紙と詩のテキストを比較して悲歌の解釈を行うつもりはない。ゲーテがローマで結んだ恋愛関係が単なる想像の産物ではなく現実だったことの証拠としてのみ、件の手紙はわれわれにとって重要なのである。手紙に描かれたのと同じ状況が悲歌で繰り返される事実から、この手紙をゲーテと関連づけ、そして先に述べた公爵宛ての二通の書簡だけでほのめかされた詩人の情事に、より確固とした歴史的背景を与えることができる。この短いラブレターが一七八八年一月に書かれたと見なしても、間違いではないだろう。

『ローマ悲歌』が掲載された『ホーレン』誌を受け取ったフォン・シュタイン夫人は、一七九五年七月二七日にシャルロッテ・シラーに宛てて、《この類いの詩はさっぱり分からない》と書いた。しかし、女性らしい直感でこうも付け加えている。《ただ一つだけ、六番目の悲歌には、切なる感情のようなものが感じられます》[56]。一〇年にわたり詩人と恋愛関係を結んだ女性は研ぎ澄まされた感覚で、第六の悲歌に真実の感情の余韻を聞き取ったのである。この詩が実在するラブレターを基礎にしていることを察知したかのようだ。

この手紙を実際にローマの恋人が書いたものとするには、克服せねばならない困難がもう一つある。というのも、この手紙はゲーテ宛てではなくティッシュバイン宛てだからである。便箋の裏面の右上には、まず《ディスベイン》と書いて線で消した後、その下に《ローマのディスベイン様宛て（all sivore Disbein in Roma)》、と書いてある（16図参照）。ローマのrはまず小文字で書いた後訂正され、vはgnの代わりである。この音は差出人の女性には難しすぎたらしい。《ディスベイン》は例によってドイツ人名の典型的な綴り違いである。すでに幾度も見てきたように、ローマ市民は正しく書くことも発音することもできなかった。したがって、《ディスベイン》がティッシュバインを指すことは疑いの余地がないのだが、この手紙が彼宛てだったこともとうていありそうにない。その可能性を排除する根拠を求めて、私はティッシュバインのローマ滞在に関する数多くの証言をもう一度入念に検査し、さらにオルデンブルクの郷土博物館に保管されているティッシュバインの広範囲にわたる遺稿に目を通した。しかし、ティッシュバインがローマの女性と関係をもった形跡は見つからなかった。このことも驚くには当たらない。ゲーテが与えたニックネーム《フレマッチョ》〔訳注——本書一一四頁を参照）が示す通り、この画家はおずおずした受身の男性で、むしろ女性を避けるタイプだったのだ。彼の履歴を知れば、生涯に一度でもこのようなラブレターをもらった可能性は安んじて排除できる。

これに関連してもう一度思い出してほしいのだが、ゲーテはドイツからの手紙は二重の封筒に入れて、ローマのティッシュバインの住所宛てに送らせた。この時、外側の封筒にティッシュバインの名を、内側の封筒にゲーテの名を書く手はずになっていた。その後画家がナポリに行ってしまうと、内側の封筒は不要になった。すでに一七八七年二月二〇日、ゲーテは出版業者ゲッシェンに宛てて、印刷したばかりのゲーテ全集から最初の三巻の見本を今まで通りローマの住所に、つまり《ロンダニーニ邸向かい、ティッシュバイン氏》宛てに送ってほしい、と書いた。ティッシュバインがナポリで暮らし始めてからすでに四カ月が経つ一〇月二七日になっても、ゲーテはゲッシェンに同じ依頼を繰り返している。すなわち、本と書類を納めた小包を、《ティッシュバイン氏宛てのご存知の住所に》送るよう依頼したのである。(57) つまりゲーテは、ティッシュバインがナポリに移住した後も、画家の名前と住所を使い続けるつもりだったのだ。家主のコリーナには、画家宛ての郵便をすべて自分に手渡すよう指示したと思われる。件のラブレターの裏側には名前だけで住所が書いてないのは、差出人の女性と、この手紙を届ける役目を請け負った人物がゲーテの住む家を知っていたという意味だろう。使いの者は家の近くで詩人を待ちうけ、その手にすばやくこっそりと手紙を押しつけたのだ。この手紙はまだローマに住んでいた頃のティッシュバインに送られたとも考えられるが、そうすると、よりによってゲーテが自分の書類中に保管していた理由は容易に説明できない。いずれにせよ、ゲーテにとってはローマ滞在の大事な思い出であり、保存する価値があったのだ。ティッシュバインの名前が、後世の人々のぶしつけな好奇心に対する格好の守りとなってくれるだけになおさらである。そして実際に、抜け目のない老人の思惑通りになった。これまでにおびただしい学者がゲーテの遺稿を研究し尽くしたが、どう見てもティッシュバイン宛てと思われていたこの短い手紙に目を留めた者は一人もいなかったのである。

ゲーテ本人が娘にティッシュバインの名を告げたとも考えられる。他のローマ市民と同じく、娘にも正体を隠していたことは確実だと思われるからだ。ゲーテは下宿の界隈で知られていたのと同じ名前、すなわち《シニョール・フィリッポ》の名で娘の前に現れたのだろう。しかし、サンタ・マリア・デル・ポポロ教区の《魂の証明書》に登録されている、あのドイツ出身の画家がローマの娘と許されざる関係を結んだとの噂が当教区の主任司祭の耳に届きでもすれば、司祭は職務上干渉せねばならなかっただろう。ローマの教区はすべて教皇代理裁判所の監督下にあり、この司教区民担当当局が風紀の監視を行っていた。当局の一八世紀の書類は、残念ながら残っていない。それに対し、主任司祭が教区民に与えた警告書は一部が残っていて、それを見るとこの裁判所の実際の活動がよく分かる。ローマの教皇代理枢機卿が各教区の担当司祭に宛てて定期的に送る回状には、こうした《教会法上の警告》(58)の手続きに関する詳細な規定が収められている。主任司祭はそうした差し障りのある状況が担当教区で生じたとの情報をえたら、当該の男女に警告を与え、すみやかに関係を終わらせるよう要請せねばならなかった。この警告は一週間毎に三度行うことになっていた。男女が三度の警告を受けても手を切らない場合は、主任司祭は自分が与えた警告の記録を添えた書類を教皇代理の犯罪裁判所に送らねばならなかった。最初の措置として、裁判所は当の男女を逮捕する。その後、重懲役刑を科すと脅かして、可及的すみやかに結婚するよう強制したのである。

ある具体的なケースがこの事情を如実に反映している。サンティ・キリコ・エ・ジュディッタ教区で起こり、当区の主任司祭が警告書に記載したケースである。主任司祭は、ある未亡人が一八歳になる娘と若い画家の恋愛関係を黙認するばかりか、応援さえしているという話を耳にした[59]。主任司祭はこのカップルを呼びつけて警告を与えたが、効果はなかった。この件に関して調査書にはこう書いてある。《最後に二人は教皇代理枢機卿猊下ご自身の下された命により、夜間に就寝中を逮捕され、そのままベッドに縛りつけられた。娘は牢獄で出産し、その後釈放された。若者のほうは、娘と結婚するまで拘留された》。教皇警察による逮捕の方法は、しばしば絵画のテーマにされる神話の一場面におかしいほどよく似ている。火と鍛冶の神ヴルカヌスは、妻のヴィーナスと軍神マルスの情事に気づき、ベッドにいる二人に網をかけて現場を取り押さえたのである。警告書からは、主任司祭は近所の女性から告発を受けて初めて介入するのが普通だったことも分かる。反宗教改革が始まって以来ローマでは、良俗に対する教会の監視は、教区民との協力に基づいていた。主任司祭は、若い娘の純潔を守るべく熱心に監視するよう日頃から教区民を戒めていた。したがって恋人たちは、隣近所の危険な好奇心から身を守り、あらゆる手段を講じて自分たちの関係を秘密にせねばならなかった。ゲーテもそうなのだが、相手の娘のほうが心配は大きかった。手紙に署名がなかった理由も、このことから説明がつくだろう。ゲーテの家主一家さえも警戒したようである。ゲーテはコリーナ一家を信頼していたが、娘にはどこまで信頼できるのか分からなかった。第六の悲歌では、近所の監視がほのめかされている。娘はこう歌う。

この服も、嫉妬深い隣の奥さんには証拠となるの
もう未亡人はひとりきりで亡き夫を悼んではいないとね。

つまり悲歌の詩人も、隣近所のスパイ行為から身を守る必要があると分かっていたわけだが、娘にも正体を明かさなかったのには別の心配もあった。娘が裕福な恋人に誘惑されると、娘の親戚が主任司祭に関係を告発することさえローマでは珍しくなかったのである。こうした許されざる恋愛関係に巻きこまれるのは、とりわけ下層階級の娘だった。下層階級の人々にとって若い娘の魅力は唯一自由になる経済的財源であり、機会さえあれば何のためらいもなく有効に利用したのである。娘の恋人が外国人であれば、その男にとって事態はとりわけ危険である。この場合、親戚が一発当てようと試みることは避けられない。裕福な外国人に罠をかけて無理やり結婚させるのは、とりわけ実入りのよい仕事なのだ。貧しい者にとっては、貧困から抜け出しより良い人生を送るための手段だった。この種の陰謀が望み通りの成果をおさめた例は数えるほどしか知られていないが、金をせしめるだけなら、主任司祭に訴えると威すだけで十分なこともあった。

教皇代理枢機卿とその法廷が公序良俗を監視していたこと、それに関する結果がすべて、ローマに滞在する外国人にも知られていたことは明らかである。旅行文学にもこれを裏付ける作品が多く、たとえばヨーハン・ヴィルヘルム・フォン・アルヒェンホルツの旅行記もそうである。同書には、娘を

結婚させようと家族が仕掛ける罠の数々が専門知識を動員して描かれている。《外国人の芸術家は大勢がこの網にかかり、何も予期せずに女性の許を訪れたものである。これは日常茶飯事となっている。両親は娘を一日中窓辺に横たわらせる。他の国では情事は母親から慎重に隠されるのに、当地の母親は逆に娘と意を通わせ、助言を与えるのだ》。だが外国人がそうした娘の魅力に屈すると、欺かれた男性に許される選択は《結婚かガレー船送りか》だけである。(60)

教皇のローマでは、社会的地位が高いほど、教皇代理の法廷に引き出される危険も当然小さくなる。それはゲーテも知っていたらしい。ローマからの帰国後、ゲーテはカロリーネ・ヘルダーとの会話で、愛人のゾフィー・フォン・ゼッケンドルフをローマに連れて行った司教座聖堂参事会員ダールベルクに関してこのテーマに触れているからである。一七八八年九月一一日にカロリーネは、ダールベルクのお供でローマに赴いた夫ヘルダーにこう書いた。《ローマでは、ダールベルクは例のゼッケンドルフを傍にはべらせておけないでしょう。当地の礼法に反し、容認されないことなのです。ゲーテはこの件で肩をすくめています。彼によれば、ナポリならすべて許されても、ローマばかりは許されないのです》。一〇月二〇日にカロリーネはこの話題をもう一度取り上げ、夫にこう書いた。《彼（ゲーテ）はローマ市民の立場からのみ意見を述べようとしています。辛辣な口をきく彼らは、このまったく破廉恥で異常な出来事を目にして話題にするでしょう。ある裕福な貴族が教皇警察から、ローマの習慣にないことなので、愛人を追放するよう言い渡されたそうです。もっとも将来の選帝侯の弟ならば大目に見てもらえるでしょう。しかしゲーテは、愛人は身を隠すよう勧められるだろう、と考えています》。(61) ゲーテは恋人にも匿名を守りおおせた。二人の関係を秘密にしなければならなかったのは、なによりも相手の娘を厄介な状況に立たせないためだった。近所の女性が主任司祭に告発でもすれば、娘は実に不愉快な目に合わせられたからである。ゲーテは自分自身の心配はあまり必要なかった。教皇庁に身分を明かし、苦境を脱するためにライフェンシュタインの協力をえる。最悪の場合でも、この程度の気まずい事態ですむからだ。それでも用心が最大の守りであることは、はっきり分かっていた。

実際は、首尾よく隣人の裏をかくことができた。ゲーテと愛人は上手に身を隠したので、二人の恋愛は他人にまったく知られなかった。最後にこの関係は相互の了解の上で解消され、スキャンダルに発展することもなかった。相手の娘もその親戚も、不正な手段でゲーテをローマに留めようとはしなかったらしい。それでもゲーテは別れがとても辛かったらしく、長い間苦しむことになる。一七八八年八月八日にカロリーネ・ヘルダーは夫宛ての手紙でゲーテへの同情を見せている。《そこでも彼は、ローマを発つ前の二週間は毎日子供のように泣いたとも言いました。とてもお気の毒です[62]》。ゲーテはローマを去る際に、恋人を手ぶらで返しはしなかった、と仮定してもよいだろう。ローマで友人を金銭、贈物、自分自身の世話などで援助する必要が生じた時でも、ゲーテが細かい配慮をして、めだたぬようにしながら太っ腹に振舞ったのは周知のことである。三月の公爵宛て書簡で述べた、これから《解く》必要のある《糸》が、ローマの恋人、そして彼女と分かれるために細心の配慮を払った最良の方法をも含むことは確かである。

一七八八年四月九日、ローマを発つ直前にゲーテは従僕ザイデル宛てにこう書いている。《総計四〇〇スクーディの金額をライフェンシュタイン顧問官宛てにフィリップ・ザ、イ、デ、ル、の名義で至急支払われるよう手配してほしい。事情があって、君の名前を選んだのだ》[63]。署名された受取が示すように、ライフェンシュタインは一七八八年五月二八日にこの金額を受け取った。これはフランクフルトのベートマン銀行から《枢密顧問官ゲーテ氏より、フィリップ・ザイデル氏の口座へ》という指示付きで振替えられていて、八月二八日にはさらに一五〇スクーディが同じく《ワイマールのフィリップ・ザイデル氏の口座宛に》ローマに送られている。[64]一七八八年七月末にライフェンシュタインは、全部で七二一スクーディが自由になる金額だとワイマールに帰国したゲーテに知らせ、その中にはザイデル名義で振りこまれた四〇〇スクーディも含まれていると明言した。手紙によれば、この一部はゲーテが出発前に依頼したいくつかの美術品の支払いに当てられた。残りの六五一スクーディは、ゲーテがローマで与えた指図に従い、依頼された他の品の支払いのためしばらく前にリッジに渡した、と。その他の品とは、ゲーテがリップスに注文した彫刻や、工場製の安価な美術品のことだったが、その支払いならばリッジはザイデルの四〇〇スクーディがなくとも容易にやりくりできたはずだ。[65]これらの金額が何の目的に使われたかは謎のままである。また、八月末に送られた一五〇スクーディがどうなったのかもはっきりしない。ゲーテがあれほど情熱的に愛した娘にある種の持参金、あるいは贈物としてかなりの金額を与えるために使われた、という公算がかなり高い。コスタンツァ・レースラーは結婚の際に三五〇スクーディしか受け取らなかったので、彼女の持参金より高額なことになる。ゲーテの恋人が独身か、未亡人か、既婚者か、それは謎のままである。一七八八年九月七日にシラーは友人のクリスティアン・ゴットフリート・ケルナーに宛てて、ワイマールに帰った直後のゲーテと比較的長い間歓談したことを伝えている。その際ゲーテはシラーに、とりわけこんなことを言った。《ローマでは独身の女性と放蕩するわけにはいかず、既婚女性となればなおさらだ》。(66)ローマの若い娘が相手ではどうしようもないことは、ゲーテは当地からカール・アウグスト公に伝えたばかりか、身をもって体験済みでもあり、さらに結婚後は事態がさらに難しくなるとも付け加えている。しかし、シラーとの会話から分かるように別の確信をえたらしい。おそらく現実の《ファウスティーネ》は、『ローマ悲歌』に描かれた通り、実際に若い未亡人だったと思われる。いずれにせよ、ザイデルの名で振替えられた金が恋人に渡されたとの疑惑は、他の状況証拠からも強まる。振替の際にフィリップ・ザイデルの名を利用しなければならなかった事実だけを見ても、今回もゲーテはローマの恋人が知っているシニョール・フィリッポを名のるつもりだったことがうかがえる。さらに、美しきミラノ娘の兄で実務のベテランであるカルロ・アンブロジオ・リッジがこの件を依頼されたというのも、きっと偶然ではなかっただろう。彼のように日頃からプライベートな問題を扱っている人間ならば、しかるべき配慮を払って事を運ぶことは容易だったに違いない。この件全体からライフェンシュタインを遠ざけておける、という利点もあった。

しかしローマの恋愛でもっとも重要な側面は、その特殊な性質である。確かに娘は詩人からお金や贈物を貰ったが、けっして娼婦ではなかった。《マンテヌータ》、つまり恋人に囲われた女性とする説もあったが、それならば金銭がもっと重要な役割を果たしたはずである。むしろこれは、性的関係を結んでも結婚する必要のない自由恋愛だったのだ。ゲーテは結婚制度を嫌悪していた。当時の結婚は当事者間の交渉で取り決める契約にすぎず、家族の基礎を築き、子孫を保証するためのもので、心が口を挟む余地はなかったからである。ゲーテはローマで自由な恋愛を知った。実は教会の厳しい社会的監視の目を逃れて、ローマ住民の下層階級に広まっていたのだ。公文書館の多くの資料もそれを裏付けている。一七八七年一二月にローマ市総督の法廷で審理された裁判に、そのよい例が見られる。一児の母であり二二歳の若い未亡人アンナ・マリーア・ガッツォーラは、自分の両親と暮らし、《未婚女性》の宿泊施設で厨房の手伝いをしていた。彼女は最近まで裕福な果物商ガスパーレ・フィオリーニの愛人だった。フィオリーニは彼女を可愛がり、二人の関係が続いた間は金銭や品物で贈り物攻めにした。それでもある日アンナ・マリーアは彼と縁を切ることに決めた。フィオリーニは彼女の気持ちを変えさせようとしたが効果はなく、とうとう絶望して刃傷沙汰に至る。その結果、法廷に引き出されるはめとなったのである。この法廷書類のおかげで、二人の恋愛関係を再構成できたのだから、果物商の不幸はわれわれにとっては幸運だった。(67) 状況はゲーテの場合とある程度似ている。ただし、こちらでは男ではなく女のほうから関係を解消したのである。

次第に謎の解決に近づいてきた。ローマ時代のゲーテの恋人は名前が分からないが、例の署名のない短い手紙は『ローマ悲歌』がローマでの恋愛体験に関係があることを証明している。ローマの恋人が実在したことは、もはや疑えない。手紙から分かるように、この恋人は庶民の出で、詩人を心から愛していた。とはいえ、『ローマ悲歌』の題材がこの恋愛だけから生まれたわけでもなければ、この恋愛関係さえ援用すれば詩作品が解明できるわけでもない。というのも、ゲーテ自身が諭すように、ポエジー自体が現実の写し絵のような印象をどれほど与えるにしても、けっしてそうではないからである。ローマでの恋愛体験はその後のゲーテの人生に深い影響を与えた。四月末に詩人は出立の準備を整えながら、ローマでの最後の恋愛遊戯がどれほど深く身にこたえているかを自覚せずにはいられなかった。このローマでの恋愛から生まれたもっとも熟した果実を、ゲーテはワイマールで摘むことになった。帰国して二週間後にクリスティアーネ・ヴルピウスを知った時のことである。彼女もまた《ファウスティーネ》と同じく庶民階級の娘であり、ゲーテはローマで試した自由な恋愛関係を彼女と結ぶのだ。

一七八九年三月八日の書簡で、カロリーネ・ヘルダーはまだローマにいる夫に、ゲーテの新しい女性関係について知らせた。《ゲーテは若いヴルピウスを自分のクレールヒェンにしました[68]》。カロリーネはゲーテの戯曲『エグモント』の登場人物をほのめかしている[69]。『エグモント』は大部分がローマで書かれ、一七八七年の夏に仕上げられた[70]。エグモント伯と、愛情からのみ伯爵に身をゆだねる庶民の娘クレールヒェンは、結婚の入る余地のないゲーテの恋愛観を大いに反映している。ゲーテは生涯この理念に忠実だったが、ローマに来て初めて、この理念を実行できるようになった。ローマの下層階級ではこの種の恋愛関係が珍しくなかったからである。カロリーネ・ヘルダーがクリスティアーネ・ヴルピウスについて語ったことは、ゲーテがそうした関係を初めて実現した女性であるローマの恋人により一層当てはまる。ゲーテがかつて現実世界よりも詩的想像の中で長い間捜し求めながら見つけられなかった恋愛関係の見本を、彼女が与えることになったのだ。

ローマでは、ポエジーが別の詩作品でも詩人の生きた現実とふたたび結びついた。一八二九年四月五日のエッカーマンとの対話でゲーテは、イタリアからの手紙と一緒に当時書いた詩を見つけたと語り、早速読み聞かせる。

キューピッド、気ままわがままな小僧め！
おまえはほんの数刻の宿を乞いながら
幾日幾夜居すわるつもりか！
今ではわがもの顔で家の主人になりすました。

広い臥所から追い出された私は
今では土間に座り、夜毎苦しむありさまだ。
お前は勝手に炉の火を掻き起こしては
冬の貯えまで燃やし尽くし、哀れな私を焼き焦がす。

お前が我家の家具をやたらに置き換えるので、
私は何を探しても盲人のように迷ってしまう。
そのうえ大騒ぎをするので、私の可憐な魂が
お前から逃げ出そうと、この家を捨てるのではと恐ろしくてたまらない。

ゲーテは、この詩を『ヴィラ・ベラのクラウディーネ』の《ルガンティーノが歌う》場面に挿入したことをエッカーマンに思い出させ、こう付け加える。《だが、そこでは細切れになっているので、誰もが読み飛ばしてしまい、本来の意味がわからないだろう。しかし、それでもよいと思ったのだ。あ

の状況を感じよく表現しているし、比喩も見事だ。アナクレオン風だな》[71]。事実その通りだった。オペラの台本を繙けば、ルガンティーノがこの三節をさまざまな箇所の似たような場面で歌っていることが分かる。[72] しかし、エッカーマンには話さなかったが、ゲーテはこの詩を『イタリア紀行』の最終部、しかも一七八八年一月の報告にそっくりそのまま挿入していた。それにはそれなりの理由があったらしい。というのも、この一月こそ、ゲーテがローマ娘への情熱に取りつかれた時期だったからである。ゲーテがこの詩で念頭に置いたのは、《普通アモールと呼ばれているあの精霊》ではなく、《人間の心の奥底に話しかけ、誘い出し、あちらこちらと引きずりまわし、興味を分裂させて人の心を混乱させる、活動的な精霊の集まり》だ、と説明するのには、そうした事情があったのだ。そうして初めて、読者は《私（ゲーテ）の置かれた状況に、象徴的な方法で関与する》ことができるのである。[73] この詩を、一月にはまだ成就されていなかった情熱と結びつけるのも当然ではないだろうか。

『ヴィラ・ベラのクラウディーネ』には、ルガンティーノが仲間のバスコに向かって、自分がぞっこん惚れこんだ女性クラウディーネを奪うつもりだと打ち明ける場面がある。バスコから《正気じゃない》と言われたルガンティーノは、《正気じゃないが賢い》と答え、計画の正当性を理解させようとする。しかし、バスコは口車に乗せられずにこう言う。《ルガンティーノ！／お前はなにかに憑かれているぞ／ファルファレーレンが／お前の身体に入り込んだんだ！》[74]。まさにこの《ファルファレーレン》こそ、ゲーテが『イタリア紀行』で《キューピッド、気ままわがままな小僧め！》の詩を読者のために解釈した際に話題にした、あの《活動的な精霊》のことなのである。

一七八八年九月五日にブーリはローマからゲーテに宛てて手紙を書き、作品集の第五巻を受け取った旨を知らせている。その巻には『エグモント』と『ヴィラ・ベラのクラウディーネ』が収められていた。システィーナ礼拝堂で仕事中だったブーリはこのオペラの台本をすぐに読み、ゲーテがローマでこの台本を書きなおしていた頃に作用を及ぼした、あの愛の精霊たちに再会した、と書いている。《ルガンティーノとファルファレーレンを大いに楽しみました。幾度も懐かしい思いに駆られ、主人公や精霊が近くにいると信じ込みかねないほどでした。というのも、この本を通してふたたび貴兄から授かった自然の感受性のおかげで、私は悲しくなったり愉快になったりしたからです。私はできるかぎり、こうした歓喜に満ちた感情から身を振りほどかねばなりませんでした。さもなければ、私を魅了するミケランジェロと、彼の描いた完成間近の神をすっかり忘れてしまうところでした(75)》。ローマにおけるゲーテの恋愛を裏付けるのに、これほど格好の資料はないだろう。目撃者のブーリだからこそ、『ヴィラ・ベラのクラウディーネ』に秘められた情熱の痕跡を見抜けたのである。

イタリア滞在から四〇年を経た一八二八年、第二次ローマ滞在を扱う予定の『イタリア紀行』最終部の準備をするために、ゲーテは彼個人の文書室で当時の書類にふたたび目を通した。おそらくこの時に、書類の中に埋もれていたあの短い手紙がふたたび彼の目に触れたのだろう。一八二八年一〇月九日にゲーテがエッカーマンを相手に次のような重要な説明をした際、手紙を書いた女性を思い出していたことも十分にありうる。《そう、私はローマにいた時だけ、人間本来の姿を感じていたと言える。あれほどの高揚感、あれほどの幸福感には、その後二度と達することがなかった。ローマにいた頃の状況に比べれば、結局その後は二度と心朗らかになったことはないよ(76)》。

第八章　別　離

一七八八年四月二四日、ゲーテはローマを発ちドイツへの帰路に着くが、この旅にほぼ二カ月を要している。ワイマールに到着したのは、ようやく六月一八日になってからだった。途中でシエーナ、フィレンツェ、ボローニャ、モデナ、パルマ、ミラノに逗留し、各地の遺跡や美術品をいつものようにじっくりと見学したのである。(1)ところが『イタリア紀行』の最終部はローマ出立の場面で終わっていて、故郷へのゆっくりとした帰国について一言も触れていない。ゲーテは人生でもっとも重要な体験を終えた永遠の都からの別れに、高い象徴的意味を与えようと思った。そこで『イタリア紀行』を、ローマに滞在した最後の日々の描写で締めくくったのだ。(2)

旅立ちの直前、ローマでは三日にわたり満月が輝いた。月光の及ぼす効果にとりわけ敏感だったゲーテの前に、永遠の都はその魅惑的な姿を現す。光と影で戯れる満月は、この町を《柔らかな昼の光に照らされた》ように見せた。ローマ最後の日々のある夜、ゲーテはいつものように数名の友人と共に古代の廃墟をもう一度訪れる。ポポロ広場近くの住まいを出てコルソ大通りを歩き、カピトルの丘に登った。今は人気のない街の静寂の中で、月光に照らされた丘は《荒野に聳える妖精の宮殿のように》思えた。広場に立つ皇帝マルクス・アウレリウスの立像を見て『ドン・ジュアン』に出てくる《騎士長（Commandeur）》を思い出し、自分が《なにか普通でないこと》を企てていると指摘された気がした。しかしそんな警告には耳を貸さずに、丘の後ろの階段を降りて広場に出る。聖なる道《ヴィア・サクラ》を歩くと、いつも見なれている遺跡がますます《異様に、幽霊めいて》思えてきた。最後に円形競技場《コロッセオ》にたどり着き、この《崇高な遺跡》の《閉ざされた内部》を格子越しに覗くと、戦慄に襲われて急いで帰宅してしまった。ゲーテはこの夜の散歩を、今や終わろうとしているローマ体験の簡潔な総決算のように受け止めた。乱れた内面の奥深くから、悲歌の気分がわき起こってきた。オヴィディウスの詩が心に浮かんできたのである。この古代ローマの詩人も皇帝アウグストゥスに追放され、月夜に街を去ったのだ。安らぎを見いだせないゲーテは、オヴィディウスの悲しみに満ちた詩行を心の中で幾度も繰り返した。『イタリア紀行』の結末でゲーテは、愛する街と別れる心痛がとりわけ力強く表現されたオヴィディウスの二行連詩《ディスティヒョン》を引用している。

『イタリア紀行』最後の数頁は、とりわけ荘重で厳かなトーンで書かれている。おぼろげな暗示や微妙な表現が数多く含まれているのだが、その意味は今日に至るまで十分には解明されていない。だから、深く掘り下げた精確な分析をテキストに施すことでのみ、こうした暗示全体に隠された意味を発見することができるのである。テキストには多くの引用が含まれているが、オヴィディウスの場合と違い、それと分かるものばかりではない。テキストをより明確に解釈できることを願いながら、まずは出典を確認してみよう。

ゲーテは月光をあびるカピトルの丘を《妖精の宮殿》に譬えている。ゲーテはこの言葉で特定の文学作品を示すつもりなのだろうか。《妖精の宮殿》といえばメルヘンを思い浮かべるが、それは違う。民間伝承のテキストで話題になるのは普通《妖精の国》であり、例外的に《妖精の宮殿》が語られる場合も、宮殿は山上ではなく海底にあるからだ。(3) それに対し、ルドヴィコ・アリオスト作『狂えるオルランド』には妖精の宮殿が登場する。丘の上にぽつねんと建つ宮殿には、カピトルの丘と同じく坂道を登って行く。その主は美しい妖精アルチーナであり、シャルル大帝麾下の勇士ルッジエロをおびき寄せ、愛の魔法で自分の許に引きとめようと企む。そうして大帝と花嫁ブラダマンテへの義務を放棄させるつもりなのだ。アリオストの作品では、ルッジエロとブラダマンテが後のフェラーラ大公であるエステ一族の始祖となっている。ゲーテは『狂えるオルランド』を知っていたし、(4) 作者アリオストがエステ家のアルフォンソ一世に仕えることも承知していた。ゲーテの戯曲『トルクァート・タッソー』の第一幕冒頭で、大公アルフォンソ二世の妹であるエステ家のエレオノーラは、アリオストの頭部を象った柱像を月桂冠で飾り、この詩人の色褪せぬ《諧謔》を褒め称えている。(5)

《妖精の宮殿》の直後には『ドン・ジュアン』が話題になる。皇帝マルクス・アウレリウスの立像を見たゲーテは、モーツァルトのオペラ『ドン・ジョヴァンニ』に登場する騎士長を思い出したらしい。しかし、古代ローマの皇帝と一八世紀のオペラの登場人物にどのような関係があるのだろう。周知のように、ゲーテはモーツァルトの作品を大いに賛美していた。ワイマールの劇場監督になった時には、すぐさまモーツァルトのオペラをプログラムに組んでいる。『ドン・ジョヴァンニ』は一七九二年一月三〇日にワイマールで初演され、その後一八一五年までに六八回上演された。ほとんどいつもドイツ語訳の台本による上演だったが、一八一三年だけ四夜にわたりオリジナルのイタリア語で上演されたこ(6)。劇場の指揮を離れた一八一九年になっても、ゲーテはオリジナル版を二回聞くことができた(7)。つまり、ゲーテは生涯で『ドン・ジョヴァンニ』をイタリア語で楽しむ機会にはあまり恵まれなかったのである。

それとは逆にロレンツォ・ダ・ポンテ作の台本は、もっとも普及していたドイツ語訳を二種類とも熟知していた。最初の訳はすでに一七八八年にベートーヴェンの師であるクリストフ・ゴットロープ・ネーフェの筆になる台本である。二番目はフリードリヒ・ロホリッツの訳で、一八〇一年以降は次第にネーフェの訳に取って代わるようになった。どちらの訳者も、主人公の名前のスペイン語形『ドン・ファン（Don Juan）』をドイツ語オペラのタイトルに選んでいる。この伝説はドイツでも久しくその名で人口に膾炙していたからだ。観衆は芝居や人形劇を見て、教養人はさらにモリエールの戯曲『ドン・ジュアン（Dom Juan）』を通して知っていた。それにもかかわらず、どちらの訳者もイタリア語のタイトルにある《Commendatore》の意味を知らなかった理由は容易には説明できない。モーツァルトのオペラでは、ドンナ・アンナの父親でドン・ジョヴァンニに殺される男性の称号である。これはドイツ語では《騎士長（Commenthur あるいは Comthur）》と訳すべきことを訳者たちは知らなかったのだ。同時代の辞書によれば、《修道会の管区を治める騎士、騎士修道会管区長》という意味である(8)。それに対してどちらの訳者も響きが似ていることに惑わされて、イタリア語《comando》の派生語だと思い込んでしまった。これは文民の場合もあるが主に軍人の指揮権を表す言葉である。イタリア語の台本では、物語の舞台をスペインの町と指定してあるため(9)、訳者たちは《Commendatore》が市の長官に違いないと結論づけたらしい。それならば《Commandeur》あるいは《Commandant》と訳すのが論理的なのだが、これらの語はとりわけ軍隊の指揮権所有者を表すためだろうか、訳者たちはネーフェが《知事(Stadtgouverneur)》を、ロホリッツが《総督(Gouverneur)》を選んでいる。しかし、この翻訳に納得しない者もいたらしく、たとえば一七八九年にマンハイムで『ドン・ジョヴァンニ』が上演された際には、ネーフェの台本を使いながらも、《知事》は《隊長(Commandant)》に変えられている。初期の翻訳者の中ではハインリヒ・ゴットリープ・シュミーデンただ一人が正しく《騎士長(Kommenthur)》と訳したが、広まりはしなかった。そこでドイツのオペラでは、モーツァルトの《騎士長》が半世紀以上にわたり《総督》となって舞台に登場したのである。[10]

ゲーテは、イタリアで購入したイタリア語のオペラ台本集を一冊もっていた。しかし蔵書のカタログには、ロレンツォ・ダ・ポンテによるモーツァルト作『ドン・ジョヴァンニ』の台本も、そのドイツ語訳も掲載されていない。[11] フリードリヒ・ロホリッツはイタリア語の台本を翻訳してもっとも成功をおさめた人物で、ゲーテとも個人的な付き合いがあり、一八〇〇年以降は文通もしていた。[12] ゲーテはロホリッツから著作集一〇巻の献呈も受けた。[13] しかし、そこには『ドン・ジョヴァンニ』の翻訳は収められておらず、手紙でも一度も話題になっていない。だがゲーテがその翻訳を知っていたことは疑いがないので、ワイマール劇場の書庫に一部あった公算が高い。劇場の文書保管所で、『ドン・ファンへの覚書き』と題された日付のないゲーテの手稿が発見され、公刊もされている。[14] これは、モーツァルトのオペラをドイツ語で上演する際の演出の指示である。第四幕のドン・ファンと騎士長が決闘をする場面で、ゲーテは後者を《総督(Gouverneur)》と呼んでおり、このことはゲーテの手元にロホリッツの翻訳があったことを示している。それから、この翻訳の第五幕には「ドン・ファンの許に赴く執達吏は白く短い棍棒を持つこと」と書いてある。イタリア語の台本では、執達吏たちは端役として終幕に登場するのみでそれ以外に出番はない。モーツァルトとダ・ポンテは執達吏を無用とさえ見なし、一七八八年にウィーンで印刷された台本の決定稿である第三版では完全に削除した。[15] ところがロホリッツ訳ではもっと大きな役割を果たしている。こうしたことができたのも、当時の翻訳は普通オリジナルを忠実になぞるわけではなかったからである。実際に台本の表紙にも新版と書いてあるほどだった。

そこで、『イタリア紀行』でゲーテが皇帝マルクス・アウレリウスの立像を見てモーツァルトのオペラを思い出したのはなぜか、という問いに答えるには、ロホリッツの翻訳を繙き、一致点を探してみなければならない。それは墓地の場面にある（イタリア語の原テキストで第一一場）。演出の指示はロホリッツではこうなっている。《教会の中庭。墓石が並ぶ。その中の背景の奥に総督（Gouverneur）の巨大な碑。総督は甲冑に身をつつみ、元帥杖を手に馬に乗っている。月の明るい夜である……[16]》。このト書きだけでも、われわれの問いに答える最初のヒントとなっている。《総督》の石碑とは、カピトルの丘にあったマルクス・アウレリウスの立像と同じく騎馬像である。一方ダ・ポンテのテキストでは、騎士長の立像の描写はない。こちらでは、墓地にはさまざまな馬上姿の立像が並ぶと述べられるだけで、その後に《Statua del Commendatore》――騎士長の像、と付け加えられている。[17] このようにやや曖昧な指示のおかげで、演出家は騎士を立たせるか馬に乗せるか、自由に選択ができた。[18] ロホリッツは乗馬姿を選んだ。その結果、ドン・ファンの命令で騎士長を晩餐に招くレポレロは《馬に乗った総督様》と話しかけることになる。先の訳者たちは騎士長を誤って市の長官と思い込んだのだが、その地位をほのめかす箇所が他にも一つある。立像が口をきくと、ドン・ファンは皮肉っぽくこうコメントする。《連中は総督をずいぶんと飾り立てたものだ！ 子供さ、いつまでも子供なのさ、人間というやつは！ 元帥杖まで握らせて！ 老いぼれのうすのろめ、あんたはお役御免だよ！》。それに加え、墓地の場面はゲーテがカピトルの丘を訪れた時とちょうど同じように《月の明るい夜》で演じられる。明るい澄んだ月が『イタリア紀行』のフィナーレでそもそもライトモチーフになっているのと同じである。

ロホリッツのテキストには、比較できる要素が他にもまだある。恋の冒険を終えてきたばかりのドン・ファンは墓地の壁を乗り越えるなり、公序良俗の維持に責任のある当局を愚弄しはじめる。《さて、教皇警察よ、俺がここにいるところを捕まえたら、二つとない鼻〔訳注――この語には男根の意もある〕が手に入るものを》。レポレロも同じ場面で警察について話す。ドン・ファンの依頼を受けて主人の衣裳でドンナ・エルヴィラを誘惑しに行ったばかりのレポレロは、そのままの姿で主人に合流する。替え玉がばれて命からがら逃げ出してきたところで、さんざんな冒険の顚末を主人に語る。ドン・オッタヴィオがマゼット、ドンナ・エルヴィラとツェルリーナの加勢を受けてレポレロをさんざんに殴ったので、《もう少しで殴り殺される》ところだった。しかし、それだけではすまなかった。復讐に燃えた連中から逃げおおせたと思ったら、《巡査ども》につきまとわれて、ひどく気をもんだのである。これとは逆にイタリア語の台本では、すでに述べたように警察の出番はない。しかし《騎士長》の地位を誤解したロホリッツは、私的な父権の持主を、町を統べる公的な最高権力の代表者にしてしまったので警察の登場にも意味があったのだ。ドン・ファンの悪行や放蕩を罰する刑法の次元が重要度を増したのだが、ダ・ポンテの台本ではこうした側面はまったく瑣末なことになっている。ドイツ語版では、ドン・ジョヴァンニならびにドン・ファンの懲罰は神の正義にゆだねられるばかりでなく、神が現世に伸ばした腕である世俗の正義の課題でもある。放蕩者ドン・ファンは両方の権力に反抗したのだ。『ドン・ファンへの覚書き』によれば、ゲーテはロホリッツと同じ見解を抱いていたらしい。ゲーテは執達吏の役に細かな指示をして、オペラのフィナーレで必要となる鎖にも気を配り、最終節では鎖を《もう一度しごく》よう薦めている。鎖は人間が正義を行う道具であり、神の正義を受け持つのは直前の第七節で言及される《悪霊の環》なのである。

しかしここでロホリッツの台本に話を戻そう。ゲーテが『イタリア紀行』のラストを書き上げる際に、その台本が手元にあったとするわれわれの仮説を裏付ける証拠が他にもある。教会の中庭でレポレロを待つドン・ファンは、死者の国に思いを馳せる。その省察は、少し後で神の裁きに立ち向かう際の神を恐れぬ行為の伏線となっている。《どうしてこのような場所に恐れを抱くのだろう》と彼は自問する。《分別のある者ならば、しばしばこうした場所を歩き回り、せいせいした気持ちになって生きている一刻一刻を味わい尽くすべきだ！　そうでもなければ、この惨めな空蝉に何の意味がある？　一、二、三と数えれば、俺たちはここに眠るはめとなる。そして後世の連中は俺たちのことを考える暇もなく、まったく知らぬ振りで俺たちの鼻先を歩き回る――誰だか知らないが敬虔な愚か者の前で俺がいつもやっているように。しかし、どこからこんな馬鹿げた考えがわいてきたのだろう。生き返らねば、ふさぎの虫を追い払うためにもっと潑剌とせねば。さあ、取りかかろう！》。

ここでドン・ファンは死に対する傲慢な軽蔑と、生命に対する情熱的な愛情の間を揺れ動く。後者も実は死への恐れであると分かるのだが、とにかくこの長い独白が、『イタリア紀行』の結末を書くゲーテの出典になったことは明らかである。墓地に対応するのがフォロ・ロマーノの廃墟である。どちらも死者の国に属するのだから。《馬鹿げた考え》と、そうした《ふさぎの虫》を頭から追い払おうとするドン・ファンの意志は、競技場を目にしたゲーテを襲い、逃げ出させた《戦慄》と対をなす。月光に照らされた夜はどちらの場合も死者への思いを引き起こす。放蕩者ドン・ファンは騎士長の墓碑を嘲笑し、死者を晩餐に招待さえするが、この冒瀆行為のために破滅し地獄へ落ちる。ゲーテも同じく《普通でないこと》を企てる。カピトルの丘から広場に降りると、その途中で死の戦慄が待っているにもかかわらずコロッセオまで散策する。こうして廃墟をめぐる夜の散歩は、冥府めぐりの旅に、いわば死者の許への下降に変容するのである。

ゲーテの記憶の中でローマ滞在は、モーツァルトの作品と同じくスペインのドン・ファン伝説をテーマとしたあるオペラの上演とも結びついていた。ローマで鑑賞したこのオペラを、ゲーテは作曲家カール・フリードリヒ・ツェルターに宛てた一八一五年四月一七日の書簡で話題にしている。上演はローマで大変な成功をおさめ、四週間にわたり毎晩連続上演された。《街全体が興奮につつまれ、小商人の家族でさえ一家総出で一階観客席やボックス席に入り込み、ドン・ファンが地獄の劫火に焼かれ、総督が聖なる霊となって昇天するのを見なければ夜も日も明けぬというありさまだった》[19]。このオペラはヴィンチェンツォ・ファブリツィ作『石の招客』のことで、一七八七年にヴァレ劇場で上演されている[20]。ジョヴァンニ・バッティスタ・ロレンツィが一七八三年にナポリで上演されたオペラのために書いた台本を、ジャコモ・トリットが自由に訳したテキストがこの作品の基礎になっている[21]。

ローマ上演時の台本は手稿しか残っていない。しかし原稿ではローマ上演がはっきりと名指しされているので、その際の台本であることは疑いない。その一方で配役表には《総督》ではなく、ドン・ファン神話を扱うイタリア語の芝居がほとんどそうであるように、《Commendatore》、すなわち《騎士長》と記されている。

ツェルターに手紙を書いた頃のゲーテは、モーツァルトの『ドン・ジョヴァンニ』のドイツ語上演をすでに繰り返し見ていた。前述のように、そこに登場するのは騎士長でなく《総督》だった。その結果ゲーテはツェルター宛ての手紙でもファブリツィのオペラに関して《騎士長》ではなく、誤って《総督》と記している。一八一五年のゲーテは、一年前から(それ以上過去ではない)『イタリア紀行』に取りかかっていた。同年五月一七日の二通目の手紙では、第一次ローマ滞在に関する報告を目下執筆中であり、そのために《日記、書簡、覚書き、その他あらゆる書類》を引っ張り出してきた、とツェルターに告げている。[22] その書類の中に、ローマで見たオペラを思い出させる何かを見つけたのだろう。しかしこの時点では、ドン・ファンとマルクス・アウレリウスの像はまだ結びついていなかった。

『イタリア紀行』の第二部も書き上げた頃、詩人はようやく作品全体の結末について考えるようになった。フィナーレの第一版は、ゲーテ本人が一八一七年八月三一日に書いたと記している。[23] ここではローマを去る心痛を事細かに描いたが、マルクス・アルレリウスの像には触れていない。カピトルの丘に聳える古代の立像を思い出すのはさらに後となり、第二次ローマ滞在に捧げる第三部を執筆中の一八二八年春から翌年春の間のことだった。今度はマルクス・アウレリウスの立像とモーツァルトのオペラを関連づけるが、奇妙なことにもはや《総督》ではなく《騎士長(Commandeur)》と呼んでいるのである。こうした言葉の変化はどうすれば説明できるだろう。

この間にダ・ポンテの台本を読んだ可能性はまったくない。もしそうならば、ゲーテは書斎にある三冊の独伊辞典をひいたであろうし、[24] たとえばクリスティアン・ヨーゼフ・ヤーゲマンの辞典[25]を読めば、イタリア語の *Commendatore* は正しくは《騎士長（Commenthur）》と訳すべきことに納得できたはずだからである。ゲーテがモリエールの戯曲『ドン・ジュアン』を手にした時、ロホリッツが誤訳をしたかもしれないとの疑念が浮かんだ可能性はある。そこではドン・ファンに殺されたのは《騎士長（Commandeur）》と記されているからである。ゲーテがモリエールの作品を知っていたのは確実であり、過去には一度シラーに貸したこともあった。一七九七年五月二日にシラーはゲーテに、ドン・ファンを題材にしたバラードを書こうと思っているので、《ドン・ファンのテキストを》二、三日貸してほしいと頼んでいる。ゲーテはこの計画を是認してテキストを貸すが、五月五日にはもう返してもらった。[26] 実際にシラーの遺稿には、ドン・ファンに関するバラードの断片があり、この出典はモリエールの『ドン・ジュアン』だったらしい。モリエールの作品と同じく、バラードの舞台はシチリアの首都パレルモに移され、殺されるのは《騎士長》となっている。ドンナ・エルヴィラの従者もモリエールと同じくグスマン（Gusman あるいは Gußman）という名である。[27] したがってゲーテはシラーにモリエールのテキストを貸したことになるが、その本の入手先は不明である。カタログによれば、ゲーテの蔵書にはモリエール全集の第二巻しかなく、そこに『ドン・ジュアン』は収められていない。[28] いずれにせよ、『イタリア紀行』の結末を執筆中に、ゲーテはこの戯曲をふたたび手にした。一八二八年五月二八日にゲーテはツェルターに、《第二次ローマ滞在》の口述筆記を始めた旨を伝えた。[29] その直前の四月二四日にゲーテはワイマール図書館でモリエール全集の第三巻（収録作品は不明）を借り出し、その夜に早速読み始め、四月三〇日にはすでに返却した。[30] おそらくこの巻に『ドン・ジュアン』が収まっていたのだろう。いずれにせよ《騎士長》という語はモリエールを指し示しており、《総督》の登場するモーツァルト・オペラのドイツ語台本ではない。ゲーテのもっていたカンペの辞書でも確認できるように、言葉は変わっても意味は変わらなかった。[31] 新しい名称《騎士長》も、ドンナ・アンアの父親が公的権力の持主であることを示している。このことから、国家における最高権力の持主である皇帝マルクス・アウレリウスと結びつけることができたのである。モリエールの作品では、《騎士長》の立像はローマ皇帝の衣装をまとって現れるだけに、連想はなおさら容易だった。[32]

こうしてわれわれは、長い紆余曲折を経てようやく目的地に達した。先に見たように、はっきりと名が挙がるオヴィディウスの他に、三つの引用作品が隠されている。それはアリオスト作『狂えるオルランド』、モーツァルト作『ドン・ジョヴァンニ』に使われたダ・ポンテ作台本をロホリッツが翻訳した台本、そしてモリエール作の戯曲『ドン・ジュアン』である。これらをもとにして、いよいよゲーテのテキストを解釈してみよう。

一七八九年に公刊され、その後『イタリア紀行』第三部に組み込まれた論文『ローマの謝肉祭』でゲーテは総督（彼は《Gouverneur》と書いた）と元老院議員を《ローマの最高法官と警視総監》と呼んでいる。[33] 総督には警察指揮権もあり、実際は元老院議員よりはるかに強大な権力をもつ。しかし元老院議員は、古代に権力の中心地だったカピトルの丘に駐在するため、こうした理由もあってカピトル広場にある皇帝マルクス・アウレリウスの像は公的な権力の分かりやすい象徴なのである。ロホリツツはオペラの台本を翻訳する際、ダ・ポンテとは逆に《法律家としての》側面を強調したが、これはゲーテ個人の体験ともうまく一致した。ローマ滞在の最後の数カ月間に庶民の娘と許されざる恋愛関係を結んだゲーテは、ローマでいわばドン・ファンのような放蕩家として生活したのである。ゲーテは、ローマの警察がそうした振舞いを公序良俗を冒す犯罪と見なして追求することを知っていた。もっとも、総督ではなく、教皇代理枢機卿が司教総代理〔訳注――通常の裁治権をすべて司教と同じ権威で行使する〕を通じてこうした不法行為を担当することは知らなかったようだ。[34] それはどうあれ、最高裁判権の象徴であり、カピトルの丘に聳える立像は、アリオスト描くルッジエロのようにローマの《妖精の宮殿》で《愛の魔力》に取り込まれたゲーテに警告を与えたのだ。しかしゲーテはこうした警告を聞き流し、ふたたび死者の国に赴く。

ドイツに帰国するのであれば、恋人との別離もやむないのだが、これは大変な心痛となることが分かった。ゲーテは『イタリア紀行』ではこのことに触れていない。『紀行』では心痛の理由を、愛するローマからの別離としている。このように理由をすりかえたため、ゲーテがコルソ大通りの住まいに運び集めた古代の作品の石膏模像には特別な機能が与えられた。全部はワイマールに持ちかえれないと分かったので、宝物の一部を手放さねばならないことが心に重くのしかかってきた、とゲーテは書いている。個々の作品を譲る相手を決めると、《思い悩みながら遺書を書いている》ような気がした。そしてこう締めくくる。《したがって、ローマを去るにあたり、ついに到達したものや衷心から望んでいたものを手放さねばならない時の、その心痛はとても大きかった》。[35] 石膏模像からは古代の広場の廃墟が自然と連想される。これらの廃墟も、夜の散歩をするゲーテにやはり別離の苦しみを引き起こした。唯一の違いは、後者では別離が極端な形で現れていることである。すなわち死という形で。

月夜にローマの廃墟を訪れるゲーテを襲った悲しみに満ちた感情は、『イタリア紀行』の最後で引用されたオヴィディウスの詩歌に至る。よりによってこの詩行を選んだ理由は何か。皇帝アウグストゥスにローマを追放された古代の詩人に自分を譬えたのはなぜか。オヴィディウスは詩集『悲嘆の詩』では、どのような咎で国外追放の憂き目を見たのか述べていない。そうした意味では、ゲーテもローマ詩人の罪に何の興味も抱かなかった。この詩行を引用したのは、オヴィディウスがローマを去る際に感じた心痛を歌っているからなのである。

結末では、国外追放中のオヴィディウスが黒海沿岸の都市トミで書いたとされる『悲嘆の詩』第一巻に収められた第三の悲歌から二行連詩《ディスティヒョン》が四つ、そのまま引用されている。ゲーテが一八二九年四月二日にリーマーに依頼したドイツ語の翻訳がまず掲げられ、その後に原文のラテン語が記されている。引用は悲歌の冒頭を飾る二行連詩二篇から始まり、そこではローマの詩人が出立前の最後の刻に感じた心痛を思い出している。

ローマの都で過ごす最後の刻となった
あの夜の悲しい情景が心に浮かぶ。
あまたの愛しいものを置き去りにした夜を思い出すたび
今でも涙が流れ落ちる。

その後に切れ目なく二七、二八番目の二行連詩が続く。ここではオヴィディウスが月に照らされたカピトルの丘をすぐそばの自宅から最後に眺めた時の様子が描かれている。

人の声も犬の遠吠えもすでに静まり
月姫《ルーナ》が空の高みで夜の馬車を御している。
月を仰ぎ見、またカピトルの神殿を眺めたが
わが家の神《ラレス》とあれほど近くにあるのも甲斐はなかった。

これほど一致する体験はあまりない。ゲーテがオヴィディウスの詩を核にして『イタリア紀行』の結末全体を発展させたことも疑いの余地はない。しかし、省かれた五番目から二五番目の二行連詩に何が書かれているのかも考えてみねばならない。そこでは驚くべき事実がわれわれを待っている。二行連詩の一五、一六番目でオヴィディウスは、大勢の友人が自分に背を向けた中で最後まで友情に厚かった二人の友人との悲しい別れを、そして、見捨てられてたった一人でローマに残らねばならず、やりきれない思いの妻が絶望に駆られて嘆く様子を思い出している。

私は別れの言葉を、最後の言葉を悲しむ友人たちにかけた
大勢の中でこの二人だけが私に与してくれたのだ。
妻は嘆く夫を愛撫しながら抱きしめると、さらに激しく嘆き

無垢な顔は溢れ出る涙に覆われた[37]。

ゲーテの出立が残された友人たちに引き起こす心痛について、詩人は『イタリア紀行』の結末では触れなかったが、その数頁前に一七八八年三月一四日付の《通信》で語っている。《私が当地を去れば、三人の人物がいたく悲しむことになる。彼らが私からえていたものをふたたび見いだすことはないだろう。私は心痛を覚えながら彼らの許を去る。ローマで私は初めて自分自身を発見し、自分自身と一体化することで幸福に、賢明になった。そして、そうなった私をこの三人はさまざまな意味と程度で知り、所有し、享受したのである[38]》。これは実に重要な発言である。お分かりのように、ゲーテとの別離を悲しむ人物の数は、オヴィディウスの追放に絶望した人物の数と一致する。もっとも、ワイマールに帰国したゲーテがローマから受け取った手紙から察するに、実際はそれ以上の数の友人たちが詩人の出立を嘆いたのだが。しかし、ゲーテの念頭にあったこの三人とは誰のことだろう。『イタリア紀行』には、とりわけカール・フィリップ・モーリッツとアンゲーリカ・カウフマンがゲーテのごく親しい友人として登場する。奇妙なことに、友人ブーリの名は欠けている。幾度かことのついでに名が挙がるものの、この若い画家がゲーテを大いに慕っていたことには触れていない。ブーリが一七八八年五月一〇日に書いた手紙のことを考えれば、これはますます妙である。それはゲーテがフィレンツェから出した最初の手紙への返書だった。ブーリによれば、ゲーテからの手紙を読むと《ふたたびしきりに涙が溢れ出て、貴兄が私の許を去ったことを嘆くのです[39]》。ゲーテ本人も一七八八年一〇月に、ローマに滞在中の公母アンナ・アマーリアにこの若い画家を愛情のこもった言葉で推薦し、こう付け加えている。《彼は私を大いに慕っていました》[40]。こうした事実を考えれば、『イタリア紀行』ではローマの友人の数を、意識的にオヴィディウスの友人の数に合わせたという仮説が説得力をもってくるのである。

それでは、オヴィディウスの絶望した妻のようにローマに取り残された第三の人物とは誰なのだろう。そのヒントは、同じく一七八八年三月一四日付《通信》の少し前に隠されている。別離の際に友人たちが感じる心痛を話題にした箇所である。《外部からの動機に応じて私はさまざまな処置を施さねばならず、その結果として新しい境遇におかれた私のローマ滞在がますます美しく、有益で幸福なものになったとは、奇妙なことだった。のみならず、至福の生活をこの最後の八週間に味わい、また少なくとも将来私の存在の寒暖計を測定する一つの極点が分かるようになったとさえ言えよう》[41]。八〇歳になり円熟の境地に達したゲーテにとって、ローマはもはや遠い過去の体験であり、こうした告白にもかなりのためらいが見られる。しかし、ローマ滞在の最後の瞬間に迎えた《新しい境遇》が、その後の全生涯にわたり決定的な意味を与えたと思っていることは間違いない。作者が慎みと寡黙という壁で読者から身を守っているにもかかわらず、カピトルの丘に立つ像が別れ行く者に警告を与えた《普通でない》企ては少しずつ明確な輪郭を帯びてきた。それは、ゲーテがローマに残してきた女性との恋愛に関係があったのである。

『第二次ローマ滞在』の構成に深く踏み込んだ論文でホルスト・リュディガーは、『イタリア紀行』の《メロドラマめいたフィナーレ》について論じている[42]。どうしてもメロドラマめいた効果を出したかったゲーテは、そのために論理的な意味を犠牲にしたというのだ。どうして自分のローマ出立を、アウグストゥス皇帝がオヴィディウスに下した国外追放の罰に譬えることができるのか。そのような罰をゲーテに課せられる者がいるのだろうか。『ドン・ジョヴァンニ』の騎士長も、皇帝マルクス・アウレリウスの立像も、総督も説明にはならない。この譬えは不可解だ。しかもそれは、『イタリア紀行』の老詩人がローマ出立のとても重要な局面について黙して語らないからという理由ではない。

オヴィディウスに倣った流刑のアイデアは、すでにローマ滞在の最後の日々に浮かんでいたらしい。一七八八年一二月二七日、ゲーテは当時ローマにいたヘルダーに宛てて、《あの頃の情熱的な思い出をいまだに心から押しのけることができず、オヴィディウスの詩をしばしば繰り返しては感動していると書き、悲歌の冒頭をラテン語で引用している。四〇年後に『イタリア紀行』の末尾を飾ることになる二行連詩である。[43] この二行には追放の文字が含まれていない。しかし、ローマを出立してからちょうど三カ月後の一七八八年七月一五日、ローマに残った友人の一人フリードリヒ・レーベルクがゲーテに書いた手紙にその語が見られる。そこでレーベルクは、ドイツに帰国した後のゲーテがどんな気持ちでいるかよく想像できる、と請合っている。というのも《幸運なことに私はまだローマにいられるが、ここイタリアでさえ、ローマ以外の地ではどこであれ追放されたようなものだ》からである、と。[44] おそらくゲーテはすでにローマにいた頃から友人たちに向かい、オヴィディウスを念頭においてワイマールへの帰国を国外追放と呼んでいたのだろう。

それに対し、『イタリア紀行』の結末で一八一七年に書かれた最初の版にローマの恋人への暗示はまったく見られない。[45] しかしオヴィディウスの追放というモチーフはここにも現れており、決定稿と同じくラテン語の詩行が引用されている。オヴィディウスの追放はトルクァート・タッソーの流刑と関連づけられている。ゲーテはタッソーの運命を扱う同名の戯曲をローマと帰国の途上で執筆していた。(46) もっとも、オヴィディウスと違いタッソーは自分の意思でフェラーラを去りローマへ追放されるのだが。ゲーテの戯曲では、タッソーは宮廷生活に適応できないためにこの決心をする。だがフェラーラ公のアルフォンソ二世も追放に責任ありとされる。タッソーの決心を翻させる術を知らなかったからだ。つまり『イタリア紀行』結末の第一版はもう少し分かりやすく、読者がゲーテの真の動機を理解するためのヒントがもっと与えられていたのである。

詩人が国外追放という言葉を口にしたのは、長い不在の後にワイマール宮廷での昔の地位に復任すべくローマを去るよう強いられたためだった。ゲーテはローマで過ごす黄金の休暇に逃げ込んでも、俸給を諦める必要がなかった。カール・アウグスト公はゲーテ不在の間も給料を払い続けたのである。一七八七年八月の合意に従い、公爵は一七八八年の三月二三日にあたる復活祭までローマに滞在することを許した。それに対し、ゲーテが一七八八年一月二四日に入手した公爵の手紙は現存しないが、翌日付けの返書から察するに、カール・アウグスト公はもうしばらくローマにとどまるようゲーテに頼んだらしい。当地で公爵の母アンナ・アマーリアの到着を待ち、ローマ滞在の間ベテランのガイドを勤めてほしかったのである。この依頼は絶好のタイミングでゲーテに届いた。ゲーテの恋愛関係が始まったばかりの頃で、出立を数カ月先送りできる見込みほどありがたいものはなかった。予期せぬ恩恵に大喜びしたゲーテは、《ご旅行の責任者の任に着く資格を取るためなら》微行をやめる心積りもすでにできている、と公言さえした。ローマのサロンを訪れ、嫌っていた枢機卿たちに表敬訪問をする約束までしている。ゲーテは公爵にこう書いた。《まずヘルツァン枢機卿と元老院議員を訪問し、それから国務長官枢機卿とベルニス枢機卿を訪れます。こうして堰をすべて切ってしまえば、後は自然と事が運ぶでしょう。四月は顔を広めるのに専念するつもりです。私自身も慣れなければなりませんので……[47]》。

しかし、ほんの数週間後にはこの素晴らしい計画はすべて無に帰してしまう。三月中旬に公爵が、ローマで母親を待つ必要はなくなった、と書いてきたからだ。公母の旅行はゲーテの同伴がなくともすむように組まれた。休暇の延長も終わり、今やワイマールに帰る頃合である。ゲーテを行政の実務から解放する措置もすべて取ってある、と。三月一七日の長い返書でゲーテは、前置きなしにこう書き出している。《殿下のお心のこもったご好意溢れるお手紙に対し、ただちに上機嫌でお返事させていただきます。すぐ参ります！　と》。これ以外の答えができただろうか？　一年半前から君主の経費で外国暮らしをしてきたゲーテには、好意的とはいえ最初の合図を受ければ、帰国の準備を始める以外に選択の余地はなかったのである。返書は落ち着いた調子で書かれている。ゲーテはカール・アウグスト公が約束してくれている有利な新しい生活条件に対し感謝の意を表している。《お手紙からもうかがえる殿下のご配慮はまことにありがたく、身にあまる光栄であります。私に申し上げられるのはこれだけです。主よ、私はここに控えております。主の僕《しもべ》を存分にお使い下さい。どのような地位、どのようなささやかな地位であれ、殿下が用意して下さるものに感謝いたします。行住坐臥、すべて殿下の御心のままであります[48]》。公爵と詩人の関係をリアルに置き換えた《主》と《僕》の語は、聖書の厳粛なトーンのおかげでやや婉曲な響きをもった。三月二八日の書簡では、トルクァート・タッソーの運命を指摘しながら、二人の関係を宮廷詩人と君主の関係としてさらに詳しく描いている。

《憎セラッシが見事に描いたタッソーの生涯を今読んでいます。私の意図は、旅の途上で専念できるように、この詩人の性格と運命で私の精神を満たすことにあります[49]》。よく耳を傾ければ、この二通の手紙に表されているのは、詩人ゲーテのドラマすべてである。歴史的な生活条件のために宮仕えの人生を強いられながら、もっとも重要なものを、つまり知的自立を救おうとする詩人の物語なのである。

生活を左右する問題に愛情が口をはさむ余裕はなかった。しかし、だからこそゲーテは公爵の帰国要請をとりわけ過酷に感じたのだ[50]。彼がこの打撃から立ち直るには数カ月を要した。ローマからの強制された別離が詩人の心に残した傷が完治することはなかった。ドイツへの時間をかけた帰国は、ローマに残してきたものに対する悲痛極まりない郷愁の念に満ちていた。一七八八年五月二三日には、ミラノからカール・アウグスト公にこの苦しい真実を隠さずに告げている。《ローマからの別離は、私の年齢にはふさわしくないほどの犠牲を払うことになりました。それでも心に無理強いはできず、旅の途上で思うまま発散させております。それに加えて、一刻毎に少なくとも七つの諧謔を考え出しており、この殴り書きの手紙がその一つにあたっていれば、心からの喜びであります》。翌日にはやはりミラノからクネーベルに宛てて、多少とも同じようなことを書いている。《ローマで過ごした最後の日々は、もはや言葉もなかった。出立の時は実に辛い思いを味わった》。アルプスを越えてコンスタンツに到着した時には、六月五日にヘルダーにこんな祝福を伝えている。《私が生涯で初めて至上の幸福を味わった土地で、貴兄が何事もなくこの手紙を開封できますよう、旅の無事を祈ります[51]》。ワイマールへの帰国から三カ月後、クリスティアーネ・ヴルピウスが愛人となってからすでに二カ月経った頃になっても、ゲーテはまだ自分の運命に折り合いがつけられなかった。九月一九日には、幸運なことに誰にも邪魔されずローマで暮らし続ける友人のヨーハン・ハインリヒ・マイヤーに宛ててこう書いている。《ローマを出立する際にどれほど苦しんだか、あの美しい土地を去るのにどれほど辛い思いをしたか、口では言えないし、またそれは許されもしないことだ……》。また、ゲーテへの帰国命令にヘルダーが一役買っていたと確信するようにもなった。九月二二日にローマのヘルダー宛てにこう書いている。《ああ、我が兄よ、私を呼び戻させるとは、どのような悪霊にたぶらかされたのですか。これから貴兄を取り押さえて、二人ですべてを笑い飛ばしたいところです》。一〇月一〇日にも同じ非難を繰り返している。《貴兄が私の快適でささやかな宿を見れば、私を追い出したことをつかの間でも後悔なさることでしょう(52)》。しかし、実際にヘルダーがこの件に関与した証拠は何もない。おそらく、ゲーテは自分の不幸を引き起こした張本人である公爵の罪をなんとか軽くしようと、ヘルダーに罪を着せたにすぎないのだろう。

したがって『ドン・ジョヴァンニ』の騎士長と、それを想起させた皇帝マルクス・アウレリウスの立像は、無理やり詩人を帰国させた権威を大雑把に示すイメージではなかったのである。ゲーテは自分をオヴィディウスに喩えることで、ローマを去ってワイマールに帰れとの要請を国外追放の罰と同等に扱い、皇帝アウグストゥスがかつてローマの詩人に果たしたのと同じ役割をカール・アウグスト公に振り当てたのだ。このような不愉快な事実を『イタリア紀行』の読者に知らせてよいのだろうか。ゲーテは公爵にあまりにも多くの借りがあり、ワイマールへの帰国後はとりわけ職務上の義務から解放されてふたたび詩作活動に専念できたし、それ以降公爵が後援者となって生活の糧の面倒をみてくれたことを簡単に忘れるわけにはいかなかった。カール・アウグスト公はそうした新しい役割を十分に意識していて、よろこんで引き受けた。一七八八年一一月二九日の母親宛ての手紙にも自己満足の様子がある程度うかがえる。《それでも私は祖国に満足しております。他の国はゲーテの『ヴェルテル』『ファウスト』『イフィゲーニエ』『ベルリヒンゲン』やヘルダーの『考察』のような価値ある文学作品を世に出すことができないのですから[53]》。ゲーテは公爵が示した鷹揚な態度を否定せず、後援者を称える讃歌も書いており、それについて一七八九年五月一〇日の手紙で知らせている。

それはこんな詩だった。

正直言って我が君はドイツの中でも小領主。
領土は狭く、権力もほどほど。
だが私には、王侯に稀な度量で
地位、信頼、権力、家屋敷に給料を与えて下さった。
我が君以外を頼みとする必要はなく
詩人ゆえ利に疎い私はかなりのものを必要とした。
ヨーロッパは私を称えるが、私に何をしてくれただろう。
皆無だ！　しばしば自分の詩にまで金を払わされる始末。
ドイツは私を模倣し、フランスも私の作品を読みたがる。
そしてイギリスも悩める客ヴェルテルをどれほど歓待したことか。

だが中国人さえ熱心にヴェルテルとロッテをグラスに描いたとしても
それが私にとって何の役に立とう。
皇帝が私を求めたこともなければ、国王の庇護を受けたこともない。
我が君だけが私のアウグストゥス、メケネスだったのだ。(54)

ゲーテがそのほとんどを一七九〇年にヴェネツィアで書いたエピグラムは、シラーが編集する『詩神年鑑一七九六年版』に掲載された。この讃歌もエピグラムの形式をとっているが、ゲーテはそれらと一緒には公開せず、ようやく一八〇〇年になって『新著作集』で公にした。しかし、ゲーテが機会を見つけてカール・アウグスト公の前で朗読したことは確かであり、またそれが肝心な点だった。ゲーテはこの詩で自分の詩人としての経歴をやや憂鬱に振りかえっている。初期の作品は自費で出版したこと、『ヴェルテル』が圧倒的な売上を記録したにもかかわらず僅かな収入しかもたらさなかったこと、そのため君主に仕えざるをえなかったことなどを思い出す。しかし幸運にも、芸術後援者として皇帝アウグストゥスやメケネスに匹敵する主人が見つかった——もっとも、オヴィディウスのローマ追放という点でも匹敵するのではあるが。

『イタリア紀行』最終部が印刷された一八二九年、カール・アウグスト公は少し前に亡くなったばかりで、ゲーテは君主の否定的な側面を描くつもりはなかった。そこで結末の第一版を退け、書きなおしたのである。今度は国外追放で幕となるタッソーのドラマチックな運命には触れず、《妖精の宮殿》という隠喩を使った。これならばドイツの読者は容易にアリオストを、そしてそこからフェラーラの宮廷を連想できない。ゲーテは、自分の恋愛物語についてはただ漠然と謎めいてほのめかすにとどめ、公爵の役割への指摘はほとんど解読不可能な方法で暗号化するほうを選んだ。国外追放の着想はオヴィディウスの詩行を引用したことに現れているが、追放の責任者が誰であるかは語らなかったのだ。

一八一五年五月一五日にツェルターに宛てた上述の手紙でゲーテは、ローマ滞在に関して入手した資料は膨大な量になり、これならローマ滞在について《すべてが真実で優美なメルヘンが》書けそうだ、と述べている。(55) 一八一七年に書いた第一版の結末はまだこの原則に従っていた。しかし、第一部、第二部の執筆後に中断した作品を数年後ふたたび取り上げた時、この原則は変わった。一八二八年五月二一日にふたたびツェルターに宛てて、第二次ローマ滞在を描く《メルヘン》の口述筆記を始めた、と書いている。(56) 今度は《すべてが真実》の言葉が省かれたのである。

謝辞

本書の原型となった研究は、一九九三年九月二五日付および一九九四年二月一九日付の『フランクフルター・アルゲマイネ』紙、一九九四年八月二八日付の『南ドイツ新聞』に掲載された。本書の一部を以下の講演会で発表し、討論する機会にも恵まれた。すなわち、イェーナ市のイェーナ・ヨーロッパ協会（一九九四年一一月一八日）、フランクフルト・アム・マイン市のシュテーデル美術館協会（一九九五年二月二三日）、ローマ市のヘルツィアーナ図書館（一九九五年五月二〇日）、カッセル総合大学（一九九六年五月二〇日）である。発表と討論の機会を与えてくれたこれらの諸機関に感謝する。また、一九九八年三月二四日のコロキウムで本書のいくつかの仮説を討論し、建設的な批評を寄せてくれたベルリン・ヴィッセンシャフツコレークの同僚たちにも感謝したい。

本書の執筆に必要なおびただしい図書を快く貸し出してくれたローマ市イタリア独文学会の司書ブルーノ・ベルニ氏と、ベルリン・ヴィッセンシャフツコレーク付属図書館長ゲジーネ・ボトムリー女史には特に感謝する。

各々の専門知識を駆使して私の研究を支援してくれたカルロ・アルベルト・ブッチ、フェデリコ・ピラーニ、ベアトリーチェ・クァグリエリ、ミケレ・ディ・シーヴォにも感謝する。クリスティーネ・ツァイレはいつものように本書執筆を励まし、注意深く原稿に目を通し批評してくれた。彼女にも心から感謝する。

本書をドイツ語に訳してくれた妻インゲボルク・ヴァルターの助けと支えがなければ、本書はそもそも完成しなかったことだろう。ここでどれほど感謝の言葉を並べても、とうてい足りるものではない。

訳者あとがき

本書は Roberto Zapperi, Das Inkognito. Goethes ganz andere Existenz in Rom, 1999, C. H. Beck Verlag München. の全訳である。著者のロベルト・ザッペリは一九三二年生まれのイタリア人で歴史研究を専門とし、一九九八―九九年にはベルリン・ヴィッセンシャフツコレークの特別研究員を務めた。現在は在野の研究家としてローマに住み、数多くの歴史書を執筆している。主な著作には、『アンニバレ・カラッチ――若き芸術家の肖像』(一九九〇年)、中世ローマ貴族の家庭内の愛憎劇を描いた『嫉妬と権力』(一九九四年)、教皇パウロ三世の私生活を題材にした『教皇の四人の妻』(一九九七年)などがある。これらは本国のイタリアはもちろん、夫人のインゲボルク・ヴァルターの翻訳によりドイツでも読まれていて、『ツァイト』誌などの書評を読んでも好評を博しているらしい(因みに、上述の書名はドイツ語訳のタイトルであり、本書もまたドイツ語からの重訳であることをお断りしておく)。そしてゲーテ生誕二五〇周年記念を機に、詩人のイタリア滞在に関する研究発表や講演原稿などを一冊にまとめたものが本書である。

北国の住民が抱く南国への憧れは宿命とさえ言われるが、ゲーテ家の場合も例外ではなかった。一八世紀中頃にイタリアを旅したヨーハン・カスパール・ゲーテは、およそ二〇年をかけてその時の体験をもとに『イタリア旅行』を執筆した。その父のコレクションであるイタリアの風景画、イタリアを偲ぶ品々（有名な例では一七四〇年にヴェネツィア土産として持ち帰った美しいゴンドラの玩具）、さらにイタリア語の授業の教育プログラムなどを通して、南国のイメージがまだ幼かった詩人の心情にも深く刻まれたことは、『詩と真実』やイタリアへの旅日記に記されている通りである。さらにその息子のアウグストが一八三〇年にローマで命を落とすに至り、およそ一世紀、親子三代にわたるゲーテ家のイタリア熱は完結した、と言われる（アウグストの旅については、本訳書と同時発売される『もう一人のゲーテ』を参照されたい）。詩人の第一次イタリア滞在は一七八六年一一月から一七八八年四月までの一八ヶ月間で、三七―三八歳の頃だった。そこでの体験から『タウリスのイフィゲーニエ』『トルクァート・タッソー』など古典主義的な作品が誕生し、ゲーテの創作活動が新たな境地を開いたと見なすのはいわば定説になっている。また、旅行体験そのものを題材にした作品としても、ドイツに帰国した翌年の一七八九年に刊行された『ローマの謝肉祭』を初めとして、詩作品『ローマ悲歌』、『ヴェネツィアのエピグラム』などが発表された。そして総決算とも言うべき『イタリア紀行』は、およそ二九年後の一八一七年に「第一次ローマ滞在」第二巻が完成し、さらに一八二九年一一月のゲーテ八〇歳の時に「第二次ローマ滞在」が発表され、およそ四〇年の歳月をかけて完結した。しかし、若き芸術家が南国で過ごした情熱的な日々の生き生きとした報告を期待した読者は失望した、とも言われる。『イタリア紀行』は晩年の詩人がむしろ冷めた視点で若き日の体験を回顧し、その後の生活・創作に与えた影響から遡及的に再構成した作品であり、そこには文学的虚構も織り込まれていたのである。

ゲーテは人々の容赦ない好奇の目からプライバシーを守るため、イタリア滞在に関する私的な情報の隠蔽にとりわけ気を配っていた。『イタリア紀行』の場合も原稿が完成すると、資料として使った覚書きはおろか他人への書簡までほとんど焼き捨ててしまったほどである。その一方で後世に残す書簡や日記の記事を選択し、望み通りの情報を伝えようともしていた。その韜晦ぶりは、時には本来の防衛の域を越えて自己の神話化を謀るかのようである。そこでザッペリはそうした公私にわたる記録はもちろんだが、ゲーテが旅の途上で几帳面に記していた支出簿、遺品に残された領収書など、存在は知られながら注目されることの少なかった資料、そして詩人本人も無害と見なして処分しなかった資料を手がかりに、ゲーテの張った罠をかいくぐり、ローマでの実生活を再構築する。こうして自伝的作品では伏せられていたさまざまな感情や体験、ローマ滞在に関わる謎などが次第に明らかにされていくのである。ザッペリが歴史と文化に関する深い知識を駆使して、膨大な資料を詳細に分析しながら次第に実像を浮かび上がらせるその手法は、探偵小説に喩えられるほどサスペンスフルであり、すでに本文を読まれた方は著者の人気が高いのも納得されよう。

ザッペリの方法の特徴が端的に表れているのが、第四章である。一八二七年九月、ワイマールを訪れたローマ帰りの青年画家ツァーンは、当時七八歳だった詩人との歓談で幾晩かを過ごした。ゲーテは永遠の都で過ごした遠い日々の思い出に耽り、やがて話題はローマの居酒屋に行き着く。ドイツ人芸術家が常連になっている《金鐘亭》の名が出ると、詩人は言った。《そこで私はあるローマの女性と出会い、『ローマ悲歌』が生まれた。付き添いの伯父さんの目の前で、私たちは逢引の約束をしたものさ。こぼれたワインに指を浸して、テーブルの上に時刻を書くんだ》。マルチェッロ劇場広場にあるこの小さな居酒屋は、大詩人のアバンチュールの舞台として有名になり、一八六六年にはバイエルン国王ルートヴィヒ一世の命で記念の銘板が取りつけられるに至った。ツァーンの記録も現代の著作家がゲーテの評伝を書く際に拠り所にされている。しかし、このいわば定説に対してザッペリは疑問を抱く。まず、当時ローマの居酒屋はどれほど質素な店であれテーブルクロスが敷いてあったため、『悲歌』のようにワインに指を浸して文字を書くのは至難の技だった。また、当時の学校教育では女の子の場合、裁縫・刺繡を教え込むのが主たる目的であり、その結果庶民の娘はたいてい母国語でさえ読み書きができず、ましてローマ数字を記すことなど無理だった。そもそもゲーテが知り合ったばかりの青年を相手に自分の恋愛体験を軽々と口にするだろうか。実は悲歌に描かれた情景はラテン文学で好まれたモチーフであり、古代ローマの風習が現代まで綿々と受け継がれていることを示そうとしたゲーテが借用したに過ぎなかったのだ。居酒屋の件についても、実際の出来事から人目を逸らすためにドイツ人の溜まり場としてすでに名が知れていた店の名を出して、世間の思い込みを助長する作り話を聞かせたのだ、とザッペリは結論づける。著者はイタリア人の歴史研究家としてローマの文化、風俗習慣に造詣が深いだけに、従来の学者・執筆者たちの見解への反駁にも十分説得力がある。

その他にも、発端となる「南への逃走」は公国での政務に耐えかねたゲーテの発作的行為のように語られたこともあるが、詩人がその前後に各方面の友人知人たちに書き送ったおびただしい書簡から、枢密顧問官としての地位・俸給と悲願のイタリア旅行を両立させるために《冷静な計算のうえで極めて綿密に、目的達成に役立つあらゆる事前措置を講じて》計画を立てていたことが明らかになる。また『若きヴェルテルの悩み』が教皇庁の支配するイタリアで不安や政治的疑惑を引き起こしたこと、総じて詩人の言動や作品がさまざまな政治的、宗教的問題と不可分に絡み合っていた時代の様相も興味深い。その他にも、ゲーテが服装に関してわざと的外れの助言をしたために、見栄っ張りのヘルダーが大層腹を立てたこと、有名な肖像画を描き「ゲーテのティッシュバイン」の異名を持つ画家が、日常生活のスケッチに二人以外には分からない悪意を潜ませたことなど、『イタリア紀行』や伝記などでお馴染みのゲーテを取り巻く人々の素顔なども描かれている。

しかし、実生活の解明といいながら、また原書裏表紙の扇情的な宣伝文にもかかわらず、作者の意図は低次元な私生活の暴露にはない。たとえば第六章では、『イタリア紀行』の詩人が避暑地カステル・ガンドルフォで出会った美しきミラノ娘のモデルとなった女性の実像を探る。実在のマッダレーナ・リッジは、『紀行』で語られるような一方的に婚約を破棄されて傷心から病気になる儚げな乙女などではなく、結婚を社会的・経済的基盤を確保する手段と見なす、当時としてはありふれた市民階級の娘だった。そこには、ゲーテが打算的な結婚観に嫌悪を抱きながらも、自分の体験を素材にしてローマ滞在を締めくくる美しい《短編小説》を作り出した過程が読み取れる。また、『ローマ悲歌』で一度だけ名が挙がるローマでの恋人ファウスティーネについては、その正体をめぐる詮索が作品の公表時からすでに始まっていた。同名の若い未亡人がいたとする説もあれば、一般的な女性像と見なして実在を疑問視する説もあり、結論は出ていない。ローマ事情に精通したザッペリは家主の請求書などの資料を分析した結果、ゲーテが交際していた若い女性の存在を突き止め、ローマで庶民階級の女性と自由恋愛を体験したことからワイマール帰還後のクリスティアーネ・ヴルピウスとの結婚に至る流れを解明する。このように、《現実を背景としながらも、技巧を凝らして姿を変え、さらに豊かなものにして描き出す》過程を、ゲーテが実体験を詩的作品として昇華させる過程と読み取るべきだろう。ゲーテ本人がエッカーマンに語るように（一八二九年四月八日）、詩人とは僅かな機会を捕らえて良質の作品を生み出すものなのだから。

作品や書簡の訳はオリジナルだが、『イタリア紀行』（相良守峯訳、岩波文庫）、『ゲーテ全集』（潮出版）などを参考にさせていただいた。いつもながらお世話になった法政大学出版局の秋田公士氏と、本書を翻訳する機会を頂き、訳文に関して適切なご指導をして下さった都立大学名誉教授藤代幸一先生に感謝する。

二〇〇一年五月五日

津山拓也

図版出所一覧

口絵　Stiftung Weimarer Klassik/Museen, Goethe Nationalmuseum.

図 1　Vervielfältung aus dem Bestand GSA 25 I XXVII, N, 8a des Goethe- und Schiller-Archivs Weimar.

図 3　Frankfurt, Städelsches Kunstinstitut, Foto: AKG Berlin

図 4　Freies deutsches Hochstift, Frankfurter Goethe-Museum, Foto; U. Edelmann.

図 5　Stiftung Weimarer Klassik/Museen, Foto: AKG Berlin.

図 6　Casa di Goethe, Rom.

図 7　Stiftung Weimarer Klassik/Museen, Goethes Kunstsammlung.

図 8　Vervielfältung aus dem Bestand GSA 25 I XXVII, Q des Goethe- und Schiller-Archivs Weimar.

図 9　Stiftung Weimarer Klassik/Museen, Herzogin Anna Amalia Bibliothek.

図10　Stiftung Weimarer Klassik/Museen, Goethes Kunstsammlung.

図11　Vervielfältung aus dem Bestand GSA 25 I XXVII, T des des Goethe- und Schiller-Archivs Weimar.

図12　Weimar, Nat. Forschungs-u. Gedenkstätten, Foto; AKG Berlin.

図13　Stiftung Weimarer Klassik/Museen, Goethe Nationalmuseum, Goethes Kunstsammlung; Foto: Sigrid Geske.

図14　Freies deutsches Hochstift, Frankfurter Goethe-Museum, Foto; U. Edelmann.

図15　Freies deutsches Hochstift, Frankfurter Goethe-Museum, Foto; U. Edelmann.

図16　Vervielfältung aus dem Bestand GSA 25 I XXVII, T des Goethe- und Schiller-Archivs Weimar.

(49) FA, II, 3, S.401f.
(50) N. Boyle, I, S.590.
(51) FA, II, 3, S.408, 409, 410.
(52) FA, II, 3, S.431, 435, 438.
(53) Briefe des Herzogs Carl August...an seine Mutter..., S.80.
(54) FA, I, 1, S.477f., 1153.
(55) WA, IV, 25, S.330.
(56) WA, IV, 44, S.101.

(15) L. Da Ponte, S.79, 115.
(16) S. Rochlitz, S.IX. 以下の引用もすべて同様.
(17) L. Da Ponte, S.63, 110.
(18) Ch. Bitter, Abb. 13, 15, 18, 19.
(19) WA, IV, 25, S.330.
(20) S. Kunze, S.87ff.
(21) V. Monaco, S.133ff., 463ff.
(22) WA, IV, 25, S.268.
(23) FA I, 15/2, S.1155-1157.
(24) H. Ruppert, S.91.
(25) Ch. J. Jagemann, I, S.261; II, S.223.
(26) Der Briefwechsel zwischen Schiller und Goethe, S.385, 387, 390.
(27) F. Schiller, S.216, 219; Molière, Œuvres complètes, I, S.714.
(28) H. Ruppert, S.229.
(29) WA, IV, 44, S.101.
(30) E. von Keudell, S.303; WA, III, 11, S.210.
(31) H. Ruppert, S.89.
(32) Molière, Œuvres complètes, I, S.754.
(33) FA, I, 15/1, S.533f.
(34) N. Del Re, 1972, S.19ff., 47ff.; Id., 1976, S.18ff.
(35) FA, I, 15/1, S.587f.
(36) WA, IV, 45, S.229f.
(37) P. Ovidii Nasonis, S.23.
(38) FA, I, 15/1, S.568.
(39) Zur Nachgeschichte der italienischen Reise, S.11.
(40) FA, II, 3, S.444.
(41) FA, I, 15/1, S.566.
(42) H. Rüdiger, 1977, S.97ff.
(43) FA, II, 3, S.452.
(44) Zur Nachgeschichte der italienischen Reise, S.33.
(45) FA, I, 15/2, S.1155ff.
(46) H. Rüdiger, 1977, S.100-104.
(47) FA, II, 3, S.376.
(48) FA, II, 3, S.393, 395.

ff.

(61) J.G. Herder, 1988, S.105, 172.

(62) Ebenda, S.26.

(63) FA, II, 3, S.405.

(64) GSAW, 25/XXVII, N. 8a, Nr. 13 und 14.

(65) Die Gemmen aus Goethes Sammlung, S.144r.

(66) FA, II, 3, S.427.

(67) ASR, Tribunale criminale del Governatore, busta 1722.

(68) J.G. Herder, 1988, S.373.

(69) FA, I, 5, S.459ff.

(70) FA, II, 3, S.313.

(71) Eckermann, S.316.

(72) FA, I, 5, S.684, 685.

(73) FA, I, 15/1, S.513.

(74) FA, I, 5, S.677.

(75) Zur Nachgeschichte der italienischen Reise, S.54f.

(76) Eckermann, S.270.

第八章　別　　離

(1) L. Blumenthal, S.76-81.

(2) FA, I, 15/1, S.595-597.

(3) F. Wolfzettel, Sp.945ff.

(4) J. Henning, S.368ff.

(5) FA, I, 5, S.733.

(6) A. Orel, S.116, 156, 157, 166.

(7) WA, III, 5, S.9, 33.

(8) J.H. Campe, 1801, S.195, 196.

(9) L. Da Ponte, S.3.

(10) K.H. Oehl, S.30ff., 35ff., 46ffr., 175; Ch. Bitter, S.379-384.

(11) H. Ruppert, S.379-384.

(12) Goethes Briefwechsel mit Friedrich Rochlitz.

(13) H. Ruppert, S.152, 383.

(14) A. Orel, S.67-68.

(36) H. Claussen, 1990, S.210.

(37) GSWA, 25/XXVII, N.4, Bl. 18r-v.

(38) Goethes Gespräche, III,2, S.220.

(39) GSAW, 25/XXVII, N.4, Bl. 10r-v, 11r, 12v.

(40) GSAW, 25/XXVII, N.4, Bl. 13r-24v.

(41) FA, I, 1, S.397.

(42) J.J. Volkmann, II, S.716, 719; J.W. von Archenholz, S.33; F. Münter, II, S.195f.

(43) FA, I, 15/1, S.451ff.

(44) D. Jost, S.21; H. Rüdiger, 1988, S.137, 139.

(45) FA, II, 3, S.365.

(46) GSAW, 25/XXVII, T., N.4.

(47) G. Pelliccia, S.400ff., 413, 415.

(48) FA, I, 15/1, S.453f.

(49) FA, I, 1, S.407. 409.

(50) R. De Rosa, 1994, S.372f.

(51) P. Romano, S.73f.

(52) FA, I, 15/2, S.972.

(53) Notizie per l'anno 1787, S.40; H. Ruppert, S.57.

(54) Sade, 1977, II, S.56.

(55) G. Sofri, 1960, S.604ff. アルバーニがオスティアからボンコンパーニ枢機卿に宛てた1788年4月10日付けの書簡は以下を参照. ASV, Lettere di cardiniali, Vol.171, c. 140r. アッシジで印刷され，ローマでもよく読まれていた『ガゼッタ・ウニヴェルザーレ』も，1787年2月9日号と15日号で，アルバーニのオスティア滞在を報じている. ゲーテは同紙でニュースを見つけたのかも知れない.

(56) D. Jost, S.86.

(57) FA, II, 3, S.267, 340.

(58) ASVR, Parrocchia S.S. Apostoli, Monizioni, 29 dicembre 1793. この資料は，それ以前にもしばしば発布された回状と同じ内容を繰り返している.

(59) ASVR, Parrocchia dei Santi Quirico e Giuditta, Ammonizioni, 25. Januar 1772.

(60) J.W. von Archenholz, S.32-34; noch ausführlicher M. Levesque, S.230

(3) FA, II, 3, S.564.
(4) D. Jost, S.85.
(5) FA, I, 1, S.392-394, 420, 422.
(6) Der Briefwechsel zwischen Goethe und Schiller, S.101f., 103.
(7) D. Jost, S.83.
(8) Der Briefwechsel zwischen Schiller und Goethe, S.54, 59, 62, 72, 100.
(9) Ebenda, S.117, 121.
(10) D. Jost, S.85-87.
(11) Eckermann, S.327.
(12) F. Sengle, S.83.
(13) N. Boyle, I, S.587.
(14) Carletta, 1899, S.19-38.
(15) F. Satta - R. Zaperi, S.277-280.
(16) FA, I, 15/1, S.693.
(17) Corpus der Goethezeichnungen, VI A, S.41; VI B, S.122.
(18) FA, I, 1, S.425, 1121.
(19) FA, I, 1, S.393.
(20) FA, II, 3, S.523, 524.
(21) FA, I, 15/2, S.925, 930.
(22) Goethe, Römische Elegien. Faksimile der Handschrift, S.70.
(23) FA, I, 1, S.444.
(24) ASVR, Santa Maria del Popolo, Stati d'anime, 1787, S.41, 49, 89, 120, 125, 128, 233.
(25) FA, II, 3, S.387f.
(26) D. Jost, S.20; H. Rüdiger, 1988, S.135.
(27) FA, I, 1, S.429f.
(28) Briefe des Herzogs Carl August...an seine Mutter, S.73, 74, 179.
(29) FA, II, 3, S.364, 366, 368.
(30) FA, I, 1, S.472.
(31) FA, II, 3, S.394.
(32) FA, II, 3, S.416.
(33) GSAW, 25/XXVII, N.4, Bl. 4r, 19r, 26r.
(34) FA, II, 3, S.324f., 341, 343, 349.
(35) GSAW, 25/XXVII, N.4, Bl. 10r-v, 13r, 15r, 18r.

Lorenzo in Lucina, Libro dei matrimoni, 7. Juli 1788.

(42) ASCR, 30 notai capitolini, Uff. 4, Not. V. Capponi, prot. 508, Bl. 287 r-288v.

(43) Ebenda, unter dem Datum 12. September.

(44) ASR, 30 noati capitolini, Uff. 4., not. V. Capponi, prot. 507, Bl. 462r-v, 29. April 1788.

(45) R. Zapperi, S.140, Dok.3.

(46) ASCR, 30 notai capitolini, sez. XIII, not. G.B. Sacchi, prot. 72.

(47) Ebenda, prot. 73.

(48) Ebenda, prot. 74.

(49) ASCR, 30 notai capitolini, sez. XIII, not. V. Valentini, prot. 105, 6. Mai 1825.

(50) A. Carletta, 1897, S.136.

(51) Angelika Kauffmann und ihre Zeitgenossen, S.63.

(52) J.W. Goethe, Italienische Reise, hg. von Andreas Beyer und Norbert Müller, München 1992, S.1130. フーゲルスホーファー（W. Hugelshofer, S.109ff.）の解釈は，ブシリ・ヴィチ（A. Busiri Vici, S.201ff.）が説得力のある論拠をもって反駁している。

(53) A. Carletta, 1897, S. 136, Anm.1.

(54) FA, II, 3, S.365.

(55) FA, I, 15/1, S.451ff., 490, 558f., 593f.

(56) H. Rüdiger, 1977, S.92ff.

(57) WA, IV, 45, S.179.

(58) WA, I, 32, 3, S.463, 464, 466, 467, 468f., 478f,

(59) WA, IV, 44, S.101.

(60) G. Del Pinto, 1902.

(61) Publiziert von Carletta, 1897, S.135, Anm.1.

(62) Th. Mann, Lotte in Weimar, S.58.

第七章　ファウスティーネの謎

(1) J.W. Goethe, Aus meinem Leben. Dichtung und Wahrheit, hg. von Erich Trunz, München 1982, S.8.

(2) D. Jost, S.30ff.; H. Rüdiger, 1988, S.128ff.

(14)　FA, II, 3, S.305.
(15)　W. von Oettingen, S.18.
(16)　FA, II, 3, S.363.
(17)　Zur Nachgeschichte der italienischen Reise, S.15, 47, 58, 100.
(18)　FA, II, 3, S.307, 317f., 328.
(19)　FA, I,1, S.429f., 437f.
(20)　FA, II, 3, S.330, 331.
(21)　FA, II, 3, S.333, 335.
(22)　FA, II, 3, S.411.
(23)　FA, I, 15/1, S.588.
(24)　Zur Nachgeschichte der italienischen Reise, S.16, 32f., 39, 59, 186.
(25)　FA, II, 3, S.1046.
(26)　FA, I, 15/1, S.442, 444, 445, 448.（ここで引用した版では，誤って3通目と2通目を1通の手紙にしている）.
(27)　Zur Nachgeschichte der italienischen Reise, S.58 und 99.
(28)　GSAW, 30, 378; 25/XXVII, 4,2. Bfiefe an Goethe, S.112, Nr.232.
(29)　GSAW, 25 / XXVII, N.7 und 28 . 1042. Briefe an Goethe, S.168, Nr. 409.
(30)　Die Gemmen, S.144; Briefe an Goethe, S.118, Nr.250; S.121, Nr.261; S. 156, Nr.366; S.158, Nr.371.
(31)　Publiziert von R. Zapperi, S.140, Dok. 6.
(32)　C.L. Fernow, S.241.
(33)　A. Carletta, 1897, S.133.
(34)　ASCR, 30 notai capitolini, sez. XIII, not. Capponi, prot. 60, 6. März 1783.
(35)　ASCR, 30 notai capitolini, sez; LIX, not. Formicini, prot. 16, 19. Dezember 1808（Testament Riggis vom 24. Oktober 1808）.
(36)　A. Carletta, 1897, S.137, Anm.1.
(37)　ASVR, Matrimonialia, Uff. II, Not. N. Ferri, Nr.0761.
(38)　G. Marini, S.15.
(39)　R. Zapperum S.139f., Dok.3. 結婚契約書に添えられた嫁入り道具の目録はカルレッタの刊行したものである（Carletta, 1897, S.135, Anm.1.）.
(40)　R. Zapperi, S.140. Dok.4.
(41)　ASVR, Matrimonalia, Uff.II, Not. N. Ferri, Nr.0761; Parrocchia di S.

(48) W. von Oettingen, S.32 und 36.

(49) WA, IV, 34, S.202.

(50) マイザク氏（P. Maisak, S.31-32）の慎重極まりない調査に感謝する.

(51) FA, II, 3, S.181 und 834.

(52) GSAW, 25/XXVII, N.1, S.10.

(53) 大きな頭部彫刻は１月５日に，小さなものは１月13日に購入されている. Vgl. FA, II, 3, S.213 und 221.

(54) Kanzler von Müller, S.85.

(55) FA, II, 3, S.239f.

(56) J. Vogel, S.21.

(57) J.H.W. Tischbein, Eselsgeschichte, S.266f.

(58) Ebd., S.266, Abb.71.

(59) H. Mildenberger, 1987, S.226f., Nr.124 und 125.

(60) Ebd., S.51-77.

(61) WA, IV, 35, S.211-212.

(62) W. von Oettingen, S.27f.

(63) H. Mildenberger, Katalog, 1987, S.216, Nr.40.

(64) FA, II, 3, S.241f.

第六章　美しきミラノ娘

(１) FA, II, 3, S.272.

(２) Briefe der Frau von Stein an Knebel, S.189,.190, 192, 193.

(３) FA, II, 3, S.271.

(４) FA, II, 3, S.157, 230, 237.

(５) FA, II, 3, S.853.

(６) F. Münter, I-II, ad indicem.

(７) FA, II, 3, S.1044.

(８) J. Kruse, S.145ff.

(９) FA, II, 3, S.340.

(10) Angelika Kauffmann und ihre Zeitgenossen, S.59.

(11) FA, I, 15/1, S.378.

(12) FA, II, 3, S.1044.

(13) J.G. Herder, Italienische Reise, S.360.

(23) FA, I, 15/1, S.688.
(24) GSAW, 25 / XVII, 1, N.1, S.5-7.
(25) Ein Potsdamer Maler in Rom, S.164, 166, 216, 218.
(26) J.Ch. von Mannlich, S.261 und 344.
(27) J.W. Tischbein, Aus meinem Leben, S.241, 295.
(28) ASVR, S. Lorenzo in Lucina, Stati d'anime, 1787, Bl. 20v.
(29) ASVR, S. Lorenzo in Lucina, Libro dei battesimi, XXXII, Bl,124r; XXXIII, Bl. 159v.
(30) J.W. Tischbein, Aus meinem Leben, S.267ff.
(31) H. Mildenberger, 1985, S.59, Abb.7.
(32) W. von Oettingen, S.33, 40 und Tafel 25.
(33) FA, II, 3, S.274 und 862.
(34) F.W. Riemer, 1846, S.371.
(35) WA, I, 32, S.436, 451.
(36) GSAW, 25 . XXVII, T.
(37) イタリア文字の歴史の偉大な専門家であり，筆者のためにこの手紙を快く調査して下さったアルマンド・ペトルッチ氏に感謝する．全体的な問題については以下を参照されたい．A. Petrucci, 1989, S.485ff.
(38) H. Gross, S.271.
(39) ASR, 30 notai capitolini, Uff. 4, Not. V. Capponi, Prot, 506, Bl. 204r und 210r.
(40) GSWA, 25 / XXVII, 4, 2.
(41) FA, II, 3, S.227, 231, 240, 242, 244, 247.
(42) FA, II, 3, S.365.
(43) F. Münter, II, S.174.
(44) ASVB, Sereteria di Stato, Memoriali e Viglietti, Viglietti di mons. governatore di Romma, Filza, 297, Bl. 218r-229v.
(45) C. Goldoni, 1981.
(46) J. Hennig, 1980, S.374f.
(47) ASVR, S. Lorenzo in Lucina, Licenze matrimoniali, 20 (1774-1790), 20. August 1787; Matrimonialia, Uff.3, Notaio Antonio Gaudenzi, 7. August 1787; Libre dei matrimoni, 12, Bl.166v; Stati d'anime, 158, 1796, Bl. 14r; 159, 1799, Bl. 15r; ASR, 30 noati capitolini, Uff.4, Prot. 506, bl. 204r-205v, 210r-v.

(76) FA, II, 3, S.366, 368.
(77) FA, II, 3, S.325, 339, 359, 360, 370, 375, 389, 384, 388.
(78) FA, I, 5, S.661ff.
(79) K.Ph. Moritz, II, S.330.
(80) FA, I, 15/2, S.857.

第五章 酒場の娘

(1) Goethes Gespräche, III,2, S.218-221.
(2) FA, I, 1, S.397.
(3) FA, I, 1, S.393.
(4) FA, I, 1, S.425.
(5) F. Cerasoli, S.405-408.
(6) W. Müller, II, S.187.
(7) F. Noack, 1905, S.172f.
(8) WA, I, 42, 2, S.358.
(9) ASR, Tribunale criminale del governatore, filza 1721.
(10) K.Ph. Moritz, II, 400.
(11) FA, II, 3, S.273-275 und S.861-863.
(12) Zuletzt H. Rüdiger, 1978, S.186ff.
(13) F. Noack, S.1907, S.93ff.
(14) ASCR, Sez. IX, Uff. 29, Not. Milanesi, 16. September und 24. Dezember 1765.
(15) F. Noack, 1907, S.94.『ディアリオ・オルディナリオ』紙の1878年2月10日号，4月7日号でもまだ「フランツ氏の店」と呼ばれている．
(16) F. Münter, II, S.256.
(17) K.Ph. Moritz, II, S.180 und 181.
(18) F. Münter, II, S.216.
(19) ASCR, 30 notai capitolini, Nataio Poggioli, sez. XV, Prot, 83; ASVR, S.Lorenzo in Lucina, Morti, XV, Bl.167r.
(20) GSAW, 25/XXVII, N. 1, S.9 und 10.
(21) FA, II, 3, S.248.
(22) K.R. Eissler, II, S.1146f. この点に関して，筆者は全面的にウンゼルト氏の批判（S. Unseld, S.670ff.）に与するものである．

(45) FA, I, 15/1, S.494.
(46) FA, I, 15/2, S.785f.
(47) FA, I, 15/1, S.149.
(48) FA, II, 3, S.235ff.
(49) Zur Nachgeschichte der Italienischen Reise, S.29, 54, 226, 229.
(50) Von Erich Schimidt. Vgl. Tagebücher und Briefe Goethes aus Italien, 1886, S.471.
(51) WA, I, 46, S.243, 246, 247f., 252.
(52) F. Noack, 1907, S.367.
(53) P. Maisak, S.41-44.
(54) FA, II, 3, S.467f.
(55) FA, II, 3, S.362.
(56) FA, II, 3, S.389f.
(57) FA, II, 3, S.309f.
(58) Gazzetta universale di Assisi, 13. Juli 1787.
(59) FA, II, 3, S1044f.
(60) FA, I, 15/1, S.400.
(61) S. Pozzi, Garibaldi, (Caribaldi) Gioacchino, in Dizionario biografico degli Italiani. vol.52, Rom 1999.
(62) S. Pozzi, Guizza, Domenico, ebenda (in Vorbereitung).
(63) K.Ph. Moritz, II, S.330.
(64) FA, I, 15/1, S.404f.
(65) Gazetta universale di Assisi, 6. Juli 1787; Diario ordinario, 8. und 14. Dezember 1787.
(66) FA, I, 15/1, S.406.
(67) E. Schlitzer, S.12-42.
(68) Zur Nachgeschichte der italienischen Reise, S.55, 88, 90, 176f.
(69) A.G. Bragaglia, S.341ff.
(70) K.Ph. Moritz, II, 329f.
(71) Zur Nachgeschichte der italienischen Reise, S.177f., 245.
(72) C. Sartori, IV, S.59, V, S.475.
(73) H. Ruppert, S.380, 381.
(74) FA, II, 3, S.1045.
(75) FA, I, 15/1, S.426.

(13) J.G. Herder, 1989, S.156, 209, 212.
(14) FA, II, 3, S.207f.
(15) N. Boyle, I, S.506ff.
(16) FA, II, 3, S.264.
(17) FA, II, 3, S.211.
(18) Ch. Beutler, S.26f.
(19) H. Mildenberger, Katalog, 1987, S.216, Nr.39 und 45; P. Maisak, 1987, S.30.
(20) Ebd., S.217, Nr.47.
(21) W. von Oettingen, S.20.
(22) FA, II, 3, S.170 (22. November 1786)
(23) Tagebücher und Briefe Goethes aus Italien, 1886, S.436.
(24) Kanzler von Müller, S.13.
(25) ASR, Tribunale del Governatore, Processi criminali, busta 1603 und 1661.
(26) FA, I, 15/2, S.769, 775, 776, 784.
(27) J.H.W. Tischbein, 1956, S.265.
(28) W. von Oettingen, S.32.
(29) FA, II, 3, S.264. Carteggio di Pietro e Alessandro Verri, IX, S.323.
(30) J. Volkmann, II, S.720; J.W. v. Archenholz, S.159.
(31) FA, II, 3, S.159.
(32) S. Brunner, S151.
(33) J. Kruse, S.34f.; K. Ph. Moritz, II, S.863.
(34) GSAW, 25 / XXVII, Q.
(35) GSAW, 25 / XXVII, N.7.
(36) GSAW, 25 / XXVII, N.4, Bl. 1 r–v, 15r.
(37) FA, I, 15/1, S.549f.
(38) FA, I, 15/1, S.143.
(39) GSAW, 25 / XXVII, N.2.
(40) Tagebücher und Briefe Goethes aus Italien, 1886, S.436.
(41) FA, II, 3, S.377.
(42) FA, I, 15/1, S.143.
(43) FA, II, 3, S.1041.
(44) GSAW, 25/XXVII, N.7.

(77) V. Monti, Aristodemo, S.37, 39, 40, 44, 45, 55.
(78) R. De Rosa, S.377-379.
(79) WA, I, 46, S.143.
(80) FA, I, 1, S.394.
(81) V. Monti, Epistolario, I, S.289.
(82) Ebenda, I, S.272.
(83) V. Monti e P. Zajotti, S.88.
(84) FA I, 15/1, S.152f., 171, 178.
(85) V. Monti, Epistolario, I, S.339.
(86) FA, I, 1, S.400.
(87) L. von Pastor, XVI, 3, S.82ff.
(88) A. Scibilia, 1976, S.337-346.
(89) FA, I, 15/1, S.207f.
(90) Index librorum prohibitorum, S.322.
(91) FA, I, 15/1, S.240.
(92) A. Scibilia, 1961, S.664-672.
(93) FA, I, 15/1, S.259f.
(94) FA, II, 3, S.296 und 297f.
(95) Goethe. Sein Leben in Bildern und Texten, S.221.

第四章　遊びと楽しみ

(1) Ch. Beutler, S.26.
(2) S. Brunner, S.156.
(3) J.G. Herder, 1989, S.156, 175, 213f., 227.
(4) FA, II, 3, S.207.
(5) GSAW, 25 / XXVII, N.1, S.9-11;2 und 4.2.
(6) GSAW, 25 / XVII, N.5.
(7) FA, I, 15/1, S.559.
(8) FA, II, 3, S.373.
(9) FA, II, 3, S.221.
(10) HS, A.74. Bu 174 und 175.
(11) FA, I, 15/1, S.395 und 406.
(12) W. Riemer, 1841, II, S.623; WA, I, 36, S.73.

(48) A.M. Giorgetti Vichi, S227.
(49) G. Natali, S.295-307.
(50) E. Motta, Saggio di una bibliografia di Francesco Soave.
(51) J. Vogel. S.262, Tafel 13.
(52) BAR, Archivio dell' Arcadia, Archivio. Vol.5, Bl. 201v; Vol. 6, Bl. 120 r.
(53) Ebenda, Vol.8, Bl. 64r.
(54) Tagebücher und Briefe Goethes aus Italien, 1886, S.417.
(55) J.G. Herder, Italienische Reise, S.254, 261, 370, 618f.
(56) FA, I, 15/1, S.513-518.
(57) F. Münter, I, S.263, 267, 365.
(58) A.M. Giorgetti Vichi, S.114.
(59) J.W. von Archenholz, S.151.
(60) 1785―86年については以下を参照. BAR, Archivio dell'Arcadia, Atti, S.336, 338, 339, 343, 345f.
(61) A.M. Giorgetti Vichi, S.223.
(62) S. Brunner, S.151.
(63) FA, I, 15/2, S.774.
(64) FA, II, 3, S.268.
(65) J.J. Volkmann, II, S.664-666.
(66) Index librorum prohibitorum, S.286.
(67) ACDFR, Congregzione dell'Indice, Protocolli, Ponfilio, Vol.I (1781-84); Vol.II (1784); Vol.III (1786-1788).
(68) G.B. Salinari, S.100-104.
(69) A. Buonafede, S.151 und 247.
(70) A.M. Giorgetti Vichi, S.13.
(71) この頃ブオナフェーデが会議に参加した記録は，1785年1月6日と1787年6月9日のものしかない. Vgl. BAR, Archivio dell'Arcadia, Atti, Vol5, Bl. 327 und 357.
(72) FA, I, 15/1, S.553.
(73) Zur Nachgeschichte der italienischen Reise, S.207.
(74) L. Rossi, S.678ff.
(75) G. Fantoni, S.13.
(76) V. Monti, Poesie, S.27ff.

(19) D. Kemper, S.316ff.
(20) [J.W. Goethe] Gli affannni del giovane Verter, Londra 1788.
(21) A. De Giorgi Bertola, I, S.104ff.
(22) G. Scotti, S.21 und 91.
(23) J. Rousse-Lacordaire, S.45ff.
(24) BSM, Geheimes Staatsarchiv München, Kasten schwarz 6335 und 15546.
(25) F. Münter, I, S.255, 262, 267, 296, 317, 328, 367, 374; II, S.118, 134, 183, 193, 201, 213, 247ff., 253; III, S.54.
(26) S. Brunner, S.150f., 156ff.
(27) FA, II. 3, S.208f.（私は私の偉大なる，あるいは壮大なる作品のおかげでメガリオの名を賜った）.
(28) FA, II, 3, S.211.
(29) J.J. Volkmann, II, S.778-782.
(30) Vgl. das Namensregister in FA, II, 3. ゲーテはクネーベルから借りた旅行ガイドに駅馬車の御者を描いた．これは詩人の蔵書に保管されている．Siehe J. Ruppert, S.316f.
(31) J.W. von Archenholz, S.151f.
(32) FA, II, 3, S.181.
(33) S. Brunner, S.156f.
(34) F. Noack, 1904, S.197f.
(35) FA, II, 3, S.173, 182, 190.
(36) W. von Oettingen, S.20.
(37) BAR, Archivio dell'Arcadia, Atti, S.338, 339, 342, 345f., 347, 351.
(38) FA, II, 3, S.157.
(39) GSAW, 25/XXVII, N.1, S.10.
(40) A. Rita, S.214-218.
(41) BAR, Archivio dell'Arcadia, Archivio, Vol.8, Bl. 165v.
(42) Ebenda, Atti, S.338, 342, 349-351.
(43) WA, I, 32, S.451 und 456.
(44) H. Ruppert, S.242.
(45) F. Noack, 1904, S.203f.
(46) Diario ordinario, 16. Dezember und 13. Dezember 1788.
(47) A. Monachi, S.129-133.

(74) GSPKB, Acta, Rep.92, Nachlaß Lucchesini, Nr.9, Bl. 34r und 38r; Nr. 10, Bl. 12 r-v und 15r.
(75) FA, II, 3, S.297-301; V. Wahl, S.69f.
(76) L. von Pastor, XVI, 3, S.71-81.
(77) Das italienische Reisetagebuch des Prinzen August von Sachsen-Gotha..., S.7, 25, 29ff.
(78) Die Göchhausen, S.68ff.
(79) Sade, 1995, S.8, 14ff.

第三章　発禁詩人

(1) J.W. Appel, 1896, S.117ff.; K.R. Scherpe, S.14f., 66ff., 83ff.
(2) WA, IV, 5, S.238f., 240f., 244, 266f.
(3) A.-L. Thomas, Saggi sopra il carattere, i costumi e lo spirito delle donne dei vari secoli. Opera tradotta dal sig. Gaetano Grassi Milanese, Cremona 1782. フェリチータ・アンドレオリ侯爵夫人への長い献辞が本編の前に置かれており，そこに伝記に関する覚え書きが含まれている．
(4) R. Le Forestier, S.450, 502f., 508f.
(5) H. Strehler-R. Bornatico, S.50; M. Rigatti, S.228ff.
(6) ［J.W. Goethe］ Werther, s.d., S.5ff.
(7) M. Rigatti, S.229.
(8) Eckermann, S.315.
(9) P. Vismara Chiappa, S.7ff.
(10) C. Capra, S.59ff., 68ff., 96.
(11) Memorie enciclopediche, 1783, n.36, S.288.
(12) M. Fancelli, S.92ff.
(13) R. Targhetta, S.132ff.
(14) 第1巻の印刷許可は1788年3月11日に，第2巻は同年4月1日に与えられた．Archivio di Stato di Venezia, Riformatori dello studio di Padova, busta 327.
(15) ［J.W. Goethe］ Verter, Venezia 1788, S.10ff.
(16) G. Manacorda, S.2ff., 8, 11ff., 19f.
(17) U. Foscolo, Epistolario I, S.129f.; G. Manno, S.402ff.
(18) R. Le Foresiter, S.419ff., 517.

(43) FA, II, 3, S.187.
(44) J.G. Herder, Briefe, V, S.208, 213.
(45) Die Göchhausen, S.64.
(46) Die Briefe von Goethes Mutter, S.221.
(47) Briefe des Herzogs Carl August...an Knebe..., S.76.
(48) B. Suphan, S.501.
(49) FA, I, 1, S.397.
(50) K. Ph. Moritz, II, S.180; F. Münter, I, S.254.
(51) FA, I, 15/1, S.72.
(52) GSAW, 25/XXVII, Nr.1, S.6, 8 und 9.
(53) W. von Oettingen, S.20.
(54) F. Noack, 1904, S.188.
(55) FA, I, 15.1, S.744.
(56) Cg. L. Frommel, S.78ff.
(57) GSAW, 25/XVII, Nr.1, S.8.
(58) A. Brilli, S.126f.
(59) FA, I, 15/1, S.607.
(60) WA, IV, 8, S.18.
(61) FA, II, 3, S.152, 154, 160, 166, 175, 184, 194, 219, 256, 267.
(62) Die Briefe von Goethes Mutter, S.218; Goethe und der Kreis von Münster, S.51.
(63) FA, II, 3, S.184.
(64) GSAW, 25.XXVII, N. 8a.
(65) FA, II, 3, S.1042; GSAW, 347, VII, 3.3. Regest in Briefe an Goethe, I, S.110, Nr.223.
(66) FA II, 3, S.269 und 320.
(67) GSAW, 25/XXVII, N. 8a, Nr. 10-12.
(68) GSAW, 25/XXVII, N. 8b.
(69) F. Noack, 1904, S.191. クラウセンが『魂の証明書』の当該ページのコピーを公刊している．H. Claussen, S.209.
(70) FA, II, 3, S.190.
(71) FA, II, 3, S.363f.
(72) Die Göchhausen, S.77.
(73) FA, II, 3, S.183f.

(14) FA, II,3, S.201f.

(15) FA, II, 3, S.209 und 224f.

(16) H. Tümmler, S.178f.

(17) HHSA W, Staatskanzlei, Berichte aus dem Reich, Kart. 162 und Weisungen ins Reich, Kart.249. レオポルド・アウアー博士の好意により，すでにショイアーマンが自著（K. Scheuermann, Goethe in Rom, II, S. 84.）で公開したこの資料を写真複写させてもらえたことに感謝する．

(18) Die Briefe von Goethes Mutter, S.219.

(19) WA, IV, 7, S.253.

(20) W. Schleif, S.170.

(21) FA, II, 3, S.125.

(22) FA, II, 3, S.156 und 824.

(23) Die Briefe von Goethes Mutter, S.217.

(24) FA, I, 15/2, S.1171 und 1173.

(25) FA, I, 15/1, S.609.

(26) FA, II, 3, S.410.

(27) FA, I, 15/1, S.607.

(28) FA, I, 15/1, S.609.

(29) FA, I, 15/1, S.38, 55, 607, 612, 633.

(30) FA, I, 15/1, S.629 und 630.

(31) GSAW, 25/ XXVII, Nr. 1, S.5.

(32) FA, I, 15/1, S.648.

(33) FA, I, 15/1, 664, 668.

(34) GSAW, 25/ XXVII, Nr.1, S.6-7.

(35) Ebenda. ゲーテはヴェネツィアでヴィトルヴィウスの著作集も製本させた．ヴィトルヴィウスとパラディオスの本を購入した件については，1786年11月 3 日に公爵に宛てた最初の手紙で述べている．

(36) FA, I, 15/1, S.679f., 694, 695.

(37) FA, I, 15/1, S.713.

(38) FA, II, 3, S.184f.

(39) FA, II, 3, S.213.

(40) Die Briefe von Goethes Mutter, S.219, 222.

(41) J.G. Herder, Briefe, V, S.196f., 206.

(42) FA, II, 3, S.227.

(26) FA, II, 2, S.624.
(27) WA, IV, 7, S.220.
(28) WA, IV, 7, S.188.
(29) FA, II, 2, S.631.
(30) FA, II, 2, S.642f.
(31) S. Unseld, S.113ff.
(32) WA, IV, 8, S.2.
(33) WA, IV, 8, S.16-19.
(34) FA, II, 3, S.43-47.
(35) FA, II, 3, S.121-125.
(36) FA, I, 15/1, S.721.
(37) FA, I, 15/1, S.724.
(38) FA, I, 15/1, S.725 und 744.
(39) WA, IV, 8, S.7.
(40) FA, II, 3, S.189f.
(41) Eckermann, S.291.
(42) Ebenda, S.582
(43) FA, II, 3, S.308, 310ff.

第二章　微　　行

(1) J.G. Herder, Briefe, V, S.186.
(2) Ebenda, V, S.213.
(3) Ebenda, V, S.250.
(4) FA, II, 3, S.150-152.
(5) N. Boyle, I, S.302.
(6) WA, IV, 8, S.21.
(7) Die Briefe von Goethes Mutter, S.217.
(8) FA, II, 3, S.153.
(9) Briefe des Herzogs Carl August...an Knebel..., S.67.
(10) FA, II, 3, S.183.
(11) FA, II, 3, S,162 und 174.
(12) FA, II, 3, S.192.
(13) Briefe des Herzogs Carl August...an seine Mutter..., S.65.

原　注

第一章　逃　走

（1）　FA, I, 15/1, S.604.
（2）　FA, II, 2, S.649f.
（3）　W. Wahl, S.61.
（4）　J.G. Herder, Briefe, IV, S.226.
（5）　WA, IV, S.253f.
（6）　FA, II, 2. S.648f.
（7）　W. Wahl, S.63ff.
（8）　FA, II, 2, S.634f.
（9）　およそ1200ターラーだった俸給は1781年に1400ターラー，1785年に1600ターラーに増額された．Vgl. W. Wahl, S.64.
(10)　S. Unseld, S.18, 48ff., 60ff., 121ff.
(11)　Eckermann, S.290f.
(12)　FA, II, 2, S.650.
(13)　N. Boyle, I, S.650.
(14)　W. Wahl, S.66.
(15)　FA, II, 2, S.346.
(16)　N. Boyle, S.302ff., 308ff.
(17)　Ebenda, I, S.298ff.
(18)　FA, II, 2, S.633.
(19)　FA, II, 2, S.636ff.
(20)　FA, II, 2, S.646.
(21)　FA, II, 2, S.639.
(22)　Goethe und der Kreis von Münster, S49.
(23)　WA, IV, 8, S.9f.
(24)　FA, II, 2, S.647.
(25)　FA, II, 2, S.651.

省略記号

ACDFR	Archivio della Congregazione per la Dottrina della Fede Roma
ASCR	Archivio Storico Capitolino Roma
ASR	Archivio di Stato Roma
ASV	Archivio Segreto Vaticano
ASVR	Archivio Storico del Vicariato Roma
BAR	Biblioteca Angelica Roma
BSM	Bayerisches Hauptstaatsarchiv München
GSAW	Goethe- und Schiller-Archiv Weimar
GSPKB	Geheimes Staatsarchiv Preußischer Kulturbesitz Berlin
HHSAW	Haus-, Hof- und Staatsarchiv Wien
HA	Hauptstaatsarchiv Stuttgart

Goethe-Ausgaben:

FA Frankfurter Ausgabe = Johann Wolfgang Goethe, Sämtliche Werke (Deutscher Klassikerverlag), Frankfurt am Main 1987 ff.

WA Weimarer Ausgabe = Goethes Werke, hg. im Auftrag der Großherzogin Sophie von Sachsen, Weimar 1887–1919.

seppe Pozzobonelli arcivescovo di Milano, in: Ricerche storiche sulla Chiesa ambrosiana, XII, 1983, S. 7ff.
Vogel, Julius, Aus Goethes römischen Tagen, Leipzig 1905.
Volkmann, Johann Jakob, Historisch-kritische Nachrichten von Italien ..., II, Leipzig 1770.
Wahl, Volker, Goethes Italienreise als Zäsur in seinen amtlichen Verhältnissen in Weimar, in: «... endlich in dieser Hauptstadt der Welt angelangt!» Goethe in Rom, I, Mainz 1997, S. 60–71.
Wolfzettel, Friedrich, Fee, Feenland, in: Enzyklopädie des Märchens, 4, Berlin und New York 1984, Sp. 945–964.
Zapperi, Roberto, Goethe finto Werther a Roma, in: Goethe in Italia. Disegni e acquarelli da Weimar, hg. von Roberto Venuti, Roma 1995.
Zur Nachgeschichte der italienischen Reise. Goethes Briefwechsel mit Freunden und Kunstgenossen in Italien 1788–1790, hg. von Otto Harnack, Weimar 1890.

Satta, Fiamma e Zapperi, Roberto, Goethes Faustine. Die Geschichte einer Fälschung, in: Goethe-Jahrbuch, 113, 1996, S. 277–280.

Scherpe, Klaus R., Werther und Wertherwirkung. Zum Syndrom bürgerlicher Gesellschaftsordnung im 18. Jahrhundert, Bad Homburg 1970.

Schiller, Friedrich, Sämmtliche Schriften, Elfter Theil, Gedichte, hg. von Karl Goedeke, Stuttgart 1871.

Schleif, Walter, Philipp Seidel, der Betreuer von Goethes Haushalt in den Jahren 1775–1788, in: Goethe. Neue Folge des Jahrbuchs der Goethe-Gesellschaft, 22, 1960, S. 169ff.

Schlitzer, Franco, Goethe e Cimarosa, Siena 1950.

Scibilia, Antonello, Aquino, Francesco, principe di Caramanico, in: Dizionario biografico degli italiani, 3, Rom 1961, S. 664–672.

Scibilia, Antonello, Caracciolo Domenico, in: Dizionario biografico degli italiani, 19, Rom 1976, S. 337–346.

Scotti, Giulio, La vita e le opere di Aurelio Bertola, Mailand 1896.

Sengle, Friedrich, Das Genie und sein Fürst. Die Geschichte der Lebensgemeinschaft Goethes mit dem Herzog Carl August, Stuttgart–Weimar 1993.

Sofri, Gianni, Albani Giovan Francesco, in: Dizionario biografico degli italiani, I, Rom 1960, S. 604–606.

Strehler, Hermann – Bornatico, Remo, Die Buchdruckerkunst in den Drei Bünden, Chur 1971.

Suphan, Bernhard, Aus Weimar und Kochberg, in: Preussische Jahrbücher, 50, 1882, S. 495–504.

Tagebücher und Briefe Goethes aus Italien an Frau von Stein und Herder, hg. von Erich Schmidt, Weimar 1886.

Targhetta, Renata, La massoneria veneta dalle origini alla chiusura delle logge, Udine 1988.

Tischbein, Johann Heinrich Wilhelm, Aus meinem Leben, hg. von Kuno Mittelstädt, Berlin 1956.

Tischbein, Johann Heinrich Wilhelm, Goethes Maler und Freund, hg. von Hermann Mildenberger, Oldenburg 1987

Tischbein, Johann Heinrich Wilhelm, Eselgeschichte oder Der Schwachmatichus und seine vier Brüder der Sanguinikus, Cholerikus, Melancholikus und Phlegmatikus nebst zwölf Vorstellungen vom Esel, hg. von Peter Reindl, Oldenubrg 1987.

Tümmler, Hans, Weimar, Wartburg, Fürstenbund 1776–1820, Bad Neustadt an der Saale 1995.

Unseld, Siegfried, Goethe und seine Verleger, Frankfurt am Main und Leipzig 1991.

Vismara Chiappa, Paola, Le progettate dimissioni del cardinal Giu-

Pastor, Ludwig von, Geschichte der Päpste..,XVI, 3, Freiburg im Breisgau 1933.

Pelliccia, Guerrino, La scuola primaria a Roma dal secolo XVI al XIX, Rom 1985.

Petrucci, Armando, Scrivere per gli altri, in: Scrittura e civiltà, 13, 1989, S. 475–487.

Pozzi, Sabina, Gioacchino Garibaldi (Caribaldi), in: Dizionario biografico degli italiani, 52, Rom 1999.

Pozzi, Sabina, Domenico Guizza, in: Dizionario biografico degli italiani (in Vorbereitung).

Riemer, Friedrich Wilhelm, Mittheilungen über Goethe, Berlin 1841.

Riemer, Friedrich Wilhelm, Briefe von und an Goethe. Desgleichen Aphorismen und Brocardica, Leipzig 1846.

Rigatti, Maria, Un illuminista trentino del secolo XVIII. Carlo Antonio Pilati, Florenz 1923.

Rita, Andreina, De Rossi, Giovanni Gherardo, in: Dizionario biografico degli italiani, 39, Rom 1991, S. 214–218.

Rochlitz, Friedrich, Don Juan. Oper in zwei Akten. Nach dem Italienisch des Abb. Da Ponte frei bearbeitet, Leipzig 1801.

Romano, Paolo, Pasquino nel Settecento, Rom 1934.

Rossi, Lauro, Giovanni Fantoni, in: Dizionario biografico degli italiani, 44, Rom 1994, pp. 678–685.

Rousse-Lacordaire, Jérome, Rome et les Franc-Maçons. Histoire d' un conflit, Paris 1996.

Rüdiger, Horst, Zur Komposition von Goethes „Zweitem römischen Aufenthalt“: das melodramatische Finale und die Novelle von der „schönen Mailänderin“, in: Aspekte der Goethezeit, hg. von S. A. Korngold u. a., Göttingen 1977, S. 97–114.

Rüdiger, Horst, Goethes „Römische Elegien, und die antike Tradition, in: Goethe-Jahrbuch, 95, 1978, S. 174–199.

Rüdiger, Horst, Von den Erotica romana zu den Römischen Elegien, in: Goethe, Römische Elegien. Faksimile der Handschrift, hg. von Hans-Georg Dewitz, Frankfurt am Main 1988.

Ruppert, Hans, Goethes Bibliothek. Katalog, Weimar 1958.

Sade, Donatien Alphonse François, Marquis de, Histoire de Juliette ou les prospérités du vice, II, Paris 1977.

Sade, Donatien Alphonse François, Marquis de, Voyage d'Italie, hg. von Maurice Lever, Paris 1995.

Salinari, Giovanni Battista, Buonafede Appiano, in: Dizionario biografico degli italiani, 15, Rom 1972, S. 100–104.

Sartori, Claudio, I libretti italiani a stampa dalle origini al 1800, III–IV, Cuneo 1991; V, Cuneo 1992; Indice dei cantanti, Cuneo 1994.

Tischbein Goethes Maler und Freund, Oldenburg 1987, S. 226–227.
Molière, Œuvres complètes, hg. von Robert Jouanny, I, Paris 1962.
Monaci, Alfredo, Memoria dell' elogio di Goethe in Arcadia, in: Giornale arcadico, 1911, S. 129–133.
Monaco, Vanda, Giambattista Lorenzi e la commedia per musica, Neapel 1968.
Monti, Vincenzo, Aristodemo, Rom 1911.
Monti, Vincenzo, Epistolario, I, (1771–1796), hg. von Alfonso Bertoldi, Florenz 1928.
Monti, Vincenzo, Poesie, hg. von Alfonso Bertoldi, Florenz 1910.
Monti, Vincenzo e Paride Zajotti, hg. von Nicolò Vidacovich, Mailand 1928.
Moritz, Karl Philipp, Werke, hg. von Horst Günther, II, Frankfurt am Main 1981.
Motta, Emilio. Saggio di una bibliografia di Francesco Soave, in: Bollettino storico della Svizzera italiana, VI,1884, S. 32ff., 60ff., 89ff.,115ff.,195ff., 227ff., 251ff.,288ff.;VII,1885, S. 29ff., 65ff., 99ff., 133ff., 156ff., 179ff., 211ff., 233ff., 248ff., 277ff.
Müller, Kanzler von, Unterhaltungen mit Goethe, hg. von Ernst Grumach, Weimar 1956.
Müller, Wilhelm, Rom, Römer und Römerinnen, II, Berlin 1820.
Münter, Friedrich, Aus den Tagebüchern, hg. von Oivind Andreasen, I-III, Kopenhagen und Leipzig 1937.
Natali, Giulio, Il maestro di Alessandro Manzoni, in: Idee, costumi, uomini del Settecento, Turin 1916, S. 295–307.
Noack, Friedrich, Aus Goethe römischem Kreise. Tischbein und der Künstlerhaushalt am Corso, in: Goethe-Jahrbuch, 25, 1904, S. 185–195.
Noack, Friedrich, Aus Goethes römischem Kreise. Goethe und die Arkadia, in: Goethe-Jahrbuch, 25, 1904, S. 196–207.
Noack, Friedrich, Aus Goethes römischem Kreise. Wo Goethe ein und aus ging, in: Goethe-Jahrbuch,26, 1905, S. 172–183.
Noack, Friedrich, Deutsches Leben in Rom. 1700 bis 1900. Stuttgart und Berlin 1907.
Oehl, Kurt Helmut, Beiträge zur Geschichte der deutschen Mozartübersetzungen, Diss., Mainz 1952.
Oettingen, Wolfgang von, Goethe und Tischbein, Weimar 1910.
Orel, Alfred, Goethe als Operndirektor, Bregenz 1949.
Ovidius Naso, Publius, Briefe aus der Verbannung, Lateinisch und Deutsch, übertragen von Wilhel Willige, Zürich und Stuttgart 1963

Hugelshofer, Walter, Angelika Kauffmann und Goethe in Rom, in: Pantheon , 20, 1962, S. 109ff.

Index librorum prohibitorum Sanctissimi Domini Nostri Pii Sexti Pontifici Maximi jussu editur, Romae 1786.

Jagemann, Christian Joseph, Dizionario italiano-tedesco e tedesco-italiano, Leipzig 1790–1791.

Jost, Dominik, Deutsche Klassik. Goethes „Römische Elegien“, München 1974.

Kemper, Dirk, «... die Vorteile meiner Aufnahme». Goethes Beitrittserklärung zum Illuminatenorden in einem ehemaligen Geheimarchiv in Moskau, in: Goethe-Jahrbuch, 111, 1994, S. 316–320.

Keudell, Elise von, Goethe als Benutzer der Weimarer Bibliothek, Weimar 1931.

Kruse, Joachim, Johann Heinrich Lips. 1758–1817. Ein Zürcher Kupferstecher zwischen Lavater und Goethe, Coburg 1989.

Kunze, Stefan, Don Giovanni vor Mozart. Die Tradition der Don-Giovanni-Opern im italienischen Buffa-Theater des 18. Jahrhunderts, München 1972.

Le Forestier, Renée, Les Illuminés de Bavière et la Franc-Maçonnerie allemande, Paris 1915.

Levesque, Maurice, Tableau politique religieux et morale de Rome et des États ecclésiastiques, Paris 1791.

Maisak, Petra, Wir passen zusammen als hätten wir zusammen gelebt. Goethe und Tischbein in Italien, in: Johann Heinrich Wilhelm Tischbein. Goethes Maler und Freund, hg. von Hermann Mildenberger, I, Oldenburg 1987, S. 17–50.

Manacorda, Giorgio, Materialismo e masochismo. Il „Werther“, Foscolo e Leopardi, Florenz 1973.

Mann, Thomas, Lotte in Weimar, Frankfurt am Main 1990.

Mannlich, Johann Christian von, Histoire de ma vie, I, Mémoires de Johann Christian von Mannlich (1741–1822), hg. von Karl-Heinz Bender und Hermann Kleber, Trier 1989.

Manno, Giuseppe, Grassi Giuseppe, in: Biografie degli italiani illustri, hg. von Emilio De Tipaldo, II, Venedig 1835, S. 402ff.

Marini, Giovanni, Giovanni Volpato .1735–1803, Bassano 1988.

Mildenberger, Hermann, Ein Künstler zwischen den Stilen. Bildniszeichnungen von J. H. W. Tischbein in: Kunst und Antiquitäten, Heft 1, 1985,S. 56–63.

Mildenberger, Hermann, Wilhelm Tischbein als Illustrator und Autor eines Romans, in: Johann Heinrich Wilhelm Tischbein Goethes Maler und Freund, Oldenburg 1987, S. 51–77.

Mildenberger, Hermann, Katalog, in: Johann Heinrich Wilhelm

Fancelli, Maria, Michele Salom a Berlino: una lettera inedita a Ch.M.Wieland, in: Rivista di letterature moderne e comparate, 1981, S. 92–103.
Fantoni, Giovanni, Epistolario (1760–1807), hg. von Paola Melo, Rom 1992.
Fernow, Carl Ludwig, Römische Briefe an Johann Pohrt. 1793–1798, hg. von Herbert von Einem und Rudolf Pohrt, Berlin 1944.
Foscolo, Ugo, Epistolario, I, (ottobre 1794-giugno 1804), hg. von Plinio Carli, Florenz 1949.
Frommel, Christoph Luitpold, Zur Geschichte der Casa di Goethe, in: «... endlich in dieser Hauptstadt der Welt angelangt!» Goethe in Rom, I, Mainz 1997,S. 78–95;204–216.
Giorgetti Vichi, Anna Maria, Gli Arcadi dal 1690 al 1800. Onomasticon, Rom 1977.
Goethe, Römische Elegien. Faksimile der Handschrift, hg. von Hans-Georg Dewitz, Frankfurt am Main 1988.
(Goethe, Johann Wolfgang), Werther. Opera di sentimento del dottor Goethe celebre scrittore tedesco. Tradotta da Gaetano Grassi Milanese. Coll' aggiunta di un' apologia in favore dell' opera medesima. In Poschiavo per Giuseppe Ambrosioni, s.d.
(Goethe, Johann Wolfgang), Verter. Opera originale tedesca del celebre signor Goethe trasportata in italiano dal D. M. S., Venedig 1788, presso Giuseppe Rosa.
(Goethe, Johann Wolfgang), Gli affanni del giovane Verter: dall' originale tedesco tradotti in lingua toscana da Corrado Ludger, London : per T. Hoocham 1788.
Goethe. Sein Leben in Bildern und Texten, hg.von Christoph Michel, Frankfurt am Main 1987.
Goethe und der Kreis von Münster, hg.von Erich Trunz und Waltraud Loos, Münster 1974.
Goethes Gespräche, III, 2, hg. von Ernst Beutler, Zürich 1950.
Goethes Briefwechsel mit Friedrich Rochlitz, hg. von Woldemar von Biedermann, Leipzig 1887.
Goldoni, Carlo, Il ventaglio, hg. von Guido Davico Bonino, Turin 1981.
Gross, Hanns, Roma nel Settecento, Rom-Bari 1990.
Hennig, John, Goethes Kenntnis der Schönen Literatur Italiens, in: Literaturwissenschaftliches Jahrbuch, N. F., 21, 1980, S. 361–383.
Herder, Johann Gottfried, Briefe, Gesamtausgabe 1763–1803, hg. von Wilhelm Dobbek und Günther Arnold, Weimar 1977–1988.
Herder, Johann Gottfried, Italienische Reise. 1788–1789, hg. von Albert Meier und Heide Hollmer, München 1989.

Carletta, Alessandro (Valeri, Antonio), La bella milanese di Goethe. L' atto di nascita, il ritratto, in: Vita italiana, n.s., III, 1897, S. 129–139.
Carletta, Alessandro (Valeri, Antonio), Goethe a Roma, Roma 1899.
Carteggio di Pietro e Alessandro Verri, hg. von Giuseppe Seregni, IX, Mailand 1939.
Cerasoli, Francesco, Ricerche storiche intorno agli alberghi di Roma dal secolo XIV al XIX, in: Studi e documenti di storia e diritto, XIV, 1893, S. 406–408.
Claussen, Horst, „Gegen Rondanini über ...“ Goethes römische Wohnung, in: Goethe-Jahrbuch, 107, 1990, S. 200–216.
Corpus der Goethezeichnungen, bearbeitet von Gerhard Femmel, VI A, Leipzig 1970; VI B, Leipzig 1971.
Da Ponte, Lorenzo, Il Don Giovanni, edizione critica di Giovanna Gronda, Turin 1995.
Das italienische Reisetagebuch des Prinzen August von Sachsen-Gotha-Altenburg, des Freundes von Herder, Wieland und Goethe, hg. von Götz Eckardt, Stendal 1985.
De Giorgi Bertola, Aurelio, Idea della bella letteratura alemanna ..., I, Lucca 1784.
Del Pinto, G., La casa abitata da Volfango Goethe in Castelgandolfo, Rom 1902.
Del Re, Niccolò, Monsignor Governatore di Roma, Rom 1972.
Del Re, Niccolò, Il Vicegerente del vicariato di Roma, Rom 1976.
Der Briefwechsel zwischen Schiller und Goethe, hg. von Emil Steiger, Frankfurt am Main 1987.
De Rosa, Raffaella, Falconieri Alessio, in: Dizionario biografico degli italiani, 44, Rom 1994, S. 372 f.
De Rosa, Raffaella, Falconieri Costanza, in: Dizionario biografico degli italiani, 44, Rom 1994, S. 377–379.
Die Briefe von Goethes Mutter, hg. von Mario Leis, Karl Riha und Carsten Zelle, Frankfurt am Main und Leipzig 1996.
Die Gemmen aus Goethes Sammlung. Bearbeiter der Ausgabe Gerhard Femmel. Katalog. Gerald Heres, Leipzig 1977.
Die Göchhausen. Briefe einer Hofdame aus dem klassischen Weimar, hg. von Werner Deetjen, Berlin 1923.
Eckermann, Johann Peter, Gespräche mit Goethe in den letzten Jahren seines Lebens, hg. von Fritz Bergemann, Frankfurt am Main 1981.
Ein Potsdamer Maler in Rom. Briefe des Batoni-Schüler Johann Gottlieb Puhlmann aus den Jahren 1774 bis 1787, hg. von Götz Eckardt, Berlin 1979.
Eissler, Kurt R., Goethe. Eine psychoanalytische Studie. 1775–1786, II, München 1986.

参考文献

Angelika Kauffmann und ihre Zeitgenossen, Bregenz-Wien 1968.

Appell, Johann Wilhelm, Werther und seine Zeit, Oldenburg 1896.

Archenholz, Johann Wilhelm von, Rom und Neapel, hg. von Frank Maier-Solgk, Heidelberg 1990.

Beutler, Christian, Johann Heinrich Wilhelm Tischbein, Goethe in der Campagna, Stuttgart 1962.

Bitter, Christof, Wandlungen in den Inszenierungsformen des „Don Giovanni" von 1787 bis 1928, Regensburg 1961.

Blumenthal, Lieselotte, Ein Notizheft Goethes von 1788, Weimar 1965.

Boyle, Nicholas, Goethe. Der Dichter in seiner Zeit, I, 1749–1790, übersetzt von Holger Fliessbach, München 1995.

Bragaglia, Anton Giulio, Le maschere romane, Roma 1947.

Briefe an Goethe. Gesamtausgabe in Regestform, I, 1764–1795, hg. von Karl-Heinz Hann, Weimar 1980.

Briefe der Frau von Stein an Knebel, 1776–1787, hg. von Wilhelm Bode, in: Stunden mit Goethe, VI, 1910, S. 153–199.

Briefe des Herzogs Carl August von Sachsen-Weimar an seine Mutter die Herzogin Anna Amalia, hg. von Alfred Bergmann, Jena 1938.

Briefe des Herzogs Carl August von Sachsen-Weimar-Eisenach an Knebel und Herder, hg. von Heinrich Düntzer, Leipzig 1883.

Brilli, Attilio, Als Reisen eine Kunst war. Vom Beginn des modernen Tourismus: Die „Grand Tour". Aus dem Italienischen von Annette Kopezki, Berlin 1997.

Brunner, Sebastian, Die theologische Dienerschaft am Hofe Josephs II. Geheime Correspondenzen und Enthüllungen, Wien 1868.

Buonafede, Appiano, Istoria critica e filosofica del suicidio.., edizione seconda, Lucca 1780.

Busiri Vici, Andrea, Angelika Kauffmann and the Bariatinskis, in: Apollo, 77, 1963, S. 201 ff.

Campe, Johann Heinrich, Wörterbuch zur Erklärung und Verdeutlichung der unserer Sprache aufgedrungenen fremden Ausdrükke, I, Braunschweig 1801.

Capra, Carlo, Giovanni Ristori da illuminista a funzionario. 1755–1830, Florenz 1968.

リッジ，カルロ・アンブロジオ Riggi, Carlo Ambrogio　111, 175ff., 183f., 255f.
リッジ，フランチェスコ Riggi, Francesco　177
リッジ，マッダレーナ Riggi, Maddalena　175ff., 211
リップス，ヨーハン・ハインリヒ Lips, Johann Heinrich　103, 25
リヒテンシュタイン，ヴェンツェル・フォン Liechtenstein, Wenzel von　70ff., 84
リヒテンシュタイン，フィリップ・フォン Liechtenstein, Philipp von　71, 84
リュディガー，ホルスト Rüdiger, Horst　189, 249
ルートヴィヒ一世（バイエルン国王）Ludwig I. von Bayern　130, 197
ルートガー，コルラード Ludger, Corrado　64
ルッケジーニ，ジロラーモ Lucchesini, Girolamo　53
ルビー，ジョン・ジェームズ Rubby, John James　116
レースラー，アレッサンドロ Roesler, Allesandro　137
レースラー，ヴィンツェンツ Roesler, Vinzenz　132ff., 137, 140, 144, 146, 149
レースラー，グレゴリオ Roesler, Gregorio　137
レースラー，コスタンティーノ Roesler, Costantino　137
レースラー，コスタンツァ Roesler, Costanza　137, 140ff., 148f., 152, 161, 164, 211f., 225
レースラー，ジュゼッペ Roesler, Giuseppe　137
レースラー，フランツ Roesler, Franz　132
レースラー，マリーア・エリザベッタ Roesler, Maria Elisabetta　137, 140ff.
レーベルク，フリードリヒ Rehberg, Friedrich　116, 250
レック（銀行家）Reck (Bankier)　33
レッツォニコ，アボンディオ Rezzonico, Abbondio　73, 92, 122
ロホリッツ，フリードリヒ Rochlitz, Friedrich　236ff., 243f.
ロレンツィ，ジョヴァンニ・バッティスタ Lorenzi, Giovanni Battista　241

147.165
メタスタージオ，ピエトロ Metastasio, Pietro 69
メネゲッティ，アンナ Meneghetti, Anna 180
メルク，ヨーハン・ハインリヒ Merck, Johann Heinrich 42, 47
メングス，アントン・ラファエル Mengs, Anton Raphael 173
モーツァルト，フォルフガング・アマデウス Mozart, Wolfgang Amadeus 235, 238, 241f., 244
モーリッツ，カール・フィリップ Moritz, Karl Philipp 43f., 103, 112, 115, 120f., 123, 125, 130, 132f., 248
モリエール Molière 236f., 243f.
モルゲン，ラファエロ Morghen, Rafaello 179
モンティ，ヴィンチェンツォ Monti, Vincenzo 82ff., 92
モンテスキュー，シャルル・ド Montesquieu, Carhles de 81

ヤ 行

ヤーゲマン，クリスティアン・ヨーゼフ Jagemann, Christian Joseph 243
ヤコービ，フリードリヒ・ハインリヒ Jacobi, Friedrich Heinrich 11
ヨーゼフII世 Joseph II. 55

ラ 行

ラーヴァーター，ヨーハン・カスパール Lavater, Johann Kasper 89, 96, 103, 136
ライフェンシュタイン，ヨーハン・フリードリヒ Reiffenstein, Johann Friedrich 49f., 72f., 81, 110f., 116, 165, 168, 170f., 175f., 224ff.
ラインハルト，カール・フリードリヒ Rheinhard, Karl Friedrich 153f.
ラクニッツ，ヨーハン・フリードリヒ Racknitz, Johann Friedrich 28
ラノッキア，フランチェスコ Ranocchia, Francesco 137
ラファエロ Raffael 20
ラムニット（銀行家）Lamnit (Bankier) 33
リーマー，フリードリヒ・ヴィルヘルム Riemer, Friedrich Wilhelm 141, 190
リヴィウス，ティートゥス Livius, Titus 152
リストーリ，ジョヴァンニ Ristori, Giovanni 61
リッジ，エリザベッタ Riggi, Elisabetta 177

ヘルダー，カロリーネ Herder, Caroline 1f., 9, 27, 41, 89, 167, 223f., 228
ヘルダー，ヨーハン・ゴットフリート Herder, Johann Gottfried 1f., 7, 16, 19, 28, 34f., 40f., 46f., 77f., 89ff., 93ff., 115, 119f., 156ff., 171ff., 194, 197, 200, 205, 223, 250, 254f.
ヘルツァン，フランツ・フォン Herzan, Franz von 67, 68, 71, 79, 89
ベルトゥーフ，フリードリヒ・ユスティン Bertuch, Friedrich Justin 15
ベルトーラ・デ・ジョルジ，アウレリオ Bertola De Giorgi, Aurelio 64
ベルニス，フランソワ・ヨアヒム・ド・ピエール Bernis, François Joachim de Pierre 55, 90, 122, 252
ヘルメス，ヘンリエッテ Hermes, Henriette 158
ベローニ（銀行）Belloni (Bankhaus) 49
ポッツォベネリ，ジュゼッペ Pozzobenelli, Giuseppe 60f.
ボドーニ，ジョヴァンニ・バッティスタ Bodoni, Giovanni Battista 83
ボルゲーゼ，マルコ・アントニオ Borghese, Marco Antonio 112
ボルゲーゼ，リヴィア Borghese, Livia 82
ボルジア，ステファノ Borgia, Stefano 77
ボンコンパーニ・ルドヴィージ，イグナツィオ Boncompagni Ludovisi, Ignazio 73, 79, 148

マ 行

マイヤー，ヨーハン・ハインリヒ Meyer, Johann Heinrich 154
マリーニ，ガエタノ Marini, Gaetano 93
マリウッチャ Mariuccia 109
マルクス・アウレリウス皇帝 Mark Aurel 234f., 238, 242, 244, 250, 254
マルセリ，ロレンツォ Marselli, Lorenzo 191
マロン，アントン Maron, Anton 173
マン，トーマス Mann, Thomas 191
マンゾーニ，アレッサンドロ Manzoni, Alessandro 76
マンリヒ，クリスティアン・フォン Mannlich, Christian von 135
ミュラー，ヴィルヘルム Muller, Wilhelm 129f.
ミュラー，フリードリヒ（画家）Müller, Friedrich 147
ミュラー，フリードリヒ・フォン（宰相）Müller, Friedrich von 101, 153
ミュラー，ヨーハン・ゲオルク Müller, Johann Georg 41
ミュンター，フリードリヒ Münter, Friedrich 44, 66f., 78, 93, 115, 132f/.

Antonius Pius)　199f.
ファブリツィ，ヴィンチェンツォ Fabrizi, Vincenzo　124, 241f.
ファルコニエリ，アレッソ Falconieri, Alesso　215f.
ファルコニエリ，コスタンツァ Falconieri, Costanza　→ブラスキ・オネスティ，コスタンツァ
ファルゼッティ（コレクション）Farsetti (Sammlung)　199ff.
ファントーニ，ジョヴァンニ Fantoni, Giovanni　81f.
フィエレッゲ Vieregge　66
フィオリーニ，ガスパーレ Fiorini, Gaspare　227
フィヌッチ，フランチェスコ Finucci, Francesco　181
フィランジエリ，ガエタノ Filangieri, Gaetano　86
フィルミアン，カール・ヨーゼフ・フォン Firmian, Karl Joseph von　60
ブーリ，フリードリヒ Bury, Friedrich　45, 51, 93, 107f., 118ff., 156, 171, 206, 230f., 248
プールマン，ヨーハン・ゴットリープ Puhlmann, Johann Gottlob　135
フェア，カルロ Fea, Carlo　151
フェルノー，カール・ルートヴィヒ Fernow, Carl Ludwig　176
フォイクト，クリスティアン Voigt, Christian　17, 19
フォーゲル，ユーリウス Vogel, Julius　156
フォスコロ，ウーゴ Foscolo, Ugo　63
ブオナフェーデ，アピアノ Buonafede, Appiano　81
フォルカー，アンナ・マリーア Volker, Anna Maria　137
フォルクマン，ヨーハン・ヤーコプ Volkmann, Johann Jakob　70,80,103
フォルティス，ジュゼッペ Fortis, Giuseppe　77
ブフ，シャルロッテ Buff, Charlotte　189
ブラスキ・オネスティ，コスタンツァ Braschi Onesti, Costanza　82f.
フリース，ヨーハン Fries, Johann　93
プロペルティウス Properz　131
フンボルト，ヴィルヘルム・フォン Humboldt, Wilhelm von　197
ベートーヴェン，ルートヴィヒ・ファン Beethoven, Ludwig van　236
ベートマン（銀行）Bethmann (Bankhaus)　34, 47, 49f.
ベッティガー，カール・アウグスト Böttiger, Carl August　196
ベネディクトゥス一四世 Benedikt XIV　65
ヘムステルヘイス，フランツ Hemsterhuis, Franz　11

ディ・ジョヴァンニ，ファウスティーナ Di Giovanni, Faustina 198
ティッシュバイン，ヨーハン・ハインリヒ・ヴィルヘルム Tischbein, Johann Heinrich Wilhelm 44ff., 51, 53, 66ff., 71, 79, 89, 91, 95ff., 102ff., 114, 116f., 131, 136ff., 142, 145, 149ff., 156ff., 168, 199, 206f., 218ff.
ティブルス Tibull 131
デル・プラート，アントニオ Del Prato, Antonio 177
ドメニコ Domenico →カポラリニ
トラウトマンスドルフ，フェルディナント Trauttmannsdorf, Ferdinand 2f., 67
トリット，ジャコモ Tritto, Giacomo 241
トリッペル，アレクサンダー Trippel, Alexander 165

ナ 行

ナール，ヨーハン・アウグスト Nahl, Johann August 115
ネーフェ，クリストフ・ゴットロープ Neefe, Christoph Gottlob 236f.
ノアック，フリードリヒ Noack, Friedrich 71, 74

ハ 行

ハーマン，ヨーハン・ゲオルク Hamann, Johann Georg 2
バイエルン選帝侯カール・テオドール Karl Theodor von Bayern 66
ハイネ，クリスティアン・ゴットロープ Heyne, Christian Gottlob 47
パウルゼン，ヨーハン・ヤーコプ・ハインリヒ Paulsen, Johann Jakob Heinrich 14, 33, 47ff., 54f.
ハッケルト，ゲオルク Hackert, Georg 116
ハッケルト，フィリップ Hackert, Phillpp 116
バッスス，トーマス・フランツ・ド Bassus, Thomas Franz de 59f.
ハドリアヌス皇帝 Hadrian 199
パラディオ，アンドレア Palladio, Andrea 38
ハルラッハ，マリー・ヨゼフィーネ Harrach, Marie Josephine 70
ピウス六世 Pius VI. 55, 73, 82
ピッツィ，ジョアッキーノ Pizzi, Gioacchino 74f., 85
ヒルト，アロイス・ルートヴィヒ Hirt, Aloys Ludwig 171
ファウスティーナ（皇帝アントニウス・ピウスの妃）Faustina (Frau des

シュミーデン，ハインリヒ・ゴットリープ Schmieden, Heinrich Gottlieb 237
シュミット，ヨーハン・クリストフ Schmidt, Johann Christoph 54
シュミット，ヨーハン・ハインリヒ Schmidt, Johann Heinrich 115
シュルツ，フリードリヒ Schulz, Friedrich 196
ジョアッキーノ Gioacchino →カリバルディ，ジョアッキーノ
シラー，シャルロッテ Schiller, Charlotte 195ff., 218
シラー，フリードリヒ Schiller, Friedrich 195, 225, 243, 256
ジンナージ，ジュゼッペ・アントニオ Ginnasi, Giuseppe Antonio 137
ストロッツィ，マリアンナ・マリオーニ Strozzi, Marianna Marioni 74
ゼッケンドルフ，ゾフィー・フォン Seckendorff, Sophie von 223
ソアーヴェ，フランチェスコ Soave, Francesco 75f.

タ 行

ダ・ポンテ，ロレンツォ Da Ponte, Lorenzo 236ff., 243ff.
ダールベルク，カール・テオドール・フォン Dalberg, Karl Theodor von 31f., 35, 53
ダールベルク，ヨーハン・フリードリヒ Dalberg, Johann Friedrich 34f., 93, 223
ダクイーノ，フランチェスコ d'Aquino, Francesco 86
タッキ，カルロ Tacchi, Carlo 70ff., 85
ダランベール，ジャン・ル・ロン d'Alembert, Jean le Rond 86
タンベージ，クレメンティーナ Tambesi, Clemetina 147f.
タンベージ，ミケランジェロ Tambesi, Michelangelo 147
チマローザ，ドメニコ Cimarosa, Domenico 120, 124
ツァーン，ヨーハン・カール・ヴィルヘルム Zahn, Johan Karl Wilhelm 127ff., 132, 207
ツヴァック，フランツ・クサファー・フォン Zwack, Franz Xaver von 63, 65
ツェルター，カール・フリードリヒ Zelter, Karl Friedrich 190, 241, 243, 256
ツッキ，アントニオ Zucchi, Antonio 116, 121, 165, 178f.
デ・ロッシ，ジョヴァンニ・ゲラルド de Rossi, Giovanni Gherard 72f., 83, 85

サ　行

ザイデル，フィリップ Seidel, Philipp　1f., 14ff., 28, 30, 46ff., 52, 80, 224
ザクセン＝ゴータ公エルンスト Ernst von Sachsen-Gota　45
ザクセン＝ワイマール公妃ルイーゼ Louise von Sachsen-Weimar　19, 46
ザクセン＝ワイマール公カール・アウグスト Carl August von Sachsen-Weimar　1ff., 16f., 21ff., 27, 29ff., 39, 42, 46, 51ff., 63, 87, 92, 110, 134, 140, 146, 165, 168ff., 193, 196, 200, 202, 206, 216f., 226, 251ff.
ザクセン＝ワイマール公母アンナ・アマーリア Anna Amalia von Sachsen-Weimar　9, 19, 31, 42, 46, 52, 74, 77, 107, 123, 158, 248, 251f.
サド侯爵，ドナチアン＝アルフォンス＝フランソワ・ド Sade, Donatien-Alphonse-François Marquis de　55, 216
ザヨッティ，パリーデ Zajotti, Paride　84
サローム，ミケーレ Salom, Michele　59, 61f., 64
サン・マルタン，ルイ＝クロード Saint Martin, Louis-Claude　66f.
サンタクローチェ，ジュリアーナ Santacroce, Guiliana　90
サントーリ，ジョヴァンニ Santori, Giovanni　179
シェイクスピア，ウィリアム Shakespeare, William　114
シェファー，ヤーコプ・クリスティアン Schäffer, Jacob Christian　35, 46
ジェンキンス，トーマス Jenkins, Thomas　172f., 176, 178, 184, 186f., 191
ジェンティーレ，アントニオ Gentile, Antonio　149
シモネッティ，サヴェリオ Simonetti, Saverio　175
シュタイン，シャルロッテ・フォン Stein, Charlotte von　1f., 8ff., 17ff., 28f., 33, 35, 37, 39, 40f., 44, 46f., 62, 74, 87, 118, 125, 146, 156, 161f., 163, 166ff., 172, 193, 218
シュタイン，フリッツ・フォン Stein, Fritz von　28, 40, 69f., 77, 92, 96, 118, 168
シュタイン，ヨージアス・フォン Stein, Josias von　8f., 53
シュッツ，ヨーハン・ゲオルク Schutz, Johann Georg　45, 51, 107f., 156, 206
シュナウス，クリスティアン・フリードリヒ Schnaus, Christian Friedrich　170

カンパー，アードリアン・ギレス Camper, Adrian Gilles 203f.
カンパー，ペトルス Camper, Petrus 203
カンペ，ヨアヒム・ハインリヒ Campe, Joahim Heinrich 55, 103, 244
グイッツァ，ドメニコ Guizza, Domenico →カポラリニ
グスタフ三世（スウェーデン国王）Gustav III. von Schweden 55
クネーベル，カール・ルートヴィヒ Knebel, Karl Ludwig 22, 31, 34, 42, 46f., 163f., 169, 194, 200, 253
グライム，ヨーハン・ヴィルヘルム・ルートヴィヒ Gleim, Johann Wilhem Ludwig 27, 42
グラッシ，ガエタノ Grassi, Gaetano 59, 62f.
グラッシ，ジュゼッペ Grassi, Giuseppe 63
クランツ，ヨーハン・フリードリヒ Kranz, Johann Friedrich 121
クレメンス一二世 Clemens XII 65
クロンターラー，テレーザ Kronthaler, Teresa 133, 137
ゲーツェ，ヨーハン・メルヒオール Goeze, Johann Melchior 58
ゲーテ，カタリーナ・エリーザベト Goethe, Katharina Elisabeth 28f., 33ff., 40, 42, 47, 68
ゲッシェン，ゲオルク・ヨアヒム Göschen, Georg Joachim 4, 6, 12, 14, 16, 125, 165, 219
ゲッツェ，パウル Goetze, Paul 200
ゲヒハウゼン，ルイーゼ・フォン Göchhausen, Luise von 42, 52, 119
ケルナー，クリスティアン・ゴットフリート Körner, Christian Gottfried 225
ゴア，エミリー Gore, Emily 11
ゴータ公アウグスト August von Gotha 46, 55
コベル，フランツ Kobell, Franz 35
コリーナ，サンテ・セラフィノ Collina, Sante Serafino 45, 89, 93, 106ff., 133, 206ff., 219, 221
コリーナ，ピエラ・ジョヴァンナ・デ・ロッシ Collina, Piera Giovanna de Rossi 45, 109
コリーナ，フィリッポ Collina, Filippo 107
ゴルドーニ，カルロ Goldoni, Carlo 148

ヴォルテール Voltaire 80
ヴォルパート，アンジェラ Volpato, Angela 179
ヴォルパート，ジュゼッペ Volpato, Guiseppe 175ff., 184, 186
ヴォルパート，ジョヴァンニ Volpato, Giovanni 178ff., 183f.
ヴォルフ，ベンヤミン Wolf, Benjamin 115
ヴュルテンベルク公カール・オイゲン Karl Eugen von Württemberg 93
ヴルピウス，クリスティアーネ Vulpius, Christiane 228, 253
ウンゲル，ヨーハン・フリードリヒ・ゴットリープ Unger, Johann Friedrich Gottlieb 15
エーバレ，フランツ Eberle, Franz 67f., 79, 89, 103, 117
エッカーマン，ヨーハン・ペーター Eckermann, Johann Peter 6, 22, 60, 197, 228ff.
エルタール，カール・ヨーゼフ・フォン Erthal, Karl Joseph von 31f.
オヴィディウス Ovid 114, 131, 234, 244, 246ff.

カ 行

カイザー，フィリップ・クリストフ Kayser, Phillip Christoph 13f., 47, 206f.
カウニッツ，ヴェンツェル・アントン・フォン Kaunitz, Wenzel Anton von 32, 67f., 70, 79
カウフマン，アンゲーリカ Kauffmann, Angelika 72f., 77, 81f., 92, 109, 116, 121, 131, 134, 141, 164ff., 166ff., 177ff., 185f., 189, 248
カエタニ，カミーロ Caetani, Camillo 147
カスティ，ジョヴァンニ・バッティスタ Casti, Giovanni Battista 93
ガッツォーラ，アンナ・マリーア Gazzola, Anna Maria 227
カッポーニ，ヴィンチェンツォ Capponi, Vincenzo 149
カポラリニ Caporalini 121ff.
カラッチョロ，ドメニコ Caracciolo, Domenico 86f.
ガリツィン，アーデルハイト・アマーリエ・フォン Gallitzin, Adelheid Amalie von 11
カリバルディ，ジョアッキーノ Caribaldi, Gioacchino 120, 122f.,
ガリバルディ Garibaldi →カリバルディ，ジョアッキーノ
カルーゾー，ルイージ Caruso, Luigi 124
カルレッタ Carletta →ヴァレリ，アントニオ

人名索引

ア　行

アーヤ夫人 Aja　→ゲーテ，カタリーナ・エリザーベト
アイスラー，カール Eissler, Karl R.　134
アウグストゥス皇帝 Augustus　234, 246, 250, 256
アセブルク夫人 Asseburg, Frau von　27
アディソン，ジョーゼフ Addison, Joseph　80
アリオスト，ルドヴィコ Ariosto, Ludovico　235, 244, 256
アルバーニ，ジョヴァンフランチェスコ Albani, Giovanfrancesco　215f.
アルヒェンホルツ，ヨーハン・ヴィルヘルム・フォン Archenholz, Johann Wilhelm von　70, 79, 103, 222
アルフォンソ一世（エステ家）Alfonso I, von Este　235
アンティーチ，トマソ Antici, Tommaso　66
アントニーニ，ドメニコ Antonini, Domenico　198
アントニヌス・ピウス皇帝 Antonius Pius　199f.
アンペール，ジャン・ジャック Ampère, Jean Jacques　22
ヴァイスハウプト，アダム Weishaupt, Adam　63
ヴァルデック侯クリスティアン・アウグスト Waldeck, Christian August von　117
ヴァレリ，アントニオ Valeri, Antonio　198
ヴァレンティ，ヨーゼフ・ド Valenti, Joseph de　13
ヴィーラント，クリストフ・マルティン Wieland, Christoph Martin　47, 52
ヴィトルヴィウス Vitruv　38
ヴィンケルマン，ヨーハン・ヨアヒム Winckelmann, Johann Joachim 151f.
ヴェルツァ，シルヴィア・クルトーニ Verza, Silvia Curtoni　74
ヴェルリ，アレッサンドロ Verri, Alessandro　102
ヴェルリ，ピエトロ Verri, Pietro　102

知られざるゲーテ
——ローマでの謎の生活

2001年6月15日　初版第1刷発行

ロベルト・ザッペリ
津山拓也 訳
発行所　財団法人　法政大学出版局
〒102-0073 東京都千代田区九段北3-2-7
電話03(5214)5540 振替00160-6-95814
製版，印刷・平 文 社／鈴木製本所

Printed in Japan

ISBN4-588-49018-4

著　者

ロベルト・ザッペリ
(Roberto Zapperi)

1932年生まれのイタリアの歴史家. 1998-99年にはベルリン・ヴィッセンシャフツコレークの特別研究員となった. 現在は, 在野の研究者としてローマに在住し, 数多くの歴史書を執筆している. 主な著作に,『アンニバレ・カラッチ——若き芸術家の肖像』(1990年),『嫉妬と権力』(94年),『教皇の四人の妻』(97年) などがあり, イタリアはもちろん, 夫人のインゲボルク・ヴァルターの翻訳によってドイツでも好評を博している.

訳　者

津山拓也（つやま たくや)

1962年, 佐賀県に生まれる. 1990年, 東京外国語大学大学院修士課程（独文学専攻）修了. 現在, 玉川大学・國學院大學・中央学院大学非常勤講師. 訳書に, マール『精霊と芸術』, デッカー『古代エジプトの遊びとスポーツ』, 共訳に, デュル『秘めごとの文化史』,『性と暴力の文化史』, ブレーデカンプ『古代憧憬と機械信仰』(以上, 法政大学出版局刊) がある.

魔女と魔女裁判〈集団妄想の歴史〉	K.バッシュビッツ／川端，坂井訳	¥3800
科学論〈その哲学的諸問題〉	カール・マルクス大学哲学研究集団／岩崎允胤訳	¥2500
先史時代の社会	クラーク，ピゴット／田辺，梅原訳	¥1500
人類の起原	レシェトフ／金光不二夫訳	¥3000
非政治的人間の政治論	H.リード／増野，山内訳	¥ 850
マルクス主義と民主主義の伝統	A.ランディー／藤野渉訳	¥1200
労働の歴史〈棍棒からオートメーションへ〉	J.クチンスキー，良知，小川共著	¥1900
ヒュマニズムと芸術の哲学	T.E.ヒューム／長谷川鉱平訳	¥2200
人類社会の形成（上・下）	セミョーノフ／中島，中村，井上訳	上 品 切 下 ¥2800
認識の分析	E.マッハ／広松，加藤編訳	¥1900
国家・経済・文学〈マルクス主義の原理と新しい論点〉	J.クチンスキー／宇佐美誠次郎訳	¥ 850
ホワイトヘッド教育論	久保田信之訳	¥1800
現代世界と精神〈ヴァレリィの文明批評〉	P.ルーラン／江口幹訳	¥980
葛藤としての病〈精神身体医学的考察〉	A.ミッチャーリヒ／中野，白滝訳	¥1500
心身症〈葛藤としての病２〉	A.ミッチャーリヒ／中野，大西，奥村訳	¥1500
資本論成立史（全４分冊）	R.ロスドルスキー／時永，平林，安田他訳	(1)¥1200 (2)¥1200 (3)¥1200 (4)¥1400
アメリカ神話への挑戦（I・II）	T.クリストフェル他編／宇野，玉野井他訳	I ¥1600 II ¥1800
ユダヤ人と資本主義	A.レオン／波田節夫訳	¥2800
スペイン精神史序説	M.ピダル／佐々木孝訳	¥2200
マルクスの生涯と思想	J.ルイス／玉井，堀場，松井訳	¥2000
美学入門	E.スリヨ／古田，池部訳	¥1800
デーモン考	R.M.＝シュテルンベルク／木戸三良訳	¥1800
政治的人間〈人間の政治学への序論〉	E.モラン／古田幸男訳	¥1200
戦争論〈われわれの内にひそむ女神ベローナ〉	R.カイヨワ／秋枝茂夫訳	¥2900
新しい芸術精神〈空間と光と時間の力学〉	N.シェフェール／渡辺淳訳	¥1200
カリフォルニア日記〈ひとつの文化革命〉	E.モラン／林瑞枝訳	¥2400
論理学の哲学	H.パットナム／米盛，藤川訳	¥1300
労働運動の理論	S.パールマン／松井七郎訳	¥2400
哲学の中心問題	A.J.エイヤー／竹尾治一郎訳	¥3500
共産党宣言小史	H.J.ラスキ／山村喬訳	¥980
自己批評〈スターリニズムと知識人〉	E.モラン／宇波彰訳	¥2000
スター	E.モラン／渡辺，山崎訳	¥1800
革命と哲学〈フランス革命とフィヒテの本源的哲学〉	M.ブール／藤野，小栗，福吉訳	¥1300
フランス革命の哲学	B.グレトゥイゼン／井上尭裕訳	¥2400
意志と偶然〈ドリエージュとの対話〉	P.ブーレーズ／店村新次訳	¥2500
現代哲学の主潮流（全５分冊）	W.シュテークミュラー／中埜，竹尾監修	(1)¥4300 (2)¥4200 (3)¥6000 (4)¥3300 (5)¥7300
現代アラビア〈石油王国とその周辺〉	F.ハリデー／岩永，菊地，伏見訳	¥2800
マックス・ウェーバーの社会科学論	W.G.ランシマン／湯川新訳	¥1600
フロイトの美学〈芸術と精神分析〉	J.J.スペクター／秋山，小山，西川訳	¥2400
サラリーマン〈ワイマル共和国の黄昏〉	S.クラカウアー／神崎巌訳	¥1700
攻撃する人間	A.ミッチャーリヒ／竹内豊治訳	¥ 900
宗教と宗教批判	L.セーヴ他／大津，石田訳	¥2500
キリスト教の悲惨	J.カール／高尾利数訳	¥1600
時代精神（I・II）	E.モラン／宇波彰訳	I 品 切 II ¥2500
囚人組合の出現	M.フィッツジェラルド／長谷川健三郎訳	¥2000

りぶらりあ選書

スミス，マルクスおよび現代	R.L.ミーク／時永淑訳	¥3500
愛と真実〈現象学的精神療法への道〉	P.ローマス／鈴木二郎訳	¥1600
弁証法的唯物論と医学	ゲ・ツァレゴロドツェフ／木下，仲本訳	¥3800
イラン〈独裁と経済発展〉	F.ハリデー／岩永，菊地，伏見訳	¥2800
競争と集中〈経済・環境・科学〉	T.プラーガー／島田稔夫訳	¥2500
抽象芸術と不条理文学	L.コフラー／石井扶桑雄訳	¥2400
プルードンの社会学	P.アンサール／斉藤悦則訳	¥2500
ウィトゲンシュタイン	A.ケニー／野本和幸訳	¥3200
ヘーゲルとプロイセン国家	R.ホッチェヴァール／寿福真美訳	¥2500
労働の社会心理	M.アージル／白水，奥山訳	¥1900
マルクスのマルクス主義	J.ルイス／玉井，渡辺，堀場訳	¥2900
人間の復権をもとめて	M.デュフレンヌ／山縣熙訳	¥2800
映画の言語	R.ホイッタカー／池田，横川訳	¥1600
食料獲得の技術誌	W.H.オズワルド／加藤，禿訳	¥2500
モーツァルトとフリーメーソン	K.トムソン／湯川，田口訳	¥3000
音楽と中産階級〈演奏会の社会史〉	W.ウェーバー／城戸朋子訳	¥3300
書物の哲学	P.クローデル／三嶋睦子訳	¥1600
ベルリンのヘーゲル	J.ドント／花田圭介監訳，杉山吉弘訳	¥2900
福祉国家への歩み	M.ブルース／秋田成就訳	¥4800
ロボット症人間	L.ヤブロンスキー／北川，樋口訳	¥1800
合理的思考のすすめ	P.T.ギーチ／西勝忠男訳	¥2000
カフカ=コロキウム	C.ダヴィッド編／円子修平，他訳	¥2500
図形と文化	D.ペドウ／磯田浩訳	¥2800
映画と現実	R.アーメス／瓜生忠夫，他訳／清水晶監修	¥3000
資本論と現代資本主義（I・II）	A.カトラー，他／岡崎，塩谷，時永訳	I 品切 II ¥3500
資本論体系成立史	W.シュヴァルツ／時永，大山訳	¥4500
ソ連の本質〈全体主義的複合体と新たな帝国〉	E.モラン／田中正人訳	¥2400
ブレヒトの思い出	ベンヤミン他／中村，神崎，越部，大島訳	¥2800
ジラールと悪の問題	ドゥギー，デュピュイ編／古田，秋枝，小池訳	¥3800
ジェノサイド〈20世紀におけるその現実〉	L.クーパー／高尾利数訳	¥2900
シングル・レンズ〈単式顕微鏡の歴史〉	B.J.フォード／伊藤智夫訳	¥2400
希望の心理学〈そのパラドキシカルアプローチ〉	P.ワツラウィック／長谷川啓三訳	¥1600
フロイト	R.ジャカール／福本修訳	¥1400
社会学思想の系譜	J.H.アブラハム／安江，小林，樋口訳	¥2000
生物学における ランダムウォーク	H.C.バーグ／寺本，佐藤訳	¥1600
フランス文学とスポーツ〈1870～1970〉	P.シャールトン／三好郁朗訳	¥2800
アイロニーの効用〈『資本論』の文学的構造〉	R.P.ウルフ／竹田茂夫訳	¥1600
社会の労働者階級の状態	J.バートン／真実一男訳	¥2000
資本論を理解する〈マルクスの経済理論〉	D.K.フォーリー／竹田，原訳	¥2800
買い物の社会史	M.ハリスン／工藤政司訳	¥2000
中世社会の構造	C.ブルック／松田隆美訳	¥1800
ジャズ〈熱い混血の音楽〉	W.サージェント／湯川新訳	¥2800
地球の誕生	D.E.フィッシャー／中島竜三訳	¥2900
トプカプ宮殿の光と影	N.M.ペンザー／岩永博訳	¥3800
テレビ視聴の構造〈多メディア時代の「受け手」像〉	P.バーワイズ他／田中，伊藤，小林訳	¥3300
夫婦関係の精神分析	J.ヴィリィ／中野，奥村訳	¥3300
夫婦関係の治療	J.ヴィリィ／奥村満佐子訳	¥4000
ラディカル・ユートピア〈価値をめぐる議論の思想と方法〉	A.ヘラー／小箕俊介訳	¥2400

十九世紀パリの売春	パラン=デュシャトレ／A.コルバン編 小杉隆芳訳	¥2500
変化の原理〈問題の形成と解決〉	P.ワツラウィック他／長谷川啓三訳	¥2200
デザイン論〈ミッシャ・ブラックの世界〉	A.ブレイク編／中山修一訳	¥2900
時間の文化史〈時間と空間の文化／上巻〉	S.カーン／浅野敏夫訳	¥2300
空間の文化史〈時間と空間の文化／下巻〉	S.カーン／浅野，久郷訳	¥3400
小独裁者たち〈両大戦間期の東欧における民主主義体制の崩壊〉	A.ポロンスキ／羽場久浘子監訳	¥2900
狼狽する資本主義	A.コッタ／斉藤日出治訳	¥1400
バベルの塔〈ドイツ民主共和国の思い出〉	H.マイヤー／宇京早苗訳	¥2700
音楽祭の社会史〈ザルツブルク・フェスティヴァル〉	S.ギャラップ／城戸朋子，小木曾俊夫訳	¥3800
時間 その性質	G.J.ウィットロウ／柳瀬睦男，熊倉功二訳	¥1900
差異の文化のために	L.イリガライ／浜名優美訳	¥1600
よいは悪い	P.ワツラウィック／佐藤愛監修，小岡礼子訳	¥1600
チャーチル	R.ペイン／佐藤亮一訳	¥2900
シュミットとシュトラウス	H.マイアー／栗原，滝口訳	¥2000
結社の時代〈19世紀アメリカの秘密儀礼〉	M.C.カーンズ／野﨑嘉信訳	¥3800
数奇なる奴隷の半生	F.ダグラス／岡田誠一訳	¥1900
チャーティストたちの肖像	G.D.H.コール／古賀，岡本，増島訳	¥5800
カンザス・シティ・ジャズ〈ビバップの由来〉	R.ラッセル／湯川新訳	¥4700
台所の文化史	M.ハリスン／小林祐子訳	¥2900
コペルニクスも変えなかったこと	H.ラボリ／川中子，並木訳	¥2000
祖父チャーチルと私〈若き冒険の日々〉	W.S.チャーチル／佐藤佐智子訳	¥3800
エロスと精気《エネルギー》〈性愛術指南〉	J.N.パウエル／浅野敏夫訳	¥1900
有閑階級の女性たち	B.G.スミス／井上，飯泉訳	¥3500
秘境アラビア探検史（上・下）	R.H.キールナン／岩永博訳	上¥2800 下¥2900
動物への配慮	J.ターナー／斎藤九一訳	¥2900
年齢意識の社会学	H.P.チュダコフ／工藤，藤田訳	¥3400
観光のまなざし	J.アーリ／加太宏邦訳	¥3200
同性愛の百年間〈ギリシア的愛について〉	D.M.ハルプリン／石塚浩司訳	¥3800
古代エジプトの遊びとスポーツ	W.デッカー／津山拓也訳	¥2700
エイジズム〈優遇と偏見・差別〉	E.B.パルモア／奥山，秋葉，片多，松村訳	¥3200
人生の意味〈価値の創造〉	I.シンガー／工藤政司訳	¥1700
愛の知恵	A.フィンケルクロート／磯本，中嶋訳	¥1800
魔女・産婆・看護婦	B.エーレンライク，他／長瀬久子訳	¥2200
子どもの描画心理学	G.V.トーマス，A.M.J.シルク／中川作一監訳	¥2400
中国との再会〈1954―1994年の経験〉	H.マイヤー／青木隆嘉訳	¥1500
初期のジャズ〈その根源と音楽的発展〉	G.シューラー／湯川新訳	¥5800
歴史を変えた病	F.F.カートライト／倉俣，小林訳	¥2900
オリエント漂泊〈ヘスター・スタノップの生涯〉	J.ハズリップ／田隅恒生訳	¥3800
明治日本とイギリス	O.チェックランド／杉山・玉置訳	¥4300
母の刻印〈イオカステーの子供たち〉	C.オリヴィエ／大谷尚文訳	¥2700
ホモセクシュアルとは	L.ベルサーニ／船倉正憲訳	¥2300
自己意識とイロニー	M.ヴァルザー／洲崎惠三訳	¥2800
アルコール中毒の歴史	J.-C.スールニア／本多文彦監訳	¥3800
音楽と病	J.オシエー／菅野弘久訳	¥3400
中世のカリスマたち	N.F.キャンター／藤田永祐訳	¥2900
幻想の起源	J.ラプランシュ，J.-B.ポンタリス／福本修訳	¥1300
人種差別	A.メンミ／菊地，白井訳	¥2300
ヴァイキング・サガ	R.プェルトナー／木村寿夫訳	¥3300

りぶらりあ選書

肉体の文化史〈体構造と宿命〉	S.カーン／喜多迅鷹・喜多元子訳	¥2900
サウジアラビア王朝史	J.B.フィルビー／岩永，冨塚訳	¥5700
愛の探究〈生の意味の創造〉	I.シンガー／工藤政司訳	¥2200
自由意志について〈全体論的な観点から〉	M.ホワイト／橋本昌夫訳	¥2000
政治の病理学	C.J.フリードリヒ／宇治琢美訳	¥3300
書くことがすべてだった	A.ケイジン／石塚浩司訳	¥2000
宗教の共生	J.コスタ=ラスクー／林瑞枝訳	¥1800
数の人類学	T.クランプ／高島直昭訳	¥3300
ヨーロッパのサロン	ハイデン=リンシュ／石丸昭二訳	¥3000
エルサレム〈鏡の都市〉	A.エロン／村田靖子訳	¥4200
メソポタミア〈文字・理性・神々〉	J.ボテロ／松島英子訳	¥4700
メフメト二世〈トルコの征服王〉	A.クロー／岩永，井上，佐藤，新川訳	¥3900
遍歴のアラビア〈ベドウィン揺籃の地を訪ねて〉	A.ブラント／田隅恒生訳	¥3900
シェイクスピアは誰だったか	R.F.ウェイレン／磯山，坂口，大島訳	¥2700
戦争の機械	D.ピック／小澤正人訳	¥4700
住む　まどろむ　嘘をつく	B.シュトラウス／日中鎮朗訳	¥2600
精神分析の方法 I	W.R.ビオン／福本修訳	¥3500
考える／分類する	G.ペレック／阪上脩訳	¥1800
バビロンとバイブル	J.ボテロ／松島英子訳	¥3000
初期アルファベットの歴史	J.ナヴェー／津村，竹内，稲垣訳	¥3500
数学史のなかの女性たち	L.M.オーセン／吉村，牛島訳	¥1700
解決志向の言語学	S.ド・シェイザー／長谷川啓三監訳	¥4500
精神分析の方法 II	W.R.ビオン／福本修訳	
バベルの神話〈芸術と文化政策〉	C.モラール／諸田，阪上，白井訳	¥4000

（表示価格は本書刊行時のものです．表示価格は，重版に際して変わる場合もありますのでご了承願います．なお表示価格に消費税は含まれておりません．）